KiWi

1626

Das Buch

Eigentlich wollte der Luxemburger Koch Xavier Kieffer seine Jugendliebe Ketti Faber niemals wiedersehen – an ihre gemeinsame Zeit in Paris erinnert er sich nicht allzu gerne zurück. Doch als die Patisseurin ihn einlädt, ihre neue Schokoladenmanufaktur in der Nähe von Brüssel zu besichtigen, kann er nicht widerstehen.

Kurz darauf wird Ketti brutal ermordet. Hat ihr Tod etwas mit jener mysteriösen Plantage in Westafrika zu tun, von der die Manufaktur ihren besonderen, fair angebauten Kakao bezog? Und was hat es mit dem Luxemburger Botschafter der Republik Kongo auf sich, der in etwa zur selben Zeit verstarb wie Ketti Faber? Kieffer beginnt zu ermitteln und kommt einem Verbrechen von ungeheurem Ausmaß auf die Spur. Und er lernt, dass Schokolade eine sehr bittere Angelegenheit sein kann.

»Hillenbrand ist ein eleganter Stilist, der es versteht, komplexe Geschichten leichthändig zu entwickeln.«
Hamburger Abendblatt

»Wenn die Stadt einen [Stadtschreiber] hätte, dann hieße er vielleicht Tom Hillenbrand, denn ein Koch mit detektivischer Spürnase passt gut zum Lebensgefühl Luxemburgs.«
Tagesspiegel

Der Autor

Tom Hillenbrand, geboren 1972, studierte Europapolitik, volontierte an der Holtzbrinck-Journalistenschule und war Redakteur bei SPIEGEL ONLINE, bevor er seinen ersten Kriminalroman schrieb. Seine Bücher stehen regelmäßig auf den Bestseller- und Bestenlisten und wurden in zahlreiche Sprachen übersetzt. Tom Hillenbrand wurde für seine Romane vielfach ausgezeichnet, unter anderem mit dem Glauser-Preis für den besten Kriminalroman des Jahres und dem Krimipreis von Radio Bremen. Er lebt als freier Autor in München.
www.tomhillenbrand.de

Tom
Hillenbrand

Bittere Schokolade

Ein kulinarischer Krimi

Xavier Kieffer ermittelt

Kiepenheuer
& Witsch

MIX
Papier aus verantwortungsvollen Quellen
FSC® C083411

Verlag Kiepenheuer & Witsch, FSC® N001512

1. Auflage 2018

Umschlaggestaltung: Barbara Thoben, Köln
Umschlagmotiv: © plainpicture/Cultura/Danielle Wood
Emoji (S. 101, 177 und 199): Twitter, Inc and other contributers,lizenziert unter CC-BY 4.0, 2014
Gesetzt aus der Apollo und der Birch
Satz: Buch-Werkstatt GmbH, Bad Aibling
Druck und Bindung: CPI books GmbH, Leck
ISBN 978-3-462-05073-8

1

Capitaine Schiltz entfuhr ein lang gezogener Seufzer. Weder Lieutenant Krier noch Caporal Premier Classe Ferretti bekamen etwas davon mit, der dröhnende Motor der Limousine übertönte den Jammerlaut ihres Vorgesetzten. Bei dem Auto handelte es sich um einen Daimler DS420, ein ebenso teures wie seltenes britisches Fabrikat. Der Wagen stammte aus den Siebzigern, die Sitze waren ziemlich durchgesessen. Nun ziepte Schiltz' Rücken, genauer gesagt hatte er auf der ganzen Fahrt von Luxemburg bis Brüssel geschmerzt. Lieber wäre der Capitaine in einem stinknormalen Mercedes oder BMW gereist. Aber es gab nun einmal Anlässe, zu denen etwas Besonderes hermusste, etwas Ausgefallenes. Das war der DS420 zweifelsohne. Die britische Queen besaß einen, und auch der Großherzog hatte das Modell zu Schiltz' Leidwesen im Fuhrpark.

Er schaute auf seinen Spickzettel. An diesem Morgen war der Botschafter der Republik des Befreiten Kongo dran. Ihm war vage bewusst, dass es mehrere Kongos gab, vermutlich drei. Er hätte allerdings nicht sagen können, wodurch sie sich unterschieden oder wie ihre Flaggen aussahen. Es machte nichts. Alles, was Schiltz wissen musste, war der Name ihres Fahrgasts: Antoine-Desiré Ibaka.

Die Weißen Mäuse, so nannten sie die vorausfahrende Eskorte aus drei Motorrädern, bremsten ab. Durch die Scheibe des Fonds konnte er eine Treppe erkennen, die hinauf zum Eingang der Residenz führte. Dort stand ein Butler und wartete. Der Innentasche seiner Paradeuniform entnahm Schiltz einen Kuli und strich Ibakas Namen durch. Erneut seufzte Schiltz. Der Offizier verabscheute dieses ganze repräsentative Brimborium. Obendrein war er hungrig. Vor seinem geistigen Auge tauchte die erfreuliche Vision eines Stücks Kéistaart auf. Daneben stand eine große Tasse heiße Schokolade.

»Ech kéint een ëmbréngen fir e Schockelaskaffi«, murmelte er.

Auf dem Beifahrersitz drehte sich Lieutenant Krier um und blickte ihn fragend an. Schiltz schüttelte den Kopf und deutete auf die Residenz. Krier nickte und stieg aus. Schiltz tat es ihm nach. Sie stiegen die Treppe empor, der Lieutenant meldete sie an. Als Nächstes würden sie hineingehen und Monsieur Ibaka erklären, dass seine Königliche Hoheit, der Großherzog von Luxemburg, Herzog von Nassau, Prinz von Bourbon-Parma, Graf von Sayn, Königstein, Katzenelnbogen und so weiter geehrt wäre, wenn Exzellenz ihm die Ehre erwiese. Ibaka würde sich erfreut zeigen und das Angebot auf der Stelle annehmen.

Natürlich würde er das. Schließlich wartete der Kerl seit Wochen auf den großen Augenblick und war über ihr Kommen vorab informiert worden. Endlich würde er seinen Antrittsbesuch absolvieren und damit offiziell in sein Amt eingeführt. Dass er so lange hatte warten müssen, lag unter anderem daran, dass sich seine Residenz nicht in Luxemburg befand, sondern in Brüssel. Zudem war Ibaka nur der Botschafter von Irgendwas-Kongo. Schiltz und seine Männer hatten dieser Tage bereits dickere Fische eskortiert – den neuen spanischen Gesandten, ferner die Polens und Thailands. Ihm fiel auf, dass er ihre Namen schon vergessen hatte.

Kurz darauf saßen sie wieder in den erstaunlich unbequemen Sitzen des Daimler und tuckerten die Autobahn entlang. Antoine-Desiré Ibaka entpuppte sich als ebenso redselige wie neugierige Person. Der dicke kleine Mann stellte dem Capitaine in einer Tour Fragen in stark akzentuiertem, schwer verständlichem Französisch. Schiltz beantwortete sie alle geduldig.

Als sie gut zwei Stunden später Luxemburg erreichten, quasselte Ibaka immer noch. Schiltz war am Ende seiner Kräfte. Gerade zeigte der Kongolese auf ein Gebäude, das sich auf der anderen Seite des Petrusstals erhob.

»Das da mit dem Türmchen. Was ist das?«

»Die Sparkasse, Exzellenz.«

»Ach, hübsch, sehr hübsch.«

Noch irritierender als die vielen belanglosen Fragen war, dass der Botschafter in spe während der Fahrt erklärt hatte, eine Stärkung zu brauchen, um anschließend einen Schokoriegel zu vertilgen – Vollmilch-Nusskrokant. Schiltz wusste das deshalb so genau, weil Ibaka ihm ebenfalls einen angeboten hatte.

Schiltz hatte natürlich dankend abgelehnt. Die Einführung eines neuen Botschafters war schließlich eine ernsthafte Angelegenheit. Der Hof bemühte sich stets um einen würdevollen Rahmen – eine hochherrschaftliche

Karosse, eine zweite Limousine für die Entourage des Botschafters, Offiziere in Paradeuniformen und natürlich die Weißen Mäuse. Aber manche Leute hatten eben einfach keine Manieren.

Der Botschafter leckte sich die Lippen, knüllte das Papier des Riegels zusammen und stopfte es in einen der Aschenbecher. Er musterte Schiltz.

»Und Sie wollen wirklich keinen?«

Schiltz schüttelte den Kopf. »Vielen Dank, sehr freundlich, Exzellenz.«

Das rundliche Gesicht des Botschafters verriet Enttäuschung. Einen Moment stierte er vor sich hin, dann hellten sich seine Züge plötzlich auf.

»Sie sind im Dienst, natürlich! Sie dürfen gar nicht. Entschuldigen Sie bitte, das hatte ich gar nicht bedacht. Ich gebe Ihnen später welche. Das ist die beste Schokolade, die es gibt. Von unseren Kakaoplantagen im Süden.«

Schiltz bemühte sich, eine interessierte Miene aufzusetzen.

»Die Republik … das Heimatland Eurer Exzellenz ist also berühmt für seinen Kakao?«

Ibaka lachte. »Noch nicht. Aber wir werden es bald sein.«

Er tippte auf die Schachtel, die auf seinen Knien ruhte. »Ich habe dem Fürsten auch welche mitgebracht«, erklärte der Botschafter.

»Ich bin sicher, seine Königliche Hoheit wird erfreut über euer Geschenk sein.«

Sie fuhren die Rue Nôtre-Dame entlang. Am Parlament bogen sie links ab. Sie waren fast da, und Schiltz dankte dem Herrn dafür. Caporal Ferretti lenkte den Wagen langsam den Marché aux Herbes entlang, zum großherzoglichen Stadtpalais. Der Soldat im Wachhäuschen salutierte, als er ihr Fahrzeug sah. Sie rollten in den Innenhof, wo Schiltz dem Hofmarschall melden würde, was dieser bereits wusste – nämlich dass der Botschafter der Republik Irgendwas-Kongo eingetroffen sei.

Schiltz stieg aus und tat, was zu tun war. Lieutenant Krier öffnete dem Botschafter derweil die Tür. Die kleine Ehrengarde im Hof des Palais ging in Habachtstellung. Als Ibaka an Schiltz vorbeilief, nahm der Capitaine ebenfalls Haltung an und salutierte. Dann machte er, dass er wieder in den Wagen kam. Als er Platz genommen hatte, sagte Krier: »Der Botschafter …«

»Ja, ich weiß. Ein echter Vollpfosten«, entgegnete Schiltz.

»Nein, das meine ich nicht. Schauen Sie, was er mir gegeben hat, als ich ihm die Tür aufgehalten habe.«

Schiltz schnaubte. »Doch wohl kein Trinkgeld?«

»Fast.«

Der Lieutenant hielt ihm drei Schokoladenriegel hin. Sie waren in mattes blau-rotes Papier gehüllt und sahen recht edel aus – nicht wie das Produkt einer afrikanischen Bananenrepublik, eher wie das einer belgischen Konfiserie. Schiltz ließ sich die Riegel aushändigen.

»Ferretti?«

»Jawohl, Capitaine?«

»Der Kongo kommt frühestens in einer halben Stunde wieder raus. Wir drehen eine Runde.«

»Verstanden, Capitaine.«

Der Wagen setzte sich in Bewegung. Schiltz konnte erkennen, dass ihn seine beiden Untergebenen durch den Rückspiegel musterten. Er wusste, was sie wollten: sich diese Schokoriegel reinstopfen, jetzt gleich, während des

Dienstes. Seine Mundwinkel wanderten nach unten. Soldaten waren ein fürchterlich verfressenes Pack. Schiltz inspizierte die Etiketten. Vollmilch-Mandelkaramell. Dunkler Fondant mit Pistazien. Nougat-Orange.

»Caporal?«

»Jawohl, Capitaine?«

»Da vorn«, er zeigte auf eine Einfahrt, »halten wir kurz.«

Ferretti lächelte. »Alles, was Sie sagen, Capitaine.«

Sie hielten an. Als höchstem Rang gebührte Schiltz die erste Wahl. Er nahm den Mandelkaramell und reichte die anderen beiden Riegel an seine Untergebenen weiter.

»Und, Männer ... Wer seine Ausgehuniform zusaut, kriegt richtig Ärger.«

Ferretti und Krier nickten eifrig. Dann aßen sie. Andächtiges Schweigen erfüllte den Wagen. Der Duft von Kakao waberte durch den Innenraum. Schiltz betrachtete den Schokoriegel. Sein Rücken ziepte und müde war er auch. Außerdem hatte er noch zwei Fuhren vor sich. Mit ein bisschen Schokolade wäre all das leichter zu ertragen. Schiltz riss die Verpackung auf und biss ab.

»Die ist nicht übel, Chef«, bemerkte Krier kauend.

Der Lieutenant hatte recht. Man konnte von dem Botschafter halten, was man wollte – seine Schokolade war ziemlich gut. Angenehm knirschte der Mandelkaramell zwischen Schiltz' Zähnen, der Vollmilch-Fondant zerging ihm auf der Zunge. Er biss gleich noch mal ab.

Ein krachendes Geräusch ließ ihn hochfahren. »Aua, verdammt!«

»Alles klar, Chef?«

Schiltz hielt sich die Backe. »Ich habe auf irgendwas draufgebissen. Nussschale oder ...«

»Steinchen vielleicht«, sagte Krier.

»Afrikanisches Qualitätsprodukt«, fügte Ferretti hinzu.

»Ja, ja, hört bloß auf. Pause zu Ende. Weiter geht's.«

Der Caporal ließ den Wagen an. Kurz darauf waren sie wieder auf der Straße. Zaghaft fuhr Schiltz mit der Zunge über seinen Backenzahn. Er fühlte sich nicht gut an. Schiltz versuchte, das Objekt zu lokalisieren, auf das er gebissen hatte. Aber anscheinend war es bereits im Magen gelandet.

Es hatte den überkronten Zahn erwischt. Er würde nicht umhinkommen, einen Zahnarzt aufzusuchen. Wütend kurbelte er das Fenster herunter und warf den angebissenen Schokoriegel in hohem Bogen hinaus. Dann kramte er seine Liste hervor. Der nächste Botschafter stammte aus Jordanien. Man musste hoffen, dass er keine gezuckerten Nüsse im Angebot hatte. So oder so konnte der Tag kaum schlimmer werden.

Das an der Vorderkonsole hängende Funkgerät fiepte. Krier griff danach. »Lieutenant Krier. Was? Ja, natürlich.«

Er reichte Schiltz das Gerät. »Für Sie, Capitaine. Major Schmit.«

Schmit war für die Sicherheit im Großherzoglichen Palais zuständig. Schiltz nahm das Funkgerät entgegen und hörte zu. Seine Miene verfinsterte sich.

»Ferretti, neues Ziel.«

»Zurück zum Palais, Capitaine?«

»Nach Findel.«

»Flughafen?«

»Police Grand-Ducale.«

Krier schaute ihn besorgt an. Schiltz fiel auf, dass der

Lieutenant noch immer den halb gegessenen Pistazienriegel in der Hand hielt.

»Was ist los, Capitaine?«

»Botschafter Ibaka ist tot.«

»Aber wie …?«

»Weiß man noch nicht. Aber ich würde vorschlagen, dass keiner mehr was von dieser Schokolade isst.«

Schiltz konnte sehen, wie Krier bleich wurde. Während sie dem Hauptquartier der Luxemburger Polizei entgegenrasten, hielt der Capitaine sich die Backe. Sein Zahn tat wirklich höllisch weh. Er vermutete, dass dies nicht sein größtes Problem war.

2

Xavier Kieffer stand hinter der Theke des »Deux Eglises« und war dabei, eine Flasche Rivaner zu entkorken. Nicht zum ersten Mal an diesem Abend musste er gähnen. Gestern war es spät geworden. Erst um halb drei hatte er das Restaurant zugesperrt. Hoffentlich konnte er heute früher schließen.

Er goss Rivaner in ein Glas und stellte die Flasche in einen Kübel. Beides schob er dem an der Theke sitzenden Pekka Vatanen hin. Sein Freund und Stammgast murmelte ein Wort des Dankes und trank. Mit einem genüsslichen Schmatzer stellte er das Glas wieder hin.

»Der ist gut«, sagte Vatanen.

»Ist der gleiche wie gestern«, erwiderte Kieffer. Sein finnischer Freund saß fast jeden Abend an diesem Platz und trank ein Fläschchen. Er bestellte stets Rivaner, am liebsten Coteaux de Remich. Vatanens Trinkgewohnheiten waren derart berechenbar, dass Kieffer bei seinem Moselwinzer jedes Jahr sechzig Kisten dieses Weins blind ordern konnte – der schlaksige EU-Beamte trank ihn ganz sicher weg.

»Er ist immer gut«, sagte Vatanen.

Kieffer gähnte erneut.

»Müde?«

Kieffer nickte. Leise fügte er an: »Ech kéint krepéieren fir e Kaffi.«

»Wie bitte?«

»Ich brauche Kaffee, Pekka.«

»Sollte in einem Restaurant kein Problem sein, oder? Aber mir scheint, was du eigentlich brauchst, ist eine Mütze Schlaf.«

»Vermutlich.«

Der Koch wollte gerade die Espressomaschine anwerfen, als der Aufzug bimmelte. Das »Deux Eglises«, dessen Koch und Besitzer Kieffer war, lag in Clausen, einem der Luxemburger Unterstadtviertel. In der ville basse war alles etwas eng und gedrängt. Das traf nicht nur auf die Gässchen zu, sondern auch auf das Innere der meisten Häuser. Das alte Garnisonsgebäude auf der Rue Wilhelm, in dem das »Deux Eglises« untergebracht war, bot im Erdgeschoss gerade genug Platz für eine Theke und vierzig Plätze. Die Küche befand sich deshalb im ersten Stock. Theoretisch hätte man die Speisen auch über eine schmale steinerne Treppe nach unten transportieren können. Aber das war erstens anstrengend und zweitens hatten sich dabei in der Vergangenheit unerfreuliche Unfälle ereignet. Kieffer konnte sich noch gut an jenen Tag erinnern, an dem er beschlossen hatte, den Aufzug installieren zu lassen. Eine Aushilfskellnerin war auf dem Weg hinunter in den Schankraum gestolpert. Dem Mädchen war nichts passiert, aber sein vollbeladenes Tablett hatte sich in ein Geschoss verwandelt, genauer gesagt in eine Salve von Geschossen. Zwei Portionen Seezungenröllchen nach Grand-Duc-Art, ein Suppenteller mit Bouneschlupp sowie eine

Kasserolle Huesenziwwi waren durch den Schankraum katapultiert worden. Kieffer erinnerte sich noch genau an die einzelnen Gerichte. Schließlich hatte er nichtsahnend am Fuß der Treppe gestanden, als ihm der Bohnensuppen-Tsunami sowie der Schauer aus Fischbrocken, Pilzen und anderen Dingen entgegenkam. Wie die tapsige Kellnerin hieß, war ihm hingegen längst entfallen.

Nun kam alles per Aufzug. Er ging hinüber, öffnete das Türchen und holte zwei Teller Biwwelamoud heraus. Nachdem er sie an einen der Tische gebracht hatte, ging er zurück zur Kaffeemaschine. Kieffer klopfte gerade den Siebträger aus, als das Küchentelefon schellte. Seufzend nahm er ab. Es war seine Souschefin Claudine.

»Kannst du gleich hochkommen, Xavier?«

»Hütte brennt?«

»Hm, wir sind etwas hintendran.«

»Bin gleich da.«

Er schaute auf die Uhr. Es war erst halb acht. Wenn sie da bereits in Verzug waren, würde es später noch heiter werden. Kieffer legte den Siebträger weg. Er wandte sich Vatanen zu, zeigte nach oben und tippte sich gegen die Stirn.

Vatanen lächelte verschmitzt. »Doch kein Kaffee? Tja. No rest for the wicked.«

Kieffer ignorierte diese wenig hilfreiche Bemerkung und stieg die Treppe zur Küche empor. Oben angekommen sah er sofort, dass sie hintendran waren. Seine Postenköche hatten alle diesen stieren Blick, sie arbeiteten ruckartig, hastig. Niemand fluchte. Kieffer verzog das Gesicht. Wenn sie nicht einmal mehr fluchten, war das meist ein schlechtes Zeichen. Er machte sich an die Arbeit.

Als er für einen Kaffee wieder hinunter in den Schankraum ging, war es schon fast elf. Vermutlich wäre es besser gewesen, um diese Zeit keinen Espresso mehr zu trinken. Doch irgendwie spürte Kieffer, dass er so oder so schlafen würde wie ein Stein. Gegen neun war überraschend eine größere Gruppe Chinesen aufgetaucht, inzwischen war es erfreulich ruhig. Die verbliebenen Gäste arbeiteten an ihren Desserttellern, Kieffer selbst hatte sich eine Mummentaart aus der Küche mitgebracht, Luxemburger Apfelkuchen.

Vatanen saß immer noch an der Bar. Jemand musste ihm eine zweite Flasche Rivaner aufgemacht haben. Das zumindest vermutete Kieffer – der trinkfeste Finne hielt sich normalerweise keine drei Stunden lang mit einer Flasche auf.

»Der Kuchen sieht lecker aus«, sagte Vatanen.

Nun, da der Finne den Mund aufmachte, wurde Kieffers Vermutung zur Gewissheit. Vatanen lallte nicht, dafür soff er viel zu routiniert. Aber er versah jedes seiner Worte mit jener konzentrierten Betonung, mit der Betrunkene, die sich ihres Zustands bewusst sind, das Nuscheln zu vermeiden suchen.

»Nix da«, brummte Kieffer. »Das ist meiner.«

»Gibt's noch mehr davon?«

Der Koch schüttelte den Kopf. »Das letzte Stück. Aber wir haben noch Quetscheflued und Schokoladentorte. Was willst du?«

»Was für eine Frage. Natürlich Schoko.«

»Sahne?«

Vatanen nickte energisch. Dabei hielt er sich mit einer Hand am Tresen fest.

»Ich kann's mir ja leisten.«

Kieffer nickte. Anders als an dem nicht mehr ganz

schlanken Koch blieb an dem Finnen nichts hängen, egal, was dieser in sich hineinstopfte. Über das Telefon orderte er die Schokotorte. Dann setzte er sich mit Kaffee und Apfelkuchen zu Vatanen.

»Irgendwas ist in der Stadt los«, sagte der Finne.

»Ja?«

»Heute Nachmittag war in der Oberstadt alles abgesperrt. Ich stand ewig im Stau.«

»Ist was passiert?«

»Keine Ahnung. Irgendwer sagte, oben am Palais wäre was.«

Vatanen meinte das Großherzogliche Palais, die Stadtresidenz des Luxemburgischen Staatsoberhauptes. Sie befand sich in der Altstadt.

»Am Palais ist immer was los«, erwiderte der Koch kauend.

Vatanen goss sich Wein nach. »Das stimmt. Hoher Besuch, vermutlich. Auf jeden Fall ist es mit dem Auto da oben gerade wieder eine Qual.«

Der Aufzug klingelte. Kieffer erhob sich und kam mit Vatanens Schokoladenkuchen zurück, einer wuchtigen Angelegenheit mit Ganache-Füllung. Über die tiefbraune Torte waren breite Späne aus weißer Schokolade gehobelt worden.

»Guten Appetit, Pekka.«

Der Finne nickte und begann, den Kuchen in sich hineinzuschaufeln. Die Sache ging erstaunlich schnell und war nicht schön anzusehen.

»Ich muss jetzt rauchen«, sagte Kieffer.

Vatanen kratzte die letzten Schokoladenreste vom Teller. »Und ich muss gehen. Habe morgen einen Termin in Straßburg, viel zu früh, natürlich.«

Gemeinsam traten sie vor die Tür. Das »Deux Eglises« befand sich am Fuße des Kirchbergs, hinter dem alten Gemäuer ragte der Hang auf. Unter ihnen lag Clausen, in der Dunkelheit nur eine Ansammlung grauer Dächer und Türmchen. Rechts erhob sich die hell beleuchtete Oberstadt. Kieffer gähnte.

»Schlaf dich mal aus«, sagte Vatanen.

»Morgen früh eher nicht. Ich fahre nach Brüssel.«

»Und da?«

»Ich besuche eine Freundin.«

Pekka Vatanen zog die Augenbrauen hoch. Alles, was mit Frauen und Frauengeschichten zusammenhing, interessierte den Finnen brennend. Er stupste Kieffer am Arm.

»Details, bitte.«

Kieffer entzündete zunächst eine Zigarette, sog Rauch ein.

»Gibt nicht viel zu erzählen. Sie hat einen Laden in Brüssel. Schokolade, Pralinen. Ich kenne sie schon sehr lange, hatte sie aber aus den Augen verloren.«

»Woher?«

»Aus Paris.«

»Du hast es irgendwie mit den Pariserinnen, hm?«

Vatanen spielte auf Kieffers Freundin an, die französische Gastrokritikerin Valérie Gabin. Mit ihr war er seit über fünf Jahren liiert.

»Keine Pariserin. Ketti ist Luxemburgerin. Ich habe sie kennengelernt, als ich im ›La Houle‹ gearbeitet habe.«

Kieffer hatte in einem Pariser Fischrestaurant dieses Namens den Posten des Souschefs bekleidet. Das war eine Ewigkeit her, bald ein Vierteljahrhundert. Er musste damals um die fünfundzwanzig gewesen sein. Das »La

Houle« hatte in einer Seitenstraße des Boulevard de Montparnasse gelegen. Schräg gegenüber befand sich seinerzeit ein Bistro mit dem wunderlichen Namen »La Couleur Tombée Du Ciel«. Die Küche war weniger ambitioniert als die des »La Houle«, aber »La Couleur« besaß dennoch einen guten Ruf, vor allem wegen der Nachtische und Kuchen. Viele Gäste aßen in einem der vielen Restaurants rund um die Kreuzung der Boulevards Montparnasse und Raspail, um dann auf einen Nachtisch ins »Couleur« überzusiedeln. Auch Kieffer war häufig dort gewesen, hatte sich an Paris-Brest-Kränzen, Vitréais und Religieuses gütlich getan. Irgendwann fragte er die Kellnerin, woher diese fantastischen Kuchen eigentlich stammten. So hatte er Ketti Faber kennengelernt.

»Ketti also«, sagte Vatanen. »Und die ist Konditorin?«

Kieffer nickte. »Eine sehr gute. Inzwischen macht sie aber nur noch Schokolade. Schaue ich mir morgen an.«

»Das Mädchen oder die Schokolade?«

»Beides. Wir haben uns neulich zufällig wiedergetroffen.«

»Auf Facebook oder auf Tinder?

»Ich bin nicht auf Facebook. Von dem anderen habe ich noch nie was gehört.«

Vatanen kicherte. »Und dir glaube ich das sogar. Wo hast du sie dann getroffen?«

»Ganz altmodisch auf dem Knuedler.«

Kieffer war in Eile gewesen, Ketti anscheinend auch. Sie waren vor einem der Stände auf Luxemburgs Marktplatz zusammengestoßen. »Ich dachte, du wärst in New York«, hatte sie gesagt. Er war so baff gewesen, dass er lediglich »Zwou Kierchen« und »Ënnerstad« herausbekommen hatte. Dann war er weitergelaufen. Weil er es ja eilig gehabt hatte. Nun, vielleicht nicht nur deshalb. Aber sie war ihm nachgegangen, hatte ihm ihre Visitenkarte in die Hand gedrückt und ihm dabei fest in die Augen geschaut, mit den Worten: »Versprich, dass du anrufst.«

»Ist sie hübsch?«

»Auf eine Art.«

»Was soll das denn bitte heißen?«

»Ich … erklär's dir ein andermal.«

»Typisch, Xavier. Immer, wenn wir über Frauen reden, ist es dir unangenehm.«

Es war ihm überhaupt nicht unangenehm. Was ihm missfiel, war, dass sich jedes dieser Gespräche früher oder später auf Anatomie und sexuelle Vorlieben der jeweiligen Dame reduzierte. Angesichts der Tatsache, dass Vatanen fast zwei Flaschen intus hatte, vermutlich eher früher.

»Ich muss jetzt wieder rein. Kann dir ja die Tage mal ein altes Foto zeigen, wenn ich eins finde.«

»Abgemacht.«

Der Finne grinste anzüglich. »Dann morgen viel Spaß mit deiner kleinen Praline. Ich pack's jetzt.«

Die Hand zum Gruß erhoben, ging Vatanen erstaunlich sicheren Schrittes den leicht abschüssigen Parkplatz hinab und bog in die Rue Wilhelm ein. Kieffer schaute ihm einen Moment nach, bevor er die Zigarette austrat und in sein Lokal zurückkehrte.

Zunächst sah er noch einmal in der Küche nach dem Rechten, aber dort war nicht mehr viel zu tun. Vielleicht würde er heute tatsächlich zu einer annehmbaren Zeit ins Bett kommen. Nachdem er an der Bar und im Schankraum ein wenig aufgeräumt hatte, verabschiedete er sich von seiner Souschefin und verließ das »Deux Eglises«.

Allzu weit hatte er es nicht. Sein Wohnhaus befand sich in Grund, einem weiteren Unterstadtbezirk. Kieffer spazierte zunächst ins Clausener Zentrum hinab. Statt von dort die Rue de la Tour Jacob nach Grund zu nehmen, wählte der Koch einen schmalen Fußweg, der direkt an der Alzette entlangführte, jenem Fluss, der die gesamte Unterstadt durchschnitt.

Kieffer musste an seine Begegnung mit Ketti auf dem Knuedler denken. Wann hatte er sie davor das letzte Mal gesehen? Er erinnerte sich noch gut daran, wie sie aus ihrer gemeinsamen Wohnung ausgezogen war, in einer dramatischen Aktion. Das Jahr wusste er allerdings nicht mehr. Danach war sie ihm noch einige Male über den Weg gelaufen, unvermeidlicherweise. Paris war zwar groß, aber die Küchenszene war es letztlich nicht. Natürlich gab es Restaurants ohne Zahl. Aber nachts um halb drei, wenn die Köche einen Absacker trinken wollten, traf sich die ganze Mischpoke immer in den drei, vier gleichen Lokalen, in denen man zu solch später Stunde überhaupt noch etwas bekam. Und dann war da natürlich der Rungis. Auch auf dem Großmarkt traf man sich zwangsläufig.

Er hatte sie also nach ihrer finalen Trennung noch öfter gesehen, aber nie mehr mit ihr geredet. Mehr als einmal war er auf dem Absatz umgekehrt, sobald er Ketti durch die Scheibe einer Bar sah, die er hatte betreten wollen. Auf dem Rungis stahl er sich aus Pavillons, wenn er sie am anderen Ende ausmachte.

Kieffer lief unter einer Eisenbahnbrücke hindurch und gelangte zu den Resten der alten Stadtmauer, die quer durch das Alzettetal lief. Über einen schmalen Wehrgang erreichte er die Neumünster-Abtei und lief durch deren Innenhof. Kurz darauf fand er sich in einer kleinen Altstadtgasse wieder. Nun musste er nur noch die steinerne Alzettebrücke überqueren, um zu seinem Haus in der Rue Saint Ulric zu gelangen, Nummer 27a.

Drinnen machte er eine Flasche Riesling auf und goss sich ein großes Glas ein. Damit setzte er sich an den Küchentisch und rauchte eine Ducal. Kurz erwog er, den Fernseher anzuschalten und sich die Nachrichten anzuschauen. Aber irgendwie war er dafür zu müde und so richtig interessierte es ihn auch nicht.

Stattdessen kramte er einen Ausdruck hervor, den er im Büro gemacht hatte. Es handelte sich um die Internetseite von Kettis Laden. Der Ausdruck zeigte ein Logo, vier kleine Quadrate, durch die in der Diagonalen eine Bruchlinie ging. Vermutlich sollte das eine Schokoladentafel symbolisieren. Darunter stand: »Ketti Faber. Chocolatière. Bruxelles.« Die Adresse lautete 25, Rue Saint Jean. Das war irgendwo im Zentrum, nahe des Kunstbergs. Um dort die Ladenmiete bezahlen zu können, musste man eine Menge Schokolade verkaufen. Nach allem, was er sich ergoogelt hatte, tat Ketti das wohl. Sie hatte bei den International Chocolate Awards mehrere Medaillen gewonnen.

Kieffer steckte sich noch eine Zigarette an. Eigentlich war es seltsam, dass er nicht schon früher etwas von ihrem Erfolg mitbekommen hatte. Zwar war ihr Kontakt vor über zwei Jahrzehnten abgerissen. Aber er hatte auch nie etwas über sie in der Gastrofachpresse gelesen. Vermutlich lag es daran, dass er sich für Schokolade im Wesentlichen als Konsument interessierte. Was das Kochen anging, so waren Süßspeisen schon immer seine offene Flanke gewesen – viel mehr als einen schnöden Schokopudding bekam er nicht hin.

Er steckte den Ausdruck wieder in die Tasche seiner Lederjacke, damit er ihn morgen früh parat hatte, wenn er losfuhr. Was ihm noch immer Rätsel aufgab: Warum hatte Ketti ihn in New York gewähnt? Er hatte dort nie gewohnt.

Der Koch erhob sich. Er ging ins Wohnzimmer und öffnete die Schränke unter dem Bücherregal. Darin befanden sich ein paar alte Fotoalben. Er legte sie auf den Couchtisch und begann, darin zu blättern. Der erste Band enthielt Schulfotos – nicht das, was er suchte. Der zweite umfasste seine Lehrjahre im »Rénard Noir« in der Champagne. Ein sehniger junger Bursche mit Küchenschürze und lächerlich hoher Toque blickte ihm entgegen. Nicht zu fassen, dass er allen Ernstes einen Pferdeschwanz gehabt hatte. Erst im dritten Album fand Kieffer, was er suchte: seine Pariser Jahre. Nach der Lehre bei Sternekoch Paul Boudier hatten es natürlich Sternerestaurants sein müssen, natürlich in Paris.

Die meisten Aufnahmen waren mit der Agfa-Klack aus der Hüfte geschossen und nach heutigem Maßstab entsetzlich. Verwaschene Gestalten, die der Autofokus nicht richtig zu fassen bekommen hatte, grinsten ihm entgegen. Ihre Augen waren entstellt vom Blitz. Dennoch konnte man sehen, dass sie gehörig einen sitzen hatten. Ein paar Bilder zeigten ihn oder irgendwelche Kollegen bei der Arbeit in der Küche. Die meisten aber schienen in Bistros oder Kellerclubs aufgenommen worden zu sein. Soweit er sich erinnern konnte, entsprach die Bildauswahl ziemlich genau seinem damaligen Alltag. Wenn sie nicht gerade geschuftet hatten, waren sie eigentlich ständig unterwegs gewesen, um zu feiern. Es gab kaum ein Foto, auf dem Kieffer nicht irgendein Getränk in der

Hand hielt. Dass viele der Bilder grell und unscharf waren, erschien ihm im Rückblick durchaus passend. Sein ganzes Leben war damals überbelichtet gewesen und verwackelt obendrein. Es gab eine Menge Dinge, an die er sich nicht mehr erinnerte, vor allem zum Ende seiner Paris-Zeit hin.

Bilder von Ketti waren keine im Album, genauer gesagt nicht mehr. An verschiedenen Stellen hatte jemand Fotos herausgerissen, vermutlich er selbst. In der zweiten Hälfte des Albums fand Kieffer ein großformatiges Foto von sich. Darauf trug er eine Diesel-Jeans in jenem seltsam beuteligen Karottenschnitt, der damals modern gewesen war, dazu ein »Rattle & Hum«-Shirt. Seine Mundpartie zierte ein dämlicher D'Artagnan-Bart, in jeder Hand hielt er ein Küchenbeil. Anscheinend stand er auf der Theke einer Bar. Hinter ihm hing ein riesiges Schild, auf dem »Café Quotidien« stand. Das war im »L'Abysse« gewesen, einer ihrer Stammtränken, vermutlich zu sehr später Stunde. Kieffer sah dem Irren mit den Hackebeilen einige Sekunden lang in die fiebrigen Augen. Was er darin erblickte, gefiel ihm nicht.

Er kam allmählich zum Ende des Albums, das allerdings nicht gleichbedeutend war mit dem Ende seiner wilden Pariser Jahre. Damals war er oft so von Sinnen gewesen, dass ihm am nächsten Tag die Erinnerung an den Vorabend fehlte. In dieser Spätphase hatte er es nachmittags kaum mehr geschafft, sich zur Arbeit zu schleppen. Ganz bestimmt hatte er da keine Fotos mehr in Alben eingeklebt.

Auf der vorletzten Seite fand er sie. Er löste das Foto aus dem Album und nahm es in die Hand. Damals war sie Anfang zwanzig gewesen. Auf Vatanens Frage, ob

Ketti Faber hübsch sei, hatte er »auf eine Art« geantwortet, und das stimmte. Das Mädchen, das ihm mit ernsten Augen entgegenblickte, war nicht gerade eine klassische Schönheit. Sie maß höchstens einsfünfundsechzig und besaß ein Kreuz, das manchen Mann neidisch gemacht hätte. Ihre Beine waren zu kurz, dafür aber muskulös. In ihrer Jugend hatte sie Barren geturnt. Unter all den mageren Pariserinnen mit ihren hochhackigen Schuhen war Ketti auf jeden Fall ein Exot gewesen, eine wie sonst keine. Das hatte eine Rolle gespielt, die Torten und Kuchen natürlich auch.

Wegen ihres Bubischnitts und ihres runden Gesichts hatte einer ihrer Kumpel Ketti einst als »Punkversion von Mireille Mathieu« bezeichnet. Auf dem Foto konnte man das allerdings nicht gut erkennen, denn Kettis Kopf lag hinter dichtem Rauch verborgen, hinter Schwaden von fast milchartiger Konsistenz. Kieffer wusste, dass dieser aus der sehr dicken Zigarette in ihrer Hand stammte – einer Boyards Caporal, dem schlimmsten Lungentorpedo, den Frankreich je produziert hatte, mit mehr Nikotin und Teer als drei Gauloises Blondes. Kurz bevor die Regierung die Dinger verbot, hatte sich Ketti einen ganzen Kofferraum voll gekauft.

Ihre Augen blickten durch den Boyards-Nebel, direkt in die Kamera. Gott, dieser Blick – er versprach Spaß, Abenteuer, Genuss und jede Menge Ärger. Aber das ist Jahrzehnte her, dachte er sich. Und ich bin für diese Scheiße schon seit Langem nicht mehr anfällig. Er schob das Foto zurück in das Album und klappte es zu.

»Boyards«, murmelte er lächelnd, »das waren Dinger.«

Dann ging er zu Bett.

3

Kieffer brach ein Stückchen von der riesigen Schokoladentafel ab. Sie war so groß wie eine Zeitungsseite und lag auf einem Aluminiumblech. Die Schokolade war hellbraun. Sie besaß keine Rippen, sondern war völlig glatt, abgesehen von einigen kleinen Hubbeln hier und da – Nüsse vielleicht oder getrocknete Früchte. Der Koch führte das Stück zum Mund und biss ab.

Die neben ihm stehende Ketti Faber musterte ihn währenddessen aufmerksam. Sie befanden sich im hinteren Teil ihres Brüsseler Geschäfts. Im vorderen Bereich gab es große Vitrinen mit Pralinen, Trüffeln und handgeschöpfter Tafelschokolade, ferner Regale mit bereits abgepackter Ware. Dahinter lagen die Produktionsräume. Von einer Küche im klassischen Sinne konnte man kaum sprechen. Herdplatten und Öfen fehlten, stattdessen gab es mehrere Arbeitsflächen sowie insgesamt drei Kühlschränke. An einer Wand standen zwei Geräte, die ein wenig an Getränkespender erinnerten. Tatsächlich handelte es sich um Temperiermaschinen. In einem Behälter wurde flüssige Schokolade auf Temperatur gehalten und kontinuierlich gerührt. Der Chocolatier brauchte nur auf einen

Knopf drücken und eine entsprechende Form unter die Düse halten – Schoko nonstop. In hohen Regalen standen außerdem Dutzende durchsichtige Plastikbüchsen, voll mit jenen Dingen, die Ketti zum Verfeinern und Garnieren ihrer Produkte benötigte, darunter geschrotete Haselnüsse, getrocknete Feigen und gezuckerte Quitten.

Kieffer schloss die Augen. Zunächst kaute er nicht, sondern wartete einfach. Der Schmelzpunkt von Schokolade entsprach ziemlich exakt der menschlichen Körpertemperatur. Ketti hatte ihm einst erklärt, dies sei ein Wink Gottes – ein Hinweis darauf, dass Schokolade in den Mund gehöre.

Die Milchschokolade zerging ihm auf der Zunge. Sie schmeckte süß, aber er bemerkte auch eine salzige Note. Kieffer spürte etwas an seinem Gaumen. Das waren keine Nüsse. Es waren auch keine kandierten Früchte. Der Koch begann zu kauen. Er öffnete die Augen und sah Ketti an.

»Das sind doch nicht etwa Oliven?«

»Doch.«

»Aber die schmecken überhaupt nicht bitter.«

»Sind Taggiasca-Oliven. Ziemlich selten, ich hab sie eher zufällig entdeckt, in Ligurien. Werden im halbreifen Zustand geerntet. Sind sehr klein und sehr mild.«

Milchschokolade mit Oliven – hätte sie ihm das vorher erzählt, wäre Kieffer vermutlich der Meinung gewesen, diese Kombination funktioniere überhaupt nicht. Aber sie tat es, wenn auch auf eine ungewöhnliche Weise.

Ketti grinste. »Deinem Gesicht sehe ich an, dass du lieber noch was Traditionelles probieren würdest.«

»Vielleicht.«

»Alter Langweiler. Aber meinetwegen.«

Sie zeigte auf ein weiteres Blech. »Hier, dunkle Schokolade aus Ecuador, mit kandierter Orange. Und das da drüben ist auch Dunkel, Trinitario-Kakao aus Madagaskar, sehr selten, mit Nibs.«

»Nibs waren die …?«

»In der Kakaofrucht sind Samen, mit einer harten, ungenießbaren Schale drumrum. Die entfernt man. Dabei zerbröseln die Kerne, die sind sehr spröde. Die kleinen Stücke, die übrig bleiben, nennt man Nibs.«

»Die dann zu Kakaopulver zermahlen werden?«

»Normalerweise ja. Aber man kann zusätzlich noch Bruchstücke unter die Schokolade mischen. Die Nibs sind bröckelig und knusprig. Geben der Sache ein bisschen Crunch.«

Nicht alles, was Kieffer probierte, entsprach seinem Geschmack. Aber zweifelsohne waren Kettis Produkte alle von hervorragender Qualität. Er hatte nichts anderes erwartet. Während sie aus einem Kühler einige ihrer prämierten Pralinen holte, beobachtete Kieffer die Konditorin. Der Mireille-Bubikopf war verschwunden. Stattdessen hatte sie nun eine ziemlich wilde Igelfrisur. Außerdem musste Ketti mindestens zehn Kilo abgenommen haben, sie wirkte fast hager. Er dachte an die Bilder in seinem Fotoalbum. Du seit damals zehn runter, ich zehn rauf, na, vielleicht eher zwanzig.

Ketti kam mit einem Teller voller Pralinen zurück. Der Koch probierte, lobte deren Qualität.

»Wo kriegst du deine Schokolade her? Großhandel?«

Sie schüttelte den Kopf.

»Für normale Konditoreiware würde das reichen. Aber was wir hier machen, ist ja ein bisschen wie Sterneküche. Ich arbeite deshalb mit einer Kakaoplantage in Honduras und mit einer in Madagaskar. Die machen mir Mischungen nach meinen exakten Vorgaben und schicken mir dann die Blöcke.«

Sie gingen wieder nach vorne. Eine Verkäuferin packte gerade, den Instruktionen eines asiatischen Kunden folgend, Trüffel in eine Box. Kieffer fiel ein Gemälde hinter der Theke auf, das er zuvor nicht bemerkt hatte. Es zeigte einen Mann mit Tiergesicht, der neben einem Baum stand. Der Koch zeigte darauf.

»Sieht irgendwie nach Maya aus.«

»Azteken. Das ist Quetzalcoatl.«

»Habe ich schon mal gehört. Aber ich dachte, der wäre so eine gefiederte Schlange. Der hier sieht ja ziemlich menschlich aus.«

»Er kann beides sein. Diese Aztekengötter sind ziemlich kompliziert, die meisten von ihnen besitzen verschiedene Aspekte. Der Aspekt von Quetzalcoatl, der den Wind symbolisiert, heißt Ehecatl-Quetzalcoatl, das ist deine gefiederte Schlange. Aber in dem Aspekt auf dem Bild hier ist er der Vermittler von Wissen und hat menschliche Gestalt.«

»Und der hängt hier, weil die Schokolade von den Azteken kommt?«

»Wegen eines Mythos. Die aztekischen Götter haben sich ausschließlich von einem Trank ernährt, der aus cacahuaquahitl gebraut wurde, aus Kakao.«

»Klingt ein bisschen wie Nektar und Ambrosia bei den griechischen Göttern.«

»Vielleicht. Auf jeden Fall hat Quetzalcoatl seinen Götterkollegen den Kakaobusch geklaut und ihn den Menschen geschenkt. Die anderen Götter waren stinksauer und haben ihn deswegen aus dem Himmel geschmissen.

Und sie haben Quetzis Frau zu Tode gefoltert, um rauszufinden, wo er den Busch versteckt hat. Ihr Blut sickerte in die Erde und ließ den Kakaobaum überall wachsen.«

Kieffer runzelte die Stirn. »Blut als Dünger? Klingt in der Tat nach Azteken. Das waren doch die mit den Menschenopfern?«

»Ja. Blut und Kakao waren bei den Azteken fast synonym. Die haben ihrem Kakaotrunk sogar Farbstoffe beigemischt, damit er tiefrot wurde.«

Sie schwiegen einen Moment. Dann sagte Kieffer: »Machst du noch Kuchen?«

Ketti legte den Kopf schief.

»Nur ganz selten. Ich bin jetzt voll auf Schokolade. Hast du etwa Hunger?« Sie lächelte. »Deinen berühmten Kuchenhunger?«

»Hatte ich den früher?«

»Du hast oft drei Stücke auf einmal verdrückt. Total bekifft, meistens.«

»Hm. Also, einen Kaffee könnte ich auf jeden Fall gebrauchen. Und vielleicht auch ein Stück Kuchen.«

Er hatte höchstens sechs Stunden geschlafen, und die schlecht. Gegen acht Uhr war er aufgebrochen, ohne ein nennenswertes Frühstück im Bauch.

»Ich weiß, wo wir hingehen«, sagte sie, »ins ›Arcas‹. Die haben guten Kaffee und guten Kuchen. Ist hier gleich um die Ecke.«

Er war einverstanden. Ketti instruierte ihre Verkäuferinnen, dann verließen sie den Laden. Sie liefen am Mont des Arts vorbei und gelangten kurz darauf zum Eingang einer großen Belle-Epoque-Galerie. Sie war voller Japaner und Russen, deren Führer grellbunte Regenschirme emporhielten. Es war nicht ganz einfach, sich einen Weg zu bahnen, denn die meisten Touristen strömten ihnen entgegen.

»Gerade ist es wieder besonders schlimm«, sagte Ketti. »Gut fürs Geschäft, sicher, aber die Innenstadt geht langsam vor die Hunde.«

»Wo wollen die alle hin?«

»Na, zum Grand Place, klick, klick, klick. Und vorher hier, Galérie Saint-Hubert, klack, klack, klack.«

Nach vielleicht zweihundert Metern hatten sie die Galerie durchquert. Rechter Hand des Eingangs standen Tische und Stühle.

»Da ist es«, sagte Ketti.

Sie setzten sich und bestellten. Ketti hatte ihm nicht zu viel versprochen. Kieffers Birnenkuchen war hervorragend. Sie schaute zu, wie er das Stück vertilgte, ihre Augen verrieten eine gewisse Belustigung.

»Wer erzählt zuerst?«, fragte er.

»Was genau?«

»Die letzten fünfundzwanzig Jahre.«

»Ach so. Fang du an«, sagte Kieffer.

Der Koch holte seine Zigaretten heraus und bot Ketti eine an. Sie schüttelte den Kopf.

»Ich habe schon vor Ewigkeiten aufgehört damit.«

»Du? Du hast dich von den Dingern ernährt«, erwiderte er, »Boyards Caporal.«

»Ich geh jetzt rennen. Das verträgt sich nicht. Also, fang du lieber an. Bin so gespannt.«

Kieffer gab ihr einen kurzen Abriss. Dabei ließ er allerhand weg, beispielsweise das unrühmliche Ende seiner Pariser Zeit. Er konnte sich ohnehin nicht mehr gut daran erinnern. Soweit Kieffer wusste, hatte er nach seiner Trennung von Ketti noch ein gutes Jahr mit unverminderter Geschwindigkeit weitergemacht – weiße Nächte, schwarze Tage, Kochen, Feiern, Kochen, Feiern, bis zur Besinnungslosigkeit. Nach dem unvermeidlichen Zusammenbruch hatte er sich nach Hause verkrochen, in sein elterliches Haus in der Rue St. Ulric. Es war ihm wie eine schmähliche Niederlage vorgekommen – von der großen Welt zurück ins Kaff. Aber bald war Kieffer klar geworden, das ihm die kleine, vertraute Stadt ziemlich guttat. Nach einem Jahr des Nichtstuns hatte er Lust bekommen, wieder ein bisschen zu kochen. Zunächst für sich selbst, dann für ein paar alte Bekannte. Irgendwann kochte er wieder beruflich, als Küchensöldner ohne Festanstellung. Manchmal half er in den besseren Restaurants von Luxemburg-Stadt oder Esch-sur-Alzette aus. Öfter jedoch brutzelte und garte er auf kleinen Volksfesten oder bei Privatpartys auf dem Land, in Orten, deren Namen außerhalb Luxemburgs kein Mensch kannte: Préizerdaul, Walferdingen, Niederwiltz, Schieren. Da waren keine französischen Feinheiten gefragt, sondern Luxemburger Hausmannskost. Viele der Gerichte hatte er seit Ewigkeiten nicht mehr zubereitet: Gromperekichelcher, Luxemburger Kartoffelpuffer; Judd mat Gaardebounen, Schweinenacken mit Saubohnen; Wäinzossis mat Moschtersoos, Bratwürste in Senftunke.

Nach der jahrelangen Arbeit im Sternerestaurant kam ihm all das zunächst banal vor, ja piefig. Aber er tischte den Leuten auf, was sie verlangten. Und irgendwann wurde ihm klar, dass er noch nie so glückliche Gäste gesehen hatte. Die Menschen dankten ihm jedes Mal überschwänglich – und klagten ihm, man bekomme Rëndsbrot oder Kniddelen ja nirgendwo mehr so zubereitet wie früher.

»Und dann hast du gemerkt, dass das eine Marktlücke ist?«, fragte Ketti.

Kieffer nickte. Zwei Jahre lang war er mit einer mobilen Küche durch die Provinz gezockelt und hatte Luxemburger Spezialitäten gekocht. Dann war Kieffer das rollende Provisorium irgendwann leid gewesen, und er hatte sein eigenes Restaurant eröffnet.

Kieffer schüttelte den Kopf.

»Was denn jetzt?«

»Die Marktlücke .. die war wohl da, klar. Diese ganzen Luxemburger Klassiker galten damals als sehr unmodern, geradezu unfein. Kein Topkoch wollte so was auf seiner Karte. Das war ja, bevor regionale Küche populär wurde. Aber ich glaube, deshalb habe ich es nicht gemacht.«

»Sondern?«

»Weil mich diese Art zu kochen … es hat mich viel glücklicher gemacht als diese Sternesachen.«

Sie schaute ihn einen Moment lang an. »Diese Art von Essen passt auch viel besser zu dir.«

»Ja. Hat ein bisschen gedauert, bis ich das rausgefunden habe. Aber genug von mir, jetzt kommst du.«

Sie trank einen Schluck von ihrem Kaffee. Dann schaute sie in den Brüsseler Himmel, so als müsse sie sich ihr Leben erst wieder ins Gedächtnis rufen.

»Ich bin auch weg aus Paris. Vermutlich in etwa zur gleichen Zeit wie du, so Mitte Neunziger. Nur bin ich nicht nach New York, sondern nach Indien, und von da … was lachst du?«

»Weil du wieder mit New York ankommst«, erwiderte er.

»Du wolltest dort ein Restaurant aufmachen, Xavier.«

»Habe ich dir das jemals …«

»Mir nicht. Aber jeder in Paris wusste davon.«

»Oh Gott.«

Ketti musterte ihn einen Moment, sagte aber nichts. Ihr Blick verriet ihm allerdings, dass sie nun verstand, wie dieses New-York-Gerücht zustande gekommen war. Vermutlich hatte Kieffer jedem, der nicht schnell genug flüchtete, erzählt, er werde in New York sein eigenes Ding machen. Der Koch besaß keinerlei Erinnerung mehr an den Vorgang, aber er konnte sein fünfundzwanzig Jahre jüngeres Ich quasi vor sich sehen. Xavier, der irgendeinem Kollegen mit weit aufgerissenen Augen und viel zu schnell redend seine hochfliegenden Pläne erläutert. Ein französisches Restaurant, wie es Manhattan noch nicht gesehen hat, in Soho. Ja, alles so gut wie in trockenen Tüchern. Habe bereits Investoren an der Angel, stelle gerade mein Team zusammen, einen Gardemanger suche ich auch noch, soll ich dich anrufen? Klar, ich denke an dich, wenn's los geht, hundert Prozent.

Kurz darauf war er aus Paris verschwunden. Die Leute hatten vermutlich gedacht, er sei tatsächlich nach New York gegangen. Dabei war er in der Klinik gewesen.

»Sorry«, sagte Kieffer. »Du warst gerade bei Indien.«

»Indien, genau. Ich dachte, ich könnte da zu mir selbst finden. Ashram. Meditieren, clean werden ....«

»Hat es geklappt?«

»Nein, nicht. Kein Pulver mehr, aber dafür Unmengen Shit. Danach Thailand, Indonesien, später Südamerika. Das ging fast zwei Jahre. Zwischendurch bin ich fast krepiert.«

»Was?«

»An irgendeiner Durchfallerkrankung, keine Ahnung. Ich lag in Hanoi drei Wochen in einem Hotel und wurde immer schwächer, bis zufällig ein Arzt einer Hilfsorganisation vorbeikam. Joseph. Engländer. Der hat mir das Leben gerettet. Danach war ich völlig clean. Ganz ohne Meditation.«

In ihrem zweiten Leben, erzählte Ketti, habe sie an verschiedenen Orten als Konditorin gearbeitet und irgendwann den Laden in Brüssel eröffnet. Über die Jahre erarbeitete sie sich einen guten Ruf, wurde von Gastrokritikern entdeckt und mit allerlei Preisen ausgezeichnet. Als sie ihm all das erzählte, erwartete Kieffer, Stolz in Ketti Fabers Gesichtszügen zu sehen, Zufriedenheit über das Erreichte. Aber sie wirkte unruhig. Er fragte sie danach.

»Nein, alles okay. Die Preise sind schön, aber eigentlich egal.«

»Dir war immer schon egal, was andere denken.«

»Total. Aber es ist auch … ich will was verändern.«

»Was denn?«

»Schokolade ist toll, weil alle sie lieben und man damit so viel machen kann. Aber es ist auch ein seltsames Produkt.«

»Wieso?«

»Wie gesagt, bin viel rumgekommen. Südamerika, Indonesien, Golf von Guinea. Und natürlich habe ich mir auch ein paar Kakaoplantagen angeschaut. Die Bauern sind alle bitterarm, oft wird die Arbeit von Kindern gemacht, vor allem in Afrika. Die meisten Chocolatiers waren noch nie da. Sie sind eigentlich gar keine.«

»Inwiefern?«

»Der Kakao kommt von der Elfenbeinküste und aus Ghana. Eine Handvoll Konzerne kauft alle Bohnen auf, verschifft sie nach Europa. Dort wird das Zeug weiterverarbeitet, zu Schokolade.«

»Ja, und?«

»Verstehst du nicht? Wir Chocolatiers machen gar keine Schokolade. Wir kaufen nur das Vorprodukt, Kuvertüre. Die schmilzt man ein, macht Pralinen draus.«

»Aber jeder Koch kauft Zutaten. Ich mahle mein Mehl ja auch nicht selbst.«

»Mehl ist aber auch nicht der Kernbestandteil deiner Küche.«

»Den Hasen fürs Huesenziwwi ziehe ich auch nicht selbst auf.«

»Sorry, Xavier, aber das ist nicht das Gleiche. Wenn der gehäutete Hase bei dir ankommt, kannst du immer noch ganz gut einschätzen, ob er von guter Qualität ist. Wir bekommen das fertige Produkt angeliefert. Woher die Bohnen stammen, wer sie verarbeitet hat …«

»Ich kenne mich da nicht so aus, aber es gibt doch auch Leute, die ihre Kakaobohnen … wie heißt das neudeutsch – selbst sourcen?«

»Klar, die gibt es. Nennt man Bean-to-Bar. Du suchst dir eine kleine Plantage – meist in Südamerika. Die schaust du dir genau an, überprüfst deren Produktion. Fermentieren sie richtig, trocknen sie richtig, arbeiten da Kinder? Du verwendest nur deren Bohnen und mahlst die selber.«

»Voilà. Wieso machst du das nicht?«

»Weil es zu klein gedacht ist.«

Kieffer senkte den Kopf und zündete sich eine Ducal an, damit sie seinen belustigten Gesichtsausdruck nicht sah. Letztlich ging es bei Ketti immer darum, dass man es nicht einfach machen sollte, wenn es auch kompliziert ging. Seine Ex-Freundin arbeitete sich gern an Dingen ab, suchte sich stets den steilen, steinigen Weg aus.

»Ja, ich weiß schon, was du denkst. Ketti will mal wieder mit dem Kopf durch die Wand. Aber das ist es nicht. Klar kann man ethisch einwandfreie Schokolade produzieren. Aber nur in kleinen Mengen und für viel Geld. Weißt du, was so eine Bean-to-Bar-Tafel kostet?«

»Äh, nein. Ehrlich gesagt kaufe ich immer Alpengold.«

»Banause. Was kostet die? Einsfünfzig? Eine richtig gute Bean-to-Bar gibt es nicht unter acht, eher zwölf.«

»Du meinst, man kann damit keine Masse machen.«

»Richtig. Und wenn man keine Masse macht, hilft man den Farmern nicht. Die Schweinerei ist ja in Wahrheit, dass die ganze Wertschöpfung in Europa stattfindet.«

»Das sagt Pekka auch immer.«

»Wer?«

»Mein Freund Pekka Vatanen. Er ist Agrarexperte beim Europäischen Parlament.«

»Recht hat dein Freund. Die Lösung wäre, die Schokolade vor Ort zu produzieren.«

»In Afrika?«

»Ja, in Afrika. Von unseren eigenen Bäumen – Tree-to-Bar. Dort Rösten, Conchieren, alles. Und erst dann verschiffen wir die Blöcke hierher. Damit schaffen wir vor Ort einen Haufen Arbeitsplätze. Und wir produzieren sogar billiger.«

Es lag ihm auf der Zunge zu sagen, dass es nach einer Schwachsinnsidee klang. Der offensichtlichste Grund dafür, dass niemand die Schokolade in Afrika produzierte, war vermutlich das Klima. Soweit er wusste, wuchsen Kakaobäume vor allem in Äquatornähe. Man musste die Schokolade folglich kühlen, aber in vielen afrikanischen Ländern gab es nicht einmal durchgehend Strom. Qualifizierte Arbeitskräfte existierten vermutlich auch keine, von stabilen politischen Verhältnissen gar nicht zu reden. Falls er diese Punkte anführte, würde Ketti ihm vermutlich für jeden eine ziemlich unrealistische Lösung präsentieren. Also sagte er besser nichts. Er hatte sie auch früher nie von etwas abbringen können. Stattdessen war er meistens derjenige gewesen, der sich seufzend fügte und dann irgendwie mitzog.

»Und wer sind in diesem Fall ›wir‹?«, fragte er.

»Ich und mein Partner Beat, ein Schweizer Schokoladenexperte.«

Es hätte Kieffer durchaus interessiert, ob das Wort »Partner« rein geschäftsmäßig zu verstehen war, aber er fragte lieber nicht.

»Wir haben Geldgeber«, fuhr sie fort, »und eine Plantage im Kongo. Die Sache läuft bereits auf Hochtouren. Demnächst fahre ich wieder hin. Willst du dir nicht auch mal unsere Produktion anschauen?«

»In Afrika? Ich weiß nicht, ob ich …«

»Nein, wir machen da unten wie gesagt nur die großen Blöcke. Die Tafeln für den Endverbraucher kommen aus einer Schokoladenfabrik in Mecheln.«

Er lächelte. »Das heißt, du bist jetzt quasi die weibliche Version von Willy Wonka.«

»So sieht's aus. Nur nicht ganz so durchgeknallt.«

Kieffer war sich nicht sicher, ob das stimmte. Der Koch musterte Ketti, während sie in der Vormittagssonne saß und von ihren hochtrabenden Plänen erzählte. Sie bestellten noch zwei Kaffee. In den nächsten anderthalb Stunden redeten sie nicht mehr über Schokolade oder Restaurants, sondern über ihre Lieblingsplätze in Paris, über Luxemburg, über Musik. Ketti Faber hatte früher fast den gleichen Geschmack gehabt wie Kieffer. Das zumindest schien sich nicht verändert zu haben.

Es war bereits halb zwei, als sie sich voneinander verabschiedeten, mit drei Küsschen auf die Wangen, wie es Luxemburger Brauch war. Bevor er zurückfuhr, lief Kieffer noch ein wenig durch die Stadt. Es versprach, ein warmer Tag zu werden. In seinem Bauch machte sich ein seltsames Gefühl breit. Zunächst redete er sich ein, es habe mit dem ganzen Süßkram zu tun, den er anstelle eines vernünftigen Frühstücks gegessen hatte. Aber das war es nicht.

Wenn man einen alten Bekannten oder eine alte Bekannte nach sehr langer Zeit wiedertraf, konnten zwei Dinge passieren. Entweder merkte man schon nach wenigen Sätzen, das man sich nichts mehr zu sagen hatte, dass es nie wieder so werden würde wie einst. Oder man vermochte nahtlos dort anzuknüpfen, wo man vor vielen Jahren aufgehört hatte, weil alles noch da war.

Bei Ketti war alles noch da.

4

Das »Café Napoléon« in der Rue Bonaparte war eines der Stammlokale von Xavier Kieffer. Wenn er seine Freundin Valérie Gabin an den Wochenenden in Paris besuchte, landeten sie häufig hier. Kieffer fand, dass es einer der besten Plätze im Sechsten war, wollte man seine Zeit vertrödeln. Das »Napoleon« lag in Sichtweite des Boulevards Saint-Germain, gleichzeitig aber weit genug davon entfernt, dass man durch einige Bäume und einen kleinen Platz vom größten Lärm verschont blieb. Außerdem hatte man einen schönen Blick auf die Abtei.

An diesem lauen Septemberabend hätte es wirklich nett werden können. Vor ihm stand eine Portion Tatar. Der Kellner kannte ihn inzwischen so gut, dass er gar nicht mehr fragen musste, wie Kieffer es zubereitet haben wollte: Ei, Kapern, Schalotten, Petersilie und viel Pfeffer; weder Dijon-Senf noch Sardellen. Daneben stand ein großes Glas Rotwein. Wer leider ebenfalls stand, war Valérie. Genauer gesagt lief sie auf der anderen Seite der Straße hin und her.

Ein Seufzer entfuhr seiner Brust. Valérie war die Chefredakteurin und Besitzerin des legendären französischen

Gastroführers Guide Gabin. Jedes Jahr im November zitterten Spitzenköche auf der ganzen Welt vor dessen Urteil. Wurde ihnen im neuen Guide Bleu ein Stern zugesprochen? Oder kam ihnen einer abhanden?

Neben der kobaltblauen Besseresserbibel verlegte Valéries Verlag auch Kochbücher, Reisemagazine und allerlei andere Dinge. Seine Freundin war folglich eine beschäftigte Frau. Es kam vor, dass sie während des Essens mit den Worten »Sorry, aber da muss ich ran« aufsprang – aber normalerweise nicht viermal am Abend. Säuerlich musterte Kieffer den Tisch. Valérie hatte einen Salade Bergère bestellt. Die mit Ziegenkäse überbackenen Baguettestückchen begannen allmählich kalt zu werden, genau wie seine Pommes frites. Das Tatar hingegen wurde warm, was kaum besser war. Er beschloss, ohne sie anzufangen. Als er etwa die Hälfte seines Essens verspeist hatte, kam Valérie endlich zurück und setzte sich. Ohne etwas zu sagen, begann sie, in ihrem Salat herumzustochern. Das Handy legte sie auf den Tisch. Immer wieder summte es. Neue Nachrichten schienen im Sekundentakt einzutreffen.

»Es scheint, ich bin heute nur dein second screen«, sagte Kieffer.

»Sorry, Süßer. Aber das ist wichtig.«

»Redaktionsschluss?«

Im September wurden die letzten Änderungen am Manuskript des neuen Guide Bleu gemacht. Druckfahnen mussten überprüft, letzte Änderungen genehmigt werden.

Valérie schüttelte den Kopf. Lustlos kaute sie auf einem Salatblatt herum.

»Sondern?«

»Die Finanzen. Es ist Quartalsende. Wir haben … ach du Scheiße.«

Auf Valéries Handydisplay schien sich etwas getan zu haben, das ihre sofortige Aufmerksamkeit erforderte. Schon war sie aufgesprungen und hatte eine Schnellwahltaste gedrückt, lief über die Straße. Ein Auto hupte, bremste scharf. Valérie schien es kaum zu bemerken. Der Fahrer kurbelte das Fenster herunter und brüllte ihr einen unschmeichelhaften Kommentar hinterher. Kieffer musste sich eingestehen, dass er den Mann ein wenig beneidete. Ihm wären auch ein paar Sachen eingefallen, aber er durfte sie nicht aussprechen. Einen Moment lang überlegte er, sich zu erheben und einfach fortzugehen. Aber obwohl seine Reaktion vermutlich nicht unangemessen gewesen wäre, fand er sie etwas dramatisch. Zumal noch Tatar auf dem Teller war.

Er aß auf, bestellte einen Kaffee. Valérie lief zunächst auf der gegenüberliegenden Seite der Rue Bonaparte hin und her. Sie war augenscheinlich auf hundertachtzig und das schmale Trottoir reichte ihr nicht, weswegen sie nach einigen Minuten die Place Saint Germain de Prés überquerte, um stattdessen vor der Abtei auf- und abzulaufen, dabei immer noch telefonierend.

Als Kieffer mit seinem Kaffee fertig war, wurde es ihm zu blöd. Er zahlte, erhob sich und hielt nach seiner Freundin Ausschau. Wohl eine Minute lang verharrte er an der Kreuzung, bevor er in Richtung Boulevard aufbrach.

Und dann entdeckte er sie. Valérie saß in dem kleinen Park neben der Abtei auf einer Bank und telefonierte nicht mehr. Stattdessen weinte sie. Er blieb stehen, ließ einige leise Flüche gen Himmel fahren, atmete tief durch. Erst danach betrat Kieffer den Park und setzte sich neben sie. Da er nicht wusste, was er sagen sollte, holte er seine Zigarettenpackung heraus und steckte sich eine Ducal an.

Sie bat ihn, ihr auch eine zu geben.

»Was ist es?«, fragte er.

»Das Quartalsende.«

»Aber das ist ja alle drei Monate, oder?«

»Wir schaffen es diesmal nicht.«

»Euer Gewinnziel zu erreichen?«

»Mmh.«

»Und das ist schlimm?«

Sie zog an ihrer Zigarette und nickte. In diesem Augenblick wurde ihm bewusst, dass sie noch nie eine seiner Ducals geraucht hatte. Vielmehr sagte Valérie stets, seine Marke sei ein widerliches Kraut, lieber wolle sie Rasenschnitt inhalieren. Nun rauchte sie ohne Murren.

Es musste was Ernstes sein.

Ihr Problem verstand er allerdings immer noch nicht. Ihm war zwar bewusst, dass der Gabin in den vergangenen Jahren einige Schwierigkeiten gehabt hatte, die sich letztlich auf ein Wort reduzieren ließen: Internet. Sich ein dickes Buch zu kaufen und darin Restaurants nachzuschlagen, schienen die meisten Leute für überholt zu halten. Kieffer konnte das nicht ganz nachvollziehen, aber was wusste er schon? Er las schließlich auch noch jeden Morgen die gedruckte Zeitung und notierte sich Termine in einem Papierkalender.

Valérie hatte sich bemüht, den Gabin zu modernisieren. Man konnte den Guide Bleu inzwischen als Smartphone-App herunterladen. Zudem versuchte sie, den bald hundert Jahre alten Gastroführer als Kultmarke zu etablieren, verkaufte T-Shirts und anderes Zeugs. Anscheinend hatte das nicht so gut funktioniert wie erhofft.

»Geht euch das Geld aus oder was ist los?«

Valérie lachte. »Ach Xavier. Du bist süß.«

»Inwiefern?«

Sie schaute ihn aus ihren verheulten grünen Augen an. »Weil es uns schon vor längerer Zeit ausgegangen ist.«

»Was?«

»Der Gabin macht Verlust. Wusstest du das nicht?«

»Doch, aber ... ich dachte, ich meine, Ihr seid ja kein börsennotiertes Unternehmen, das jetzt jedes Quartal Zahlen vorlegen muss. Und du hast doch auch Rücklagen, oder?«

Das Gastroimperium war 1921 von Auguste Gabin gegründet worden, Valéries Großvater. Über Jahrzehnte hatte der Guide als *das* Referenzwerk für kulinarisch Interessierte gegolten. Die Gabins waren eine der ersten Pariser Familien gewesen, auf du und du mit Ministern und Staatsoberhäuptern. Seine Freundin hatte das ganze Vermögen geerbt. Allein ihre weitläufige Wohnung in Saint Germain musste ein paar Millionen wert sein.

»Anfangs konnten wir noch Randaktivitäten zu Geld machen«, sagte sie, »Zeitschriften, das Geschäft mit Kartenmaterial. Aber das hat nicht lange gereicht. Dann habe ich zweimal nachgeschossen, eigenes Geld.«

»Und dann?«

»Dann ist der Absatz noch stärker zurückgegangen.«

»Weil alle alles online lesen?«, fragte er.

»Ja. Nein. Es ist viel schlimmer.«

Sie bat ihn, ihr eine weitere Ducal zu geben. Kieffer zündete zwei Zigaretten an, händigte ihr eine aus.

»Nicht nur, dass die Leute so was lieber in ihrem Smartphone nachgucken. Darauf haben wir ja reagiert.«

»Aber?«

»Aber unser ganzes Modell …«, sie rang mit den Händen, »die Inspektoren, verstehst Du?«

Der Guide Gabin beschäftigte eine ganze Armada sogenannter Inspektoren. Diese reisenden Gastrokritiker testeten gute Restaurants auf der ganzen Welt, und zwar inkognito – niemand wusste, wer die Männer und Frauen waren, die die Sterne vergaben. Viele Köche hatten keine sehr hohe Meinung von den Gabin-Inspektoren. Sie galten als unerbittlich und arrogant. Kieffer sah das ebenfalls so. Dennoch musste er zähneknirschend zugeben, dass die Inspektoren etwas von gutem Essen verstanden. Einem Gabin-Tester konnte man keine Velouté für eine Hollandaise vormachen.

»Was ist mit denen?«

»Wer sie sind, ist geheim. Wie sie arbeiten, auch. Und das finden die Leute heutzutage … intransparent. Sie sagen, diese Geheimniskrämerei passe nicht mehr in unsere Zeit.«

Kieffer fand, dass die Leute mit dieser Meinung völlig recht hatten. Stattdessen sagte er: »Und nun?«

»Müssen wir alles umbauen. Aber all das kostet Geld. Währenddessen sitzt uns außerdem dieser Ami von Delish im Nacken.«

»Ein Ami?«

»Er heißt Cesar Lee Willinon. Kulinarisch interessierter Softwaremilliardär. Kalifornier. Will die Gastrokritik«, sie spie die Worte aus, »neu erfinden.«

»Ich meine, den Namen schon mal gehört zu haben.«

»Du hast sogar schon neben ihm gesessen. Damals, auf dieser Party im Musée d'Orsay.«

Kieffer konnte sich vage erinnern. Vor seinem geistigen Auge erschien ein muskulöser Mann in T-Shirt und

Maßanzug, mit polteriger Stimme und kritikablen Manieren.

»Willinon hat mich seinerzeit über unser Geschäftsmodell ausgefragt«, sagte Valérie. »Hat ganz interessiert getan. Dieser Arsch. Wer konnte ahnen, dass ein Typ, der Datenbanken verkauft, plötzlich auf Restauranttests macht.«

»Was genau macht dieses Delish denn? Ist das so ein Bewertungsportal, wo jeder Sternchen vergeben kann?«

»Nein, viel schlauer. Er hat irgendwelche Algorithmen programmieren lassen, die das gesamte Internet nach allem abgrasen, was mit gutem Essen zu tun hat – Fotos, Facebook-Kommentare, Branchenverzeichnisse, Webseiten, alles. So weiß er früher als alle anderen, wo kulinarisch gerade was Interessantes passiert. Und da schickt er dann seine Tester hin.«

»Inkognito?«

»Nein, ganz offen. Und jeder kann seinen Inspektoren schlechtes Essen melden. Oder gutes.«

Sie rieb sich mit den Fingern die Nasenwurzel. »Die Tester sind irgendwelche Foodfreaks. Findet er auch über Algorithmen.«

»Und wie verdient er damit Geld?«

»Es ist umsonst, aber es gibt eine Premium-Mitgliedschaft. Dann kannst du direkt mit den Testern sprechen und kriegst die coolen Tipps etwas früher als der Plebs. Ist aber nicht der Punkt.«

»Sondern?«

»Xavier, der Typ hat ein Privatvermögen von achtundfünfzig Milliarden Dollar. Der muss gar nichts verdienen. Für den ist das ein Scheißhobby. Wir hingegen …«

»Ja?«

»Das meiste, also die Anteile am Gabin, gehört inzwischen den Banken beziehungsweise ist dort als Sicherheit für die Kredite hinterlegt. Und die werden langsam nervös. Deshalb muss ich jedes Quartal Zahlen liefern, die belegen, dass wir allmählich die Kurve kriegen. Ansonsten ist bald Schluss.«

»Wie bald?«

»Ich schätze, wir haben noch bis Mitte nächsten Jahres. Der neue Guide kommt im November raus. Wenn sich der so beschissen verkauft wie der letzte, drehen sie uns den Hahn zu.«

»Kann ich dir helfen, Val?«

Sie lächelte verbissen. »Hast du irgendwo ein paar Millionen versteckt?«

Er schüttelte den Kopf. »Nicht, dass ich wüsste.«

Einen Moment lang saßen sie nebeneinander auf der Parkbank und starrten vor sich hin. Kieffer nahm Valéries Hand. Die Sonne war inzwischen hinter den Häusern verschwunden. Eigentlich hatten sie noch ins Kino gehen wollen, aber irgendwie ahnte er, dass der Abend gelaufen war.

»Willst du heim?«, fragte er.

»Heim? Ich muss ins Büro.«

»Wieso? Liegt denn da irgendwo eine Million rum?«

»Jetzt sei nicht so blöd.«

»Ich bin nicht blöd. Aber du wirst dieses Problem nicht durch hektische Aktivität lösen, sondern eher durch überlegtes ...«

Zornesfalten bildeten sich auf ihrer Stirn. »Ach, willst du mir jetzt erklären, wie man eine Firma rettet?«

»Val, jetzt flipp nicht gleich aus. Du musst das in Ruhe ...«

»Ruhe! Ich hab keine Zeit für Ruhe. Wieso hör ich mir diesen Scheiß überhaupt an?«

Wütend sprang sie auf und stampfte davon. Kieffer blieb einen Moment sitzen. Dann ging er zur Metrostation. Wenn Valérie in diesem Zustand war, was glücklicherweise nicht allzu oft vorkam, hatte es keinen Sinn, mit ihr zu reden. Er verstand, dass sie unter enormem Druck stand. Die eigene Firma an die Wand zu fahren war zweifelsohne schlimm. Dass es sich um das heilige Familienerbe handelte, machte es noch schlimmer. Aber er konnte ja auch nichts dafür. Zudem machte es ihn fassungslos, dass sie ihm überhaupt nichts von den finanziellen Problemen des Guide erzählt hatte.

Besser, er machte sich vom Acker und ließ sie in Ruhe. Entweder würde Valérie die halbe Nacht in ihrem Büro verbringen oder daheim an ihrem Laptop hocken. Für nichts davon brauchte sie ihn. Außerdem war er, gelinde gesagt, ein wenig verstimmt. Mit der Linie 4 fuhr Kieffer zum Gare de l'Est, wo die Züge nach Luxemburg-Stadt abgingen. Laut Anzeigetafel fuhr der nächste in einer Dreiviertelstunde. Kieffer vertrieb sich die Zeit damit, eingehend die große Empfangshalle zu inspizieren. Er kaufte sich ein paar Zeitungen und etwas zu trinken. Als danach immer noch Zeit übrig war, ging er in eine Konfiserie. Er schaute sich die verschiedenen Schokoladen an, die dort angeboten wurden.

Der Koch konnte sich daran erinnern, dass es in seiner Jugend in dem Laden um die Ecke drei verschiedene Schokoladensorten gegeben hatte: Vollmilch, Nuss und Dunkel. In diesem Geschäft gab es ... siebzig Sorten? Achtzig? Kieffer nahm einige Tafeln in die Hand. Hell oder dunkel? Pur oder mit Extras? Das war offenbar nicht mehr die erste Frage. Zunächst musste man sich überlegen, ob es irgendein Kakao tat oder ob man etwas Sortenreines wollte. Ecuador? Madagaskar? Honduras? Viele Tafeln waren in dunklen Karton eingepackt, mit Goldprägung auf der Vorderseite. Etwas weiter rechts standen welche, die nach Öko-Supermarkt aussahen – hellbraunes Recyclingpapier, bedruckt mit vage indianisch aussehenden Zeichnungen. Vermutlich handelte es sich um diese Bean-to-Bar-Schokoladen, von denen ihm Ketti erzählt hatte.

Kieffer nahm eine davon in die Hand. Auf der Tafel stand »Donny's Finest Chocolate« und darunter: »Handmade in Devonshire«. Auf der Rückseite erfuhr er, dass der Kakao ausschließlich von einer einzelnen Plantage in Ecuador stamme. Die Geschmacksrichtung war »Vollmilch mit Kakaonibs und über Eichenholz geräuchertem Meersalz«.

»Meine Fresse«, murmelte Kieffer. Er schaute sich eine weitere Tafel an. Auf dieser stand »Feelgood Bar«. Es handelte sich um dunkle Schokolade mit siebzig Prozent fair gehandeltem Kakao. Auf der Verpackung wurde damit geworben, die Bohnen seien ungeröstet. Statt Rohrzucker werde ausschließlich Kokosblütenzucker verwendet.

Das alles klang ziemlich kompliziert. Einen Moment lang erwog Kieffer, sich für die Fahrt lieber eine schnöde Tafel Allerweltsschokolade zu kaufen. Dann überlegte er es sich anders und kaufte insgesamt drei dieser handgeschöpften Bio-Manufaktur-Tafeln. Danach war er dreiundzwanzig Euro ärmer.

5

Vatanen steckte sich ein Stück Schokolade in den Mund. Der Finne verzog das Gesicht. Er schien sich beherrschen zu müssen, um es nicht auszuspucken.

»Buäch! Die schmeckt wie …«

»Ja?«

»Wie Mörtel. Zergeht überhaupt nicht auf der Zunge. Schabt am Gaumen. Eine Frechheit, mir so was überhaupt anzubieten.«

Kieffer schmunzelte. »Vermutlich wärst du noch angefressener, wenn du wüsstest, was sie gekostet hat.«

Sie saßen im Garten von Kieffers Wohnhaus in Grund. Montags blieb das »Deux Eglises« geschlossen, es war sein freier Tag. Für Vatanen stellten Kieffers freie Tage ein gewisses Problem dar, irgendwo musste er schließlich seine tägliche Rivanerration konsumieren. Da der Finne dies nur ungern allein tat, lud ihn der Koch meist zum Abendessen in die Rue St. Ulric ein. An diesem Montag hatte es bereits eine Quiche mit Fenchel und Gorgonzola gegeben, dazu Salat und natürlich Pekkas präferierten Tropfen. Danach war eine Platte mit allerlei Kleinigkeiten gefolgt – Ham, Luxemburger Schinken aus dem Norden,

Cornichons, ein paar Tomaten und Landbrot. Die Schokolade, die Kieffer vor zwei Tagen in Paris gekauft hatte, musste als Nachtisch herhalten.

Vatanen zeigte auf die Rivanerflasche und machte eine ungeduldige Geste.

»Schenk mir schnell noch was ein, ich muss diese Schlacke runterspülen. Was, sagtest du, kostet der Mist?«

Kieffer goss Vatanens Glas fast bis zum Rand voll.

»Um die acht Euro. Ich hatte mir schon gedacht, dass die dir nicht schmeckt. Sie hat einen Kakaoanteil von fünfundneunzig Prozent.«

Der Finne nahm einen großen Schluck.

»Will sagen«, erwiderte Vatanen, »es fehlen all die Sachen, die eine gute Schokolade ausmachen: Fett, Milch, Zucker.«

Kieffer deutete auf die Schokolade mit dem Rauchsalz. »Probier jetzt mal die hier. Sensationell.«

»Nein danke. Hast du nicht was Gescheites? Ritter Sport oder Milka? Woher kommt jetzt plötzlich dieser Edelschokoflitz?«

Vatanens Gesicht hellte sich auf. Er lächelte triumphierend.

»Ach, so ist das«, sagte er.

»Ist was?«

»Deine Ex-Freundin aus Brüssel. Die macht doch in Schokolade. Die hat dich angesteckt.«

»Vielleicht ein bisschen«, brummte Kieffer.

Der Koch musterte seinen finnischen Freund. Pekka Vatanen versuchte vergeblich, sich das Grinsen zu verkneifen.

»Du bist total auf dem Holzweg, Pekka.«

»Nein, ist okay, ich versteh das schon. Ich kannte da

mal diese Spanierin, die war so öko-mäßig drauf, und Fleisch aß sie schon gar nicht. Ich war hin und weg von ihr, und plötzlich fand ich Kichererbsenauflauf total lecker. Also, nur vier Wochen lang, aber wenn man sich verguckt, findet man halt alles an der Person …«

» … ich hab mich nicht verguckt.«

»Natürlich nicht. Du bist ja in festen Händen, vergesse ich immer wieder. Wie geht es Valérie eigentlich?«

Kieffer war sich nicht sicher, wie viel er dem Finnen über die prekäre finanzielle Situation des Gabin erzählen durfte und sollte. Vatanen war nicht gerade der diskreteste Mensch, den er kannte.

»Valérie hat Stress auf der Arbeit. Haben uns ein bisschen gefetzt deshalb. Sie hat mich angeschrien.«

»Nicht zum ersten Mal, oder?«

»Ach, das wird schon wieder. Sie hat mich gestern angerufen und sich entschuldigt.«

»Immerhin. Ich werde deine Geduld mit dieser zickigen Französin trotzdem nie verstehen.«

Nun lag es an Kieffer, sich das Grinsen zu verkneifen. Soweit er wusste war Vatanen in seinem Leben noch nie länger als ein paar Monate mit derselben Frau zusammen gewesen. Es gab keine, mit der er sich nicht binnen kurzer Zeit verkrachte. Der Kerl war völlig bindungsunfähig.

Der Finne trank noch einen Schluck. »Ich würde tatsächlich noch was von deiner Schokolade essen. Aber nur, wenn du auch was Vernünftiges hast. Was ist mit denen da?«

Der Finne zeigte auf einen Stapel von insgesamt zwanzig Tafeln, allesamt in blau-rotes Papier verpackt. Auf Vorderseite und Rand stand »SijamboChocolate«.

»Die sind von Ketti. Hat mir eine ganze Kiste geschickt. Aus ihrer eigenen Produktion.«

»Bean-to-Bar?«, entgegnete der Finne.

»Ich bin erstaunt, Pekka. Du kennst dich ja richtig aus.«

»Nur weil ich den Quatsch nicht esse, heißt das ja nicht, dass ich ihn nicht kenne. Du vergisst, wo ich arbeite.«

Vatanen war EU-Beamter. Er arbeitete für den wissenschaftlichen Dienst des Europäischen Parlaments, oben auf dem Kirchberg. Der Finne war in einer Abteilung tätig, die sich mit der byzantinen europäischen Agrarpolitik beschäftigte. Wenn man ihn ließ, konnte er stundenlang über die Normierung von Früchten oder die Zulassungsverfahren von Herbiziden referieren.

Vatanen nahm ein halbes Dutzend Tafeln in die Hand und fächerte sie auf, so als betrachte er ein Pokerblatt. Dann sortierte er eine nach der anderen aus.

»Pinker Pfeffer – nein. Noch was mit Meersalz – pfui Teufel.«

Keine der Tafeln fand seine Gnade. Er nahm sich die restlichen und ging auch sie durch.

»Rohkakao mit Banane – was für ein Unsinn. Na also, wer sagt's denn«, er hielt eine der Tafeln hoch, »Vollmilch mit nix.«

Er riss die Verpackung auf, knickte einen Riegel ab und schob ihn in den Mund.

»Ist gut«, sagte er kauend. »Wirklich gut. Und deine Freundin – guck nicht so, ich benutze das Wort ganz neutral –, die stellt diese Tafeln her? Ich dachte, die ist eine von diesen Brüsseler Edelkonditorinnen und macht nur Champagnertrüffel.«

»Macht sie auch. Aber damit scheint sie unzufrieden zu sein.«

»Wieso?«

»Ketti ist eigentlich immer unzufrieden – soweit nichts Neues. Sie sagt, sie will fair produzierte Schokolade anbieten, aber zu niedrigen Preisen. Und sie will sie in Afrika produzieren.«

Vatanen kicherte.

»Warum ist es komisch Pekka?«

»Na, weil es so weltfremd ist. Fast quichottehaft, könnte man sagen. Probier mal.«

Er schob Kieffer die Milchschokolade über den Tisch. Der Koch probierte ein Stück. Anders als der Finne schlang er die Schokolade nicht herunter, sondern ließ sie langsam im Mund zergehen. Sie war samtig und hatte einen angenehmen Geschmack. Den Koch erinnerte sie durchaus an einige der Nobelschokoladen, die er in den vergangenen Tagen probiert hatte. Deren Aromen waren deutlich komplexer gewesen als die herkömmlicher Supermarktschokolade. Man hatte Brombeeren herausschmecken können, Zimt oder Orange – obwohl keine entsprechenden Aromen beigemischt waren. Kakao, das wusste er, enthielt über fünfhundert das Aroma beeinflussende Stoffe, mehr als jedes andere Lebensmittel. Auch diese Sijambo-Schoki war deutlich besser als der Durchschnitt. Allerdings war es Milchschokolade, und bei der ließen sich die Feinheiten eines Kakaos nicht so gut herausschmecken wie bei dunklen Varianten, weil Zucker und Fette vieles plattmachten. Er probierte eine der dunklen Sijambo-Tafeln.

Vatanen beobachtete Kieffer. »Und?«

»Ich finde sie sehr gut.«

»Mit Kakao«, sagte der Finne »verhält es sich folgendermaßen: Es gibt zwei Arten. Also, eigentlich noch mehr, aber jetzt mal vereinfacht gesagt. Forastero und Criollo.«

»Das sind die Kakaopflanzen?«

»Ja. Forastero ist robust und ertragsstark. Criollo und seine Unterarten haben einen feineren Geschmack, sind aber wahnsinnig schwierig im Anbau. Forastero macht achtzig Prozent der weltweiten Kakaoernte aus, Criollo bestenfalls zwei. Diese tollen Edelschokoladen, Bean-to-Bar und so weiter, die sind oft Criollo. Die kommen eigentlich alle aus Südamerika, nie aus Afrika.«

Kieffer nickte. Auch ihm war aufgefallen, dass auf den meisten teureren Tafeln Ecuador oder Honduras stand, aber kaum jemals Ghana oder Elfenbeinküste.

»Weil Criollo nur dort wächst?«

Vatanen schob sich ein weiteres Stück Schokolade in den Mund.

»Teilweise richtig. In Westafrika, wo der Großteil des Kakaos herkommt, gibt es fast nur Forastero. Aber das ist nicht der einzige Grund.«

»Sondern?«

»Mit den Afrikanern ist einfach kein Staat zu machen.«

»Das scheint mir jetzt eine sehr verallgemeinernde und etwas rassistische Aussage zu sein, Pekka.«

»Möglich. Aber sie ist nicht ganz falsch. Wenn du große Mengen Nullachtfuffzehn-Kakao brauchst, zu möglichst niedrigen Preisen, dann nimmst du den aus Westafrika. Große Lebensmittelkonzerne kaufen fast die gesamte Ernte auf. Geht natürlich nur, wenn man sich nicht zu sehr für die Details interessiert.«

»Wie zum Beispiel?«

»Qualität, zum einen. Die Kakaofrüchte werden aufgehackt, die Samen auf Freiflächen getrocknet – eine kleinteilige Arbeit, geht nur von Hand. Dafür werden häufig Kinder eingesetzt. Außerdem machen die Kleinbauern viele Fehler, zum Beispiel bei der Fermentation.«

»Die Schokolade vergärt?«

»Die Bohnen sind von so einem zuckerhaltigen Glibber umhüllt. Wenn man sie zu Haufen aufschichtet, kommt es zur Gärung. Die sorgt dafür, dass der Kakao überhaupt dieses Schokoaroma annimmt, vorher schmeckt er angeblich grässlich. Der Punkt ist: Afrika heißt wenig Knowhow, Kinderarbeit, außerdem ständig Krieg. Südamerika ist auch nicht gerade ein Paradies, aber die Arbeitsbedingungen sind besser, die Plantagen meist in gutem Zustand – und du bekommst, wie gesagt, Criollo oder sogar exotischere Sorten wie Trinitario.«

Vatanen lehnte sich zurück. »Und deshalb kann man deiner Freundin nur viel Spaß wünschen. Es hat schon diverse Abkommen mit den Schokoladenproduzenten gegeben, um die Lage in Afrika zu verbessern – gefruchtet hat's wenig.«

»Ich glaube, ihr Plan ist, Kakaolikör oder sogar diese großen Blöcke direkt vor Ort herzustellen, um die dortige Industrie zu stärken.«

»Wie gesagt: totaler Wahnsinn.«

»Aber diese Schokolade hier, die ist doch sehr gut.«

»Ja. Aber die ist nie im Leben aus Westafrika, mein Wort drauf.«

Kieffer erwiderte nichts. Auf der einen Seite war er etwas verärgert, dass Vatanen wie üblich eine eigentlich hehre und unterstützenswerte Idee kategorisch ablehnte, mit dem Argument, sie gehe völlig an den Realitäten vorbei. Auf der anderen Seite befürchtete er, dass der Finne recht hatte. Ketti war immer jemand gewesen, der sich Ziele steckte, die nur zu erreichen waren, indem man sich ruinierte. Die ökonomischen Realitäten des globalen Kakaohandels auf den Kopf zu stellen, gehörte vermutlich in letztere Kategorie.

»Siehst du sie denn wieder?«, fragte Vatanen.

»Vielleicht, ich weiß aber nicht, wann. Sie will mir irgendwann mal ihre Fabrik zeigen.«

»Xavier«, säuselte Vatanen mit hoher Stimme, »kommst du mich besuchen? Ich will dir meine Pralinensammlung zeigen.«

»Manchmal bist du wirklich ein schrecklich infantiler, kaum zu ertragender …«

»Ich weiß, du aber auch.«

»Ich bin infantil?«

»Nein, kaum zu ertragen. Aber immer wenn wir zu dritt sind, kommen wir ganz gut miteinander aus, finde ich.«

»Zu dritt?«

Vatanen zeigte auf die fast leere Rivanerflasche.

»Du, ich und Monsieur Mosel«, sagte er.

»Soll ich noch eine holen?«, fragte Kieffer.

»Ist der Papst katholisch?«

Kieffer erhob sich und ging in die Küche. Dort holte er eine weitere Flasche aus dem Kühlschrank. Er wollte gerade zurück in den Garten gehen, als sein Handy summte. Es war eine Nachricht von Ketti, genauer gesagt mehrere. Der Koch wischte etwas umständlich auf dem Display herum. Bis vor Kurzem hatte er noch ein Tastentelefon besessen. Mit diesem Smartphone war er noch nicht warm geworden. Ihm war bewusst, dass man sich damit allerlei

Dinge herunterladen konnte, aber bislang verwendete er es bloß zum Telefonieren und für SMS.

Er öffnete die Nachricht. Es handelte sich um Fotos. Vom ersten schaute ihm Ketti entgegen. Soweit sich Kieffer entsinnen konnte, war dies das erste Selfie, das er je bekommen hatte.

Der Koch ging zurück zu Pekka. Als er den Wein abgestellt hatte, hielt er dem Finnen das Handy hin.

»Du wolltest doch ein Foto.«

Vatanen beugte sich über den Bildschirm. Darauf war Ketti zu sehen. So wie es aussah, stand sie mitten im Urwald. Neben ihr ragte ein nicht sehr hohes Bäumchen auf, das voller Früchte hing. Diese hatten die Form eines American Footballs und waren rostrot, einige auch hellgrün mit gelben Einsprengseln. Die Früchte hingen nicht an den Ästen des Baumes, sondern schienen direkt am Stamm zu kleben. Unter dem Foto stand. »Bald ist Erntezeit. Gruß von der Plantage. K.«

»Wo ist das aufgenommen?«, fragte Vatanen.

»Keine Ahnung. Irgendwo in Afrika.«

»Ich weiß jetzt, was du gemeint hast, Xavier.«

»Wie bitte?«

»Sie ist hübsch, auf eine Weise. Nicht unbedingt was für den Massengeschmack, aber interessant. Und noch ziemlich jung.«

»Nein. Ketti ist höchstens drei Jahre jünger als ich.«

»Was, so alt? Dann ist sie aber recht ansehnlich verwittert. Ist bei Frauen über vierzig ja eher selten.«

»Pekka …«

»Na ja, ist doch wahr. Kuh oder Ziege. Und jetzt wirf mir nicht schon wieder Sexismus vor oder so was. Ich sag ja gar nicht, dass es bei Männern besser ist.«

Kieffer öffnete die Flasche und goss ihnen ein.

»Was ist denn dann die Aussicht für alte Säcke wie mich«, fragte der Koch, »ich meine, optisch betrachtet?«

Der Finne überlegte einen Moment.

»Hamster auf Kortison oder Tiroler Holzschnitt.«

Der Koch hob sein Glas. »Das sind ja feine Aussichten. Dann mal Prost, Pekka.«

6

Als Kieffer am nächsten Morgen zu seinem Restaurant lief, packte er die restliche Schokolade ein. Obwohl Pekka auch etwas mitgenommen hatte, waren bestimmt noch ein Dutzend Tafeln übrig. Er würde sie unter seinen Angestellten verteilen. Natürlich hätte der Koch die Schokolade selbst behalten können, sie wurde ja nicht schnell schlecht. Doch irgendwie ging ihm Pekkas gestrige Prophezeiung durch den Kopf: Hamster oder Holzschnitt. Er war sich ziemlich sicher, dass er eines Tages zur ersten Kategorie gehören würde. Schokolade war folglich etwas, das er nicht in allzu großen Mengen zu sich nehmen wollte.

Im »Deux Eglises« angekommen, legte er sich zwei der Tafeln als Notration ins Büro. Den Rest deponierte er in der Küche, versehen mit einem Post-it-Zettel auf dem »Bedient Euch!« stand. Spätestens zu Beginn des abendlichen Service würde nichts mehr da sein.

Als Nächstes nahm er sich das Reservierungsbuch vor. Aus irgendeinem Grund kamen heute Abend viele Einheimische. Er erkannte es an den Namen: Claude Muller, Françoise Haag, Pierre Wiltz. Französischer Vorname, deutscher Nachname, das deutete stets auf einen alteingesessenen Luxemburger hin. Normalerweise kamen zu dieser Jahreszeit noch viele Touristen. Aber heute anscheinend nicht.

Ein Vorteil war, dass die einheimische Kundschaft möglicherweise etwas mehr vertrug als die Ausländer. Das bezog sich nicht nur auf die Alkoholtoleranz, sondern vor allem auch auf die Gerichte. Gromperekichelcher oder Hasenpfeffer konnte man auch einem Deutschen oder Italiener vorsetzen, ohne dass dieser fassungslos auf den Teller starrte. Aber gegen einige Sachen waren nur Luxemburger Mägen gefeit. Kuddelfleck war solch ein Gericht. Es bestand aus gekochtem Rinderpansen und wurde in Tomatensoße serviert. Kuddelfleck haute manch einen bereits um, wenn er nur am Topf schnupperte.

Kieffer beschloss, die Kutteln auf die Abendkarte zu nehmen. Selbst an Einheimische würde er nicht viele Portionen davon loswerden. Aber jene, die es bestellten, würden weitererzählen, dass im »Zwou Kierchen« noch die ganz alten Klassiker zu bekommen waren – Kieffer hatte schließlich einen Ruf zu wahren. Er schrieb die notwendigen Zutaten auf seinen Last-Minute-Einkaufszettel. In der Speisekammer überprüfte er, was sonst noch fehlte. Als er die Liste vervollständigt hatte, ging er hinaus zu seinem alten Peugeot-Lieferwagen. Er wollte gerade losfahren, als sein Handy klingelte. Es war Vatanen.

»Du schon wieder, Pekka. Was gibt's?«

»Ich habe bei meiner morgendlichen Lektüre einen Artikel gefunden, in der heutigen ›Le Monde‹. Den solltest du unbedingt lesen.«

»Worum geht's?«

»Um den Gabin.«

»Und zwar?«

»Die Überschrift lautet ›Beim Gabin kocht's. Gastroführer in finanziellen Schwierigkeiten‹«, erwiderte Vatanen.

»Ach du Scheiße.«

»Soll ich ihn dir mailen, Xavier?«

»Danke, aber ich kauf mir lieber gleich selbst eine Ausgabe. Bin eh auf dem Weg zum Supermarkt.«

»Wie du willst. Seite 27.«

»Danke, Pekka.«

Kieffer legte auf und steckte den Zündschlüssel ins Schloss. Das war jedes Mal ein Moment des Bangens. Laut dem Tacho hatte der Peugeot fast hunderttausend Kilometer auf dem Buckel. Die Anzeige war allerdings nur fünfstellig. Als er das Auto vor Jahren gebraucht gekauft hatte, mit einem Tachostand von fünfzehntausend, da war ihm versichert worden, der Kilometerzähler sei bisher nur einmal durchgelaufen. Der Koch schätzte, dass zweimal realistischer war. Falls der Wagen tatsächlich dreihunderttausend Kilometer durchgehalten haben sollte, grenzte es auf jeden Fall an ein Wunder. Luxemburg mit seinem ständigen Auf und Ab killte die meisten Autos eher früher als später. Und seine Fahrweise trug auch nicht gerade dazu bei, das Getriebe zu schonen.

Er drehte den Schlüssel. Der Peugeot jaulte wie ein sterbender Bernhardiner. Dann sprang er an. Während Kieffer vom Parkplatz auf die Rue Wilhelm rollte, drückte er die Talking-Heads-Kassette ins Radio. David Byrnes hohe Stimme erklang.

I can't seem to face up to the facts
'm tense and nervous and I
Can't relax

Ihm fiel ein, dass er in Paris einmal auf einem Heads-Konzert gewesen war, zusammen mit Ketti. Kieffer wusste nicht mehr viel von dem Abend – zu lange her oder zu viel intus oder beides. Aber seltsamerweise erinnerte er sich noch daran, dass der Sänger einen mintfarbenen Anzug getragen hatte.

Psycho Killer
Qu'est-ce que c'est ?
fa fa fa fa fa fa fa fa fa far better
Run run run run run run run away

Er fuhr den Hang hinab und bog dann rechts auf die Rue Vauban ab, Richtung Pfaffenthal. Sein Ziel war der Florus in Bereldange im Norden. Normalerweise wäre er über die Grenze zu einem Großmarkt in Deutschland oder Frankreich gefahren. Aber da er nur ein paar Kleinigkeiten benötigte, tat es auch der örtliche Supermarché.

Während der Fahrt dachte er nach, genauer gesagt grübelte er vor sich hin. Hätte man ihn gefragt, was genau er in seinem Kopf umherwälzte, hätte er es gar nicht in Worte fassen können. Er dachte an seine Freundin, bei der gerade alles den Bach hinunterging und die sich nicht helfen lassen wollte; an seine wiederaufgetauchte Ex-Freundin, mit der ihn diese seltsame Pariser Zeit verband; an Kuddelfeck sowie andere Gerichte mit Innereien: Andouillette, Träipen, Kallefskapp; daran, was sich David Byrne wohl bei diesem Text gedacht hatte. Und irgendwie dachte er an all das gleichzeitig.

Ce que j'ai fait, ce soir-là
Ce qu'elle a dit, ce soir-là

Réalisant mon espoir
Je me lance vers la gloire

Irgendwie hatte ihm das Gegrübel gründlich die Laune verdorben. Durch den Supermarkt schlich er in schwarzer Stimmung. Rasch kaufte Kieffer die benötigten Zutaten und eine »Le Monde«. Als er wieder herauskam, war die Sonne verschwunden. Es begann gerade zu nieseln. Kieffer klappte den Kragen seiner Lederjacke hoch und verstaute alles im Kofferraum. Bevor er den Wagen startete, wechselte er die Kassette. Er wusste nicht genau, wo seine düstere Gemütslage herrührte. Aber einen weiteren Song der Talking Heads würde er nicht ertragen können, so viel war sicher. Er ging die Kassetten in der Ablage durch. Costello & The Attractions, Gang of Four, das U2-Livealbum aus Red Rocks – der allmählich arg abgenudelte Soundtrack seines Lebens. Er fand eine Kassette der B-52s. Die würde gehen. Er schob sie in den Schlitz und startete den Wagen.

Diesmal jaulte der Peugeot nicht. Er gab keinen Mucks von sich. Kieffer versuchte es erneut, hörte genau hin. Ein ganz leises Summen war zu vernehmen. Fluchend stieg er aus und ging zum Kofferraum. Vermutlich war es der Anlasser. Dieser war etwas korrodiert und döste gern weg. Man musste ihn, wie ihm ein Mechaniker erklärt hatte, »aufwecken«. Zu diesem Zweck führte Kieffer stets einen kleinen Hammer mit sich. Er holte ihn aus dem Kofferraum, öffnete die Motorhaube. Mit einem beherzten, aber nicht zu festen Schlag klopfte er auf den Anlasser. Ein kleiner Funkenregen stob in alle Richtungen.

Der Koch setzte sich wieder in den Wagen und startete. Diesmal sprang der Motor an. Kieffer war gerade im Begriff, vom Parkplatz des Florus auf die Straße zu rollen, als sein Handy klingelte. Er bremste, schaute nach, wer es war. Ketti.

»Hallo, Ketti. Wo bist du?«

»In Kinshasa, auf dem Flughafen.«

»Also zurück von der … von der Plantage?«

»Ja. Hör mal, willst du immer noch meine Fabrik besichtigen?«

»Klar, warum nicht.«

»Wie wäre Freitag, so gegen Mittag?«

Freitag war überhaupt kein guter Tag. Am Abend hatten sie eine größere Gesellschaft, Leute vom Europäischen Rechnungshof. Und den Tag darauf ein Catering. Es gab folglich viel vorzubereiten.

»Gern«, hörte sich Kieffer sagen, »das passt mir.«

»Okay, super. Ich muss jetzt abschalten, bin schon im Flieger, die Stewardess steht grimmig neben mir. Nur ganz kurz: Du hast doch gesagt, du kennst einen Agrarexperten, oder?«

»Ja, Pekka. Mein bester Freund.«

»Ist er vertrauenswürdig?«

»Absolut.«

Absolut? Kieffer fragte sich, wer ihm all diese Dinge eingab. Vatanen war ein guter Freund, aber absolut hundertprozentig vertrauenswürdig? Dafür soff er einfach zu viel, war zu geschwätzig und …

»Bring ihn mit.«

»Zu deiner Fabrik? Warum?«

»Bitte. Du würdest mir helfen.«

Im Hintergrund konnte er eine Frau hören, die in afrikanisch akzentuiertem Französisch auf Ketti einzureden schien.

»Ich muss jetzt abschalten. Bis Freitag.«

Dann legte sie auf. Einen Moment saß Kieffer einfach nur da und schaute durch die regennasse Scheibe. Dann versuchte er, den Wagen anzulassen. Er benötigte drei Versuche. Als er losfuhr, musste Kieffer feststellen, dass das Gaspedal nicht sehr zuverlässig reagierte. Auf dem ersten Kilometer ging der Wagen zweimal aus. Eigentlich hätte er einen Abschleppdienst rufen sollen. Stattdessen fuhr er einen kleinen Umweg. Er bugsierte den Wagen durch Nebenstraßen, bis er die im Europaviertel gelegene Rue Erasmus erreichte. Als er gerade einen Kreisverkehr durchfuhr, ging der Wagen erneut aus. Nun jedoch war das Gefälle auf seiner Seite. Das »Deux Eglises« befand sich auf der anderen Seite des Kirchbergs und lag direkt am Hang. Er musste nur noch irgendwie über die Avenue Kennedy kommen.

»Komm, spring noch einmal an«, sagte er. Der Peugeot tat ihm den Gefallen. Er erreichte die Rue du Fort Thüngen, eine lange schmale Straße, die in Serpentinen den Kirchberg hinabführte. Kieffer nahm den Gang raus und rollte abwärts. Zwischendurch ging der Wagen erneut aus und weigerte sich standhaft, wieder anzuspringen. Er gelangte zu einer spitzen Kurve, an der die Straße durch einen Torbogen der alten Stadtbefestigung führte. Das Gefälle war an diese Stelle beträchtlich, und so schaffte Kieffer es sogar, den Wagen über den hinter der Durchfahrt liegenden leichten Anstieg zu bringen. Wenige Meter vor dem Restaurant kam er zum Stehen.

»Danke, alter Freund«, sagte er. »Den Rest schaffe ich zu Fuß.«

7

Le Monde, Wirtschaftsteil, Seite 27,
9. September

Beim Gabin kocht's
Gastroführer in finanziellen Schwierigkeiten / US-Konkurrenz für Sternebibel. Von Jacques Perigot

Paris – Der Guide Gabin zieht um. Das seit vielen Jahrzehnten in einem Belle-Epoque-Gebäude an der Avenue de Breteuil beheimatete Gastro-Imperium hat ab Anfang nächsten Jahres eine neue Adresse, die beinahe noch besser klingt als die alte: 3, Avenue George V. Man könnte folglich meinen, dass die Geschäfte mit den Sternen gut laufen. In Wahrheit ist das Gegenteil der Fall: Die feine neue Anschrift im Triangle d'Or ist lediglich ein Briefkasten. Die achtzigköpfige Belegschaft hingegen zieht nach Chevilly-Larue, ein graues Industriegebiet südlich von Paris. Ein Unternehmenssprecher bestätigte dieser Zeitung die Umzugspläne. Das Gebäude auf der Breteuil sei sehr alt, die neuen Büros größer und moderner. Da die Inspektoren des Gabin ständig unterwegs seien, spiele eine Innenstadtlage keine Rolle.

Das alles mag stimmen, sicher aber ist: Der Gabin muss sparen. Die Auflage des Guide Bleu geht Jahr für Jahr zurück, die Zeitschriftensparte der Gabin-Gruppe schreibt angeblich ebenfalls rote Zahlen. Wie genau es um die Finanzen des Traditionsverlags bestellt ist, lässt sich schwer sagen, da der kremlhafte Gastroführer sich nicht nur über seine Bewertungsmethodik ausschweigt, sondern auch über seine Bilanzen. Aus Pariser Bankenkreisen ist allerdings zu hören, dass dem Gabin in den vergangenen Jahren von einem Konsortium unter Führung der BPN Lyonnais erhebliche Kredite zur Verfügung gestellt worden seien. Angeblich hat die Gabin-Unternehmensführung diese Liquidität seitdem stark einreduziert, wie man unter Köchen wohl sagen würde. Der Gabin-Sprecher wollte sich hierzu nicht äußern.

Kritiker werfen dem Management seit Längerem vor, es habe zu spät mit der Modernisierung des Verlags begonnen. Nun brechen die Print-Umsätze ein, während das im Aufbau befindliche Digitalgeschäft noch nichts abwirft.

Hinzu kommt, dass viele Menschen sich inzwischen lieber auf andere Quellen verlassen. Wachsender Beliebtheit erfreut sich beispielsweise die Smartphone-App Delish, die mithilfe von Big Data neueste Restauranttrends aufspürt – lange, bevor man in der verstaubten Gabin-Zentrale je von ihnen gehört hat.

Kakaopreise fallen auf Rekordtief

Gute Nachrichten für Süßmäuler: Schokolade wird billiger. An der Londoner Terminbörse Liffe fiel der Preis je Kilogramm Rohkakao am vergangenen Freitag unter die psychologisch wichtige Marke von 1700 Dollar je Tonne. Dies ist der tiefste Stand seit zwei Jahren. Als Grund für die Kakao-Baisse nennt das Analysehaus X-Commodity neben neuen Anbaugebieten in Indonesien eine Steigerung des Ertrags in Westafrika, der wichtigsten Anbauregion der Welt. Wiederaufforstungsprogramme großer Nahrungsmittelkonzerne zeigten inzwischen Wirkung, hieß es.

Hüetli-Chef tritt ab

Matthieu Witterling, langjähriger Chef des Schweizer Lebensmittelgiganten Hüetli, wird voraussichtlich im kommenden Jahr sein Amt niederlegen. Das berichtet das Nachrichtenmagazin »Der Spiegel« unter Berufung auf Aufsichtsratskreise. Als mögliche Nachfolger für den Topjob kommen dem Bericht zufolge mehrere langjährige Hüetli-Manager infrage, aber auch ein externer Kandidat habe noch Chancen.

8

Vatanen und Kieffer stiegen aus und liefen über den Parkplatz, in Richtung einer großen Halle. Kettis Schokoladenfabrik lag in einem Gewerbegebiet, irgendwo zwischen Brüssel und Antwerpen. Das Gebäude war von der Autobahn aus nicht zu übersehen gewesen. Es handelte sich um eine weiße Fertighalle, deren oberer Teil braun angestrichen war – und zwar so, dass es aussah, als laufe die Fabrik über und flüssige Schokolade fließe die Wände hinab. Pekka Vatanen gähnte. »Ich hoffe, das lohnt sich irgendwie.«

Kieffer brummte etwas Zustimmendes. Um seinen Freund von dem Trip nach Belgien zu überzeugen, hatte er an dessen Vorliebe für Süßes appelliert und behauptet, sie könnten den Kofferraum von Vatanens Volvo-Kombi mit Schokolade und Trüffeln vollpacken, und zwar umsonst. Kieffer wusste nicht, ob das stimmte. Aber danach hatte sein Freund keine Fragen mehr gestellt.

Sie liefen auf ein Nebengebäude zu, über dem »Fabrikverkauf« stand. Drinnen stapelten sich auf langen Metalltischen schmucklose Pappkartons voller Schokoladentafeln. Es war niemand zu sehen. Auf der Kassentheke stand ein Telefon, neben dem ein Schild angebracht war: »Service: Bitte 993 wählen.«

Vatanen nahm den Hörer ab und wählte.

»Guten Tag. Nein, wir wollen keine Schokolade kaufen. Wir sind mit Madame Faber verabredet. Ja, wir warten.«

Kieffer ging unterdessen die Metalltische entlang. Es gab Tafeln und Riegel. Sie waren in jenes blau-rote Papier eingepackt, das er bereits kannte. Insgesamt mussten es an die dreißig verschiedene Sorten sein.

Die Tür im hinteren Teil des Ladens öffnete sich. Ketti trat hindurch. Sie trug einen weißen Kittel und eine Haube, ihre Arme und ihre Brust wiesen Schokospritzer auf. Die Chocolatière lächelte ihnen zu.

»Guten Morgen. Toll, dass ihr kommen konntet. Wie war eure Fahrt?«

»Ganz gut«, erwiderte Kieffer. »Ketti, darf ich vorstellen, mein Freund Pekka Vatanen. Er arbeitet für die EU, Recherchedienst des Parlaments.«

»Sehr erfreut«, sagte der Finne. Sie gaben einander die Hand. Kieffers wurde sogar gedrückt, allerdings nur verhalten. Wahrscheinlich wollte sie ihn nicht mit Schokolade vollsauen.

»Und, soll ich euch die Fertigung zeigen? Oder erst einen Kaffee?«

»Danke«, sagte Vatanen. »Ich hatte bereits vier, ich zittere schon.«

»Na dann.«

Die Schokoladenmacherin führte sie zunächst in eine Garderobe und kleidete sie ein – in Kittel, Haube und Gamaschen. Danach mussten sie durch eine Art Waschanlage, in der ihnen die Füße mit Desinfektionsmittel besprüht wurden. Erst dann durften sie die eigentliche Fabrik betreten. Ketti führte sie in eine große Halle. Sofort wallte ihnen der unverkennbare Geruch von Kakao entgegen. In der Halle waren zwei Fertigungsstraßen aufgebaut. Sie standen parallel zueinander und waren jeweils gut zwanzig Meter lang. Nur die linke war in Betrieb. In der ganzen Halle war höchstens eine Handvoll Menschen zu sehen.

»Das hier ist eine Anlage für den ganzen Prozess, von der Bohne bis zur Schokolade. Dort«, sie zeigte auf einen großen Behälter aus Edelstahl, »geht es los, mit der Röstung.«

»Das wird hier gemacht?«, fragte Kieffer. »Ich dachte, das passiert bei euch auf der Plantage.«

Ketti schüttelte den Kopf. »Ja und nein. Wir verlagern die Fertigung nach Afrika, das ist der Plan. Aber dazu müssen wir die Leute dort erst schulen und dann allmählich Kapazität aufbauen. Zurzeit haben wir dort deshalb nur zwanzig Prozent der Produktion. Aber die Ernte wird natürlich auf der Plantage fermentiert, und so bekommen wir sie dann.«

Sie gingen zu einer der Maschinen am Anfang der Fertigungsstraße. Durch ein Guckloch konnte man hineinschauen. Kakaobohnen waren zu sehen, die von einem Luftstrom durcheinandergewirbelt wurden.

»Rösten ist wichtig fürs Aroma. Mithilfe des Luftstroms werden wir außerdem die Schalen los. Vom Kakako bleiben nur zerbröselte Samen übrig, die Nibs.«

Sie gingen weiter. Im nächsten Schritt wurden die Nibs zermahlen. Dadurch entstand, wie Ketti ihnen erläuterte, Kakaolikör. In einer weiteren Maschine wurde dieser sämig geschlagen, zumindest sah es so aus.

»Das ist eine Conche«, sagte sie. »Darin befinden sich Mahlsteine. Sie sorgen dafür, dass die Schokolade besonders fein wird.«

»Damit sie auf der Zunge zergeht?«, fragte Vatanen.

»Genau. Die menschliche Zunge ist ziemlich sensibel und verzeiht nichts. Im Kakaolikör haben die Partikel noch hundert bis hundertfünfzig My.«

»My?«, sagte Kieffer.

»Mikrometer«, erwiderte Vatanen. »Millionstel Meter.«

»Klingt nach ziemlich wenig.«

»Die Zunge«, sagte Ketti, »registriert alles über dreißig My als grob. Wir müssen also deutlich drunter, zwanzig oder besser noch fünfzehn. Sonst ist die Schokolade nicht das, was man *fondant* nennt, sie schmilzt nicht so auf der Zunge, wie man es gewöhnt ist.«

Sie gingen weiter und kamen zu einem Bereich, in dem die Schokolade durch Düsen gepresst und in flache, rechteckige Silikonförmchen gefüllt wurde. Danach gingen die noch weichen Tafeln durch einen Rüttler, um Luftbläschen zu entfernen. Als Nächstes wurde die Schokolade abgekühlt, aus den Formen genommen und verpackt. All dies passierte vollautomatisch. Kieffer fiel auf, dass von der Hauptfertigungsstraße mehrere Laufbänder abgingen. Er fragte Ketti danach.

»Für Vorprodukte. Ist alles modular. Wenn wir wollen, können wir statt Tafeln auch Blöcke machen. Außerdem ließe sich auch Kakaolikör in die Fertigung einspeisen oder …«

»Was sind denn Blöcke?«, fragte Vatanen.

Ketti lächelte. »Tafeln für große Jungs. Ich zeig's euch.«

Sie führte sie in einen Lagerbereich. Hier war es deutlich kühler. Links und rechts erhoben sich an die zehn

Meter hohe Regale. In diesen lagerten große Bottiche. Sie waren halbdurchsichtig, durch das milchige Plastik konnte man Kakaolikör erkennen. An einer anderen Stelle standen Pappkartons. Ketti öffnete einen und holte etwas heraus. Es handelte sich um eine Schokoladentafel, allerdings um eine verdammt große. Ketti händigte sie Vatanen aus.

»Das sind bestimmt fünf Kilo«, sagte der Finne. Er gab sie an Kieffer weiter. Die Tafel war vielleicht fünfzig Zentimeter lang und vier Finger dick. Unter der cremefarbenen Plastikfolie, in die sie eingeschweißt war, konnte er Rippen erfühlen.

»Die ist von Thierry-Dupont, dem größten Schokoladenhersteller der Welt. Die machen pro Jahr etwa eine Million Tonnen davon«, sagte Ketti.

Kieffer betrachtete die Packung. Darauf stand »Finest Belgian Chocolate.« Und darunter: ›Recipe No. TDM-J5027XC‹.

»Ich dachte«, sagte er, »Ihr macht hier eure eigene Schokolade?«

Sie vollführte eine entschuldigende Geste. »Willkommen in der trügerischen Welt des Kakaos. Klar, wir produzieren selbst. Und wir haben neben Sijambo auch noch eine eigene Großhandelsmarke. Aber wir sind noch nicht so weit, dass wir immer genug eigenen Kakao haben. Damit die Anlage ausgelastet ist, produzieren wir deshalb auch Schokolade in Supermarktqualität, für den Einzelhandel, oft auch für Firmen als Werbemittel, mit einer anderen Verpackung, natürlich. Mit diesen Blöcken kann das jeder. Die gibt es in allen Geschmacksrichtungen, fünf oder zehn Kilo. Aber wir machen auch unsere eigenen Blöcke, schau hier.«

Ketti ging zu einem anderen Regal. Sie öffnete einige Kisten, schien aber nicht zu finden,was sie suchte.

»Sauhaufen! Entschuldigung.«

Ketti holte einen kleinen Handheldcomputer aus ihrer Kitteltasche und tippte darauf herum.

»Die sollten eigentlich hier sein. Wir hatten noch mindestens drei Kisten. Aber irgendwer muss sie falsch einsortiert haben. Muss ich mich später mal drum kümmern, aber ist jetzt auch egal. Unsere Blöcke sehen im Prinzip so aus wie die von Thierry-Dupont, nur ist die Schokolade viel besser. Lass uns wieder rüber in die Fertigung gehen.«

»Warum ist eure besser?«, fragte Vatanen.

»Die Massenware von Thierry-Dupont, das ist alles Forastero.«

»Forastero-Kakao?«

»Ja. Masse ohne Klasse.«

Der Finne nickte. »Ich weiß. Relativ bitter und säurehaltig, wenig Aroma, braucht viel Zucker. Und ihr nehmt was anderes?«

»Oh ja.«

»Und was«, fragte Vatanen.

»Betriebsgeheimnis, sorry«, erwiderte Ketti.

Sie hatten inzwischen das Ende der Fertigungsstraße erreicht. Ketti führte sie eine Treppe hinauf, in eine Büroetage. Dort nahmen sie in einem Konferenzraum Platz. Auf dem Tisch standen zwei große Schalen voller Napolitains, kleiner Schokoladentäfelchen. Kieffer nahm sich ein paar. Ketti schaltete unterdessen den Laptop an, der auf dem Tisch stand. Ein Beamer erwachte zum Leben, an einer der Wände erschien eine Powerpoint-Präsentation. »Sijambo. Truly African Chocolate« stand dort.

»Ist das eigentlich ein Kunstwort, Sijambo?«, fragte Vatanen.

Ketti schüttelte den Kopf. »Das ist Swahili. Bedeutet in etwa ›Mir geht's gut‹.«

Sie zeigte auf die Präsentation. »Was ich euch zeige, muss einstweilen unter uns bleiben, okay? Ist nicht Top Secret, aber auch nicht allgemein bekannt. Einige Leute in der Branche würden ziemliche Augen machen.«

Kieffer brummte Zustimmung, Vatanen ebenfalls. An der Wand erschien ein Foto einer Kakaoplantage. Der Koch konnte die bunten Früchte ausmachen, die er bereits auf Kettis Handyfotos gesehen hatte. Weitere Bilder folgten, sie zeigten Kakaofarmer bei der Arbeit. Männer schlugen mit Macheten Früchte entzwei, häuften Bohnen auf, breiteten sie zum Trocknen aus, füllten sie in Säcke. Es folgten Aufnahmen aus einer Fabrik, nicht unähnlich der, in der sie gerade waren. Die Maschinen sahen ziemlich modern aus.

»Und das steht in Afrika?«

»Ja, im Kongo. Vierhundert Hektar.«

Es folgten weitere Plantagenbilder. Vatanen schienen die Fotos sehr zu interessieren. Kieffer hingegen, der keinerlei Leidenschaft für Agrarökonomie besaß, schaute nur mit einem Auge hin und widmete sich ansonsten den Napolitains.

»Wir hoffen, dass alles gut geht«, hörte er Ketti sagen. »Die Bäumchen wurden vor rund acht Jahren gepflanzt. In den ersten fünf trägt Kakao keine Früchte, also haben wir demnächst die dritte Ernte. Die ersten beiden waren mickrig. Aber diesmal haben wir genug, um eine größere Menge Schokolade herzustellen. Man muss schauen, wie diese neuen Züchtungen reagieren«, sie begann an ihren Fingern abzuzählen, »aufs Fermentieren, Rösten, Temperieren, Conchieren. Und dann sind da natürlich Schädlinge und Pilzbefall. Nur weil die ersten paar Jahre nichts schiefgegangen ist, heißt das ja nichts. Und dann gilt es natürlich herauszufinden, ob der Geschmack wirklich so gut ist wie erwartet, wie viel Zucker oder Milchpulver notwendig ist. Letzteres ist vor allem mein Job.«

»Und wem«, Kieffer ließ den Zeigefinder kreisen, »gehört das hier alles?«

»Investoren. Venture Capital.«

»Und du meinst, das wird ein großes Ding?«, fragte Kieffer.

»Wenn wir einen Kakao hinkriegen, der preiswert ist und gleichzeitig besser schmeckt als Forastero, dann ist das der Brenner. Und wenn wir es dann noch hinbekommen, das alles im Kongo zu produzieren – Tree-to-Bar-Schokolade, fairer gehandelt als alles, was es bisher gibt, zu Supermarktpreisen – das wäre der Hammer.«

Vatanen nahm sich eines der kleinen Täfelchen. Mit übertriebener Langsamkeit entfernte er das Stanniolpapier, rührte den Inhalt jedoch nicht an. Nach einiger Zeit sage er: »Aber?«

»Was, aber?«, erwiderte Ketti.

»Aber es gibt ein Problem. Zumindest nehme ich an, dass ich deshalb hier bin.«

Sie presste die Lippen aufeinander. »Kann ich auf Ihre Verschwiegenheit zählen, Pekka?«

»Unbedingt.«

»Okay. Ich habe sehr viel Energie in dieses Projekt gesteckt und meinen Laden in Brüssel dafür ziemlich vernachlässigt. Nicht nur, weil man mich ganz gut bezahlt und mir ein Paket Aktienoptionen versprochen hat. Sondern weil ich weiß, wie Kakaoanbau läuft.«

»Kinderarbeit. Hungerlöhne.«

»Ja. Und diese Bauern … wissen Sie, was ich als Erstes gemacht habe, als ich dort unten angefangen habe, die Produktion aufzubauen?«

»Was?«

»Ich habe alle Arbeiter zusammengerufen und jedem eine Tafel Schokolade gegeben.«

»Um ihnen zu zeigen, wie das Endprodukt aussehen soll?«, fragte Vatanen.

»Nein. Damit sie überhaupt mal wissen, wie Schokolade schmeckt.«

»Wie bitte?«, sagte Kieffer.

»Da waren an die hundert Männer, manche davon über fünfzig, sechzig. Und nicht einer von denen wusste, wie Schokolade schmeckt. Versteht ihr? Die ernten Kakaobohnen, vermutlich seit sie zwölf sind. Aber sie haben die Früchte ihrer Arbeit noch nie gekostet. Das ist alles Wahnsinn. Ich will das ändern.«

Kieffer beobachtete sie. Ketti war inzwischen wieder aufgestanden und sprach unter Einsatz beider Hände. Ihre Augen leuchteten. Er kannte diesen Blick, diese Begeisterung. Es war leicht, sich davon mitreißen zu lassen. Man tat dann mitunter Dinge, die man nicht tun sollte. Niemand wusste das besser als er.

»Aber nun droht uns die Politik einen Strich durch die Rechnung zu machen.«

Vatanen lächelte. Etwas Spöttisches lag in seinen Augen. Irgendwie schien es Kieffer, als wisse sein Freund ganz genau, was als Nächstes kam. Auf der einen Seite verwunderte ihn das, denn er selbst tappte völlig im Dunkeln. Auf der anderen Seite hätte es dem Finnen ähnlich gesehen, wenn er sich vor dem Termin in der Schokoladenfabrik ein wenig schlau gemacht hätte.

»Sie meinen«, entgegnete Vatanen, »die EU macht Ihnen einen Strich durch die Rechnung?«

»Kurz gesagt: ja.«

»Klar«, erwiderte der Finne, »im Zweifelsfall ist immer Brüssel schuld. Aber in diesem ...«

Ketti zuckte mit den Achseln. »Als die Bäume gepflanzt wurden, konnte niemand ahnen, dass es so kommen würde.«

»Vielleicht schon«, sagt Vatanen. »Aber ich verstehe. Chocolatiers sind keine Experten für Geopolitik.«

Kieffer schnaubte. »Meint ihr, ihr könntet mich vielleicht auch einweihen?«

»Unsere Plantagen und die dazugehörige Fabrik liegen in Varanga, einem sehr großen Waldgebiet, in Uganda, Ruanda und dem Kongo.«

»Welchem Kongo?«, fragte Kieffer.

»Das ist genau das Problem. Als Sijambo mit der Plantage angefangen hat, befand sie sich auf dem Gebiet der Demokratischen Republik Kongo. Aber jetzt nicht mehr. Schon mal vom Umlilo-Aufstand gehört?«

Kieffer schüttelte den Kopf.

»Ist auch kompliziert. Es hat viel mit präkolonialen Stammeszugehörigkeiten zu tun. Auf jeden Fall war da eine Provinz im Nordosten, die sich für unabhängig erklärt hat, und nun befinden wir uns auf dem Gebiet der RBK, der Republik des Befreiten Kongo.«

»Und auf einmal«, sagte Vatanen, »produziert Sijambo die teuerste Schokolade der Welt.«

»Wieso?«, fragte Kieffer.

»Die Europäische Union erhebt Einfuhrzölle«, erwiderte Vatanen. »Auch auf Kakaoprodukte. Wenn du nur Bohnen importierst, um sie beispielsweise in Belgien oder Frankreich weiterzuverarbeiten, fallen praktisch keine Zölle an. Wenn jemand aber bereits verarbeiteten Kakao, also Schokolade, einführen will, dann schon.«

»Wie viel?«, fragte Kieffer.

»So dreißig bis sechzig Prozent«, erwiderte Vatanen.

»So hält die EU die Entwicklungsländer klein«, sagte Ketti. »Die sollen die Rohstoffe liefern und schön am untersten Ende der Wertschöpfungskette bleiben.«

»Das klingt in der Tat so«, sekundierte Kieffer.

Vatanen schüttelte den Kopf. »Na, so einfach ist die Welt dann doch nicht. Alle AKP-Staaten sind von den Zollbeschränkungen ja ausgenommen.«

»Welche Staaten?«, fragte Kieffer.

»Fast fünfzig aus Afrika, die gesamte Karibik und die pazifischen Inseln. Die meisten sind ehemalige Kolonien. Die haben ein Handelsabkommen mit der EU und dürfen quasi zollfrei einführen. Auch die Demokratische Republik Kongo gehört dazu. Aber die Republik des Befreiten Kongo natürlich nicht.«

»Wieso natürlich?«

»Ist ein bisschen wie beim Brexit. Wenn du dich abspaltest, bist du zwar total unabhängig, aber zunächst auch aus allen bestehenden Verträgen raus. Du musst neu verhandeln. Im Falle der RBK ist das aber kein großes Problem. Sie werden das Lomé-Abkommen, so heißt das korrekt, unterzeichnen. Aber das dauert natürlich ein bisschen.«

Ketti schnaufte ärgerlich. »Die Verhandlungen laufen schon zwei Jahre.«

»Was für ein internationales Handelsabkommen keine Zeit ist. Nach dem, was man so hört, liegt es eher daran, dass die Unterhändler der RBK sehr chaotisch agieren. Aber vielleicht ist auch die Kommission schuld, die sind auch nicht gerade von der schnellen Truppe. Vor allem wenn's um so was geht.«

»So was was?«, fragte Kieffer.

»Subalterne afrikanische Zwergstaaten, von denen die meisten Menschen noch nie gehört haben. Nicht gleich wütend werden, Ketti. Ich verstehe Ihr Problem. Aber Sie wissen ja, was in Europa gerade los ist. Die Briten, die Unionsreform. Da steht die RBK auf der Brüsseler To-Do-Liste natürlich nicht gerade weit oben.«

Ketti nickte grimmig. »Wir haben versucht, etwas über den Stand der Verhandlungen rauszufinden. Aber niemand weiß was.«

»Doch, bestimmt. Es sagt nur niemand was.«

»Warum nicht?«

»Die von der Kommission sind eher schmallippig. Ist nichts Persönliches.«

»Wissen Sie etwas?«

»Ich habe nicht den geringsten Schimmer«, antwortete Vatanen. »Aber ich kann mich mal umhören.«

»Würden Sie das tun? Wir müssen bald entscheiden, ob wir weitere Teile der Produktion runter verlagern, ich war deswegen gerade dort. Und wenn das Abkommen nicht bald kommt …«

»Ich kriege bestimmt was raus.«

»Wie kann ich mich dafür bedanken?«

»EU-Beamte sind völlig unbestechlich. Aber Xavier erwähnte einen Kofferraum voll Schokolade.«

»Das wird kein Problem sein. Ich lasse euch den Wagen so vollpacken, dass ihr nie wieder Schokolade kaufen braucht.«

»Das ist ein Wort.«

Kieffer erhob sich. »Ich glaube, jetzt müssen wir bald los. Es wäre gut, wenn wir es vor der Rushhour zurück nach Luxemburg schaffen.«

Die anderen beiden standen ebenfalls auf. Ketti rief über das Telefon auf dem Konferenztisch im Lager an und bat einen Mitarbeiter, einige Kisten Schokolade auf den Parkplatz zu schaffen. Dann verließen sie den Raum. Auf dem Weg nach draußen kamen sie an weiteren Büros vorbei. An einem davon hielt Ketti an und klopfte an den Rahmen der offen stehenden Tür. Ein rundlicher Mann wandte sich ihnen zu und lächelte fragend. Er mochte Ende fünfzig sein, hatte schlohweiße Haare und einen akkurat gestutzten Vollbart gleicher Farbe. Falls Sijambo je Weihnachtswerbung machen wollte, war dieser Kerl die ideale Besetzung.

»Das hier ist Beat Gerschwiler, unser Geschäftsführer. Beat, mein alter Bekannter Xavier Kieffer, Sternekoch aus Luxemburg, und sein Freund Pekka Vatanen. Er arbeitet für die EU.«

Gerschwiler erhob sich und schüttelte ihnen die Hände. »Grüße Sie, willkommen bei uns. Hat Ketti Ihnen eine kleine Führung gegeben, ja?«

»So ist es«, antwortete Kieffer. Sie unterhielten sich auf Französisch, aber Gerschwilers Akzent war dennoch unverkennbar.

»Schweizer?«, sagte der Koch auf Deutsch.

»Ja, Bernerland. Man hört's, oder?«

»Beat«, warf Ketti ein, »hat schon bei verschiedenen Schweizer Schokoladenfabrikanten gearbeitet.«

»Wo denn?«, fragte Kieffer.

»Fragor, Suchoc, zuletzt Helvisa.«

»Und da hat's Ihnen nicht mehr gefallen?«

»Ach ja, es war nicht schlecht. Aber diese großen Konzerne … hier kann ich mehr bewegen, Dinge entscheiden, die Welt vielleicht ein bisschen besser machen. Als das Angebot kam, habe ich nicht lange überlegt.«

Sie verabschiedeten sich von Gerschwiler und gingen zu Vatanens Auto. Dort warteten bereits zwei Lageristen mit einer beachtlichen Anzahl Kisten.

»Wow, ist das viel. Das geht nie alles rein«, sagte Vatanen.

»Wenn du die Sitzbänke umlegst, schon«, erwiderte Kieffer.

Während der Finne das Fahrzeug transportbereit machte, wandte der Koch sich Ketti zu. »Danke für die Führung. Ich wünsche dir viel Glück.«

»Wobei?«

»Na, bei deinem Schokoabenteuer. Kannst du brauchen.«

Sie nickte. »Klingt ein bisschen endgültig. Seh ich dich nicht wieder?«

Kieffer öffnete den Mund. »Besser nicht« wäre eine gute Antwort gewesen. »Ich bin vergeben« eine andere. Stattdessen murmelte er »Doch, bestimmt«, was ihm ziemlich lahm und auch ein bisschen feige vorkam.

Ketti trat einen Schritt näher und legte ihm eine Hand auf den Arm. »Also mich würd's freuen. Ruf mich mal an, Mister X.«

»Xavier, kommst du?«

Der Koch drehte sich um. Der Wagen war randvoll mit Kartons. Pekka saß bereits am Lenkrad und schaute durch das Fenster zu ihm. Kieffer wandte sich wieder Ketti zu.

»Äddi, Ketti.«

Sie blies ihm einen Kuss zu. Dann drehte sie sich um und ging zurück in ihre Schokoladenfabrik.

9

François Schneider schüttelte den Kopf. »Nichts mehr zu machen, Xavier. Der hat's definitiv hinter sich.«

Kieffer schaute Schneider bestürzt an. »Aber vor ein paar Tagen fuhr er noch. Ich dachte, es wäre vielleicht die Benzinleitung.«

Der Kfz-Meister wischte sich die Hände an seinem Blaumann ab. Während er auf den rostigen Peugeot-Lieferwagen des Kochs zeigte, sagte er: »Der lief am Ende nur noch auf zwei Pötten. Glaub mir, da müsste man den ganzen Motor austauschen. Und wenn man schon dabei ist, auch das Getriebe, die Bremsen und allerlei Kleinkram. Ist viel teurer, als wenn du einen neuen nimmst.«

Kieffer ging zu seinem alten Lieferwagen und strich wehmütig über die Kühlerhaube. Dann wandte er sich wieder dem Mechaniker zu.

»Okay. Dann muss es wohl sein.«

»Willst du einen leasen? Auf die Firma?«

»Einen Neuwagen? Nein, François, die neuen Autos, die haben mir zu viel ... zu viel Elektronik. Was hast du denn an gebrauchten?«

François Schneider besaß eine kleine Werkstatt an der

Route d'Arlon. Alle Autos, die Kieffer in seinem Leben besessen hatte, stammten von ihm. Die Werkstätten großer Hersteller mied er. Seiner Erfahrung nach zahlte man dort doppelt so viel für Reparaturen und musste darauf viermal so lange warten. Bei François konnte er jederzeit auf den Hof fahren, und der Mechaniker reparierte garantiert immer nur das Nötigste.

Schneider gab dem Koch einen Wink. Sie verließen die Werkstatt und gingen hinaus auf den Parkplatz, wo an die fünfzig Autos standen. Linker Hand ragte eine große Tafel mit der Aufschrift »voitures d'occasion« auf. Der Mechaniker rieb sich das Kinn.

»Wieder Peugeot? Könnte nämlich schwierig werden.«

»Peugeot ist okay. Aber halbwegs preiswert wäre wichtiger.«

»Lieferwagen?«

Er überlegte kurz. Früher war er täglich zum Großmarkt gefahren. Heutzutage ließ er sich die meisten Sachen liefern, von Händlern, mit denen er seit Jahren zusammenarbeitete. Wann hatte er den Lieferwagen das letzte Mal vollgemacht? Das schien lange her zu sein.

»Lieferwagen oder Kombi.«

Schneider nickte und blickte sich suchend um. Er ging zunächst zu einem VW-Caddy. »Das wäre der Klassiker. Baujahr 2013, siebzigtausend runter. Diesel …«

»Kein Diesel.«

»Nicht? Hm. Dann habe ich bei den Kastenwagen nur noch diesen Opel Combo. Nur zwanzigtausend runter. Kleinen Unfall gehabt, aber …«

»Geht auch nicht.«

Schneider schaute ihn etwas müde an. »Weil?«

»Die Farbe.«

Der Opel war violett-metallic. Außer an den Stellen, wo er mit irgendwelchen Werbeaufklebern foliert gewesen war. Die schimmerten bläulich.

»Kann man umlackieren«, schlug der Mechaniker vor. Er sah Kieffer an.

»Nein? Dann die Kombis.«

Der Koch lehnte einen Wagen nach dem anderen ab. Einige waren ihm zu teuer, andere zu neu. Kieffer war bewusst, dass er es seinem alten Bekannten nicht gerade leicht machte. Aber irgendwie gefiel ihm heute rein gar nichts.

»Du kannst sonst auch in ein paar Wochen noch mal wiederkommen und bis dahin irgendeinen anderen leihweise nehmen. Wenn du mir sagst, was du eigentlich suchst, dann höre ich mich mal …«

»Was ist mit dem da?«

Er zeigte auf einen ziemlich verwitterten, tannengrünen Kombi, der etwas abseits stand. Er hatte dieses Modell noch nie gesehen.

»Den Jaguar?«

Kieffer lachte. »Das ist ein Jaguar?«

»Ist es. Aber den willst du nicht.«

»Warum nicht?

»Weil der Motor fast hinüber ist.«

Kieffer stapfte zu dem Wagen und öffnete die Tür. Drinnen war viel Nussholz und Leder, Letzteres allerdings in keinem sehr guten Zustand. Die Sitze wiesen überall Flecke und Verfärbungen auf, so als habe der Vorbesitzer über Jahre Kaffee und Schnaps im Innenraum verschüttet. Es gab auch Brandspuren. Der Aschenbecher war voller alter Kippen. Der auffälligste Makel jedoch war, dass der Wagen kein Lenkrad besaß.

»Ich hab den in Zahlung genommen, mehr aus Kulanz. Der hat Hundertachtzigtausend runter. Motor müsste man eigentlich austauschen.«

»Und kein Lenkrad.«

»Diese Dinger sind selten, deshalb benutze ich ihn als Ersatzteillager. Brauchte schnell ein Lenkrad für ein anderes Auto, und deshalb.«

Kieffer stieg ein. Der Sitz war wunderbar bequem, schön durchgesessen.

»Wie viel willst du dafür? Also, mit neuem Motor?«

Schneider legte den Kopf schief. »Echt jetzt?«

»Ja, echt jetzt.«

»Ich kann bestimmt irgendwo einen gebrauchten Motor finden. Sagen wir viereinhalbtausend? Aber dauert ein paar Tage. Zurzeit habe ich ja nicht mal ein Originallenkrad.«

»Von mir aus kannst du eine Radkappe dranmachen, wenn man damit lenken kann. Ist mir egal. Aber fährt er denn?«

»Das schon. Aber wer weiß, wie lange.«

»Okay, dann will ich den Wagen jetzt mitnehmen. Und wenn du den Motor hast, rufst du an, dann komme ich wieder vorbei.«

Kieffer stieg aus. Schneider sah ihn an, als habe er nicht alle Tassen im Schrank.

»Ich muss noch erwähnen, dass diese alten Briten recht anfällig sind. Die haben immer was, Xavier.«

»Hm. Kannst du jetzt schnell das mit dem Lenkrad machen?«

»Klar, muss kurz schauen, was so da ist.«

Kieffer hielt dem Mechaniker seine Hand hin. »Na dann. Viereinhalb. Schlag ein.«

Sie schüttelten einander die Hände. Schneider verschwand in einer seiner Garagen, um ein passendes Lenkrad aufzutreiben. Kieffer holte in der Zwischenzeit ein paar Habseligkeiten aus seinem alten Lieferwagen, vor allem die Kassettensammlung und die Straßenkarten.

Als er damit zurück zu dem Jaguar kam, hatte François das Lenkrad bereits festgeschraubt. Kieffer setzte sich auf den Fahrersitz, die Kassetten legte er neben sich. Er musterte das Lenkrad. In dessen Mitte prangte ein Mazda-Logo.

Schneider händigte ihm die Schlüssel aus. »Zahlen kannst du, wenn der neue Motor kommt, okay, Xavier? In bar, wenn's geht.«

»Geht klar.«

Der Koch zeigte auf das Radio. »Was mir jetzt erst auffällt: Der hat ja nur einen CD-Player und gar kein Kassettendeck. Hast du noch eins?«

Der Mechaniker schüttelte den Kopf. »Nee. Musst du mal bei eBay gucken.«

Kieffer bedankte sich. Dann fuhr er zurück zum »Deux Eglises«.

Er parkte vor dem Restaurant und ging hinein. Gäste waren noch keine da, nur sein Kellner Jacques stand an der Theke und faltete Servietten.

»Moien, Jacques.«

»Moien.« Der Kellner zeigte in Richtung Parkplatz. »Neues Auto?«

»Hm.«

»Und?«

»Fährt ganz gut. Hat leider kein Kassettendeck.«

»Wer hat denn heutzutage noch Kassetten?«

Kieffer zeigte auf die Pappschachtel unter seinem Arm,

in der sich etwa dreißig Tapes befanden. Jacques konnte sich ein Grinsen nicht verkneifen.

»Vielleicht«, sagte Kieffer, »muss ich die irgendwann mal überspielen.«

»Wie, überspielen?«

»Auf CD. Geht so was?«

»Keine Ahnung, Xavier. Schmeiß sie halt weg und kauf sie neu, auf CD.«

»Die waren teuer.«

»Oder du abonnierst einen Streamingdienst. Dann kannst du so viel Musik hören, wie du willst. Sogar«, der Kellner zeigte auf Kieffers Kassetten, »diese Sachen aus dem letzten Jahrhundert. Wer bitte schön ist denn Morrissey?«

»Der Sänger von ›The Smiths‹.«

»Und wer sind die?«

»Vergiss es, Jacques. Ist Claudine schon da?«

»Ja, gerade gekommen. Philippe und Qaïd sind auch schon oben.«

Der Koch stellte seine Kassettenkiste hinter der Theke ab und schickte sich an, die Treppe zur Küche hinaufzusteigen. Auf der ersten Stufe stoppte er und drehte sich noch einmal um.

»Sag mal, das mit der Musik auf dem Telefon … Da zahlt man dann eine Gebühr für, oder was?«

»Jo. Zehner im Monat. Abo«, sagte Jacques.

»Und die Musik kommt dann … aus dem Telefon?«

»Kopfhörer. Oder Bluetooth-Lautsprecher. Klar, kannst es auch über die Handylautsprecher hören, aber klingt wie Arsch auf Eimer. So was machen nur Vierzehnjährige auf der Place d'Armes.«

»Hm. Aber dann gehören einem die Schallplatten ja gar nicht.«

»Die Dateien meinst du?«

»Ja.«

»Ist doch egal. Du kannst sie ja so oft hören, wie du willst.«

»Aber seine Lieblingsalben, die will man doch besitzen, also so richtig«, wandte Kieffer ein. Jacques starrte ihn verständnislos an.

Der Koch seufzte. »Danke. Bis später.«

Kopfschüttelnd stieg er die Treppe hinauf. Seine meistgehörte Platte war vermutlich »Under a Blood Red Sky«. Er hatte das Album gefühlte zehntausend Mal gehört, und zwar jedes Mal umsonst. Und nun wollten sie, dass er die nächsten fünfundzwanzig Jahre jeden Monat einen Zehner berappte, damit er weiterhin »Gloria« hören konnte? Was für eine bescheuerte Vorstellung das war. Als Nächstes würde irgendwer auf die Idee kommen, Restaurantabos einzuführen. Jetzt neu: Lunch-Streaming, für nur dreihundert Euro im Monat können Sie so viel und so oft essen, wie Sie mögen.

»Ganz bestimmt ohne mich«, brummte er.

»Was sagst du, Chef?«

Er hob den Kopf und schaute in Claudines Gesicht. Sie blickte ihn etwas bang an. Vermutlich schaute er sehr unwirsch drein.

»Ach, nichts. Moien. Wie ist die Lage?«

»Alles gut. Kümmerst du dich eigentlich um die Graffe Pati?«

»Ist schon alles vorbereitet. Größere Gruppen heute?«

»Nur diese Japaner. Und eine Geburtstagsfeier.«

Kieffer erinnerte sich vage. Familie Schiltz, zehn Personen. Er überlegte kurz. »Die wollen eine Torte, haben sie mir gesagt. Mit ein paar Wunderkerzen und so.«

Claudine verzog das Gesicht. »Hast du mir aber nicht gesagt. Wo kriegen wir die denn jetzt noch her? Die kommen ja schon um halb acht.«

»Sorry. Aber wozu haben wir einen Weltklasse-Patissier? Sag Qaïd, er soll sich was einfallen lassen.«

Claudine versprach es. Danach gingen sie an die Arbeit. Als Erstes holte Kieffer Fleischmasse für die Leberterrine aus dem Kühler. Schon am Vormittag hatte er eine Stunde lang Schweinefleisch, Speck und Leber durch den Wolf gedreht. Danach war der Brei mit Eiern, Wein und Gewürzen vermischt worden. Er stellte insgesamt vier Terrinenformen auf die Arbeitsplatte und legte sie mit Crepinette aus, einem dünnen Netz aus dem Bauchgewebe von Schweinen. Danach füllte er die Masse in die Behälter und stellte sie alle in den Ofen. Graffe Pati war ein Luxemburger Klassiker, jede Hausfrau verwendete ihre eigene Mischung an Kräutern und Gewürzen. Kieffer gab meist grünen Pfeffer und etwas Cognac hinein.

Der Koch machte sich nun daran, ein Kompott zuzubereiten, das es zu der Pastete geben sollte. Das war nicht unbedingt klassisch luxemburgisch, aber auf dem Markt hatte es sehr guten Rhabarber gegeben. Außerdem besaßen sie verdammt viele Birnen. Beides würde Kieffer mit Zucker einkochen. Das zumindest war sein vager Plan. Ein spezielles Rezept für das Kompott besaß er nicht, aber Rezepte waren eh etwas für Amateure.

Am Ende kam ein Rhabarber-Birnen-Kompott mit etwas Ingwer heraus. Er war gerade dabei, es in Gläser abzufüllen, als sein Telefon summte. Es war Valérie.

»Hallo, Val«, sagte er.

»Hallo, Süßer. Bist du noch sauer auf mich?«

»Kaum.«

Kieffer verließ die Küche und stieg die Treppe hinab. Dafür würde er eine Zigarette brauchen, vielleicht auch zwei.

»Ich habe den Artikel gelesen, den von Perigot«, sagte er.

Kieffer trat hinaus auf die Terrasse des »Deux Eglises« und fischte die Ducal aus der Hosentasche. Der Koch wartete auf Valéries Antwort, aber sie erwiderte nichts. Stattdessen hörte er sie geräuschvoll ausatmen. Anscheinend war er nicht der Einzige, der eine Zigarette brauchte.

»Alles klar, Val?«

»Ich weiß nicht, was ich machen soll.«

»So insgesamt?«

»Ja. Nein. Es gibt mehrere Optionen, aber die sind alle …«

»… sind alle scheiße?«

»Hm.«

»Sollen wir sie mal durchgehen?«

»Vielleicht. Ich will dich da aber eigentlich nicht mit reinziehen. Ich muss das ja letztlich selber hinkriegen.«

Mit ärgerlicher Miene sog Kieffer Rauch ein. Valérie wollte stets alles selbst hinkriegen. In der Regel gelang ihr das auch, aber diesmal wäre es offensichtlich besser gewesen, wenn sie ihn früher ins Vertrauen gezogen hätte. Nicht, dass er ein Experte in Sachen Finanzen gewesen wäre, aber zumindest verstand er etwas von Gastronomie und davon, wie man ein Geschäft leitete. Aber sie hatte ihn nie gefragt. Valérie fragte erst jetzt, wo bereits alles in der Grütze war.

»Es ist keine Schande, sich eine andere Meinung zu holen. Viel mehr kann ich eh nicht bieten.«

»Vermutlich hast du recht. Kann ich vorbeikommen?«

»Klar. Wann?«

»Am besten heute noch. Ich setze mich gleich nachher ins Auto. Wird aber bestimmt nach Mitternacht, ich komm direkt zu dir nach Grund, okay?«

»Okay, Val. So machen wir's.«

Sie verabschiedeten sich voneinander. Kieffer rauchte eine weitere Ducal, bevor er in den Schankraum zurückkehrte. In der Zwischenzeit war auch sein Thekenstammgast eingetroffen.

»Abend, Pekka. Du bist früh heute.«

Vatanen arbeitete in einem der EU-Gebäude auf dem Kirchberg, kaum fünf Minuten von Kieffers Restaurant. Folglich musste er deutlich vor sechs Uhr das Büro verlassen haben.

»Ich hatte eine ganz entsetzliche Telefonkonferenz mit den Leuten von der Kommission, Abteilung für Agraraudits. Das hat mich derart ausgelaugt, dass ich früher Schluss machen musste.«

»Eure Arbeitszeiten sind beneidenswert.«

»Das täuscht. Wenn ich in Brüssel oder Straßburg bin, arbeite ich viel länger. Dies ist nur gerechter Ausgleich.«

Kieffer verkniff sich einen Kommentar und sagte stattdessen: »Wein?«

»Ist der Papst inzwischen konvertiert?«

Der Koch holte eine Flasche Rivaner aus dem Kühlschrank und stellte sie Vatanen hin.

»Hast du inzwischen ›Le Monde‹ gelesen?«, fragte der Finne.

»Ja. Klingt nicht gut.«

»Im ›Figaro‹ war auch noch was zum Gabin. Was macht deine Freundin denn da?«

»Keine Ahnung, Pekka. Wirklich keine Ahnung.«

Kieffers Handy summte erneut. Er schaute auf das Display. Es handelte sich um eine deutsche Nummer, die er nicht kannte. Vermutlich war es einer dieser Gastrobedarfsvertreter, die ihm immer Zeug aufschwatzen wollten, das kein Mensch benötigte – modulare Saisondeko, Olivenschiffchen, XXL-Töpfe. Er drückte den Anruf weg und wandte sich wieder Pekka zu.

»Hast du schon was wegen Kettis Kongolesen rausfinden können, Pekka?«

»Ja. So wie es aussieht, dauert das mit deren AKP-Mitgliedschaft noch.«

»Und warum?«

»Ein paar Länder versuchen, die Sache zu verschleppen.«

»Lass mich raten: Länder mit Schokoladenproduktion?«

»Ich weiß nicht, ob es daran liegt. So weit bin ich noch nicht.«

Der Finne goss sich ein. Nachdem er einen großen Schluck genommen hatte, schaute er einen Moment lang nachdenklich gen Decke.

»Was ist, Pekka?«

»Diese Schokoladenplantage deiner Freundin … seltsam.«

»Was ist daran seltsam?«

»Ich weiß nicht genau. Aber irgendwas daran kam mir seltsam vor.«

»Aber du musst doch irgendeinen Grund dafür haben, dass du es seltsam findest. Oder ist es nur wegen der Schokoladenherstellung in Afrika, die du ja für eine Schnapsidee hältst?«

Vatanen schüttelte langsam den Kopf. »Nein, das meine

ich nicht. Ich glaube, es hatte mit den Fotos der Plantage zu tun. Aber so genau kann ich es nicht sagen.«

Kieffer zuckte mit den Achseln. »Ich muss jetzt wieder hoch. Willst du auch was essen? Ich hätte gleich ganz frische Terrine.«

Vatanen erklärte, er nehme gern ein Stück. Kieffer bestellte ihm eines und stieg die Stufen hinauf. Kaum war er oben angekommen, klingelte schon wieder sein Handy. Erneut war es diese deutsche Nummer. Er schaute aufs Display. Die Nummer begann mit +4915, es handelte sich also um eine Handyvorwahl. Kurz war er versucht, abzunehmen und diesem Gastrofuzzi gehörig die Meinung zu geigen. Welcher Vollidiot ging kurz vor Beginn des Service auf Telefonakquise? Es gab kaum eine schlechtere Uhrzeit, um einen Koch anzurufen.

Gerade wollte er den Anruf annehmen, da gab ihm Claudine ein Zeichen und deutete fragend auf ihr Klemmbrett. Rasch steckte Kieffer das Handy weg und ging zu seiner Souschefin. In den kommenden Stunden war er vollauf damit beschäftigt, dafür zu sorgen, dass die vielen Bestellungen pünktlich und akkurat die Küche verließen. Als sein vermaledeites Handy nochmals klingelte, nahm er es aus der Hosentasche und steckte es oberhalb des Passes zwischen die Büchsen mit dem Mehl und der Chapelure.

Gegen halb zehn wurde es allmählich ruhiger. Gerade hatte er am Pass einen Gateau Berbelle durchgewunken auf dem ein Haufen Wunderkerzen steckte. Es handelte sich augenscheinlich um den Kuchen für Anne Schiltz' Geburtstagsfeier, und vermutlich wäre es eine gute Idee, sich dort unten einmal blicken zu lassen und der Jubilarin die Hand zu schütteln. Die Schiltzens waren Stammgäste, sie kamen quasi seit dem ersten Tag. Annes Mann war mit Kieffers Schwester auf dem Lycée gewesen, im gleichen Jahrgang.

Er übergab den Pass an Claudine, steckte das Handy wieder ein und ging hinunter. Schon auf der Treppe konnte er die Feiernden hören. Sie schienen in ganz ausgezeichneter Stimmung zu sein. Im Schankraum roch es nach verbrannten Wunderkerzen. Jacques war gerade dabei, den Berbelle zu portionieren und große Portionen Schlagsahne auf die Stücke zu klecksen. Kieffer ging zu dem fraglichen Tisch. Die Feiernden saßen bereits in jener leicht überstreckten Haltung, die Menschen nach sehr üppigem Essen einzunehmen pflegen. Ihre Gesichter glänzten selig.

Kieffer ging zu dem Geburtstagskind, machte eine kleine Verbeugung und gab ihr Küsschen auf die Wangen. Er zeigte auf die Torte und sagte: »Ich hätte da noch einen schönen Dessertwein aus dem Roussillon. Wer möchte? Geht natürlich aufs Haus.«

Wie sich herausstellte, wollten fast alle. Er gab dem Kellner eine entsprechende Anweisung, bevor er sich verabschiedete. Auf dem Weg zur Theke kam ihm Annes Ehemann entgegen. Thierry Schiltz sah erschreckend nüchtern aus, was nach einer Luxemburger Familienfeier eigentlich nicht sein konnte. Der Koch begrüßte ihn per Handschlag.

»Alles okay, Thierry? Siehst ein bisschen leidend aus.«

Schiltz, ein sportlicher Endvierziger mit kurzen blonden Haaren, nickte.

»Ein bisschen.«

»Das tut mir leid. Hat's denn wenigstens geschmeckt? Kann ich dir irgendwas bringen lassen?«

»Sehr nett, danke. Ich habe einfach fürchterliche Zahnschmerzen.«

»Oh je. Warst du schon beim Zahnarzt?«

»Ja. Okklusales Trauma, vermutlich.«

»Das heißt was?«

»Zu fest auf den Zahn gebissen, ist quasi wie verstaucht. Wenn ich Glück habe, geht's von selbst weg. Wenn ich Pech habe, hat die Krone einen Riss.«

»Kann man das denn nicht sehen, auf dem Röntgenbild?«

Schiltz schüttelte den Kopf. »Offenbar nicht. Man muss warten. Wenn es ein Riss ist, kommen Bakterien rein, und dann muss er raus. Jetzt erst mal Schmerzmittel und abwarten. Also kein Wein. Und kauen ist auch nicht so toll.«

Kieffer klopfte dem Mann auf die Schulter. »Na dann mal gute Besserung.«

Schiltz bedankte sich und ging zurück zu seiner Feier. Kieffer versorgte Vatanen mit einer weiteren Flasche Wein und holte dann sein Handy hervor. Der Unbekannte hatte noch zweimal angerufen und außerdem eine SMS geschickt. Er öffnete sie.

»Xavier, es ist dringend. Ketti.«

»Was zum ...«, entfuhr es ihm. Er schaute auf das Display. Die Nachricht war vor knapp einer Stunde angekommen. Kieffer verzog sich ins Büro und drückte auf Wiederwahl. Es klingelte eine Weile, bevor er am anderen Ende Kettis Stimme vernahm.

»Xavier?«

»Ja. Was gibt's? Sorry, ich kannte die Nummer nicht.«

»Ich wollte meins nicht benutzen. Hör zu, ich brauche deine Hilfe.«

»Hm. Wobei denn? Also, wenn es um diese Sache mit den Zöllen geht, Pekka sagte, er macht sich …«

»Nein, nein, ich … etwas Schreckliches ist passiert. Ich glaube, die sind hinter mir her. Warte mal kurz.«

Kieffer konnte hören, wie Ketti einen Schrank oder eine Schublade öffnete und wieder schloss. Papiergeraschel war zu hören. Jemand keuchte laut, wie in Panik, dann hörte Kieffer einen Schrei, gefolgt von Fußgetrappel.

»Ketti? Kannst du mir mal sagen, was …«

Kieffer vernahm ein klirrendes Geräusch. Eine Männerstimme rief etwas, das er nicht verstand, vermutlich auf Niederländisch, aber sicher war er sich nicht. Der Koch hörte ein Rascheln, die Geräusche wurden dumpfer, so als habe Ketti das Handy in ihre Hosentasche gesteckt. Er glaubte zu hören, dass sie rannte.

»Ketti?«

Kieffer legte das Handy vor sich auf den Schreibtisch und aktivierte den Lautsprecher. Immer noch rauschte und raschelte es. Nach einiger Zeit schien Ketti stehen zu bleiben. Ein Motor röhrte, Reifen quietschten. Insgesamt saß Kieffer nun wohl schon vier, fünf Minuten vor seinem auf der Tischplatte liegenden Mobiltelefon, eine allmählich verglimmende Ducal in der Hand. Er lauschte den Geräuschen aus dem Lautsprecher. Mehrmals erwog er, aufzulegen und sie erneut anzurufen, aber irgendetwas hielt ihn davon ab.

Sie war im Auto, so viel schien klar. Erst fuhr sie schweigend, dann begann sie zu reden. Nicht mit ihm, sondern vermutlich mit sich selbst. Er bekam nur Fetzen mit.

»… konnte nur so blöd sein …

»… der .. oc … les geplant«

»… kann nur die M… sein …«

Erneut hörte er Reifen quietschen. Kieffer wartete. Erst hatte er geglaubt, sie habe ihn vergessen. Aber möglicherweise musste sie sich schlichtweg aufs Fahren konzentrieren. Nach einer gefühlten Ewigkeit raschelte es im Lautsprecher und Kieffer konnte hören, dass Ketti nun wieder direkt in das Telefon sprach.

»Xavier? Xavier, bist du noch da?«

»Bin ich. Was wird das hier?«

»Was total Abgefucktes. Hör zu, die haben mich rausgeschmissen.«

»Wer?

»Sijambo.«

»Wieso das?«

»Wegen einer unglaublichen … ich bin denen auf die Schliche gekommen, und sie wissen es. Hör zu, mein Akku ist gleich platt. Und es ist auch echt nix fürs Telefon. Ich bin auf dem Weg, hörst du?«

»Nach Luxemburg? Ketti, hör zu, ich kann jetzt nicht. Ich bin schon … sollen wir morgen …«

»Unser alter Treffpunkt, in drei Stunden«, in ihrer Stimme lag etwas Flehentliches. »Bitte komm. Es geht um Abertausende …«

Dann brach die Verbindung ab. Kieffer drückte auf die Wiederwahltaste. Eine Frauenstimme erklärte ihm, dass die Nummer zurzeit nicht erreichbar sei. Er lehnte sich zurück und drückte die inzwischen bis zum Filter abgebrannte Ducal aus. Nachdem er sich eine frische angesteckt hatte, dachte er einen Moment lang nach. Gerade war er zu dem Entschluss gekommen, Ketti eine SMS zu schreiben und ihr zu sagen, sie möge sich ihre spinnerten

Verschwörungstheorien sonst wohin stecken, als das Telefon summte.

Diesmal war es eine Nachricht von Valérie. »Hier krasser Stau. 😔 😣. Komme nicht vor halb zwei. Leg dich schon hin, ich schleich mich rein 😻😻.«

Kieffer fuhr sich mit den Händen über das Gesicht, erhob sich und ging wieder in die Küche. Claudine stand am Pass und fertigte gerade einige Teller ab.

»Das war's, Xavier. Wir sind schon durch. Sieht so aus, als ob der Rest des Abends ruhig wird.«

»Dein Wort in Gottes Ohr, Claudine. Dein Wort in Gottes Ohr.«

10

»Wir machen jetzt zu, Xavier.«

Léini, die stämmige Wirtin des »Rue des Fleurs«, schaute ihn auffordernd an. Kieffer nickte matt und erhob sich von seinem Barhocker. Seit einer halben Stunde saß er an der Theke der kleinen Bar in Pfaffenthal. Er war der letzte Gast und konnte verstehen, dass Léini allmählich heimwollte. Ehrlich gesagt war der Koch überrascht, dass sie überhaupt noch aufhatte. Pfaffenthal war nicht gerade Luxemburgs Ausgehmeile.

Die Viertel der Unterstadt lagen hintereinander in der Alzette-Schlucht. Erst kam Grund, dann Clausen, danach folgte Pfaffenthal. Unter den drei ehemaligen Arbeiter- und Arme-Leute-Vierteln hatte Pfaffenthal früher als das Schmuddeligste gegolten. Wollte man zum Ausdruck bringen, dass mehr Ordnung und Sauberkeit wünschenswert waren, sagte man: »Mir sinn hei net am Pafendall.«

Das war schon einige Zeit her, die Lage hatte sich gebessert. Aber schön war das Viertel noch immer nicht. Viele der Häuser waren baufällig, alles wirkte etwas heruntergekommen. Manch Luxemburger runzelte bei dem Wort Pfaffenthal auch heute noch die Stirn.

Kieffer nahm seine Lederjacke vom Haken und wünschte Léini eine gute Nacht. Es war fast halb eins. Er schaute ein letztes Mal zurück in den Schankraum. Es musste fünf oder oder sechs Jahre her sein, seit er zuletzt hier gewesen war, vielleicht noch länger. Die Einrichtung sah genauso aus wie früher: Stühle und Tische aus abgeschabtem Walnussholz, ein Himmel aus knittriger Silberfolie, abgetretenes Linoleum. Hinter der Bar hing eine blau-weiß gestreifte Flagge. Darauf prangte eine Raubkatze, der Roude Léiw. In einem Regal verstaubten Trophäen des örtlichen Fußballvereins. Und gegenüber der Bar hing ein großes gerahmtes Porträtfoto des Grand-Duc und seiner Gemahlin, das bereits arg vergilbt war.

Er lächelte der Wirtin zu. »Früher habt ihr als Rausschmeißer immer das Lied gespielt.«

Sie nickte. »Früher. Früher war's aber immer später. Und ihr hattet mehr Sitzfleisch.«

Als Ketti ihren »alten Treffpunkt« erwähnt hatte, war ihm sofort klar gewesen, dass sie nur das »Fleurs« meinen konnte – oder genauer gesagt die Kneipe und die Gegend drumherum. Den größten Teil ihrer gemeinsamen Zeit hatten sie in Paris verbracht. Doch manchmal, zu Weihnachten oder im Sommer, da waren sie heimgefahren, jeder zu seinen Eltern. In Kieffers Fall war das jenes Haus in der Tilleschgass gewesen, in dem er noch heute wohnte. Kettis Familie hingegen kam aus Differdingen, einem Stahlkocher-Städtchen im Südwesten. Dort war es abends noch viel toter als in d'Stad, wie die Einheimischen ihre kleine Metropole nannten, weswegen sie sich stets dort getroffen hatten. Genau wie in Paris hatte es sie auch in Luxemburg in Kneipen verschlagen, die der

Normalbürger eher mied, Bars voller schräger Vögel, voller Ausländer und Außenseiter.

Bevor Yuppies und Start-ups alles in Beschlag genommen hatten, war die Unterstadt voller nicht sonderlich respektabler Typen gewesen. Viele davon gingen ins »Fleurs«. Die Kneipe war damals der Treffpunkt für all jene, die nicht schon um elf ins Bett wollten. Im »Fleurs« hatten sie mit Taxifahrern getrunken, mit Prostituierten, mit Typen, die sich selbst als *hommes d'affaires* bezeichneten – kleine Gauner, immer auf der Suche nach einem krummen Geschäft.

Auch damals sperrte Léini den Laden kurz nach Mitternacht zu, aber nur der Ordnung halber. Drinnen ging es munter weiter, *fête privée* bis drei oder vier Uhr. Neben diesen liberalen Öffnungszeiten und dem verruchten Flair zog die Leute vor allem das preiswerte Bier an. Hinzu kam der Umstand, dass man nicht schief angeguckt wurde, wenn man sich statt einer Ducal einen Joint anzündete oder für eine Prise vom bolivianischen Marschierpulver im Hinterzimmer verschwand.

Kieffer trat vor die Tür.

»Äddi, Léini.«

Statt ihm zu antworten, drückte sie auf dem Laptop hinter der Theke herum und lächelte ihn an. Kieffer lächelte zurück. Sie tat ihm tatsächlich den Gefallen. Ein depressives Akkordeon gab einen Seufzer von sich. Kurz darauf setzte eine Männerstimme ein, sang auf Luxemburgisch.

Kanner, o Kanner, o quel malheur,
mir mussen aus der rue des Fleurs.

Das »Lidd vom Theiwesbuer« war ein bekanntes luxemburgisches Volkslied. Es handelte eigentlich von der Sanierung Pfaffenthals Ende des neunzehnten Jahrhunderts. Die Stadt hatte damals die alten Häuser abreißen lassen. Ihre Bewohner waren kurzerhand auf die Straße gesetzt worden und hatten jahrelang in zugigen Bauwägelchen wohnen müssen. So war die Obrigkeit damals mit armen Unterstädtern umgegangen.

Das Lied eignete sich aber auch hervorragend als Rausschmeißer. Jeder in ihrer ehemaligen Stammkneipe hatte damals gewusst: Wenn Léini »d'Lidd« spielte, war wirklich Schluss.

Wéi ass dat mënschemééglech nur,
mir musse fort vum Théiwesbuer.

Kieffer hob den Daumen in Richtung der Wirtin und ging hinaus auf die Straße. Häufig hatten Ketti und er, aufgedreht wie sie waren, nach dem langen Kneipenabend immer noch nicht genug gehabt. Mit einigen Bieren oder einer Flasche Wein waren sie auf die nahe gelegene Brücke übergesiedelt. Oder sie gingen ein paar Schritte weiter, zum Théiwesbuer, jenem Waschbrunnen, der in dem alten Lied vorkam. Dieser lag etwas unterhalb der Straße, sodass niemand sehen konnte, was sie dort trieben.

Der Koch steckte sich eine Zigarette an und schaute über den Fluss. Rechts von ihm erhob sich die Rout Bréck. Anders als andere Wahrzeichen des Großherzogtums wurde die rostige Stahlkonstruktion nachts nicht angestrahlt. Sie blieb im Dunkeln, zumindest teilweise. Die grellorangefarbenen Lampen oben an der Fahrspur erzeugten ein diffuses Feenlicht, das auf den mittleren

Teil der Brücke fiel. Es schien, als sei die Rout Bréck nicht mit dem Fels verbunden, sondern schwebe über dem Tal.

Am gegenüberliegenden Ufer stand eine Reihe Häuser. Direkt vor ihm lag eine kleine Brücke, darüber führte die Rue du Pont. Sie ging auf der anderen Seite noch knapp hundert Meter weiter, bevor sie vor der steilen Felswand endete. An die siebzig Meter ragte der Bockfels dort in die Höhe. Darüber lag die Oberstadt. Am Ende der Rue du Pont vermochte Kieffer in der Dunkelheit einen vertikalen Lichtstreifen auszumachen. Es handelte sich um die Beleuchtung des Panorama-Fahrstuhls, den man vor einigen Jahren gebaut hatte. Auch in seinem Wohnviertel gab es einen Lift, der Ober- und Unterstadt miteinander verband. Während der in Grund jedoch durch den Fels verlief, war der Pfaffenthaler Aufzug eine weitaus gewagtere Konstruktion. Von einem Park in der Oberstadt führte eine Art überdachte Brücke auf das Felskliff hinaus. An ihrem über dem Abgrund schwebenden Ende konnte man in den Fahrstuhl steigen. Von hier unten sah es so aus, als klebe die verglaste Kabine an der Felswand.

Kieffer lief bis zur Mitte der Brücke. Als er das nächste Mal in Richtung Fahrstuhl schaute, war der Lichtstreifen an der Felswand verschwunden. Das bedeutete, dass der Aufzug nach unten gefahren war. Einige Sekunden darauf stieg die Kabine erneut nach oben, und mit ihr die Lichtsäule. Der Koch überlegte, wer sich diesen Lichtdom-Effekt wohl ausgedacht hatte und ob er oder sie dabei nüchtern gewesen war. Das Ganze hatte etwas zugleich Trippiges und Sakrales, Himmelfahrt auf Psilocybin. Hätte es den Lift früher schon gegeben, dachte er, wären wir jeden Abend bekifft auf dieser Brücke gesessen und hätten den Fahrstuhl angestarrt, wie er rauf- und runterfährt, immer wieder, stundenlang.

Er wandte den Blick ab und überlegte, woher Ketti kommen würde. Im Kopf ging er die Route durch: A6, Rue de Mühlenbach, Rue Ménager. Letztere war allerdings eine Sackgasse. Ketti würde folglich an einer anderen Alzettebrücke nördlich von hier den Fluss überqueren und käme dann die Rue Saint Mathieu herunter. Er lehnte sich an das Brückengeländer. Eigentlich musste sie längst hier sein. Es war unwahrscheinlich, dass sie für die Strecke mehr als drei Stunden brauchte. Er checkte sein Handy, um sich zu vergewissern, dass sie ihn nicht vielleicht doch angerufen hatte. Aber er hatte nur eine SMS von Valérie, die ihm mitteilte, sie sei gerade an einer Raststätte nahe Verdun, was bedeutete, dass sie gegen kurz vor zwei eintreffen würde. Bis dahin wollte Kieffer auch gern zu Hause sein.

Durch die geschlossene Tür der Kneipe konnte er immer noch das Akkordeon hören. Er ertappte sich dabei, wie er mitsummte.

Kanner, o Kanner, o quel malheur …

Wo blieb sie bloß?

»Eine Zigarette noch, Mädchen. Und dann kannst du mich mal«, brummte Kieffer. Er rauchte. Das Akkordeon verstummte. Die Lichter im »Fleurs« erloschen. Irgendwo über ihm röhrte ein Auto. Er vernahm eine knallende Fehlzündung. Sie erinnerte ihn an seinen alten Peugeot, was den Koch ein wenig wehmütig machte. Er trat die Kippe aus, schlug den Kragen hoch. Sollte er sie noch einmal anrufen? Einst hatte er sich geschworen, diesem Mädchen niemals mehr hinterherzutelefonieren.

Ja, das hast du. Musste sein, ansonsten wärst du wahnsinnig geworden. Aber das hier ist etwas anderes. Es geht um geschäftliche Dinge, nicht um …

Tat es das? So war es doch immer gewesen, nach jeder dramatischen Trennung, bei jeder erneuten Kontaktaufnahme. Stets ging es vorgeblich um irgendeine harmlose Sache – eine Besorgung auf dem Großmarkt, die Telefonnummer eines gemeinsamen Bekannten, einen klitzekleinen Gefallen. Und bevor man sich versah, ging die ganze Scheiße wieder von vorne los.

Er hatte lange genug gewartet. Mochte sie doch zum Teufel fahren. Kieffer holte sein Telefon hervor und schaltete es aus. Sein neues altes Auto stand in der Rue du Pont, ein Stück vor dem Aufzug. Er machte sich auf den Weg dorthin. In der Ferne knallte erneut der Auspuff. Und dann knallte er noch einmal. Und noch einmal, gefolgt von einem weiteren Geräusch, dass Kieffer nicht einordnen konnte.

Er hob den Blick. Einen Moment lang glaubte er, es beginne zu regnen. Dann wurde ihm klar, dass es sich bei den vermeintlichen Tropfen um Glassplitter handelte, die vom Licht des Aufzugs reflektiert wurden, während sie hinabstürzten. Über ihm, dort, wo die schwebende Brücke endete, hatte sich eine Glasscheibe befunden, durch die man aus der Oberstadt auf Pfaffenthal hinabschauen konnte. Große Teile der Scheibe waren verschwunden. Nur an den Rändern hingen noch einige wie von Spinnweben durchzogene Glasstückchen, der Rest prasselte vor ihm aufs Trottoir, auf die Dächer der umliegenden Häuser. Auf der Plattform, dort, wo die Scheibe gewesen war, kniete eine Gestalt. Kieffer vermochte sie in der Dunkelheit kaum auszumachen. Sie schien etwas in der Hand zu halten.

Der Fahrstuhl setzte sich in Bewegung, fuhr nach unten. Als die hell beleuchtete Kabine vielleicht ein Drittel der Strecke hinter sich gebracht hatte, konnte Kieffer erkennen, dass sich jemand darin befand. Es war Ketti. Der Koch schaute erneut nach oben. Zunächst glaubte er, die Gestalt hinter der geborstenen Scheibe habe sich aus dem Staub gemacht. Dann jedoch sah er, dass sie inzwischen auf dem Boden lag. Kopf und Arme ragten über die Kante.

Der Koch sah Mündungsfeuer aufblitzen. Die Gestalt schoss auf die sich rasch absenkende Kabine. Kieffer hielt das für ein sinnloses Unterfangen. Der Schütze befand sich fast direkt über dem Fahrstuhl. Folglich musste sein Schusswinkel absurd sein, treffen konnte er bestenfalls die Kabinendecke. Und die bestand aus Metall, nicht aus Glas. Die Kugeln würden stecken bleiben.

Das in etwa war es, was Kieffer durch den Kopf schoss, während er auf den Aufzug zurannte. Er konnte nicht sagen, warum seine Beine entschieden hatten, loszulaufen. Sein Kopf fragte sich, ob es nicht besser wäre, in die entgegengesetzte Richtung zu rennen – schließlich wurde geschossen.

Ein rasselndes Geräusch war zu hören, die gläsernen Wände der Kabine wurden auf einen Schlag milchig weiß. Sie war vielleicht noch zwanzig Meter von der Talstation entfernt. Querschläger pfiffen durch die Luft. Kieffer wurde bewusst, dass der Angreifer vermutlich eine Maschinenpistole oder etwas in der Art verwendete. Anders ließen sich in so kurzer Zeit unmöglich derart viele Kugeln abfeuern.

Zwischen zwei Autos ging Kieffer in Deckung. Nach ein paar Sekunden verstummte das Geknatter der Waffe. Er riskierte einen Blick. Die Person oben auf der Schwebebrücke war nicht mehr zu sehen. Etwas knirschte vernehmlich. Es dauerte einen Moment, bis Kieffer verstand, dass das Geräusch von den Türen der Liftkabine herrührte. Während sie sich öffneten, geriet zersplittertes Glas in die Fugen und verursachte die Geräusche.

Schon war er auf den Beinen, rannte auf den Fahrstuhl zu. Ketti lag auf dem Kabinenboden, alle viere von sich gestreckt. Überall war Blut. Es war wohl ihres, aber von wo genau es kam, konnte Kieffer nicht erkennen. Um seine Ex-Freundin herum lagen Hunderte Stückchen glitzerndes Sicherheitsglas. Es sah aus, als ruhe sie auf einem Bett aus Diamanten.

Als Erstes musste er dafür sorgen, dass der Schütze den Fahrstuhl nicht wieder nach oben rief. Neben Ketti lag ein Aktenordner. Auch er war mit Blut besudelt. Auf den Rücken hatte jemand in großen grünen Lettern »CO-H5« geschrieben. Der Ordner war randvoll mit Papieren und deshalb ziemlich schwer. Kieffer benutzte ihn, um den Schließmechanismus der Kabinentür zu blockieren.

Der Koch wandte sich der Verletzten zu. Sie atmete, aber nur schwach.

»Ketti? Kannst du mich hören?«

Während er ihre Wange tätschelte, holte er sein Telefon aus der Tasche und schaltete es ein. Es schien ewig zu dauern, bis es hochfuhr.

»Mach schon, verdammt.«

Sie bewegte den Kopf. Ihre Augen öffneten sich ein wenig. Glasig blickte sie ihn an.

»Wo …?«

»Ich bin's, Xavier. Es wird alles gut. Halt durch, hörst du?«

»Sie haben mich erwischt.«

Er griff nach ihrer Hand. Sie war zur Faust geballt und eiskalt.

»Nicht reden. Der Krankenwagen kommt gleich.«

Das Logo des Handyherstellers erschien auf dem Display. Warum konnte man die Dinger nicht schneller ein- und ausschalten? Einen Küchenquirl musste man ja auch nicht hochfahren.

»Die Hexe«, murmelte Ketti.

»Was sagst du?«

»Die Hexe.« Er spürte, wie sich ihre Hand noch mehr verkrampfte.

»Du musst sie aufhalten. Die Hexe! Die Hexe bringt alle um. Sie bringt Krieg und Hunger und …«

»Beruhig dich, Zuckerschnecke. Es wird alles gut.«

»Hexe. Besen. Böser Zauber. Tausende werden sterben, wenn du nicht …«

»Ich kümmere mich drum. Aber erst mal bringen wir dich ins Spital.«

Während er dies sagte, gab er den Pin-Code ein, den Sim-Code, die 112.

»Versprich es mir«, keuchte sie.

»Was?«

»Ich glaub, der Almöhi war's nicht. Und wenn schon. Kleines Licht, er. Eigentlich hat mich die Hexe auf dem Gewissen. Sie … worum du dich kümmern musst.«

Ihre Augen waren nun weit geöffnet und schauten ihn an. Das Handy an seinem Ohr machte Wählgeräusche.

»Die Hexe. Versprich es mir, Xavier.«

»Ich versprech's Ketti. Aber nur, wenn du jetzt Ruhe gibst.«

Eine Stimme meldete sich.

»Centre d'Intervention National«

Er hörte sich »Schießerei« sagen und »schwer verletzt«. Während er redete, hielt er Kettis verkrampfte Hand. Er konnte fühlen, wie ihre Finger sich entspannten.

»Nein!«

Sie schaute ihn an und lächelte sanft. Er drückte ihre Hand.

»Gott sei Dank, Ketti, du bist noch da. Mach mich nicht schwach, ich hab schon gedacht …«

Sie hatte ihre Hand inzwischen ganz geöffnet. Darin befand sich ein kleines Tütchen. Es enthielt ein gräuliches Pulver. Ketti legte es in seine Handfläche. Kieffer runzelte die Stirn.

»Oh nein. Ist das etwa … ich dachte, du hättest endlich aufgehört mit dem Zeug.«

»Nimm es. Das sollen sie nicht finden bei mir. Ich will nicht … ich bin nicht …«

Er nickte und nahm das Tütchen.

»Ich weiß, Ketti. Das bist du nicht.«

»Das bin ich nicht gewesen.«

Dann schlossen sich ihre Augen.

11

Sie saßen auf der Terrasse eines Cafés in Grund und frühstückten. Genauer gesagt war es Valérie, die frühstückte. Kieffer brachte keinen Bissen herunter. Der Kaffee, der vor ihm stand, wurde langsam kalt.

Seine Freundin kleckste Honig auf ein Croissant. »Nicht wenigstens ein bisschen was mit Zucker? Ich könnte dir eine heiße Schokolade bestellen.«

Der Koch zuckte zusammen. »Nein«, stieß er hervor, so laut, dass die Leute an den anderen Tischen sich umdrehten. »Bloß keine verdammte Schokolade!«

»Okay, okay. Ich wollte nur …«

Kieffer sprang auf, machte einige Schritte in Richtung Ausgang, griff mit den Händen nach etwas, das nicht da war. Dann setzte er sich wieder.

»Entschuldigung«, brummte er.

Sie musterte ihn. »So hab ich dich ja noch nie erlebt.«

Als er darauf nichts erwiderte, sagte sie: »Willst du nicht wenigstens rauchen? Bekommt dir gar nicht, scheint mir.«

»Nichtrauchen bekommt mir nicht?«

»Du stehst unter Stress, Xavier. Du hattest heute

noch gar keine, ich tippe, du bist bestimmt schon vier oder fünf im Rückstand. Vielleicht liegt es daran. Also, auch.«

Er hielt das für unwahrscheinlich, leistete Valéries medizinischem Ratschlag dennoch Folge und zündete sich eine Ducal an. Sie schmeckte nicht besonders. Aber in der Tat konnte er fühlen, dass er etwas ruhiger wurde. Der Koch nahm einen Schluck von seinem nur noch lauwarmen Kaffee. Auf der Untertasse lag ein in Stanniolpapier eingewickeltes Napolitain.

»Sie war Chocolatière.«

»Die Tote?«, fragte Valérie.

»Ketti. Ihr Name war Ketti.«

Kieffer war noch lange in Pfaffenthal gewesen. Joana Galhardo Lobato, eine Ermittlerin der Luxemburger Polizei, hatte ihm viele Fragen gestellt. Am Nachmittag war er auf dem Revier vorgeladen, sollte noch mehr Fragen beantworten. Allerdings hatte Kieffer keine Ahnung, was er Lobato noch erzählen sollte.

Erst gegen drei Uhr morgens war er nach Hause gekommen. Dort hatte er die schlafende Valérie in seinem Bett vorgefunden und sich dazugelegt, um dann stundenlang die Decke anzustarren. Irgendwann war er eingeschlafen und erst um zehn wieder aufgewacht. Seitdem versuchte Valérie, ein paar Informationen aus ihm herauszuholen.

»Du kanntest sie also. Gut?«

»Ja«, erwiderte Kieffer.

»Wie gut?«

»Besser als fast alle anderen.«

Valérie musterte ihn einen Moment lang verständnislos. Dann schien sie zu verstehen.

»Wann wart ihr ein Paar?«

»Großteil der Neunziger. Mit diversen Pausen. Können wir jetzt das Thema wechseln?«

Sie griff nach seiner Hand. »Xavier, es tut mir so leid.«

Er schwieg.

»Vielleicht reden wir später darüber, okay? Man muss drüber reden«, sagte sie.

»Später. Erzähl mir jetzt lieber mal von deinen Problemen.«

»Ich weiß nicht. Bisschen viel jetzt gerade, oder? Einige Turbulenzen, aber das wird wieder. Ich komme schon klar.«

Er blies geräuschvoll Rauch aus, zermanschte den Zigarettenstummel mit unnötig viel Gewalt im Aschenbecher.

»Gar nicht kommst du klar«, sagte er.

»Wie bitte?«

»Dein familiäres Erbe. Der Guide Gabin. Frankreichs kulinarische Bibel. Es fliegt dir alles um die Ohren.«

»Ich habe …«

»Du fragst mich nie um Rat, in geschäftlichen Dingen. Sondern … wen auch immer. Vielleicht niemanden. Aber jetzt kommst du sogar unter der Woche her, weil du keinen anderen mehr weißt, den du fragen kannst. Das ist kein Vorwurf. Ich bin auch nicht beleidigt, dass ich als Letzter gefragt werde. Aber …«

»Ja?«

»Aber erzähl mir nicht so einen Ich-komm-klar-Mist. Sag mir lieber, wie lange ihr noch habt.«

Kieffer musterte Valérie. Wenn er sie derart hart anging, was er nicht oft tat, gab es immer eine gewisse Wahrscheinlichkeit, dass sie aufsprang und davon stampfte. Normalerweise lag diese bei dreißig, vierzig Prozent.

Heute konnte er sie schlecht einschätzen. Egal, er war einfach nicht in der Laune, sich irgendwelchen Bullshit anzuhören.

Die Explosion blieb aus. Valérie legte ihr angebissenes Croissant weg. »Drei Monate. Vermutlich weniger.«

»Weil dann das Geld alle ist?«

»Die Banken drehen auf jeden Fall am 31. Dezember den Hahn zu, falls niemand was nachschießt. Ich selbst habe schon zweimal. Das letzte Mal habe ich Schmuck und eine Statue liquidiert.«

»Du hast …«

»Delphine, die Frau von Großvater Auguste, stammte aus einer wohlhabenden Familie und hatte ein Faible für Geschmeide aller Art. Sie besaß einen Haufen Schmuck und Kunstgegenstände.«

»Hattest du nie was von an. Zumindest nicht, wenn du mit mir unterwegs warst.«

»Diese dicken Klunker sind nicht so mein Ding.«

Er nickte. Wenn es sein musste, zog sich Valérie eine Perlenkette und ein Dior-Kostüm an, aber normalerweise war sie eher der Jeans-und-Turnschuh-Typ.

»Und die Statue?«

»Eine kleine Plastik von Bourdelle. Rodin-Schüler. Hat fast fünfhunderttausend eingebracht.«

»Beim Pfandleiher?«

»Quatsch, Xavier. Ich habe die Sachen diskret an ein Auktionshaus gegeben. Die holen das Maximum raus und du kannst anonym bleiben.«

»Und wo in deiner Wohnung soll diese legendäre Statue gestanden haben?«

»Hinten in der Vitrine. Da, wo das ganze alte Geschirr ist?«

»Dieses Ding? Aber das war …«

»Langweilig bis hässlich, ja. Deshalb habe ich die Plastik auch weggeschlossen. Aber Bourdelle ist Bourdelle. War vermutlich das Teuerste, was ich besaß.«

Sie zog eine Schachtel Gauloises aus ihrer Jackentasche und steckte sich eine an. »Aber das war's dann. Ich hab noch Omas Galacollier, aber damit ist kein Staat mehr zu machen.«

»Wieso nicht?«

»Das Ding hat Großvater Auguste für sie anfertigen lassen, zu irgendeinem großen Ereignis, ich hab's vergessen. Ein Mordstrumm, verrenkt einem den Hals, so schwer ist es. Aber die Steine fehlen, rausgebrochen.«

»Gestohlen?«

»Ich kenne das Collier nur so. Die Diamanten sind schon im Krieg verschwunden. Kann sein, dass irgendein Nazi sie geklaut hat. Aber ich vermute eher, dass Auguste sie selbst entfernt hat. Weil er Geld brauchte, als er nach Amerika geflohen ist, Ende der Dreißiger.«

»Und jetzt bist du pleite?«

»Nein, das nicht. Ich habe noch die Wohnung, ein paar Wertpapiere.«

Kieffer biss sich auf die Lippen. Wenn es stimmte, was seine Freundin sagte, dann war sie zwar immer noch eine wohlhabende Frau und würde, wenn sie mit dem Geld haushielt, vermutlich nie arbeiten müssen. Aber als er Valérie Gabin kennengelernt hatte, war sie Multimillionärin gewesen. Das hätte sie bleiben können, wenn sie sich rechtzeitig von ihrem Gastroführer getrennt hätte. Aber das war natürlich nie infrage gekommen.

»Du sagtest gerade, eventuell hättest du nicht mal bis zum Jahresende Zeit. Wovon genau hängt das ab?«

»Von den Umsätzen. Ist alles so auf Kante genäht, dass schon eine kleine Abweichung dazu führt, dass wir Insolvenz anmelden müssen. Mein Anwalt hat mir gestern nochmals sehr eindringlich erklärt, was einem droht, wenn man das nicht rechtzeitig tut. Dann hafte ich persönlich, trotz GmbH und so weiter.«

»Du brauchst also Geld. Wie viel?«

»Drei Millionen wären gut, fünf wären besser.«

Valérie saß mit dem Rücken zur Alzette, die unterhalb der Terrasse des Cafés vorbeifloss. Sie deutete mit dem Daumen über ihre Schulter, gen Oberstadt. Ihr Gesicht verzog sich zu einem schiefen Grinsen.

»Da oben sitzt doch irgendwo die internationale Hochfinanz. Meinst du, die geben mir was?«

Kieffer zeigte in Richtung Nordosten, wo sich der Kirchberg befand.

»Eher da drüben. Aber das sind alles Investmentfonds. Einen risikofreudigen Venturekapitalisten … so was brauchst du, oder?«

Ihr Lächeln verschwand. »Das Schlimme ist ja, dass ich bereits einen habe, der mir Avancen macht.«

»Wieso denn schlimm?«

Sie seufzte. »Es ist Willinon.«

»Was?«

»Offenbar verfolgt er ziemlich genau, was wir tun. Er hat mich vorgestern angerufen und meine Fresse, war der freundlich.«

»Was hat er dir angeboten?«

»Er sagt natürlich, dass er den Gabin bewundert, unsere großartige Kultur, unsere fantastischen Inspektoren, bla bla, unseren makellosen Ruf.«

»Aber?«, fragte Kieffer.

»Aber er ist Kalifornier.«

»Du meinst, er trägt dick auf?«

»Alles, was er sagt, ist letztlich heiße Luft. Er pfeift auf unsere Inspektoren, unsere Art, Restaurants zu testen. Kann er alles besser. Glaubt er. Was er nicht hat, ist eine Marke, die jeder kennt. Die haben wir. Und die will er.«

»Und dafür steigt er ein?«

»Dafür steigt er ein. Er kauft den Banken ihre Anteile ab. Die Details sind ein bisschen kompliziert, aber er hätte danach die Mehrheit. Ich bliebe Geschäftsführerin und Chefredakteurin.«

»Klingt gar nicht so schlecht.«

»Er muss mir das anbieten. Ist nicht persönlich.«

»Verstehe ich nicht.«

»Xavier, ich halte ja auch noch Anteile am Gabin. Nicht mehr so viele wie früher, aber mehr als 25 Prozent. Und ich hätte eigentlich Vorkaufsrechte auf das Zeug, das jetzt als Sicherheit bei der Bank liegt. Willinon will natürlich auf 75,1 Prozent kommen, damit keiner der anderen Eigentümer mehr eine Sperrminorität hat, damit er schalten und walten kann, wie er will. Und dazu muss er sich mit mir einigen.«

Sie blies Rauch aus und winkte dem Kellner.

»Danach könnte er mich natürlich jederzeit feuern.«

»Also die Optionen lauten …«

»… pleitegehen. Oder die Gastrobitch von Cesar Lee Fucking Willinon werden.«

»Und wenn du ihm die Anteile verkaufst und sagst, dass du komplett raus willst?«

»Ist nicht im Angebot. Ich müsste einen Vertrag unterschreiben, der mich noch jahrelang an den Gabin bindet. Das Geld, das ich bekäme, wäre in irgendwelchen Aktienoptionen versteckt, die erst am Sanktnimmerleinstag fällig werden. Er will die Marke, und ich bin nun mal Teil der Marke. Außerdem kenne ich jeden in dieser Branche. Ich soll für ihn da rausgehen und die Sterneköche davon überzeugen, dass sie sich demnächst von Algorithmen testen lassen, das sie alle ihre Speisekarten in maschinenlesbarer Form einreichen und …«

»Wie bitte?«

»Ja, genau, wie bitte. Das werden die Köche auch alle sagen. Und ich soll sie davon überzeugen, dass es eine gute Idee ist. Ich will das nicht. Aber wenn ich es nicht mache, gehen wir pleite und meine Leute sitzen alle auf der Straße. Ich bin beim Guide Gabin ein- und ausgegangen, seit ich laufen kann. Das Büro meines Vaters war mein Kindergarten. Ich kenne da einige der Leute seit vierzig Jahren.«

Unvermittelt fing sie an zu weinen. »Ich weiß nicht, was ich machen soll. Alle meine Optionen sind Schrott.«

Er rückte seinen Stuhl näher an ihren heran und nahm ihre Hand.

»Klingt ein bisschen so. Aber wir finden bestimmt eine Lösung.«

»Ich glaube nicht mehr dran.«

»Doch, das wird schon«, erwiderte Kieffer. Besonders überzeugt war er allerdings nicht.

12

Gegen Mittag fuhr Valérie zurück nach Paris. Kieffer hingegen fuhr nach Findel, ins Hauptquartier der Luxemburger Polizei, um sich mit Lobato zu treffen. Sie war inzwischen *commissaire en chef*. Der Koch kannte sich mit den Dienstgraden nicht sonderlich aus, aber dieser klang ziemlich wichtig. Als er sie vor einigen Jahren kennengelernt hatte, war sie noch *inspecteur* gewesen.

Das Polizeigebäude war ein schmuckloser Neubau an der Ausfallstraße zum Flughafen. Der Koch parkte neben einem weißen Streifenwagen, auf dessen Tür der gekrönte, großherzogliche Löwe prangte. Darunter stand »Police. Zesumme fir Iëch«. Kieffer fiel auf, dass am anderen Ende des Parkplatzes ein Telelux-Sendewagen stand. Davor lungerten zwei gelangweilt dreinblickende junge Männer herum. Die Presse war also auch schon da – eigentlich kein Wunder. Morde waren in Luxemburg nicht gerade an der Tagesordnung, durch Schusswaffen verursachte Todesfälle noch seltener. Wann hatte das letzte Mal jemand eine Maschinenpistole abgefeuert, mitten in der Stadt? Vermutlich während des Krieges. Er war sich sicher, dass es in den Medien tagelang kein anderes

Thema geben würde als das Drama von Pfaffenthal oder wie auch immer sie es nannten.

Kieffer beeilte sich im Gebäude zu verschwinden, bevor die Journaille auf die Idee kam, ihm ein Mikro unter die Nase zu halten. Am Empfang meldete er sich an. Lange musste er nicht warten, bis Kommissarin Lobato auftauchte. Wie meistens trug sie schwarz – schwarze Jeans, schwarzer Turtleneck, schwarze Stiefel. Dazu kamen streichholzlange schwarze Haare – sie kam ihm vor wie eine Untote. Dass Lobato wahrscheinlich noch weniger geschlafen hatte als er, verstärkte den Eindruck noch.

»Moien, Frau Kommissarin.«

»Moien, Här Kieffer. Kommen Sie.«

Sie fuhren mit dem Lift ins Obergeschoss.

»Saßen Sie nicht früher in Hamm?«, fragte Kieffer.

Es war nicht das erste Mal, dass er das zweifelhafte Vergnügen hatte, von Lobato vernommen zu werden. Deshalb wusste der Koch, dass die Mordkommission in einem anderen Teil der Stadt ansässig war. In Findel residierte vor allem die Generaldirektion der Polizei. Und bis es Lobato dahin schaffte, würden noch einige Jahre vergehen, selbst wenn sie weiter in diesem Tempo Karriere machte.

»Immer noch«, erwiderte die Ermittlerin. »Aber hier sitzen die ausländischen Kollegen, und die brauchen wir nachher vielleicht noch.«

Während sie dies sagte, zeigte Lobato auf einen Raum zu ihrer Rechten. Darin saßen Polizisten an Computern. Sie trugen ganz verschiedene Uniformen. Er erkannte einen französischen Gendarm, eine Frau in der Uniform der deutschen Bundespolizei und eine mit rheinland-pfälzischem Wappen auf dem Arm, außerdem jemand von der belgischen Police Fédérale. An einer Wand hingen nebeneinander vier gerahmte Fotos. Sie zeigten den französischen Präsidenten, den deutschen Bundespräsidenten, den belgischen König und den luxemburgischen Großherzog.

»Gemeinsames Lagezentrum«, sagte Lobato.

Kieffer wartete darauf, dass sie die Sache etwas ausführte. Sie tat nichts dergleichen. Stattdessen führte Lobato ihn in einen kleinen Konferenzraum. Ohne zu fragen, goss sie ihm Kaffee ein.

»Ich sehe müde aus, hm?«, sagte Kieffer.

»Wie das Leiden Christi.«

»Danke, gleichfalls.«

Kieffer meinte, dass ihre Mundwinkel leicht nach oben zuckten. Das passierte selten. Lobato schien es ebenfalls zu bemerken und setzte wieder ihre Harter-Bulle-Miene auf. Sie legte ein Aufnahmegerät vor sich auf den Tisch und schaltete es ein.

»Wir haben noch einige Fragen zu der Verstorbenen.«

»Ich habe schon alles erzählt, was ich weiß.«

»Wir versuchen es trotzdem. Sie kannten Madame Faber seit wann?«

Kieffer schaute zur Decke. »14. Oktober 1993.«

Lobato zog eine Augenbraue hoch.

»Was?«, fragte Kieffer.

»Sie wissen das ja sehr genau«, erwiderte die Kommissarin.

»Ich habe ein gutes Gedächtnis.«

»Sie haben eine besondere Erinnerung an den Tag?«

Er nickte stumm.

»Erzählen Sie mal.«

»Ich habe sie an dem Abend in Paris kennengelernt.

Wir waren uns sympathisch. Am nächsten Tag war mein Geburtstag. Und da tauchte sie unangekündigt bei mir auf der Arbeit auf, hatte mir eine Torte gebacken. Darum.«

Er konnte sich sogar noch an den Geburtstagskuchen erinnern. Es war eine Schokoladentorte gewesen, ein riesiges Ungetüm, kunstvoll verziert und – unter anderem – mit in Armagnac eingelegten Pflaumen gefüllt. Le Gâteau Kieffer – Ketti hatte sich eine völlig neue Kreation einfallen lassen, nur für ihn. Einen direkteren Weg in sein Herz hätte sie kaum finden können.

»Wie lange waren Sie liiert?«

»An die sechs Jahre.«

»Und dann?«

»Dann nicht mehr.«

»Das ist mir schon klar. Ich wollte wissen, ob Sie danach noch Kontakt zu ihr hatten.«

»Ehrlich gesagt haben wir einander ab da gemieden, irgendwann sind wir beide aus Paris weg. Ich schätze, ab neunundneunzig habe ich sie gar nicht mehr gesehen, bis vor gut zehn Tagen dann.«

»Was wissen Sie über Fabers Arbeit, die Schokoladenfabrik?«

»Interessant, dass Sie danach fragen.«

»Inwiefern?«

»Ketti war eine vielfach ausgezeichnete Chocolatière mit einem Laden im Zentrum von Brüssel. Aber Sie fragen nach der Schokoladenfabrik.«

Lobato schaute ihn ruhig an. Du hast einen Punkt, sagten ihre dunkelbraunen Augen. Aber die Fragen stelle ich, nicht du, Köchlein.

»Ich weiß nicht viel über die Fabrik«, sagte Kieffer. »Ich war am Freitag da.«

»Das scheint mir ein Widerspruch zu sein.«

»Eigentlich nicht. Ketti hat uns nur kurz rumgeführt, uns die Produktion gezeigt. Wenn ich es richtig verstanden habe, gibt es noch eine Schwesterfabrik, in Afrika. Nahe der Plantage, wo der Kakao herkommt. Die Fabrik in Brüssel ist nur eine Art Testlauf. Ziel ist es, die Schokolade in Afrika herzustellen.«

»Warum denn das?«

»Das habe ich sie auch gefragt. Normalerweise werden Bohnen von den Plantagen nach Europa verschifft. Erst dort wird Schokolade draus gemacht. Der Produzent in Belgien, der Schweiz oder wo auch immer hat dann aber keine Kontrolle über Ernte, Fermentation, Trocknung. Außerdem ist dieses herkömmliche Modell natürlich schlecht für die afrikanischen Farmer. Das Geld wird ja nicht mit den Bohnen verdient, sondern mit den Tafeln.«

»Und diese Fabrik wollte solche«, sie schaute auf einen Notizblock, der neben ihr lag, »ähm … Tree-to-Bar-Schokolade herstellen?«

»Exakt. Die erste Tree-To-Bar Schokolade aus Afrika, sagte Ketti. Ethisch megakorrekt.«

»Das heißt, die Tafeln kommen direkt aus Afrika?«

Kieffer fragte sich, warum Lobato so sehr an der Schokoladenfabrik interessiert war. Er hätte eher weitere Fragen zu den Schüssen in Pfaffenthal erwartet, zu den letzten SMS, die er und Ketti ausgetauscht hatten. Aber wenn die Ermittler ihr Handy hatten, kannten sie die wohl bereits.

»Ich habe es so verstanden, dass Sijambo in Afrika derzeit nur große Schokoladenblöcke und Kakaolikör herstellen lässt. Die kann man dann direkt an Konditoren oder kleinere Manufakturen weiterverkaufen oder selbst zu Tafeln umschmelzen.«

»Okay, danke. Dann möchte ich noch, dass Sie sich ein paar Bilder anschauen.«

»Ich haben den Schützen wie gesagt nicht sehen können. Zu dunkel, zu weit weg. Ich würde auf einen Mann tippen, aber selbst da bin ich mir nicht sicher.«

Lobato ignorierte seinen Einwand und legte ihm drei Fotos hin. Sie alle zeigten Männer, alle mit schwarzer Haut. Der Erste war rundlich, trug einen Anzug mit Krawatte und mochte Mitte fünfzig sein. Der Zweite war deutlich jünger und besaß eine erstaunlich große Nase. Der dritte Mann wirkte sehr schlank, seine Haut war etwas heller als die der beiden anderen. Er schien alterslos, in der Art eines Harry Belafonte. Vielleicht war er vierzig, vielleicht auch sechzig. Der Koch war sich ziemlich sicher, dass er keinen der drei je gesehen hatte.

Als er dies sagte, seufzte Lobato leise.

»Wer sind die denn?«, fragte er.

»Kann ich Ihnen nicht sagen.«

»Wollen Sie nicht.«

Sie zuckte mit den Schultern. »Ja, oder so. Nächster Punkt. Hat Ihnen die Tote irgendwas übergeben?«

Kieffer musste an das kleine Tütchen mit dem Pulver denken. Er hatte es gestern Nacht mit nach Hause genommen und im Wohnzimmer kurz inspiziert. Dabei war ihm der Beutel entglitten. Feines hellgraues Pulver hatte sich auf seinem Wohnzimmertisch verteilt. Kurz war er versucht gewesen, das Zeug mit der Zungenspitze zu probieren, um herauszufinden, was genau sich Ketti da eingepfiffen hatte. Koks? Crack? Speed? Etwas anderes? Stattdessen hatte der Koch die Substanz mit der Handkante zurück in das Tütchen geschoben und es in einer Vase auf dem Kamin versteckt.

»Sie hat mir nichts übergeben«, antwortete er, »außer ...«

»Außer was?«

»Schokolade.«

»Bei Ihrem Fabrikbesuch?«, fragte Lobato.

»Da auch. Wobei Ketti die nicht mir gegeben hat, sondern meinem Freund Pekka. Mir hat sie die Woche vorher ein paar Tafeln geschickt. Die sind aber alle schon aufgegessen.«

»Ihr Freund Pekka – Sie meinen Pekka Vatanen, diesen *fonctionnaire* vom Parlament, der damals in die Betrugsgeschichte verwickelt war?«

»Er war nicht drin verwickelt. Er war derjenige, der betrogen wurde.«

»Wie auch immer. Vatanen war also bei der Fabrikbesichtigung dabei? Warum?«

»Warum nicht?«

»Weil es unlogisch ist.«

Kieffer beschlich eine Ahnung, worauf Lobato hinauswollte. Er machte ein betont verständnisloses Gesicht.

»Monsieur Kieffer, Sie treffen nach fast zwanzig Jahren zufällig Ihre alte Flamme wieder. In den Tagen danach tauschen Sie«, die Kommissarin schaute in ihren Block, »insgesamt neun SMS mit Faber aus, sie telefonieren mehrfach. Sie besuchen sie in Brüssel, vereinbaren danach ein zweites Treffen. Für einen Außenstehenden sieht es so aus, als wenn Sie wieder mit ihr anbandeln wollten.«

»Wollte ich ganz sicher nicht.«

»Aber sie mit Ihnen, vielleicht?«

Kieffer fiel keine gute Antwort darauf ein.

»Wie auch immer«, fuhr Lobato fort, »Sie haben sie erst in Brüssel besucht, am fünften September. Und dann noch mal in Mecheln, einige Tage später. Haben Sie Ihren Freund als Anstandswauwau mitgenommen?«

Sie machte eine Kunstpause. »Damit er sie von Ihnen fernhält … weil Sie ja gar nichts von ihr wollten.«

Kieffer wusste, dass Lobato ihn provozieren wollte. Aber da musste sie schon mehr auffahren.

»Da lief nichts«, erwiderte er.

Beinahe hätte er »noch nichts« gesagt. Er beugte sich ein wenig vor.

»Die Sache mit Pekka Vatanen ist ein wenig heikel, Frau Kommissarin.«

»So, so. Wissen Sie, was noch heikel ist?«

»Was denn?«

»Mord, Här Kieffer. Und jetzt bitte raus damit.«

Kieffer erzählte von den Problemen, die Kettis Schokoladenprojekt wegen der europäischen Zollbestimmungen hatte, und von ihrer Bitte an Vatanen sich diesbezüglich einmal umzuhören.

»Ich verstehe«, sagte Lobato. »Kleiner Dienstweg. Und dafür hat er sich mit Schokolade bestechen lassen.«

»So würde ich das nicht …«

»Irgendwelche Lobbygeschäfte sind mir völlig egal. Wissen Sie, ob Faber in dieser Zollsache auch noch mit anderen Leuten gesprochen hat?«

»Mit was für Leuten?«, fragte Kieffer.

»Beantworten Sie manchmal auch Fragen, ohne Gegenfragen zu stellen?«

»Manchmal.«

»Mit Kakaoexperten, Kommissionsbeamten, irgendwem, Här Kieffer. Hat sie dazu etwas erzählt?«

»Nein, eigentlich nicht. Mein Eindruck war, dass sie sich unsicher war, an wen sie sich in der Sache wenden sollte, mangels Kontakten zu diplomatischen Stellen.«

Kieffer schaute Lobato an. Etwas an ihrem Blick machte ihn misstrauisch.

»Was ist?«

»Sie sagten gerade, dass Faber keine Kontakte zu Diplomaten hatte. Sind Sie sich da sicher?«

»Nein, das war mehr so ins Blaue. Aber wenn sie welche hatte, dann hat sie mir nichts davon erzählt. Geht es um einen bestimmten Diplomaten?«

Lobato schaute leicht genervt. »Ach, jetzt kommen Sie, Här Kieffer. Stellen Sie sich nicht blöd.«

»Ich stelle mich … nein, verdammt, ich habe keine Ahnung, was Sie von mir wollen.«

»Sie wissen doch sonst immer alles. Der Diplomat. Der tote. Wollen Sie behaupten, das hat sich noch nicht bis zu Ihnen rumgesprochen?«

»Ehrlich gesagt nein. Ich hatte zuletzt ziemlich viel um die Ohren.«

Sie verzog die Mundwinkel. »Antoine Ibaka. Klingelt es jetzt?«

»Immer noch nicht, nein. Ein Afrikaner?«

»Der designierte Botschafter der Republik des Befreiten Kongo in Luxemburg. Verstarb unter mysteriösen Umständen. Wir glauben, dass er Kontakt zu Faber hatte.«

»Heilige Sch … das ist das Land, wo Sijambo seinen Kakao herbekommt, oder?«

»Genau das. Aber Sie wollen noch nie von dem Mann gehört haben.«

»Nein. Warum auch? In Luxemburg gibt es vermutlich

mehr Diplomaten als Müllmänner. Wann ist der Mann denn gestorben?«

»Am achtundzwanzigsten August.«

»Moment mal. Ketti war hier … das müsste am letzten Mittwoch im August gewesen sein, da war Markt auf dem Knuedler, da haben wir uns zufällig getroffen.«

»Das war der neunundzwanzigste, einen Tag später. Eine interessante zeitliche Übereinstimmung.«

»Vielleicht. Aber ich kann mir nicht vorstellen, dass sie was mit seinem Tod zu tun hat.«

Lobato machte ein säuerliches Gesicht. »Ich hingegen kann mir fast alles vorstellen, Här Kieffer. Ich muss es sogar. Wussten Sie, dass dieser Ibaka Schokolade von Sijambo bei sich hatte?«

»Nein. Ich weiß gar nichts über den Mann. Und Ketti hat Ibaka mir gegenüber nie erwähnt.«

»Okay. Was ich ebenfalls noch wissen möchte: Warum haben Sie sich eigentlich gerade in Pfaffenthal verabredet?«

»Das war Kettis Wahl.«

Kieffer erzählte Lobato von Kettis mysteriösem Anruf, von ihrer Fahrt nach Luxemburg. Er hatte das gestern schon einmal getan, aber die Kommissarin schien nichts dagegen zu haben, die Geschichte ein zweites Mal zu hören.

»Sagten Sie gerade, Sie seien zunächst nicht rangegangen?«

»Ja. Ich kannte die Nummer nicht.«

»Es war also nicht diese hier.«

Lobato las ihm eine Telefonnummer vor. Kieffer holte sein Telefon heraus und verglich sie mit Kettis belgischer Handynummer. Die beiden waren identisch.

»Nein, die Anrufe gestern kamen von einer deutschen Nummer. Moment.«

Er ging in seine Anrufliste, sagte Lobato die Nummer.

»Warten Sie kurz hier«, sagte die Kommissarin.

Lobato erhob sich und verschwand. Wenige Minuten später kam sie zurück.

»Hatte ich mir fast gedacht. Rawiri Telestar.«

»Nie gehört.«

»Ist ein in Indien ansässiger Mobilfunkdiscounter. Die deutsche Nummer wurde erst vorgestern geschaltet.«

»Sie können deutsche Handynummern auslesen, einfach so?«

»Ich nicht, aber der deutsche Kollege, der drüben im Gemeinsamen Zentrum sitzt. Dessen Computer ist direkt ans deutsche Polizeinetz angeschlossen. Wie auch immer, dieser Discounter ist ziemlich undurchsichtig. Er bietet vor allem Tarife für Migranten an. Und er hält sich nicht an die Regeln.«

»Heißt?«

»Eigentlich dürfen Händler inzwischen ohne Identitätsfeststellung keine Simkarten mehr freischalten. Aber man findet immer noch Callshops, die es trotzdem tun, und das eigentlich immer mit Rawiri-Karten.«

»Also wissen Sie nicht, wem die Nummer gehört?«

»Nein. Aber vermutlich hat Ihre … hat sich Faber das Telefon besorgt, um anonym zu bleiben.«

»Haben Sie das Handy denn?«

»Nein. Aber das macht nichts. Jetzt haben wir die Nummer, und das sollte reichen, um rauszufinden, wo es eingebucht war. Das hilft uns weiter, danke.«

»Alles, was ich tun kann …«

»Sie können jetzt noch mit unserem belgischen Kollegen reden. Er ist heute Morgen aus Brüssel gekommen und hätte auch ein paar Fragen.«

Kieffer nickte. Lobato nahm den Hörer des Telefons auf dem Konferenztisch ab und beschied jemandem, der Kollege möge nun kommen. Während sie warteten, sagte der Koch:

»Sie war luxemburgische Staatsbürgerin.«

»Korrekt.«

»Und ermordet wurde sie ebenfalls in Luxemburg. Warum sind die Belgier dann hier?«

»Sie sind wie immer ganz schön neugierig, Här Kieffer.«

»Ich versuche nur zu verstehen, was hier vor sich geht. Dann könnte ich vielleicht auch besser helfen.«

»Fragen Sie den Kollegen. Ab hier ist das seine Show.«

Die Tür ging auf, ein Mann trat ein. Er sah nicht aus wie ein Bulle, zumindest nicht nach Kieffers Vorstellung. Der Koch kannte mehr Polizisten, als ihm lieb war, und die männlichen Kriminaler ließen sich seiner Erfahrung nach grob in zwei Gruppen einteilen: Typen mit Lederjacke und Dreitagebart, die zu viele alte Belmondo-Filme gesehen hatten, und welche in Anzug und Schlips, oft mit einer Designersonnenbrille. Der zweite Typus hatte mutmaßlich zu viele Criminal-Minds-Folgen intus. Jener Mittfünfziger, der vor ihnen stand, konnte sich anscheinend nicht entscheiden, oder er gehörte zu einer Gruppe, die dem Koch noch nicht untergekommen war. Er trug sowohl den Schlips als auch die Lederjacke. Kieffer fand, dass er damit ein wenig wie der Mitarbeiter eines Sicherheitsdienstes aussah.

»Darf ich vorstellen«, sagte Lobato, »Inspecteur Principal Piet Wouters von der belgischen Police Fédérale.«

Wouters streckte ihm die Hand entgegen. Kieffer erhob sich und nahm sie. Der Kommissar hatte einen sanften Händedruck und ein freundlich wirkendes Gesicht, beides vermutlich unecht. Sie setzten sich. Wouters holte einen Block hervor.

»Französisch, Deutsch, Englisch?«, fragte der Belgier.

»Mir egal.«

»Okay, dann Französisch. Die Kollegin hat mich ja bereits vorgestellt. Wir untersuchen die Umstände des Todes von Ketti Faber.«

»Sie auch?«, sagte Kieffer.

»Hm?«

»Nun, weil Sie ja hier, also in Luxemburg …«

»Ja, ja. Aber es könnte sein, dass das Motiv für die Tat außerhalb Luxemburgs zu finden ist, weil sie ja ihren Lebensmittelpunkt in Brüssel hatte.«

Kieffer nickte leicht.

»Sie haben Madame Faber in Brüssel besucht?«

»Ja, am fünften. Und dann nochmals am elften, in Mecheln.«

»Die Schokoladenfabrik?«

»Ja.«

Wouters machte sich eine Notiz.

»Warum waren Sie dort?«

Kieffer sagte es dem Kommissar.

»Hatten Sie den Eindruck, dass Madame Faber beunruhigt war? Nervös, angespannt?«

»Nicht besonders. Also, ich glaube, die Sache mit den Zöllen bereitete ihr Kopfzerbrechen. Und ich vermute, dass das ganze Unterfangen, na ja, irgendwie …«

»Ja?«

»Irgendwie schwierig und sicher auch etwas nervenaufreibend war. Eine Fertigung in Afrika aufzubauen, das klingt ja aufwendig, schwierig. Sie war gerade dort gewesen.«

»In Afrika?«

»Ja. Zumindest hat sie mir das erzählt.«

»Wo dort?«

»Im Kongo, glaube ich. Aber so genau weiß ich es nicht.«

Wouters blätterte in seinem Block.

»Wann war das?«

»Warten Sie … sie hat mir Bilder geschickt«, Kieffer holte sein Handy hervor, »am siebten Neunten«.

»Diese Fotos«, warf Lobato ein, »dürfen wir die bitte einmal sehen?«

Kieffer zeigten den Beamten die Fotos, auf denen Ketti auf einer Plantage zu sehen war.

»Das sind Kakaobäume?«, fragte Lobato.

»Ja, unverkennbar«, Kieffer zeigte auf eines der Bilder, »dort, die Früchte, sehen Sie.«

»Wissen Sie«, fragte Wouters, »woher Frau Faber ihre Schokolade bezog?«

»Für ihren Laden in Brüssel kam sie aus Honduras, glaube ich, von einer bestimmten Plantage. Diese Tafelschokolade in der Fabrik … das Ziel war wohl, irgendwann alles aus Afrika zu bekommen. Aber sie haben auch noch normale Industrieschokolade zugekauft, sagte sie mir.«

»Thierry-Dupont?«, fragte Wouter.

»Sie kennen sich ja aus.«

»Hm. Ich beschäftige mich schon länger mit … Rohstoffen.«

»Darf ich fragen, was mit der Schokolade nicht okay ist? Hat die Schokofabrik was mit Kettis Tod zu tun?«

»Das wissen wir noch nicht«, erwiderte Wouters. »Sagen Sie, Monsieur, hat Ihnen Frau Faber etwas über ihr Arbeitsverhältnis bei Sijambo erzählt?«

»Wenn ich Ketti richtig verstanden habe, haben die sie als COO angeheuert, damit sie die Qualität hinkriegen, die sie benötigen. Vielleicht auch, weil eine preisgekrönte Chocolatière ein Aushängeschild ist.«

»War«, ergänzte Wouters.

Kieffers Hände krallten sich in die Armlehnen seines Stuhls.

»Herrgott, ja, ›war‹. Ich weiß, dass sie tot ist. Ich habe es mit eigenen Augen gesehen. Was soll das? Es ist ziemlich pietätlos von Ihnen, mir hier grammatikalische …«

Der Inspektor hob beschwichtigend die Hände.

»Ich bitte um Verzeihung, Monsieur. So habe ich es nicht gemeint. Die Vergangenheitsform bezog sich auf ihr Anstellungsverhältnis. Wussten Sie, dass Madame Faber gefeuert wurde?«

»Gefeuert? Bei Sijambo?«

»Fristlose Kündigung, einen Tag vor ihrem Tod. Außerdem ein langer und ziemlich bedrohlich klingender Schrieb einer Brüsseler Anwaltskanzlei. Haben wir beides in Fabers Wohnung in Marolles gefunden. Hat sie Ihnen davon erzählt?«

»Nein, kein Wort.«

Kieffer musste an sein letztes Telefonat mit Ketti denken, an die Rufe im Hintergrund, an den Umstand, dass sie fortgerannt war.

»Und dann ist sie Samstagabend zurück aufs Firmengelände und ist da eingebrochen?«, fragte der Koch.

Wouters und Lobato warfen einander Blicke zu.

»Woraus schließen Sie das?«, fragte der Belgier.

»Der Aktenordner. Als ich sie fand, hatte sie so einen Ordner dabei. Der sah genauso aus, wie die, die bei diesem Schweizer im Büro standen.«

»Ein Schweizer? Gerschwiler, der Vorstandschef von Sijambo?«, fragte Wouter.

Kieffer nickte.

»Und der Aktenordner ähnelt denen bei Sijambo?«, fragte der Belgier.

»Von außen zumindest«, erwiderte Kieffer.

»Sie haben doch bestimmt reingeschaut«, sagte Lobato.

»Nein, ich war damit beschäftigt, zu verhindern, dass sie mir wegstirbt. Aber *Sie* haben bestimmt reingeguckt.«

Lobato nickte. »Der Ordner enthält in der Tat Unterlagen von Sijambo. Aber da Sie das nicht wussten, frage ich mich, ob Sie uns nicht etwas vorenthalten. Sie sind wirklich schnell auf diese … diese Einbruchstheorie gekommen.«

»Ich enthalte Ihnen nichts vor. Ich kenne einfach Ketti. Das wäre genau das, was sie machen würde.«

»Irgendwo einbrechen, um jemand eins auszuwischen?«, sagte Wouters.

»Genau.«

Der Inspektor runzelte die Stirn. »Sie halten Faber also für fähig, schwere Straftaten zu begehen?«

»Nicht aus … nicht aus Habgier, wenn Sie das meinen. Warum hat man sie noch gleich gefeuert?«

»Verdacht auf Unterschlagung.«

»Hat sie die Kassen geplündert?«

»So in der Art«, erwiderte Wouters.

»Glaube ich keine Sekunde. Ich kannte sie sehr lange.«

»Ich verstehe. Aber haben Sie nicht gerade gesagt, dass

Madame Faber nicht einmal vor einem Einbruch zurückgeschreckt hätte?«

Kieffer seufzte. »Ich habe sie zwanzig Jahre nicht gesehen. Ich kann Ihnen nur sagen, was die alte Ketti getan oder nicht getan hätte.«

»Und zwar?«

»Geld unterschlagen? Nein. Mord? Auch nicht. Aber wenn ihr jemand dumm kam, konnte sie ziemlich ausrasten.«

»Hätten Sie da ein Beispiel?«

Kieffer hatte einige. Ketti war ein ziemlicher Feuerkopf gewesen. Die diversen Drogendelikte wollte er lieber nicht erwähnen, aber es gab genug anderes, das sie angestellt hatte. Der Koch überlegte einen Moment. Dann sagte er leise: »Irgend so ein Arschloch hat seine Kellnerinnen ausgenutzt, damals in Paris, Sie wissen schon.«

»Sie meinen, er hat sie sexuell belästigt.«

»Ja. Eine davon war Kettis Freundin. Der Typ, ich glaube, er hieß Jerôme, der hatte einen piekfeinen Laden, etwas außerhalb.«

»Von Paris?

»Ja, außerhalb des Péripherique, irgendwo Richtung Messe war das. Zwei Sterne. Und eines Nachts brannte der Laden völlig aus. Brandstiftung. Die Täter wurden nie gefasst.«

Wouters schaute ihn ungläubig an.

»Und das war Faber, sagen Sie.«

Kieffer nickte.

»Sind Sie sich sicher?«

Als sie an dem Abend nach Hause gekommen war, lag er auf dem Sofa im Wohnzimmer. Das Klacken der Haustür weckte ihn. Eigentlich wollte er sich schon umdrehen und weiterschlafen, als seine Nase einen ungewöhnlichen Duft erschnupperte. Es war eindeutig der Geruch von Benzin. An die Decke starrend lauschte er, hörte, dass Ketti ins Bad schlich und sehr ausgiebig duschte. Als sie später nach ihm schaute, hatte er sich schlafend gestellt.

»Völlig sicher, Inspektor.«

»Und das war wann?

»Vor zwanzig Jahren.«

»Gut, vielen Dank. Das wäre es von meiner Seite erst mal. Kommissarin?«

Lobato schüttelte den Kopf, wobei sie Kieffer interessiert musterte. Die Sache mit der Brandstiftung schien ihr zu denken zu geben. Sie erhoben sich und schüttelten einander die Hände. Wouters gab Kieffer seine Visitenkarte und bat ihn, sich zu melden, falls ihm noch etwas einfiele. Dann ging der Koch hinaus auf den Parkplatz, zu seinem Wagen. Als er auf dem Fahrersitz Platz genommen hatte, schaute er sich Wouters Visitenkarte genauer an. Unter dem Namen und dem Dienstgrad stand »OCRC«.

Er gab das Kürzel in sein Handy ein. »Office Central pour la Répression de la Corruption«, murmelte er. »Ein Wirtschaftsfahnder. Ketti, wo bist du da bloß reingeraten?«

13

Am Abend verspürte Kieffer das dringende Bedürfnis, sich zu betrinken. Das »Deux Eglises« war nicht sehr voll, und so setzte er sich bereits gegen zehn zu Pekka Vatanen an die Bar. Wie üblich hatte der Finne bereits eine Flasche intus. Versonnen musterte er Kieffer.

»Eigentlich wollte ich gleich gehen«, sagte der Finne.

Der Koch holte eine weitere Flasche Rivaner aus dem Kühler.

»Ich denke, daraus wird nichts, Pekka.«

Der Finne seufzte. »Brauchst du jemand zum Reden? Oder nur jemand, der dir Gesellschaft beim Trinken leistet?«

»Vermutlich Letzteres.«

»Ist eine Charakterschwäche, weißt du das eigentlich?«

»Dass ich nie über meine Probleme rede?«

»Nein. Dass du nicht allein trinken kannst.«

Schweigend arbeiteten sie sich durch einige Gläser. Kieffer ließ ihnen aus der Küche ein paar Reste kommen: etwas Feierstengszalot, dazu gebootschte Gromperen. Nachdem sie gegessen und noch mehr Wein getrunken hatten, sagte der Finne:

»Was glaubt die Polizei?«

»Haben sie nicht gesagt.«

»Ja, aber hast du was rausgehört?«

»Eine Betrugsgeschichte oder so was. Der belgische Bulle war von der Wirtschaft- und Finanzpolizei und schien sich sehr für diese Schokofabrik zu interessieren. Und für die Plantage.«

Vatanen rieb sich das Kinn. »Seltsam.«

»Was genau?«

»Finanzbetrüger kommen nicht mit Maschinenpistolen, normalerweise.«

»Kennst du dich da aus, Pekka?«

»Das sagt mir mein gesunder, wenn auch schon leicht vernebelter Menschenverstand. White-Collar-Crime und so.«

Kieffer schenkte sich nach.

»Na ja, kommt vermutlich auf die Höhe der Summe und auf die Größe des Skandals an. Denk an die Geschichte mit Hüetli damals. Die haben blütenweiße Krägen und gehen trotzdem über Leichen.«

Vatanen wollte gerade etwas erwidern, als einer der Köche die Treppe hinunterkam. Es war Qaïd, Kieffers Patissier. Er sah unglücklich aus.

»Chef, kann ich dich kurz sprechen?«

»Klar, schieß los.«

Qaïd machte einen Gesichtsausdruck, der andeutete, dass er lieber nicht im Schankraum sprechen wollte. Kieffer nickte und erhob sich. Er fischte hinter der Theke seine Ducal-Schachtel hervor und bedeutete dem Patissier, ihm nach draußen zu folgen. Als der Koch sich eine Zigarette angesteckt hatte, sagte er: »Schieß los.«

Zunächst sagte Kieffers Angestellter überhaupt nichts.

Sein Anliegen vorzubringen, schien Qaïd viel Überwindung zu kosten, der Koch sah, dass der Junge mit sich rang. Doch nach einigen Schweigesekunden brach es aus ihm heraus.

»Mit solcher Qualität, da kann ich nicht arbeiten, Xavier.«

»Qualität? Was meinst du?«

»Mit solchen Zutaten. Das geht gar nicht!«

Der Patissier war sichtlich aufgebracht. Seine Stimme zitterte. Kieffer wunderte sich darüber, denn Qaïd war eigentlich ein ruhiger Geselle. Beispielsweise hatte er den Patissier während des Service noch nie fluchen gehört, was für einen Koch eher ungewöhnlich war.

»Moment. Moment, mal von vorne, bitte. Welche Zutaten?«

»Für die Süßspeisen. Die Aprikosen waren eine Katastrophe.«

Ärgerlich blies Kieffer Rauch aus. Jeder Postenkoch wusste natürlich selbst am besten, welche Zutaten er benötigte, und war deshalb angehalten, auf deren Qualität zu achten. Aber eingekauft wurde letztlich zentral, von ihm. Ginge vom Entremetier bis zum Gardemanger jeder nach Lust und Laune shoppen, gäbe es ein heilloses Chaos – und pleite wären sie auch bald. Das wusste Qaïd natürlich, weswegen Kieffer sich fragte, was dieses Rumgezicke sollte.

»Die Aprikosen, okay. Du willst andere? Schreib mir auf welche und von wem. Wenn sie bezahlbar sind …«

»Und dann diese Kuvertüre. Die war voller Verunreinigungen.«

»Die war auch Mist?«

»Ja. Tut mir leid, wenn ich dich jetzt damit belästige,

aber … ich musste das alles wegschmeißen. Zwei Gâteaux de Chocolat, das Eis, alles andere mit Schokolade drin.«

»Oh Gott. War sie ranzig, die Kuvertüre?«

»Nein, da waren irgendwelche Schalenstückchen drin oder so was.«

Kieffer musste an die Kakaokerne in Kettis Fabrik denken, von denen mithilfe eines Luftstroms die Schale entfernt wurde. Offenbar klappte das nicht immer.

»Okay. Du schreibst mir auf, von wem die war. Kaufen wir nie wieder. Und schreib außerdem auf, welche besser ist. Wir kaufen nur noch die.«

Qaïds Gesichtszüge entspannten sich. Er schien total erleichtert zu sein. Offenbar hatte er nicht damit gerechnet, dass Kieffer ihm entgegenkommen würde. Dabei war das mit der Schokolade und den Früchten doch gar keine große Sache. War er solch ein furchterregender Chef oder war der Junge wirklich so seltsam? Egal, er machte verdammt gute Desserts und Kuchen. Der Rest war Kieffer ziemlich wurscht.

»Alles klar, Chef«, sagte Qaïd, »ich geh dann mal wieder an die Arbeit.«

»Mach das.«

Kieffer rauchte seine Zigarette zu Ende, bevor er ebenfalls hineinging. Er nahm wieder auf dem Barhocker neben Vatanen Platz. Der Koch spürte den Rivaner bereits, aber noch nicht genug. Als er sich nachgoss, musste er feststellen, dass die Flasche beinahe leer war.

»Ich war doch höchsten fünf Minuten weg, Pekka. Hast du das in der kurzen Zeit etwa alles ausget… was machst du da eigentlich?«

Der Finne hatte einen Tabletcomputer vor sich liegen und wischte darauf herum. Zunächst glaubte Kieffer, sein

Freund lese Zeitung, aber anscheinend schaute er sich irgendwelche Bilder an. Statt zu antworten, schob Vatanen ihm das Tablet herüber. Darauf war das Foto eines Waldes zu sehen. Er schien sich irgendwo in den Tropen zu befinden. Kieffer wischte zum nächsten Bild. Er sah kleine Bäume, mit roten und gelben Früchten, die direkt am Stamm wuchsen.

»Eine Kakaoplantage. Wo?«

»Verschiedene. Ghana, Elfenbeinküste, Togo. Fällt dir was auf?«

Kieffer verneinte.

»Mir auch nicht.«

»Sollte denn was auffallen?«

»Du erinnerst dich an die Plantagenfotos, die uns deine tote Ex gezeigt hat?«, fragte Vatanen.

»Auf dem Beamer in der Fabrik?«

»Ja, und irgendwas mit den Bildern stimmte nicht. Ich kaue seit Tagen drauf rum. Wenn ich nur die anderen Bilder noch mal sehen könnte.«

»Das wird schwierig. Nein, warte mal.«

Kieffer holte sein Handy hervor.

»Ketti hat mir ein paar Fotos geschickt, aus Afrika. Da müsste ihre Plantage ja auch drauf sein.«

Während Vatanen ihm über die Schulter schaute, versuchte Kieffer, die Bilder aufzurufen.

»Gibt es ja nicht. Vorhin waren sie noch da.«

»Mein Gott, Xavier, bist du umständlich. Du hast dieses Telefon doch schon länger.«

»Manchmal hätte ich gern mein altes Tastentelefon wieder. Eigentlich meistens.«

»Gib her, du Luddit. Oder sind da etwa auch deine ganzen Pornos drauf?«

»Witzig, Pekka.«

Es dauerte nur ein paar Sekunden, dann hatte der Finne die fraglichen Fotos lokalisiert. Sie zeigten Ketti Faber neben einem Kakaobaum voller Früchte kniend, außerdem mit einer Kakaofrucht in der Hand. Auf einem weiteren war ein größerer Ausschnitt eines tropischen Waldes zu sehen. Der Finne betrachtete die Bilder eingehend. Dabei nippte er immer wieder an seinem Wein.

»Glaubst du, der viele Wein hilft, Pekka?«

»Ganz bestimmt. Aber noch löst sich der Knoten nicht. Lass uns über was anderes reden.«

»Okay. Wie geht es deiner Freundin?«, fragte Kieffer.

»Welcher?«

»Die Italienerin mit dem komischen Namen.«

»Polyxena? Wir mussten uns trennen. Ging so nicht weiter.«

Kieffer schmunzelte. Mit Polyxena hatte Pekka es immerhin vier Monate ausgehalten, eine für den Finnen beinahe rekordverdächtige Zeit.

»Was Neues in Aussicht?«

»Mal schauen. Ich lege gerade Köder aus.«

»Wie darf ich das verstehen?«

»Schokolade. Wie du weißt, habe ich einen ganzen Kofferraum voll. Die verschenke ich großzügig an Kolleginnen.«

»Und das funktioniert?«

»Frauen und Schokolade? Immer.«

»Klingt ein bisschen zu simpel.«

»Frauen sind simpel.«

»Manche behaupten das Gegenteil.«

»Nein, wirklich. Schon Casanova hat seinen Liebschaften immer Schokolade gegeben. Bewährte Methode.«

Sie machten noch eine Flasche auf. In dem Moment, als Kieffer das Kellnermesser ansetzte und den Korken herauszudrehen begann, wusste er bereits, dass es eine schlechte Idee war. Der Koch war bereits gut geölt, wie Vatanen diesen Zustand kurz vor der Volltrunkenheit zu nennen pflegte. Nun, ein letztes Gläschen mochte noch gehen. Danach würde er den Laden zusperren. Kieffer sah sich um. Außer ihnen war anscheinend niemand mehr da.

Er goss zwei Gläser ein, schob Vatanen eines davon hin.

»Und was macht Valérie? Ich dachte, sie würde hier vorbeikommen.«

»Nein, sie ist direkt zu mir. Und heute Mittag schon wieder weg.«

Kieffer erzählte dem Finnen von Valéries drohendem Bankrott. Eine Lösung hatte Vatanen auch nicht parat, wohl aber süffisante Kommentare zur Abgehobenheit französischer Gastrokritiker und dem weltfremden Ansinnen, ein Vierteljahrhundert nach der Erfindung des Internets noch auf Papier gedruckte Restaurantlisten verkaufen zu wollen. Unter anderen Umständen hätte Kieffer sich vielleicht über die Sticheleien geärgert. Nicht unbedingt, weil Vatanen unrecht hatte, sondern weil er es als seine Pflicht erachtet hätte, Valérie zu verteidigen. Nun war er dafür zu betrunken.

»Ich muss noch mal rauchen. Dann noch ein Glas und … Schluss?«

»Gut. Ich komm mit rauchen.«

Sie gingen auf die Terrasse.

»Gib mal eine«, sagte Vatanen.

»Du rauchst doch gar nicht.«

»Ich habe mehr als zwei Flaschen Rivaner getrunken.«

Kieffer erschien dieses Argument höchst logisch. Während sie gemeinsam schmauchten, zeigte Vatanen in Richtung des Hangs. Dort waren rot-weiße Absperrbänder zu sehen. Dahinter türmten sich, in der Dunkelheit kaum auszumachen, mehrere Erdhaufen auf.

»Lässt du die Terrasse vergrößern?«

»Nein, das sind Ausgrabungen.«

»Stromkabel oder eher was Archäologisches?«

»Letzteres. Mansfeld.«

»Wer?«

»Pekka, du weißt doch wohl, wer der Graf von Mansfeld war.«

Der Finne zuckte mit den Achseln. »Irgend so ein Adliger?«

Kieffer seufzte. Vatanen wohnte seit fünfzehn Jahren in Luxemburg. Doch in vieler Hinsicht war er immer noch ein Fremder. Er sprach bis heute kein Wort Luxemburgisch, sondern nur Englisch und Französisch. Den Koch einmal ausgenommen, waren alle seine Bekannten und Kollegen sogenannte Expats – auf Zeit in Luxemburg stationierte Ausländer. Das Gros ihrer Tage verbrachten diese Leute auf dem Kirchberg, bei EU-Institutionen oder Banken. Für sie war Luxemburg-Stadt lediglich etwas, das rein zufällig an das Europa- und Finanzviertel grenzte. Nach Vatanens Ansicht konnte man in dem Städtchen bestens essen, mittelmäßig feiern und nicht sehr gut shoppen. Für den Rest des Großherzogtums interessierte sich Vatanen noch viel weniger. Das war ein Habitus, der vielen Alteingesessenen auf den Zeiger ging, darunter auch Kieffer. Die Expats waren immer mit einem Bein in Brüssel, Paris oder London, sie integrierten sich bestenfalls oberflächlich. Luxemburger Stadtgeschichte interessierte sie natürlich nicht die Bohne.

»Mansfeld war ein deutscher Graf, der hier in Clausen ein Schloss gebaut hat.«

»Hier gab's ein Schloss?«

»Ganz Clausen war das Schloss. Gebäude, Parkanlagen, alles Mögliche. Ist aber alles lange weg. Aber man versucht, die Reste zu erforschen.«

»Und wieso war der Deutscher?«

»Stand im Dienste der Spanischen Habsburger, als Feldmarschall, glaube ich. Das Schloss«, Kieffer zeigte mit der Hand gen Clausener Kirche, »stand irgendwo da drüben, da wo der kleine Park ist.«

»Und wieso buddeln die dann bei dir? Ich dachte, das ›Deux Eglises‹ wäre ein napoleonisches Wachhäuschen gewesen oder so was.«

»Ist wohl noch älter«, erwiderte Kieffer.

Das alte Gemäuer, in dem sich sein Restaurant befand, war zu Napoleons Zeiten ein Garnisonsgebäude gewesen. Möglicherweise hatte man es auf den Fundamenten eines noch älteren Gebäudes errichtet, das schon im späten Mittelalter oder während der Renaissance am Kirchberg-Hang gestanden hatte. Das zumindest hatte dem Koch ein Archäologe des Stadtmuseums erklärt, der vor einigen Monaten im Restaurant aufgetaucht war.

Er war nicht unbedingt verwundert gewesen. Der Keller unterhalb des »Deux Eglises« hatte einst die Lagerräume des Garnisonsgebäudes beherbergt. Einige der Stollen und Kavernen liefen tief in den Fels hinein, der hinter dem Haus lag. Es gab Durchgänge, die verschüttet oder vermauert waren. Zwar hatte Kieffer keine Ahnung von Archäologie, aber nach seinem Gefühl sahen einige der Wände und Mauern sehr alt aus. Größere Gedanken hatte der Koch sich deswegen allerdings nie gemacht, es schien ihm nichts Besonderes. Luxemburg war über Jahrhunderte eine Festungsstadt gewesen, das Gibraltar des Nordens. Spanier, Franzosen und Österreicher hatten die Befestigungen immer weiter ausgebaut und die Felsen dabei durchlöchert wie einen Schweizer Käse.

»Sie buddeln da hinten«, sagte Kieffer, »und im Keller. Da haben sie schon was gefunden.«

»Und was?«

»Willst du's sehen?«

Pekka war einverstanden, und so gingen sie zurück ins Restaurant. Sie betraten den Keller. Im vorderen Teil befand sich eine Lastenrampe mit Laufband. Über diese gelangten Weinkisten und andere Lieferungen in Kieffers Vorratsräume. Die Wände waren gemauert, im hinteren Teil des Kellers hingegen bestanden sie aus nacktem Fels. Weil es dort stets kühl blieb, nutzte der Koch diesen Bereich als Cave. Vatanen folgte ihm durch das Weinlager, nicht ohne interessierte Blicke auf dieses oder jenes Fläschchen zu werfen. An einem der Regale blieb Kieffer stehen. Es war das letzte vor dem Durchgang in die nächste Kaverne. An einen Längsbalken hatte jemand mehrere Fotoetiketten geklebt. Sie besaßen die Form von Weinblättern und zeigten schöne Mädchen mit Kronen und blau-weiß-roten Schärpen. Viele der Etiketten waren schon ziemlich vergilbt. Kieffer betrachtete eines davon. »Maischi« stand darauf und »Wäikinnigin 2003«.

»Verwelkte Schönheiten«, sagte Vatanen. »Aber auch einige«, er nahm eine der Flaschen aus dem Regal, »die noch ganz gut in Schuss sind.«

Er hielt Kieffer die Flasche hin. Es handelte sich nicht um Wein, sondern um weißen Port. »Colheita 1987« stand auf der Flasche.

»Seltenes Tröpfchen. Was du hier so alles vor mir vestecksch …versteckst.«

»Du darfst gern mal ein Stündchen hier unten verbringen und auf Erkundungstour gehen, Pekka. Aber nur unter Aufsicht.«

»Wieso?«

»Weil ich dich kenne, Halunke.«

Vatanen antwortete nicht, sondern kicherte nur albern. Der Finne zeigte auf ein weiteres Regal, in dem ein paar Dutzend Konservendosen standen.

»Und was ist das hier? Du kochst mit Konserven? Tss, tss Xavier, wenn das der Gabin wüsste.«

»Das? Ist ein kleines Experiment.«

Kieffer nahm eine der Dosen aus dem Regal und wog sie in der Hand. Sie war mit einem schlichten weißen Etikett beklebt, auf dem zwei stilisierte blaue Kirchtürme abgebildet waren. Daneben stand in Schwungschrift »Graffe Pati«.

»Leberpastete, selbst gemachte. Ich habe neulich beim Aufräumen da hinten eine Konservenmaschine gefunden. Uralt, geht noch von Hand, immer eine Konserve. Dann habe ich mir ein paar Weißblechdosen besorgt und das Zeug da reingefüllt. Ich dachte, man könnte es vielleicht für Geschenkkörbe verwenden.«

Sie gingen weiter. Nach vielleicht dreißig Metern gelangten sie an eine Stelle mit einer Abzweigung. Von dort führte ein Weg gen Westen. Er stieg leicht an und endete irgendwann im Garten von Kieffers Nachbar. Der zweite Gang lief weiter in den Fels hinein.

»Der war zu«, sagt Kieffer. »Aber jetzt nicht mehr.«

»Haben die Wühlmäuse ausgebuddelt?«

»Ja. Komm. Aber vorsichtig.«

Ab hier gab es keine Deckenbeleuchtung mehr. Kieffer schaltete eine Taschenlampe ein, die er von oben mitgebracht hatte. Sie gingen den schmalen Gang entlang. Nach ein paar Metern endete er vor einer metallenen Gittertür. Daran war ein Schild befestigt, dass den roten Luxemburger Löwen zeigte. ›Zone Interdite. Découverte archéologique‹ stand da.

»Haben die die Tür angebracht? In deinem Keller?«

»Man hat mir erklärt, dass dieser Teil, rein juristisch gesehen, nicht mehr zu meinem Grundstück gehört. Und außerdem wäre es doch auch unanständig, wenn ich da jetzt schwierig würde, oder?«

»Verstehe. Das luxemburgische Nationalerbe und so weiter. Großzügig von dir, Xavier.«

Kieffer nickte, auch wenn es nur die halbe Wahrheit war. Wenn die Herrschaften von der Stadt hier etwas Interessantes freilegten, machten sie diese Kavernen vielleicht irgendwann der Öffentlichkeit zugänglich. Das würde zwar bedeuten, dass er regelmäßig irgendwelche Touristen durch seinen Keller spazieren lassen musste. Aber diese würden nach ihrer Besichtigung vielleicht zu Kaffee und Kuchen einkehren. So konnte aus der Sache ein ganz einträgliches Geschäft werden. Schon deshalb hatte er die Archäologen machen lassen.

»Und wie kommen wir rein?«

»Ich habe einen Schlüssel.«

»Ah.«

»Das war meine Bedingung. Nur für Notfälle natürlich. Keiner darf da rein, also, ohne die Archäologen.«

Kieffer schloss die Gittertür auf. Er tastete nach einem Kabel an der Wand, suchte einen Schalter. Helles Licht flammte auf.

»Hemmetti! Das ist ja mal was.«

Die Kaverne, an deren Eingang sie standen, maß höchstens drei mal vier Meter. Der Großteil der Wände und der Decke waren von Stützbalken und einem Gerüst verdeckt, an dem auch die Scheinwerfer montiert waren. Was man von den Wänden sehen konnte, deutete darauf hin, dass sie einst gekachelt gewesen sein mussten. Hier und da klebten noch Mörtelreste am Fels. In der Mitte des Raumes war eine Grube ausgehoben worden.

»Sieht aus wie ein Grab«, bemerkte Vatanen.

»Da war eine Vase drin, außerdem alte Teller aus Zinn oder Silber, glaube ich.«

»Und wo sind die jetzt?«

»Haben sie mitgenommen.«

»Na toll. Ich dachte, hier gäbe es was zu sehen.«

»Gibt es auch. Guck mal da.«

Kieffer deutete auf eine Art Sockel nahe der linken Wand. Aus diesem ragte eine dünne steinerne Säule hervor, die sich nach oben zu einem Trichter verbreiterte. Das Ding war stark verwittert, die Jahrhunderte hatten fast alle Konturen weggefressen.

»Ein abgekauter Stummel von … irgendwas?«, sagte Vatanen.

»Das war ein Springbrunnen. Schau hier«, Kieffer kniete sich neben dem Sockel nieder, »ist einem Rebenstamm nachempfunden. Einer der Archäologen hat mir erzählt, dass die Brunnenschale außen mit Weinblättern und Trauben verziert war.«

Vatanen brachte sein Gesicht nahe an die Reste des Brunnens, kniff die Augen zusammen.

»Kann man aber nicht mehr sehen. Kann man nicht mal mehr fantasieren. Dabei habe ich eigentlich genug intus dafür. Woher wollen die das so genau wissen?«

»Weil es irgendwelche alten Aufzeichnungen gibt, in denen ein Springbrunnen erwähnt wird, der dem Bacchus gewidmet war.«

Vatanen nickte und erhob sich. Kieffer ging zum Ausgang. Hinter sich vernahm der Koch ein Geräusch. Es war unverkennbar das »Fump« einer Flasche, die entkorkt wurde. Kieffer drehte sich um. Vatanen stand neben dem Brunnen, die offene Flasche Colheita in der Rechten. Er nahm einen Schluck. Dann kippte er die Flasche und schüttete etwas von dem Portwein auf den Brunnen.

Kieffer machte einige Schritte auf den Finnen zu und entwand ihm die Flasche. Das war nicht ganz einfach, denn Vatanen hielt sie fest umklammert.

»Pekka, was zum Teufel machst du?«

»Ich bringe dem Bacchus ein Opfer.«

»Das ist ein unschätzbares, archäologisches …«

Vatanen zeigte auf die Decke der Kaverne. »Da rieselt seit fünfhundert Jahren Regenwasser drüber, das durch den Bockfelsen tröpfelt. Ein bisschen Portwein macht dem Ding nix aus.«

Ungläubig schüttelte der Koch den Kopf.

»Außerdem ist das vierzig Jahre alter Port. Und du trinkst den einfach aus der Flasche.«

»Ja und? Schmeckt auch ohne Eiswürfel.«

»Banause.«

»Spießer. Außerdem: Wenn mein Opfer Bacchus milde stimmt, hat sich's gelohnt, denn«, Vatanen grinste etwas dümmlich, »das ist der einzige Gott, an den ich fest glaube.«

»Und ich glaube«, erwiderte Kieffer, »wir gehen jetzt besser, bevor Bacchus oder sonst wer auftaucht.«

Sie liefen zurück. Kieffer ging vorweg. Auf dem Weg nippte er verstohlen an der Portflasche.

»Das habe ich gesehen«, krähte Vatanen.

Sie hatten inzwischen wieder den Lagerraum im vorderen Teil des Kellers erreicht.

»Nun, wo er schon offen ist, trinken wir noch einen davon«, sagte Kieffer, »aber bitte aus einem Glas. Und dann echt ins Bett.«

»Und dazu eine Zigarre«, schlug Vatanen vor.

»Habe ich nicht«, erwiderte Kieffer.

»Dann Schokolade.« Der Finne zeigte auf eines der Regale. Darin lagen mehrere große Schokoladentafeln.

»Nimm halt eine mit«, murmelte Kieffer.

Oben schenkte der Koch ihnen beiden ein Gläschen Port ein. Vatanen reichte Kieffer ein paar Bröckchen von der Schokolade. Es handelte sich um eine dunkle Sorte, sie passte in der Tat recht gut zu dem Portwein.

Sobald sie ausgetrunken hatten, verabschiedete Kieffer seinen Freund. Als Vatanen weg war, schloss er sämtliche Türen ab und aktivierte die Alarmanlage. Er brauchte ziemlich lange für diese Routineverrichtungen, denn sein Kopf war schwer und seine Beine noch schwerer. Als er die auf der Bar stehenden Gläser wegräumte, nahm er die Schokoladentafel zum ersten Mal richtig wahr. Es handelte sich um eine jener Monstertafeln, die er schon bei Ketti gesehen hatte und die nur von Großhändlern verkauft wurden. Das Papier und die Folie waren rüde aufgerissen worden, die Tafel in viele kleine Stücke zertrümmert.

War dies etwa die Schokolade, wegen der Qaïd solch ein Geschiss veranstaltet hatte? Er schob sich noch ein Bröckchen in den Mund. Samtig zerging es auf seiner Zunge.

»Was ist an der falsch?«, murmelte er.

Die Tafel lag mit der Vorderseite nach unten auf der Theke. Vorsichtig hob er sie an, darauf achtend, dass ihm das Gebrösel nicht auf den Boden rieselte. Das sollte er bestellt haben? Er ging nochmals hinunter in den Keller, zu dem Regal, aus dem Vatanen die Tafel stibitzt hatte. Er griff sich eine weitere. »Chocsource Recipe No. 134« stand darauf und »Dark coloured edel milk chocolate«. Auf der Rückseite: »Min. % Dry cocoa solids 48.4%« und »Min. % Dry milk solids 27.3%«. Ferner wies ein Text darauf hin, dass sich diese Schokolade aufgrund ihres hohen Anteils an Butterölen auch gut für die Herstellung von Eiskrem eigne.

Erneut wendete er die Tafel hin und her, in der Hoffnung, Hinweise zu finden. Die Schokolade musste in irgendeiner Kiste geliefert worden sein, und vielleicht war diese noch vorhanden. Falls er sie fand, würde ihm der Lieferschein in der Versandtasche vielleicht einen Hinweis liefern.

Das Regal stand voller Kisten, an die zwanzig. In welcher davon war die Schokolade geliefert worden? Kieffer verspürte wenig Lust, jeden Einzelnen der schweren Kartons auf den Tisch in der Mitte des Raumes zu wuchten und zu untersuchen. Einen Moment lang stand er da und überlegte, ob er nicht einfach ins Bett gehen sollte. Die Schokolade würde morgen früh immer noch so bleischwer in seinen Regalen liegen wie …

Kieffer starrte die Kisten an. Er blinzelte, um ganz sicherzugehen, dass er sich nicht irrte. Er musste wirklich ziemlich voll sein, sonst wäre ihm das schon früher aufgefallen: Die Kisten im Regal sahen alle identisch aus.

»Das kann doch nicht alles Schokolade sein«, ächzte er. »Wer braucht denn so viel …«

Rasch wuchtete er eine der Kisten auf den Tisch. Sie mochte an die fünfundzwanzig Kilo wiegen. Welcher Witzbold hatte ihm zehn Kisten, also eine Vierteltonne Schokolade geliefert? Mit einem Paketmesser öffnete er die Kiste. Wie erwartet enthielt sie mehrere Schokoblöcke. Er suchte nach dem Lieferschein. Es gab keinen, aber immerhin einen Versandaufkleber. Die Pakete waren an das »Deux Eglises« adressiert. Der Absender lautete: »GammaSpace, Poste restante, r. Capitaine Joubert, B-1040 Etterbeek«.

Der Koch nahm zwei Blöcke aus der Kiste. Einen in jeder Hand hastete er die Treppe zum Restaurant empor, dann weiter in die Küche. Er schaltete das Licht an, drehte eine Platte hoch und stellte einen großen Topf darauf. Als Nächstes füllte Kieffer Wasser hinein. Als er damit fertig war, begann er, den ersten der Blöcke in Stücke zu brechen. Die Brocken tat er in einen weiteren Topf. Wer GammaSpace war und warum die ihm die ganze Schokolade geschickt hatten, würde er heute Abend nicht mehr herausfinden. Aber was mit dieser Schokolade nicht stimmte, vielleicht schon.

14

Die Frau am Empfang lächelte ihn nicht an, sie strahlte geradezu. Kieffer hingegen war überhaupt nicht nach Lächeln zumute. Erneut hatte er kaum Schlaf gefunden. Immerhin war er nicht der Einzige: Viele Leute bei GammaSpace sahen aus, als fehle ihnen eine Mütze voll. Sie saßen vornübergebeugt, hielten sich mit einer Hand an ihren Laptops, mit der anderen an überdimensionierten Kaffeebechern fest.

»Hi, du«, sagte die Strahlefrau. Sie hatte keine Haare, aber jede Menge Tätowierungen. Älter als fünfundzwanzig war sie bestimmt nicht.

»Kann ich dir helfen?«

»Uh … Pierre Mueller, guten Morgen. Ich würde gern … äh … bei Ihnen, bei euch arbeiten«, sagte Kieffer.

Amüsiert musterte sie ihn. Zwar hatte der Koch einen Laptop unter den Arm geklemmt, trug ein buntes T-Shirt und Jeans. Aber obwohl Kieffer so aussah wie die meisten hier, war er fast doppelt so alt wie die Hipster, die in der Lobby auf Sitzsäcken und Sofas saßen.

»Gar kein Problem. Wir haben was frei.«

Das glatzköpfige Gamma-Girl zeigte auf die Tafel hinter sich. Darauf waren die Preise für Getränke aufgelistet, darunter die für Arbeitsplätze.

»Was ist der Unterschied zwischen ... Shared Space und Personal Space?«

»Shared ist einfach ein Tisch im Großraum. Du setzt dich hin, wo gerade was frei ist. Personal, du hast einen festen Tisch, mit Schublade. Wir haben natürlich auch richtige Büros, die du abschließen kannst.«

Das GammaSpace lag in einem Vorort von Brüssel und war in einer alten Fabrikhalle aus Rotklinker untergebracht. Es gab sogar einen Schornstein. Die Zwischenetagen hatte man herausgerissen, die bestimmt zehn Meter hohe Kubatur erhob sich hinter ihnen.

Kieffer entschied sich für den Shared Space und kaufte die kleinste buchbare Einheit, acht Stunden für zweiundzwanzig Euro. Die Empfangsdame, die sich inzwischen als Chucky vorgestellt hatte, händigte ihm ein Wifi-Passwort und einen Lageplan aus.

»Du kannst alle Community-Areas nutzen, ist mit drin.«

»Community ...?«

»Die Lounges, den Kickerraum und natürlich das Bällebad.«

»Okay, danke. Dann suche ich mir mal einen Platz. Kaffee bekomme ich auch hier?«

»Klar, was brauchst du?«

»Cappuccino.«

»Extra Shots?«

»Hm?«

»Mehr Espresso als normal?«

»Ja, bitte.«

»Geschmacksrichtung?«

»Äh, Kaffeegeschmack wäre gut.«

Sie nickte und wandte sich ab, um seinen Kaffee zuzubereiten. Kieffer nutzte den Moment, um sich umzuschauen. Die alte Fabrikhalle war riesig, sie musste an die hundert Meter lang sein. Auf der dazugehörigen Webseite war von »Coworking-Space« die Rede gewesen. Weil ihm das nichts sagte, hatte Kieffer seinen Bekannten Per Sundergaard angerufen. Der Schwede arbeitete für ein US-Technologieunternehmen, das in Luxemburg ansässig war. Sundergaard zufolge waren Coworking-Spaces quasi Stundenhotels für Unternehmensgründer. Hier konnte man sich einen Schreibtisch mieten, und bekam zudem Zugriff auf unverzichtbare Büroinfrastruktur – Drucker, Internet, Konferenzraum, Kaffee mit Haselnussaroma. Auf diese Weise vermochten Start-ups ihre Kosten niedrig zu halten und außerdem jederzeit die Stadt zu wechseln, wenn dies opportun schien. Sundergaard zufolge war GammaSpace der größte Coworking-Space Belgiens.

Chucky stellte seinen Kaffee auf die Theke. Kieffer bedankte sich und zahlte. Den Laptop in der einen und den Kaffee in der anderen Hand ging er am Empfang vorbei in jenen Bereich, der auf der Übersichtskarte als »Shared Bla Bla« verzeichnet war. Es gab auch einen namens »Shared Hush Hush«. Letzter war vermutlich die Zone, in der still gearbeitet wurde. Auf dem Weg zu den Tischen kam ihm ein junger Mann mit Handy am Ohr entgegen. Forschen Schrittes zog er an Kieffer vorbei. Währenddessen sagte er: »Ich glaube, der Businessplan war einfach zu rad für die VCs.«

Im Shared Bla Bla saßen an die dreißig Menschen an Schreibtischen. Sie telefonierten oder schauten in ihre Computer. Es waren nur noch wenige Plätze frei. Die beliebtesten Desks befanden sich offenbar in der Nähe hoher Sprossenfenster, durch die Tageslicht in die Fabrikhalle fiel. Die gemiedenen Plätze lagen direkt am Mittelgang. Vermutlich liefen dort die ganze Zeit Leute hin- und her und erzählten von ihren für Venturekapitalisten zu radikalen Businessplänen. Kieffer setzte sich an einen der Gangtische. Er klappte seinen Laptop auf, vermutlich den ältesten im gesamten Gebäude. Statt sich in das Wifi einzuwählen, sah er sich um.

Wonach genau er suchte, wusste Kieffer nicht. Laut den Etiketten waren die insgesamt zwölf Schokoladenpakete in seinem Keller von hier gekommen. Heute Morgen hatte er zunächst per Telefon bei GammaSpace nachgefragt, von wem in dem Coworking-Space die Pakete gekommen sein könnten. Die Dame am anderen Ende, vermutlich die glatzköpfige Chucky, hatte ihm beschieden, man könne leider keine Auskunft über Besucher des Space geben, es sei denn, diese buchten einen kostenpflichtigen Sekretariatsservice, und über Postsendungen schon gar nicht.

Kieffer löste die Arretierung der Rückenlehne und lehnte sich weit zurück. Auf einer Höhe von gut vier Metern lief eine breite Galerie an den Wänden entlang. Auf dem Plateau standen Glaswürfel, in denen Menschen saßen. Sehr groß waren die Büros nicht, höchstens drei Meter breit und zwei Meter tief – Aquarien für Unternehmensgründer. Kieffer überlegte einen Moment. Er leerte seinen Kaffeebecher und erhob sich.

Zunächst strich er durch das Erdgeschoss. Es gab tatsächlich einen Kicker und sogar zwei alte Atari-Videospiele, in die man Münzen einwerfen musste. Das mit dem Bällebad hatte Kieffer für einen Witz gehalten, aber auch dieses war vorhanden. Nichts von alldem interessierte ihn sonderlich. Anders sah es mit den Briefkästen aus. An einer der sandgestrahlten Ziegelwände hingen wohl an die fünfzig Stück. Kieffer lief sie ab und las die mit abwaschbarem Folienstift beschrifteten Namensschilder. Keiner der Namen sagte Kieffer irgendetwas. Der Koch wollte bereits aufgeben, als das Etikett an einem Briefkasten seine Aufmerksamkeit erregte. Dort stand »Peter Jones / Fairfood Consult Ltd. / The Chocolate Initiative«. Kieffer konnte sich nicht erinnern, schon einmal mit jemand dieses Namens zu tun gehabt zu haben. Auch Ketti hatte keinen Peter Jones erwähnt. Aber die Erwähnung einer Schokoladeninitiative ließ ihn aufhorchen. Verstohlen blickte der Koch sich um. Für die Briefkästen benötigte man einen Schlüssel. Sicher würde er den von Jones auch ohne aufbekommen. Aber nur wenige Meter entfernt saß ein Haufen Leute. Man würde ihn achtkantig rauswerfen. Kieffer wandte sich von den Briefkästen ab und ging an der Wand entlang, bis er zu einer Wendeltreppe kam, die hinauf zur Galerie führte. Wer einen Briefkasten besaß, hatte vielleicht auch ein Büro.

Oben angekommen, schlenderte er an den Glaskuben vorbei. Einige der Insassen hatten einen provisorischen Sichtschutz angebracht, in Form Dutzender bunter Post-it-Zettel. Die meisten hingegen fügten sich in ihr Schicksal als öffentlich in der Vitrine ausgestellte Bildschirmarbeiter. In den Büroaquarien des GammaSpace war gerade genug Platz für Schreibtisch, Stuhl und Papierkorb. In fast allen Kuben stapelten sich mangels Stauraum Aktenordner und Ausdrucke auf Boden und Tischen.

Beinahe wäre Kieffer an dem fraglichen Büro vorbeigelaufen. Es war verwaist, an der Tür stand kein Name.

Auch das Interieur war nicht gerade aufschlussreich. Ein paar Papiere lagen herum, an einem Haken hing ein Fahrradhelm. Doch dann bemerkte er das vergilbte Poster an der hinteren Wand. Es zeigte lachende afrikanische Kinder. Darunter stand »Let the Children Play« und »The Chocolate Initiative«.

Kieffer ging zurück zu seinem Platz. Inzwischen hatte sich der Shared Space etwas geleert. Es war Mittagszeit. Vermutlich gingen die Internethipster alle in einen Bagel-Laden oder zu einer veganen Suppenküche. Vielleicht fuhr draußen auch ein Foodtruck vor und versorgte die Gründer der Googles und Amazons von Morgen mit artisanalen Hotdogs und Kimchi-Burgern. Der Koch verspürte Hunger, aber das würde warten müssen. Er suchte sich einen Platz, von dem aus er Jones' Büro besser im Blick hatte und loggte sich ins Wifi ein. Vielleicht konnte er etwas über den Mann herausfinden, der ihm mutmaßlich die ganze Schokolade geschickt hatte.

Die Sache gestaltete sich schwierig. Nach Peter Jones zu suchen, brachte Kieffer viele Treffer, aber keinerlei Erkenntnisse. Hingegen besaß »The Chocolate Initiative« eine eigene Webseite und sogar einen Wikipedia-Eintrag. Offenbar handelte es sich um eine in London ansässige gemeinnützige Organisation, die für höhere Sozialstandards im Kakaogeschäft kämpfte. Der Webseite zufolge arbeiteten vor allem in Afrika immer noch Hunderttausende Kinder auf Plantagen. Die meisten von ihnen seien de facto Sklaven.

Der Chef der Initiative war ein gewisser Rory Kingston. Es gab ein Porträtfoto. Kingston war weiß, Mitte fünfzig, hager. Peter Jones wurde mit keinem Wort erwähnt. Kieffer klickte sich durch die gesamte Seite, fand aber nichts.

Der Koch beschloss, etwas abzuwarten. Es war noch relativ früh, und vielleicht würde Jones irgendwann auftauchen. Während er wartete, löschte Kieffer E-Mails, schrieb seine Restaurantkarte neu, recherchierte, ob es seine alten Kassetten noch als CDs gab. Nachdem er auf diese Weise zweieinhalb Stunden totgeschlagen hatte, fiel ihm nichts mehr ein. Allmählich wurde er unruhig. Es mochte auch daran liegen, dass man nirgendwo rauchen durfte. Ein Areal namens Shared Puff Puff war auf dem Gebäudeplan leider nirgendwo verzeichnet.

Kieffer beschloss, es zu riskieren. Das GammaSpace besaß zwei Ausgänge. Aber binnen der zehn Minuten, die er vor einem davon stand und qualmte, würde sein Mann wohl kaum durch den anderen das Gebäude betreten und wieder verlassen. Kieffer ging vor die Tür, nicht ohne sich zuvor einen weiteren Kaffee zu besorgen.

Draußen war schönes Wetter. Vor der Halle standen Bänke, etliche seiner Coworker und Coworkerinnen genossen die Sonne, rauchten, spielten mit ihren Telefonen herum. Foodtrucks waren keine zu sehen, was den Koch fast ein bisschen enttäuschte. Er war inzwischen derart hungrig, dass er sogar eine Dinkel-Empanada mit Avocadofüllung gegessen hätte. Während er rauchte, klingelte sein Telefon.

»Kieffer.«

»Heureka, Xavier!«

»Bist du das, Pekka?«

»Ich hab's. Irgendwann fällt der Groschen, es dauert halt immer etwas.«

»Fang bitte ganz vorne an. Ich bin sehr müde.«

»Dicken Kopf? Schon wieder im Restaurant?«

»Nein, in Brüssel.«

»Erzählst du mir gleich, aber jetzt erst mal zu der Plantage. Die Fotos, erinnerst du dich?«

»Vage. Du sagtest, die Fotos von der Kakaoplantage, die Ketti uns gezeigt hat, wären irgendwie seltsam gewesen.«

»Genau. Ich habe mir seitdem einen Haufen Bilder von Kaffeebäumen angeschaut, von Plantagen, von Früchten, aber ich kam einfach nicht drauf.«

»Ja, habe ich gemerkt, das hat dich beschäftigt, das sah man dir an.«

»Nein. Ist wohl eine Form von Onomatomanie, quasi.«

»Onomato … ?«

»Wenn dir ein Wort auf der Zunge liegt, aber nicht einfällt. So was löst bei manchen Leuten richtige Angstzustände aus. Bei mir ist es ähnlich, nur in diesem Fall nicht wegen eines Worts, sondern wegen … egal, auf jeden Fall heute Morgen, da habe ich in der Encyclopedia of Horticulture den Eintrag zu Kakao gelesen und jetzt weiß ich es. Es waren keine Bäume drüber! Keine Bäume!«

Während Kieffer mit Vatanen telefonierte, ging er vor dem Gebäude auf und ab. Einmal musste er ausweichen, weil ihm ein rasanter Fahrradkurier entgegenkam. Der Biker schoss an ihm vorbei und stellte sein Rad vor dem Eingang ab.

»Wie bitte, Pekka? Ich hab doch gesagt, du musst ganz vorne anfangen.«

»Sorry. Die Früchte von Theobroma cacao, also dem Kakaobaum, die wachsen direkt am Stamm. Sie entwickeln sich aus winzigen weißen Blüten, die ebenfalls direkt am Stamm wachsen. Ist ungewöhnlich, das. Botaniker sprechen von Kauliflorie.«

»Ja, das habe ich auf den Fotos gesehen. Man fragt sich, wie es diese schwere Frucht überhaupt am Baum hält.«

»Gut beobachtet, Leibkoch. Dass da überhaupt was wächst, ist ein Wunder. Der Kakaobaum ist ein ziemlich heikles Pflänzchen. Von tausend Blüten werden nur eine Handvoll erfolgreich bestäubt.«

»Von Bienen?«

»Nein, von winzigen Mücken. Ohne die geht nichts. Und dann verkümmern trotzdem noch drei Viertel der Früchte. Und Schädlinge kommen auch noch. Am wichtigsten ist aber, der Kakaobaum mag keine Sonne. Er kann theoretisch bis zu fünfzehn Meter hoch werden, aber auf den Plantagen stutzt man ihn auf vier Meter, pflanzt ihn zwischen höheren Bäumen. Bananen, zum Beispiel.«

»Warum das?«

»Damit's schön feucht bleibt. Denn das mögen die Mücken. Und Theobroma auch. Kakaobäume, die direkt in der Sonne stehen, tragen so gut wie keine Früchte. Und als ich das gelesen habe, da war mir plötzlich klar, was mich so irritiert hat. Die Kakaobäume auf diesen Fotos in Varanga, die standen auf freiem Feld.«

»In der prallen Sonne? Ohne was drüber?«

»Ja doch.«

»Und was heißt das, Pekka?«

»Es kann zweierlei bedeuten. Entweder die Leute von diesem Schoko-Startup sind Schwachköpfe, was aber unwahrscheinlich ist. Oder sie haben eine neue Züchtung.«

»Eine Kakaozüchtung?«

»Ich habe mal gehört, dass es neue Sorten gibt, die ertragreicher und robuster sind. Aber ich weiß nicht, ob sie in der Sonne wachsen.«

»Sieht ja wohl so aus.«

»Ja, tut es. Das deutet darauf hin, dass die Leute da unten im Kongo irgendwas Neuartiges, Experimentelles gemacht haben.«

»Kann man denn rausfinden, was für einen Kakao sie verwendet haben?«

»Weiß nicht. Dazu brauchte man wohl eine Pflanze. Oder ein paar Bohnen, wegen des Genoms. Es gibt Datenbanken für so was, aber ich kenne mich nicht gut damit aus.«

»Könntest du denn versuchen, jemand zu finden, der sich auskennt?«

»Ich überlege mal.«

»Danke, Pekka. Aber ich muss dir auch was erzählen.«

»Und zwar?«

»Ist dir an der Schokolade was aufgefallen?«

»Xavier, es war halb zwei, ich war randvoll und ein Banause bin ich obendrein. Schmeckte wie Schokolade, würde ich sagen.«

»Ja, aber jetzt pass auf. Ich war damit noch in der Küche und habe das Zeug ins Wasserbad getan.«

»Du hast nachts um zwei Schokolade geschmolzen?«

»Ja, und was ich dabei herausgefunden habe, ist ...«

Kieffers Stimme erstarb. Noch immer lief er vor der Halle auf und ab, rauchend und telefonierend. Aus dem Augenwinkel bemerkte der Koch, dass der Kurier wieder aufgetaucht war und auf sein Fahrrad stieg. Irgendetwas veranlasste Kieffer, den Mann genauer in Augenschein zu nehmen. Vielleicht lag es an dessen Hautfarbe. Ihm war zunächst nicht aufgefallen, dass es sich um einen Schwarzen handelte.

Er hatte den Kerl für einen Kurier gehalten, wahrscheinlich, weil dieser so flott unterwegs gewesen war und eine große Tasche auf dem Rücken trug. Aber nun sah Kieffer, dass es sich vermutlich um einen ganz normalen Radfahrer handelte. Der Mann sah sportlich aus und trug eine Oakley-Sonnenbrille. Einen Moment lang blickte er in Kieffers Richtung.

»Xavier? Bist du noch da?«

Kieffer hatte diesen Kerl schon einmal gesehen – und zwar auf einem der drei Fotos, die ihm Kommissarin Lobato während des Verhörs gezeigt hatte. Die Nase war unverkennbar. Der Mann trat in die Pedale. Schon war er auf der Straße. Kieffer ließ das Handy sinken und rannte los. »Monsieur! Monsieur Jones! Peter! Ich muss mit Ihnen reden, halten Sie an!«

Der Mann, der möglicherweise Jones war, dachte gar nicht daran. Er schaute kurz über seine Schulter, um dann kräftig in die Pedale zu treten. Kieffer rannte ihm nach. Der Koch rief nochmals, aber da der mutmaßliche Jones nicht reagierte, sparte er sich die Puste lieber fürs Rennen auf. Sein Zielobjekt fuhr auf der Straße. Diese besaß Kopfsteinpflaster, weswegen der Flüchtende nicht so schnell unterwegs war, wie er vielleicht gewollt hätte. Kieffer gelang es, an ihm dranzubleiben. Lange würde er das allerdings nicht durchhalten.

Der Koch war kein Sprintertyp. Als Fußballspieler hatte er einen enormen Rumms besessen, aber sein Laufspiel war nur mittel gewesen. Inzwischen kam außerdem das hinzu, was sein Hausarzt als »pack years« bezeichnete. Doktor Klensch zufolge rechnete man zusammen, wie viele Schachteln ein Patient pro Tag und Jahr geraucht hatte. Kieffer qualmte, seit er siebzehn war. Das machte bei durchschnittlich zwei Kartons am Tag insgesamt sechsundsechzig pack years. Diese Rechnung ließ allerdings außer Acht, dass Kieffer eine Zeit lang Celtique geraucht hatte, tiefschwarze Torpedos, den Boyards nicht unähnlich. In Wahrheit hatte er deshalb wohl eher siebzig bis fünfundsiebzig Schachteljahre auf dem Buckel. Fünfundsiebzig, dachte er, während der Fahrradfahrer sich langsam absetzte. So alt muss man erst einmal in richtigen Jahren werden.

Sie erreichten das Ende der Straße. Hier kreuzte eine große Avenue. Diese bestand aus zwei Fahrstreifen, zwischen denen Tramschienen verliefen. Sobald Jones (oder wer auch immer) glatten Asphalt unter den Reifen hatte, würde er Kieffer endgültig entfleuchen. Ohne abzubremsen bog der Flüchtende nach rechts ab. Es war ein mutiges Manöver, denn auf der Straße fuhren Autos, wenn auch nicht allzu viele. Es gelang dem Radler, eine Lücke zu erwischen. Kieffer bog ebenfalls ab und rannte auf dem Gehsteig weiter, wusste aber, dass er verloren hatte. Nach weiteren fünfzig Metern gab er auf. Keuchend blieb er stehen und schaute dem Radfahrer hinterher. Dieser riskierte einen Blick zurück. Ihre Blicke trafen sich. Kieffer konnte den Triumph in den Augen des Mannes sehen.

Dann hob er ab.

Der Mann gewann rasch an Höhe, bevor er schreiend auf den Asphalt stürzte. Es dauerte einen Moment, bis Kieffer verstand, was sich zugetragen hatte. Der Flüchtende war in die sich öffnende Tür eines parkenden Autos gerast.

Eine Frau stieg aus, schaute verdattert. Der Koch rannte los. Als er die Straße erreichte, hatte sich der Verunglückte schon wieder aufgerappelt und wollte seine Flucht zu Fuß fortsetzen. Allerdings schien er nicht ganz bei Sinnen zu sein. Er lief geradewegs auf die nächste Kreuzung zu. Kieffer rannte so schnell er konnte hinterher. Nach einigen Sekunden bekam er den Mann zu fassen und zerrte ihn von der Straße.

»Sind Sie total irre? Sie werden sich umbringen.«

Der Schwarze schaute ihn mit einer Mischung aus Verwunderung und Sorge an.

»Scheiße, Mann. Wieso hast du mich verfolgt? Du hast mir echt Angst gemacht.«

Kieffers Gegenüber sprach Englisch, mit einem Akzent, der gleichzeitig nach Afrika und London klang. Er trug eines dieser Bikertrikots, bei denen die Ärmelenden an den Daumen eingehakt waren. Unter dem Shirt spielten beeindruckende Muskeln. Es wäre dem Mann ein Leichtes gewesen, sich dem Griff des Kochs zu entwinden. Doch der Sturz schien ihm die Kampfeslust und die Fluchtgedanken fürs Erste ausgetrieben zu haben.

»Sind Sie Peter Jones?«

»Ja, Mann, aber nenn mich Turtle. Das machen alle. Puh, ich muss mich mal setzen.«

Kieffer führte Jones zu einer nahe gelegenen Parkbank. Dort begutachtete dieser seine Blessuren. Er hatte sich den Unterarm aufgeschrammt, sonst schien ihm nichts passiert zu sein. Die Frau aus dem Auto kam zu ihnen, das Fahrrad neben sich herziehend. Das Vorderrad war hinüber. Sie entschuldigte sich vielmals und schlug vor, einen Krankenwagen zu rufen, was Jones jedoch vehement ablehnte. Er wollte auch keine Polizei und keinen Austausch von Adressen, obwohl die schuldbewusste Frau ihm all dies anbot. Am Ende wurden sie die Dame nur los, weil Jones zwei Fünfzigeuroscheine akzeptierte.

Als die Frau verschwunden war, saßen sie einen Moment lang auf der Bank, ohne etwas zu sagen. Nach einer Weile seufzte Jones.

»Du siehst leider nicht aus wie ein Bulle.«

»Ich bin auch keiner. Wieso leider?«

Der Mann strich sich mit den Handflächen das Gesicht aus.

»Weil das heißt, dass die Schweizer dich geschickt haben.«

»Ich bin auch kein Schweizer.«

Jones schien nun vollends in sich zusammenzusacken. Kieffer bildete sich ein, dass er zitterte.

»Mein Name ist Kieffer. Xavier Kieffer, klingelt's jetzt?«

Jones schüttelte den Kopf.

»Gar nichts klingelt.«

»Sie haben mir die ganze Schokolade geschickt.«

»Hey, was soll das? Ich hab dir gar nichts geschickt. Was willst du eigentlich von mir?«

»Ich war ein Freund von Ketti.«

Jones biss sich auf die Lippen.

»Oh, verdammt, Mann.«

»Genau.«

Kieffer wischte sich den Schweiß von der Stirn.

»Wir hatten keinen guten Start und es ist auch noch ein wenig früh«, sagte der Koch. »Aber wie wär's mit einem Drink?«

15

Turtle nippte an seinem Bier.

»Und so hab ich Ketti kennengelernt«, sagte er, »seitdem laufen wir uns öfter über den Weg, weil wir uns beide für ethisch korrekte Schokolade einsetzen. Und du?«

»In Paris. Während ich dort gearbeitet habe, vor über zwanzig Jahren.«

Jones hob das Glas. »Auf Ketti.«

Kieffer tat es ihm nach. »Ketti.«

Nachdem sie beide einen tiefen Zug genommen hatten, sagte Jones: »Und was ist das jetzt mit der Schokolade?«

»Irgendwer hat mir kurz vor Kettis Tod Schokolade geschickt. Eine Menge Schokolade, diese Großhandelsblöcke.«

»Ja, und?«

»Als Absender stand der GammaSpace drauf. Und weil du da ein Büro hast … hast du doch, oder?«

»Ja, stimmt, ich habe da ein Büro. Aber ich hab dir nix geschickt, Meister.«

»Wer war es dann? Ketti vielleicht?«

»Keine Ahnung. Ich verstehe ja, dass das nach einem

seltsamen Zufall aussieht, aber ich war's nicht«, erwiderte Jones.

»Hatte Ketti auch ein Büro da?«, fragte Kieffer.

»Nicht, dass ich wüsste. Aber möglich ist es natürlich.«

Jones kratzte sich hinter dem Ohr und musterte den Koch. »War mit der Schokolade alles in Ordnung?«

Kieffer bemühte sich, ein neutrales Gesicht zu machen. »Inwiefern?«

»Nur so.«

»Komm schon. Ich habe den Eindruck, du willst was loswerden. Also nur zu, raus damit.«

»Es ist nur so, Mann ... diese Schokoladenfirma, Sijambo. Weißt du?«

»Für die Ketti gearbeitet hat?«

»Ja, ich war mal dort ... Ich hab da allerdings nicht gearbeitet, also, nicht direkt.«

»Wie darf ich das verstehen?«

»Ich bin Kakaoaktivist und arbeite für eine Nichtregierungsorganisation, die sich für ethisch korrekt produzierten Kakao einsetzt.«

»Diese Chocolate Initiative.«

»Ja. Aber weil ich mich mit dem Thema gut auskenne, berate ich auch Firmen. Als Fair-Trade-Consultant.«

Kieffer musterte den Mann. Er war wohl Anfang dreißig. Mit seinen schwarzen Skinnyjeans und den kurzen Dreadlocks sah er nicht gerade wie der typische Unternehmensberater aus.

»Ich weiß, was du denkst, Mann. Aber ich hab einen Bachelor in Ethischem Wirtschaften von der London School of Economics. Meine Eltern stammen aus Ghana und dem Kongo. Deshalb spreche ich Swahili und Twi, kann also mit den Leuten in den Anbaugebieten reden. Hab schon für mehrere große Konzerne gearbeitet und auch für kleinere Hersteller.«

»Und Sijambo hast du auch beraten?«

»Mh.«

»Und was hältst du von denen?«

Jones schaute einen Moment lang in sein Bier. Dann erwiderte er: »Schon interessant, was die machen. Ich meine, eine Schokoladenfabrik in Afrika … gute Sozialstandards, keine Kinderarbeit. Das ist eigentlich genau das, was wir immer wollten.«

»Aber?«

»Irgendwas ist shady bei denen.«

»Shady?«

»Ich war ja da, also da unten. Zweimal. Sieht alles gut aus, eigentlich. Aber irgendwas stimmt nicht.«

»Weil der Kakao unter freiem Himmel wächst?«

»Scheiße, Mann. Woher weißt du das denn?«

»Hat Ketti mir erzählt«, log er.

»Hm. Die pflanzen da eine neue Kreuzung an, angeblich sehr widerstandsfähig, ertragreicher.«

»Und wie heißt diese Pflanze?«

»Keine Ahnung. Normalerweise haben die neuen Züchtungen keine Namen, nur irgendeinen Code.«

»Und mit den Pflanzen stimmt was nicht?«

»Mit dem ganzen Projekt stimmt was nicht. Ketti war ja nur für die Qualität der Schokoladen zuständig. Aber die haben auch Agrartechniker da unten, ein Labor, alles vom Feinsten. Muss schweineteuer gewesen sein und man kann sich nicht vorstellen, dass sich die Sache rechnet. Ich habe mehrmals versucht, rauszufinden, wer das alles finanziert. Aber nix.«

»Weil sie nichts preisgeben?«

»Gar nichts, Meister.«

»Was ist mit den Schweizern, die du eben erwähnt hast?«

Jones schaute, als bereite ihm das Wort Bauchschmerzen.

»Hör zu, das ist kein gutes Thema.«

»Warum nicht?«

»Ich kann nur sagen, dass es in diesem Projekt einige Schweizer gibt.«

»Bei Schokolade nicht gerade ungewöhnlich.«

»Vielleicht nicht. Aber ich glaube, dass die das finanzieren.«

»Wer genau?«

»Weiß ich nicht, ich schwöre«, sagte Jones.

»Aber du hast eine Theorie.«

»Möglich. Aber die behalte ich für mich. Sorry, Meister, aber ich kenne dich ja kaum. Ich glaub dir, dass du ein Freund von Ketti bist. Aber ich bin ein bisschen nervös. Morgen fliege ich heim nach London, und dann weiter nach … nach woanders. Mit dieser Sijambo-Nummer will ich nichts mehr zu tun haben.«

»Du glaubst, man hat sie deswegen umgebracht?«

Jones musterte ihn ärgerlich.

»Na, wegen ihrer Orangentrüffeln bestimmt nicht.«

»Okay, ich verstehe. War die Polizei eigentlich schon bei dir?«

»Klar. Aber ich weiß ja eigentlich nichts. Außer, dass mir der Laden komisch vorkam.«

»Warum noch mal?«

»Die haben die Plantage da unten gerade so befestigt wie ein Hochsicherheitsgefängnis – unheimlich. Dabei ist es nur Kakao. Der wächst da überall wild.«

Er erhob sich.

»Danke für das Bier, aber jetzt muss ich los. Und die Schokolade bitte nicht zurückschicken. Von mir war sie auf jeden Fall nicht.«

Kieffer erhob sich ebenfalls.

»Danke für das Gespräch. Und tut mir leid mit deinem Rad. Ich wollte dich nicht erschrecken.«

»Schon gut.«

»Wenn ich noch eine Frage habe, darf ich dich dann anrufen.«

»Nee, besser nicht, Mann. Ich bin jetzt raus und werde mich für ein paar Wochen irgendwo in Nordengland verkriechen. Das mit Ketti ist mir ziemlich an die Nieren gegangen, weißt du. War eine tolle Frau.«

Kieffer nickte. Jones hielt ihm die Hand hin. Der Koch nahm sie.

»Bye bye, Xavier.«

»Bye, Turtle. Wieso eigentlich Turtle? Spitzname?«

»Nee, zweiter Vorname. Echt jetzt. Steht im Pass.«

»Wie …?«

»Hippiemäßige Mum, Cockneymäßiger Vater.«

»Cockney?«

»Cockney-Reimslang. Ma wollte mich ›Love‹ nennen, Pa war das zu mädchenhaft. Da haben sie sich auf Turtle geeinigt.«

Als Jones Kieffers verständnislosen Blick sah, fügte er hinzu: »Der Reim, Mann. Turteltaube. Turtle dove. Love.«

Dann drehte er sich um und verließ leicht humpelnd die Kneipe.

16

Kieffer ging zurück in den Coworking-Space, wo noch immer sein Rechner stand. Damit setzte er sich in einen der Sitzsäcke in der Lobby. Während er in dem Knautschmöbel versank, klinkte er sich erneut ins Wifi ein. Onlinerecherche war nicht gerade Kieffers Stärke – wenn er etwas im Netz recherchierte, handelte es sich meistens um spezielle Zutaten.

Er überlegte einen Moment. Was hatte er von diesem Jones zu halten? Der Kerl wusste ein paar Sachen, die er nicht preisgeben wollte, so viel war klar. Immerhin hatte der Aktivist ihm anvertraut, dass er Sijambo für einen zwielichtigen Laden hielt, was auch immer genau das bedeutete. Kieffer überlegte, ob der Geschäftsführer vielleicht ein Ansatzpunkt sein konnte. Der Mann hieß Gerschwiler, das wusste er noch. Der Koch versuchte, sich an den Vornamen des Schweizers zu erinnern. Da ihm dieser partout nicht einfallen wollte, schrieb er eine Nachricht an Vatanen.

»Wie hieß Gerschwiler mit Vornamen?«

»Wer ist Gerschwiler?«

»Der Chef der Schokoladenfabrik.«

»Gero? Reto? Beat? So heißen die alle.«

Kieffer wollte zurückschreiben, dass dies erstens ein Klischee und zweitens nicht hilfreich war. Aber dann wurde ihm bewusst, dass der Vorname des Mannes tatsächlich Beat lautete.

»Danke, Pekka.«

»Was wolltest du mir vorhin erzählen? Warst plötzlich weg.«

»Heute Abend an der Bar.«

»I'll be there.«

Kieffer wandte sich wieder seinem Laptop zu. In die Suchmaske gab er »Beat Gerschwiler« ein. Es schien ganz schön viele Menschen dieses Namens zu geben. Als Nächstes versuchte er es mit »Beat Gerschwiler Schokolade«. Nun bekam er einen Treffer: »Beat Gerschwiler. CEO SijamboChocolate« stand da. Als er darauf klickte, landete er auf einer Seite names BizLink. Diese informierte Kieffer darüber, er müsse zunächst Mitglied werden, bevor er die Profile anderer Mitglieder einsehen könne.

»Himmelarschanzwier«, brummte er. Kieffer schrieb eine Nachricht an Valérie.

»Bist du bei BizLink?«

»Ja, klar«, antwortete sie nach ein paar Sekunden.

»Kannst du was für mich nachgucken?«

»Was?«

»Beat Gerschwiler«, tippte er.

Einige Sekunden verstrichen. Kieffer wandte sich zwischendurch wieder dem Laptop zu.

»CEO. SijamboChocolate.«

»Weiß ich. Aber vorher? Kannst du seinen Lebenslauf sehen.«

»Wir sind nicht verbunden.«

»Versteh ich nicht.«

»Ich muss ihn erst frienden.«

»Frienden? Was meinst du.«

»😂. Mich mit ihm anfreunden, verknüpfen. Erst dann kann ich sein CV sehen.«

»CV?«

»Lebenslauf.«

»Ach so.«

»Ich hab's gemacht.«

»Was?«

»Ihn gepingt. Gefriended.«

»Aber du kennst ihn doch gar nicht.«

»🙄🙄.«

Kieffer war sich nicht sicher, warum Valérie, wenn er dieses Smileyding richtig interpretierte, mit den Augen rollte. Vielleicht vermutete sie, dass vollbärtige Endfünfziger Kontaktanfragen von hübschen Französinnen immer akzeptierten. Wahrscheinlich lag sie damit richtig.

»Ich hab da auch noch was Interessantes, aber erzähl ich dir später.«

»Alles klar«, tippte er, »danke, Süße.«

»Wie meinen?«

»😘😘😘.«

Als er auf Senden gedrückt hatte, wurde ihm klar, dass die letzte Nachricht von Pekka gekommen war und er in das falsche Fenster getippt hatte.

»Nondidjö!«, entfuhr es ihm.

Einige der Hipster in den umliegenden Sofas drehten sich um.

Rasch entschuldigte Kieffer sich bei Pekka und verabschiedete Valérie. Danach ließ er sich noch tiefer in das Knautschkissen sinken. Dieser Onlinekram war einfach nichts für ihn. Er atmete tief durch und wandte sich nochmals dem Rechner zu.

Da er bei Gerschwiler nicht weiterkam, gab er die Wörter »Schokolade« und »Hexe« ein. Er tat dies, weil ihm einer von Kettis letzten Sätzen nicht aus dem Kopf ging. »Ich glaube, der Almöhi war's nicht. Und wenn schon. Die Hexe.«

War mit Almöhi Gerschwiler gemeint? Aber wer war dann die Hexe? Augenscheinlich eine Frau. Er probierte die Suchbegriffe auf Deutsch, Englisch, Französisch. Das Ergebnis war dürftig. Es gab eine japanische Mangaserie namens »shokura no man«, was anscheinend Schokohexe bedeutete. Die hatte Ketti sicherlich nicht gemeint. Doch wen dann? Der Koch überlegte. Nach ein paar Minuten fasste er einen Entschluss.

Kieffer klappte den Rechner zu und versuchte, aus der Sitzgelegenheit hochzukommen. Er benötigte zwei Anläufe. Ohne zurückzublicken, verließ er das GammaSpace. Kieffer ahnte, dass er nie wieder herkommen würde.

Der Koch ging zu dem alten Jaguar, den er um die Ecke geparkt hatte. Er stieg ein und startete den Wagen. Kurz nach dem Motor erwachte auch der CD-Spieler zum Leben und machte dort weiter, wo er aufgehört hatte, in der Mitte von »Beds are Burning«.

Mit einer ärgerlichen Handbewegung, so als wolle er eine Fliege verscheuchen, brachte Kieffer den Tuner zum Schweigen. Seitdem er seine Tapes mangels Kassettendeck nicht mehr abspielen konnte, war seine Fahrmusik sehr eintönig geworden. Hinter der Theke des »Deux Eglises« hatte er lediglich eine brauchbare CD gefunden, »Diesel and Dust« von Midnight Oil. Eigentlich kein schlechtes Album, doch allein an diesem Tag hatte Pete Garrett ihm schon fünfmal erklärt, dass man doch nicht einfach schlafen könne, während die Welt sich drehe und die Betten in Flammen stünden. Kieffer konnte es langsam nicht mehr hören.

Er fuhr auf die Autobahn, allerdings nicht Richtung Luxemburg, sondern gen Norden. Eine Zeit lang hörte Kieffer Radio, aber der altersschwache Empfänger dudelte ihm nur seltsame Sender rein, auf denen stampfender Techno lief. Vielleicht war es auch House, er konnte das ehrlich gesagt nicht auseinanderhalten.

Seufzend brummte Kieffer: »Okay, Mister Garrett« und machte die CD wieder an.

Der australische Sänger wies ihn darauf hin, dass die Zeit gekommen sei, Fakten seien schließlich Fakten. »It belongs tu semm«, sang er mit, »gonna giff it bää-hääck!« Während des »bää-hääck!« verstummte Kieffer abrupt und schüttelte den Kopf, so als falle ihm plötzlich auf, dass Garrett ziemlichen Unsinn verzapfe.

»Das wollen wir erst mal sehen«, murmelte der Koch, während er Ausschau nach der Ausfahrt »Antwerpen-Centrum« hielt, »das wollen wir erst mal sehen.«

17

Es raschelte, als Kieffer die große braune Papiertüte auf dem Schreibtisch abstellte. Charles Sykes kniff die Augen zusammen und starrte die Verpackung durchdringend an, so als könne er hindurchsehen, wenn er sich nur genug konzentrierte. Nach ein paar Sekunden gab er auf.

»Was ist da drin, Xavier?«

»Rieslingspaschtéit, ganz frisch. Erst vor einer Stunde aus dem Ofen gekommen. Außerdem eine Dose von unserer hausgemachten Leberterrine, etwas Käse und Brot. Petit-Beurres-Kuchen zum Nachtisch. Und natürlich eine Flasche Wein.«

Sykes bat Kieffer, auf dem Besucherstuhl vor dem Schreibtisch Platz zu nehmen, bevor er sich in seinen Ledersessel fallen ließ. Das Möbelstück gab einen Ächzlaut von sich, als der Banker dies tat. Kieffer mochte in den vergangenen Jahren etwas aus dem Leim gegangen sein. Aber jedes Mal, wenn er Sykes sah, fühlte er sich so federleicht wie vor zwanzig Jahren. Der Fondsmanager war in etwa so alt und so groß wie er, wog aber schätzungsweise hundertzehn Kilo. Dabei galt es zu berücksichtigen, dass der Engländer maßgeschneiderte Savile-Row-Anzüge trug und es dem Schneider vermutlich gelungen war, seinen Träger ein bisschen schlanker wirken zu lassen. Vermutlich waren es in Wahrheit eher hundertzwanzig Kilo.

Erneut musterte der Brite die Tüte.

»Eine Flasche Wein. Für den Lunch.«

»Gehört einfach dazu«, erwiderte Kieffer.

»Fast niemand gestattet sich heutzutage noch Wein zum Mittagessen.«

»Wir Luxemburger schon. Mahlzeiten ohne Wein nennt man ...«

Sykes hob eine Augenbraue. »Ja?«

»Frühstück.«

Der Engländer lächelte. »Das mit dem Wein kann ich mir leider nicht erlauben, die Zeiten sind passé – Richtlinien der Firma. Seit diese Amis uns gekauft haben, ist der Spaß vorbei. Benimmregeln, Ethiktrainings, ganz bestimmt kein Alkohol zum Lunch.«

»Wie freudlos.«

»Und das ist ja nicht alles. Die lassen uns sogar in Becher pissen.«

»Drogentests?«

»Hmm, man glaubt es kaum.«

Charles Sykes war Stammkunde im »Deux Eglises«. Der Engländer gehörte zu den Bataillonen von Finanzleuten, die sich in den vergangenen Jahren auf dem Kirchberg angesiedelt hatten. Kieffer konnte sich noch an jene Zeit erinnern, als auf dem Plateau oberhalb der Stadt lediglich einige EU-Gebäude gestanden hatten. Später war die eine oder andere Bank hinzugekommen. Inzwischen war Luxemburg der größte Fondshandelsplatz Europas. So ziemlich jede Bank des Planeten unterhielt auf dem Kirchberg eine Dependance.

Sykes war früher bei einer holländischen Bank gewesen, die während der Dotcom-Krise pleitegegangen war. Ihr Fondsgeschäft war daraufhin an einen spanischen Konkurrenten verkauft worden. Dieser erlitt allerdings während der Hypothekenkrise Schiffbruch und musste Sykes' Unternehmensteil abstoßen. Nun arbeitete der Engländer für eine amerikanische Großbank, was, wie er gern betonte, die schlimmste Prüfung seines Lebens sei.

Kieffer betrachtete Sykes' Büro. Sie befanden sich in einem Glaskasten, durch dessen Scheiben ein Großraum zu sehen war, in dem an die hundert Männer und Frauen in Anzügen vor Bildschirmen saßen.

»Ihr Büro ist aber größer geworden, oder Charles? Man hat Sie also befördert.«

»Hm, das schon. Chief Investment Strategist.«

»Ich gratuliere.«

»Ich bin mir nicht sicher, ob es das wert war.«

Sykes griff nach der Tüte und lugte hinein. Er nahm eine der Rieslingspasteten heraus. Sie war in etwa so groß wie ein Eclair. In ihrem Inneren befand sich eine Mischung aus Rinder- und Schweinehack nebst etwas Gemüse und Majoran. Ummantelt wurde die Füllung von einem knusprigen goldbraunen Teig. In der Mitte wies die Paschtéit ein fingergroßes Loch auf mit einer Füllung. Sykes zeigte mit dem Finger darauf und sah Kieffer fragend an.

»Rieslingsgelee. Aber keine Sorge. Der Alkoholgehalt ist vermutlich homöopathisch.«

Sykes nickte und biss ab. Es dauerte kaum eine Minute, bis die gesamte Pastete in seinem Mondgesicht verschwunden war.

»Köstlich. Sie verwöhnen mich, Xavier.«

Der Koch hob beschwichtigend die Hände. Sykes klopfte Pastetenkrümelchen von seinem Tausend-Pfund-Anzug.

»Dann mal raus mit der Sprache«, sagte der Banker, »Sie wollen doch was. Und wie ich Sie einschätze, sind es keine Aktientipps.«

»Nun, wie man es nimmt.«

»Sie erstaunen mich, Xavier. Haben Sie mir nicht mal gesagt, dass Sie diesen ganzen Aktienkram für großen Unsinn halten?«

»Ja, schon. Aber ich versuche, etwas über eine Firma herauszufinden.«

»Ah, Unternehmensanalyse. Ich kann ja nicht viel, aber darin bin ich gut. Erzählen Sie mal.«

Kieffer griff in die Innentasche seiner Lederjacke und holte einige gefaltete Ausdrucke hervor. Er reichte sie Sykes. Dieser kramte eine goldumrandete Lesebrille hervor und schaute sich die Blätter an. Bei den insgesamt vier DIN-A4-Zetteln handelte es sich um das Ergebnis der Internetrecherche, die Kieffer zu Sijambo gemacht hatte. Genauer gesagt hatte Pekka die meiste Arbeit gemacht, nachdem der Koch sich weitgehend ergebnislos durchs Web geklickt hatte. Es lag nicht nur daran, dass er mit dem Internet auf Kriegsfuß stand. In solchen Fällen wurde ihm stets schmerzlich bewusst, dass er mangels Studiums nie geübt hatte, systematisch zu recherchieren. Als Commis in der Sterneküche lernte man zwar so einiges fürs Leben, aber die Benutzung von Datenbanken oder Bibliotheken gehörte nicht dazu.

Kieffers finnischer Freund hatte immerhin herausgefunden, dass Sijambo eine belgische GmbH war, mit Produktionsstandort in Mechelen und Sitz in Brüssel. Beat

Gerschwiler stand als Geschäftsführer im Handelsregister. Dort waren außerdem die Eigentümer vermerkt.

»Das ist ein Schokoladenhersteller«, sagte der Koch, während Sykes mit einem Highlighter auf den Blättern herumschmierte und dabei eine weitere Rieslingspaschtéit verputzte.

»Laut Handelsregister sind die drei Gesellschafter die Millo Negro Ltd., die 477b AG und die Minas Tirith GmbH. Über keine von denen habe ich bei Google irgendwas finden können«, sagte Kieffer.

Sykes kaute bedächtig, musterte die Ausdrucke.

»Ach, so eine Geschichte ist das.«

»Was für eine?«

»Na, Briefkastenfirmen. Verschleierung von Eigentumsverhältnissen, mutmaßlich zwecks Steuerhinterziehung oder so.«

Kieffer zuckte mit den Schultern. »Wenn Sie es sagen. Ich habe jedenfalls noch von keiner dieser Firmen je was gehört. Nun, der Name der letzten kam mir bekannt vor. Aber …«

»Kein Fantasyfan, hm?«

»Fantasy, Charles? Wie kommen Sie jetzt darauf?«

»Herr der Ringe. Minas Tirith. Die weiße Stadt.«

»Ich entsinne mich vage«, erwiderte der Koch, »ich habe das bestimmt irgendwann mal gelesen. Aber wieso …«

»In diesem Geschäft braucht man eine Menge Gesellschaften«, erwiderte Sykes. Um was für ein Geschäft es sich genau handelte, ließ der Fondsmanager offen. Aber vermutlich meinte er undurchsichtige Finanztransaktionen.

»Man braucht Firmen, die eigentlich nichts tun, außer

Anteile an anderen Firmen zu halten. Die legt man auf Vorrat an. Und der Typ, der die Minas Tirith GmbH angelegt hat, ist anscheinend ein Fantasyfreak. So was kommt öfters vor. Erinnern Sie sich an Enron?«

»Dieses amerikanische Skandalunternehmen?«

»Genau. Die haben für ihre Betrügereien lauter Firmen verwendet, die nach Star-Wars-Zeug benannt waren – Kenobi Inc., Obi-1 Holdings, na, und so weiter. Ich würde wetten, dass es … jetzt nur mal aus Spaß …«

Sykes begann, auf der Tastatur seines Rechners herumzutippen. Einige Sekunden vergingen, dann grunzte der Engländer fröhlich. »Das war eigentlich zu einfach.«

»Was denn, Charles?«

»Die Minas Tirith GmbH sitzt in Frankfurt am Main und hat Einträge im deutschen Handelsregister. Gehört mehrheitlich einer weiteren GmbH, der Fiducia in Frankfurt. Klingt nach Treuhandgesellschaft. Jetzt könnte man gucken, wem die wiederum gehört, aber wer weiß, ob uns das hilft. So ein Kaninchenbau kann ziemlich tief sein. Deshalb habe ich nach den beiden anderen gesucht.«

Kieffer machte ein fragendes Gesicht. Er verstand nicht ganz, worauf Sykes hinauswollte.

»Sie meinen, Sie haben nach Millo Negro gesucht und, wie hieß die andere …«

»477b? Nein, habe ich nicht. Aber wie ich vorhin sagte, die legen solche Firmen auf Vorrat an, Xavier, so wie Sie Entenconfit. Und deshalb war meine Vermutung, dass wo Minas Tirith ist, Rivendell und Moria nicht weit sein können.«

»Weil?«

»Weil das auch Orte aus dem ›Herrn der Ringe‹ sind.«

Kieffer musterte den dicken Banker. Er sah gar nicht aus wie ein Nerd. So konnte man sich täuschen.

»Und das Schöne daran«, fuhr Sykes fort, »die beiden anderen Fantasyfirmen gehören nicht dem gleichen Treuhänder in Frankfurt, sondern jemand anders. Das liefert mir gute Anhaltspunkte, da hat wer geschlampt. Oder er wollte tatsächlich nur diskret sein, aber nicht die Steuer bescheißen oder so was.«

Sykes klickte weiter herum. Nach einer Weile sagte er: »Okay, so sieht's aus. Sijambo hat anscheinend drei Besitzer. Einem gehören zwanzig Prozent, einem neunundzwanzigkommaneun, einem fuffzigkommaeins. Der erste ist der RLC State Fund. Das ist … laut meiner Datenbank ein Investmentvehikel der staatlichen Wirtschaftsförderung der Republik des Befreiten Kongo. Der hält die knapp dreißig Prozent.«

»Ich verstehe. Und die anderen beiden?«

»Das weiß ich noch nicht. Dazu gehen wir mal zu Josh.«

»Wer ist Josh?«, fragte Kieffer.

»Die Person, die solche Sachen immer weiß. Josh O'Hanrahan ist Finanzanalyst.«

Sykes erhob sich und bat Kieffer, ihm zu folgen. Der Koch fand das verglaste Büro des Engländers fürchterlich, aber es war allemal besser als der Großraum, den sie nun betraten. Lange Reihen grauer Schreibtische durchschnitten die gesamte Etage, alle zwei Meter saß jemand vor einem Bildschirm oder genauer gesagt vor mehreren. Die meisten der Analysten und Händler besaßen vier Screens, angeordnet wie die Flügel eines Schmetterlings. Kaum jemand redete, die meisten starrten auf Kursgrafiken oder scrollten durch die Finanznachrichten.

Sie erreichten das Ende der Schreibtischreihe. Angesichts des Namens hatte Kieffer einen Mann erwartet, aber Josh war eine Frau, eine recht burschikos wirkende. Die Analystin trug Anzug und Krawatte, ihre roten Haare waren raspelkurz. Joshs Blick war auf einen jener seltsamen Schmetterlingsmonitore geheftet, auf dem Kursnotierungen in verschiedenen Farben blinkten. Erst als Sykes sich räusperte, wandte sich die Analystin ihm zu.

»Morgen, Chef.«

»Morgen, Josh. Hast du kurz Zeit?«

»Sehr kurz. Ich habe einen Takeover.«

»Ecotex?«

»Nein, United Steel. Total unerwartet. Ich muss unsere Leute briefen, bevor New York aufmacht. Was gibt es denn?«

Sykes stellte sie einander vor. Dann kam er zu seinem Anliegen. Er erzählte der Analystin von Sijambo und von den drei Gesellschaftern, die den Schokoladenproduzenten kontrollierten. Missmutig schaute die Analystin auf einen Ausdruck, den ihr Chef ihr hinhielt.

»447b AG, Millo Negro Limited. Was ist mit denen?«

»Das sind zwei Gesellschafter von Sijambo. Also genauer gesagt Tarnfirmen, hinter denen die Gesellschafter stecken. Die Struktur ist ziemlich verschachtelt, ich konnte nur den dritten zurückverfolgen, diese beiden nicht. Kannst du uns sagen, wer dahintersteht?«

Ohne zu antworten tippte O'Hanrahan die Namen der Firmen ein und klickte sich durch ein paar Menüs. Dabei murmelte sie vor sich hin. Nach einer Weile sagte sie: »Ich glaube, ich kann das rausfinden. Die Firma hinter dem Hauptgesellschafter ist eine Investmentfirma in Zürich. Da kenne ich wen, um zwei Ecken.«

»Kannst du da mal nachhorchen?«, fragte Sykes.

»Ja, logo. Moment.«

O'Hanrahan klickte auf einem der Bildschirme herum und öffnete etwas, das wie ein Chatfenster aussah. Sie schrieb einige Zeilen. Als sie Kieffers fragenden Blick bemerkte, erklärte sie: »Der Bloomberg ist ein Terminal für Marktdaten, eigentlich. Aber in Wahrheit ist er das Facebook der Finanzbranche. Jeder, der wichtig ist, ist da hinterlegt, auch dieser Typ von der Zürcher Investmentfirma. Ich hab ihn angepingt, aber er scheint gerade nicht online zu sein. Dauert wohl ein wenig.«

»Gibt es«, fragte Kieffer und zeigte auf einen der Monitore, »für Schokolade eigentlich auch solche Kurscharts?«

Josh nickte, tippte kurz auf der Tastatur herum. Auf einem der Monitore erschien eine Grafik.

»Rohkakao an der Liffe, der Londoner Terminbörse«, sagte Josh.

Die Kursgrafik schien einen relativ langen Zeitraum abzubilden, mehr als dreißig Jahre. Es gab Aufs und Abs, aber insgesamt bewegte sich der Kakaopreis kontinuierlich nach oben. Die Analystin markierte einen Chartausschnitt und klickte darauf. Eine neue Grafik baute sich auf. »Die letzten drei Jahre.«

Der kurzfristige Kakaopreis schien sich mehr oder minder seitwärts zu bewegen und zuletzt etwas durchzusacken. Am Anfang des Charts gab es hingegen einen ziemlich dramatischen Ausreißer nach oben.

»Was war da los?«, fragte Kieffer und zeigte auf die Spitze.

»Das da, vor gut zwei Jahren? Da hat Doc Choc rund sieben Prozent der gesamten Kakaoernte aufgekauft, insgesamt eine Viertelmillion Tonnen. Für eine geschätzte Milliarde Dollar.«

»Verdammt viele Schokoriegel«, brummte Sykes.

»Wer bitte ist Doc Choc?«, fragte Kieffer.

»Ist der Spitzname von George Baley, dem Obermufti von Cinteteo Investments«, erwiderte die Analystin, »soll ein Wortwitz mit Doc Oc sein.«

Als sie Sykes' und Kieffers verständnislose Blicke sah, sagte sie: »Nie Comics gelesen, Jungs? Doc Oc, Doctor Octopus, einer der Busenfeinde von Spiderman. Ein Typ mit acht Armen. In Anlehnung an den nennt man Bailey Doc Choc.«

»Und was macht dieser Doc?«, fragte Kieffer.

»Er versucht immer mal wieder, den Kakaomarkt zu cornern, oft mit Erfolg.«

Sykes musterte Kieffer lächelnd.

»Josh, sie müssen mit Xavier normales Englisch reden. Er hält den Footsie vermutlich für eine Schuhmarke und den Hang Seng für ein asiatisches Reisgericht.«

»Okay. Cornern heißt, dass man von einem underlying, sorry, einem Wertpapier oder Rohstoff, große Mengen aufkauft und hortet. Man verknappt das Angebot, der Preis geht hoch.«

»Aber irgendwann muss er doch wieder verkaufen, oder?«, sagte Kieffer.

»Klar, irgendwann wird das Zeug sonst schlecht. Und hier«, O'Hanrahan zeigte auf eine weitere, kleinere Preisspitze etwa sechs Monate nach der größeren, »hat Cinteteo verkauft, wenn ich mich richtig erinnere. Moment, wir rufen mal die Nachrichten aus dem Zeitraum auf.«

Die Analystin klickte auf die fragliche Stelle des Charts.

»Da haben wir's schon. ›Kakao: Missernte an der Elfenbeinküste‹. Der Kurs ging daraufhin nach oben und Doc Chocs Hedgefonds hat ordentlich verdient.«

Kieffer schüttelte den Kopf.

»Was?«, fragte Sykes.

»Ich werde mich nie dran gewöhnen, dass mit Essen genauso spekuliert wird wie mit Aktien oder Gold.«

»Tja, aber so ist es«, erwiderte Josh, »macht man nichts dran.«

Während sie dies sagte, blickte sie sehnsüchtig auf den Nachrichtenfeed ihres Börsenterminals.

»Ist ja schon gut, Josh«, sagte Sykes. »Du bist entlassen. Xavier schreibt dir seine E-Mail auf, du schickst ihm dann die Namen der Eigentümer, wenn was rauskommt. Frohes Schaffen.«

Kieffer gab Josh seine Mailadresse und Handynummer. Sie verabschiedeten sich von der Analystin, doch sie nickte nur abwesend und tippte auf ihrer Tastatur herum.

18

Als Kieffer den Wagen parkte, wartete Pekka Vatanen bereits. Der Finne musterte ihn und sein Auto etwas säuerlich. Kieffer konnte nicht sagen, ob Vatanen Anstoß an seiner stattlichen Verspätung nahm oder an seinem fahrbaren Untersatz. Der Koch griff sich vom Beifahrersitz eine Papiertüte, deren Inhalt in etwa jener entsprach, mit der er Sykes bezirzt hatte.

Kieffer musste dringend mit seinem Freund sprechen. Und da Vatanen den Tag über in der Oberstadt zu tun hatte, gingen sie nicht an ihrem üblichen Platz auf dem Kirchberg picknicken, sondern im Parc Municipal. Der Koch entschuldigte sich für die Verspätung, hielt Vatanen das Lunchpaket entgegen. Die Miene des Finnen heiterte sich dennoch kaum auf.

»Was ist los, Pekka? So spät bin ich jetzt ja auch wieder nicht.«

»Hunger. Frust.«

»Gegen deinen Hunger hätte ich hier einiges. Warum der Frust?«

Sie betraten den Park und schlenderten einen Weg entlang, der zu der großen Wiese in der Mitte führte. Am

Rand der Grünfläche gab es im sonnenbefleckten Schatten einige Bänke. Sie setzten sich auf eine davon.

»Die Deutschen machen Ärger«, sagte Vatanen.

»Inwiefern?«

»Ich sitze in einer interinstitutionellen Kommission, die Reformvorschläge für die Agrarpolitik erarbeitet.«

Kieffer zündete sich eine Ducal an. »Das ist doch eigentlich einfach.«

»Inwiefern?«

»Abschaffen den ganzen Mist.«

Vatanen lächelte schief. »Willst du, dass dein bester Freund arbeitslos wird?«

»Du bist ja verbeamtet. Es findet sich sicher was anderes, das ebenfalls reguliert und subventioniert werden muss.«

»Gegen deinen apolitischen Zynismus bin ich unempfindlich, Xavier.«

»Und wieso die Deutschen? Ich dachte immer, diejenigen, die alles blockieren, das wären die Franzosen.«

»Und die Briten. Die einen sind weg, die anderen bewegen sich tatsächlich. Die neue französische Präsidentin will das Agrargeld lieber in Zukunftsbranchen stecken.«

Vatanen sagte dies in einem Tonfall, der andeutete, er halte die neue französische Präsidentin für minderbemittelt.

»Aber kaum sind die Franzosen aus dem Weg«, fuhr er fort, »stellt sich raus, dass die Deutschen sich die ganze Zeit nur immer hinter Paris versteckt haben. Jetzt blockieren die. Es ist zum Mäusemelken, ich habe heute vier Stunden in einem Konferenzraum gesessen und Kringel gezeichnet, weil der deutsche Regierungsvertreter bei allem Nein sagt. Eigentlich sagt er, man müsse das zunächst mit allen sechzehn Bundesländern rückkoppeln, was aber ja aufs Gleiche hinausläuft.«

Auf der Wiese vor ihnen spielten einige junge Leute in der Sonne Frisbee. Kieffer goss seinem Freund etwas Riesling in einen Plastikbecher und händigte ihm ein Sandwich mit Brie, Birne und Walnüssen aus. Während der Koch sein eigenes belegtes Brot aß, ließ er den Finnen weiter über die Deppen aus Deutschland, die Idioten von der Kommission und seinen Chef schimpfen. Letzterer war, zumindest nach Vatanens Darstellung, der größte Schwachkopf von allen. Nach dem zweiten Plastikbecher wurde sein Freund etwas ruhiger. Einige Sekunden lang sagte er gar nichts mehr, sondern kaute nur still. Kieffer nutzte den Moment, um Vatanen nach der Sache mit der Plantage zu fragen.

»Du sagst also, die Leute von Sijambo bauen irgendeine neue Art von Kakao an, die unter freiem Himmel wächst.«

»Ja, ansonsten würde ihnen das Zeug eingehen. Ich habe inzwischen auch jemand aufgetrieben, der sich mit so was auskennt. Ein Kollege aus dem Wissenschaftlichen Dienst der Kommission hat ihn mir vermittelt.«

»Und zwar?«

»Ein Botaniker aus Reading«, sagte Vatanen.

»Reading? Da wo immer dieses Rockfestival stattfindet?«

»Tut es das? Was du so alles weißt. Außer Rock 'n' Roll gibt es in Reading offenbar auch eine Forschungseinrichtung namens ICGD.«

»Was heißt das?«

»International Cocoa Germplasm Database. Die katalogisieren und kultivieren Varietäten von Theobroma cacao.«

»Du meinst, sie bewahren die Samen auf?«

»Ja, und haben auch Gewächshäuser. Dieser Typ, ein gewisser Professor Whateley, hat mir auf jeden Fall bestätigt, dass es Kakao-Kreuzungen gibt, die im Freien wachsen.«

Kieffer schob sich den letzten Bissen in den Mund und fischte nach seinen Zigaretten. Vatanen holte unterdessen ein kleines Notizbuch hervor.

»Ich konnte mir das nicht merken, Moment. CCN-51, so heißt das Zeug. Züchtung, die ohne Baumschatten auskommt und deutlich mehr Ertrag hat als herkömmliche Sorten. Viermal so viel, sagt Whateley. Allerdings gibt es Nachteile.«

»Und zwar?«

»CCN-51 braucht mehr Wasser und mehr Dünger. Außerdem ist der Kakao geschmacklich eher bescheiden. Man kann da vielleicht Überzug für Erdnussriegel draus machen, aber schon für eine gute Tafelschokolade ist dieser Kakao zu schlecht. Trotzdem breitet er sich offenbar rasant aus.«

»Weil er so ertragsstark ist?«

»Das auch. Der andere Grund ist, dass CCN-51 anscheinend nie patentiert wurde. Der Züchter der Sorte, ein gewisser Homero Castro, ist Ende der Achtziger bei einem Autounfall ums Leben gekommen, bevor er das tun konnte.«

Kieffer blies Rauch aus. »Und hält dein Mann es für wahrscheinlich, dass Sijambo dieses Zeug angebaut hat?«

»Er meinte, das könne er nicht sagen, nicht ohne eine Probe. Aber er erzählte mir, dass es in Afrika kaum

CCN-51 gibt. Dort setzt man eher auf den guten alten Forastero. Diese neuen Varianten werden eher in Südamerika eingesetzt.«

»Okay. Vielen Dank, Pekka.«

Der Finne riss eine Seite aus dem Notizbuch und gab sie dem Koch.

»Da steht seine Nummer drauf. Er sagt, du könntest gern mal anrufen.«

Kieffer nickte und steckte den Zettel weg.

»Hilft dir das weiter?«

Der Koch seufzte. »Ich weiß nicht.«

»Wonach suchst du denn überhaupt?«

»Keine Ahnung, Pekka. Aber ich habe es ihr versprochen, weißt du?«

»Ketti Faber? Und was genau hast du ihr versprochen?«

»Sie hat gesagt, dass was Schreckliches passieren wird. Dass Tausende sterben könnten, wenn ich sie nicht aufhalte.«

»Wen denn, um Himmels willen?«

»Die Hexe. Und jetzt frag mich bloß nicht, wer das sein soll.«

Schweigend saßen sie auf der Parkbank. Nach einer Weile bedeutete Vatanen ihm, er müsse zurück in seinen Konferenzraum voller renitenter Reformer. Sie gingen zum Parkplatz. Es war ein warmer Tag, über zwanzig Grad. Als sie Kieffers Auto erreichten, machte sich auf Vatanens Gesicht ein Grinsen breit.

»Du wirst wirklich immer seltsamer«, bemerkte er.

»Inwiefern?«

»Na, dieses Auto. Alter Jaguar. So was fahren nur Möchtegern-Adlige. Leute, die ›Horse & Hound‹ im Abo haben.«

»Also mir gefällt er. Hat bequeme Sitze. Ein Kassettendeck brauche ich allerdings noch.«

»Tja, das ist natürlich das Wichtigste, sehe ich ein.«

»Wenn du nicht in dem Wagen gesehen werden willst, musst du leider laufen. Ansonsten kann ich dich auch irgendwo absetzen.«

»Okay, ich sag nichts mehr«, erwiderte der Finne und öffnete die Tür auf der Beifahrerseite. Allerdings machte er keine Anstalten, einzusteigen.

»Was ist?«

»Da ist ja ein Loch in der Tür.«

Kieffer nickte. »Ja, von neulich abends.«

»Wie bitte?«

Der Finne befingerte das Loch. »Das ist jetzt kein Einschussloch!«

»Doch. Der Wagen stand in der Nähe des Fahrstuhls. Vermutlich ein Querschläger.«

Kopfschüttelnd stieg der Finne ein. Kieffer ließ den Motor an. Er fuhr auf die Avenue de la Porte Neuve, bog auf den Boulevard Royal ab und ließ seinen Freund kurz darauf vor einem Nobelhotel aussteigen. Winkend verschwand Vatanen durch eine Drehtür. Der Koch blieb einen Moment lang mit laufendem Motor in der Einfahrt stehen und starrte vor sich hin. Zwei, drei Minuten ging das so. Aus dem Augenwinkel konnte er den Portier sehen, der ihn vom Eingang aus argwöhnisch beäugte und darauf wartete, dass er endlich wegfuhr. Der Mann würde noch ein wenig Geduld haben müssen.

Kieffer zündete sich eine Ducal an und blies Rauch gegen die Windschutzscheibe. Ketti hatte für eine neue Firma gearbeitet, gewissermaßen ein Start-up, dessen Ziel es war, die Schokoladenproduktion zu revolutionieren.

Man wollte Tree-to-Bar, direkt aus dem Kongo, in bester Qualität, zu einem vernünftigen Preis, hergestellt unter guten sozialen Bedingungen. Das war Sijambos Ziel. Es war außerdem die Quadratur des Kreises. Dennoch schien es dem Unternehmen gelungen zu sein, nicht nur die Regierung der Republik des Befreiten Kongo für das Projekt zu begeistern, sondern auch zwei weitere Investoren. Dass die Kongolesen sich über Kakaoanbau in ihrer Region freuten, war nachvollziehbar. Aber um wen handelte es sich bei den anderen Investoren und was hatte sie überzeugt?

War es der Kakao gewesen? Ketti hatte ihm erzählt, man verwende nur allerbeste Qualität. Diese Behauptung passte allerdings nicht zu Vatanens Vermutung, auf der Plantage sei ein Kakao namens CCN-51 angebaut worden, der zwar robust, aber geschmacklich mies war. Es musste also einen anderen Grund geben. Er überlegte, wie sich wohl herausfinden ließ, was für eine Kakaosorte Sijambo tatsächlich verwendet hatte. Vielleicht war es eine gute Idee, diesen Professor in Reading einmal anzurufen.

Kieffer drückte seine Zigarette aus. Was ihm an seinem neuen Auto ebenfalls gefiel, war, dass es noch einen richtigen Aschenbecher besaß, groß genug, nicht alle paar Tage ausgeleert werden zu müssen. Aus dem Augenwinkel sah er, dass der Portier sich in Bewegung setzte, vermutlich, um ihn zum Weiterfahren zu bewegen.

Kieffer ließ den Motor an. Gerade wollte er losfahren, als sein Telefon fiepte. Er schaute nach. Es handelte sich um eine Nachricht von Valérie.

»Gerschwiler hat mich bestätigt«, stand da. Darunter

war ein Screenshot zu sehen. Er zeigte das BizLink-Profil des Sijambo-Geschäftsführers. Dazu gehörte auch ein tabellarischer Lebenslauf. Ihm zufolge hatte Gerschwiler seinen aktuellen Job seit einem Jahr. Zuvor war er fünf Jahre bei einer Unternehmensberatung namens True South gewesen, als Principal, was auch immer das genau bedeutete.

Ein weiterer Screenshot trudelte ein, der zweite Teil des Lebenslaufs Gerschwiler hatte über fünfundzwanzig Jahre lang als Finanzexperte gearbeitet. Er war Revisor gewesen, Deputy Head of Corporate Finance und Vice President of Controlling. Es waren zwar verschiedene Jobs, aber immer bei der gleichen Firma: bei Hüetli, dem Schweizer Lebensmittelriesen. Die Schokoladenfirmen, von denen er in Mechelen gesprochen hatte, waren in seinem BizLink-Profil nicht vermerkt.

»Danke«, schrieb Kieffer zurück.

»Hilft dir das?«

»Ich hoffe.«

Erfreut war er von der Information in Wahrheit nicht – ausgerechnet Hüetli. Kieffer hatte schon mit dem Zürcher Food-Riesen zu tun gehabt, und er besaß eine ziemlich genaue Vorstellung davon, wozu der Lebensmittelkonzern fähig war. Egal ob Umweltverschmutzung in großem Stil, Ausbeutung in der Dritten Welt oder zweifelhafte Zutaten – Hüetli scherte all dies nicht, solange der Profit stimmte. Kam doch einmal eine der vielen Sauereien ans Tageslicht, kehrten Hüetlis PR-Leute sie mit Schweizer Effizienz rasch unter den Teppich, verteilten ein bisschen Geld und gelobten Besserung. Danach machten sie weiter wie bisher.

War es Zufall, dass Gerschwiler einst bei Hüetli gearbeitet hatte? Konnte es sein, dass der Konzern mit Sijambo in Verbindung stand?

Der Portier klopfte gegen die Seitenscheibe. Kieffer ließ das Fenster ein Stück herunter.

»Sie können hier nicht so lange stehen bleiben, Monsieur«, sagte er.

»Ich bin gleich weg«, erwiderte der Koch und wandte sich wieder seinem Handy zu.

»Monsieur, ich muss darauf bestehen, dass Sie augenblicklich …«

»Mein Gott, jetzt scheiß dich nicht so zu«, entgegnete Kieffer und fuhr los. Er fädelte sich in den dichten Verkehr ein, in Gedanken war er aber immer noch bei Hüetli. Nach ein paar Minuten erreichte Kieffer die Montée du Clausen. Es war inzwischen halb drei, und er musste allmählich ins »Deux Eglises«. Er fuhr die Straße hinab, an den Bock-Kasematten vorbei, dann unter der Eisenbahnbrücke hindurch, um schließlich das Clausener Zentrum zu erreichen. Kurz darauf rollte er auf den Parkplatz seines Restaurants. Kieffer schaute nochmals auf sein Handy. Valérie hatte ihm inzwischen weitere Nachrichten geschickt.

»Viel Glück damit & mach keinen Mist, Süßer.«

»Lage hier aussichtslos.«

»Fahre Ende der Woche nach London.«

»Investoren besuchen und Restaurants.«

Er überlegte einen Moment.

»Ich könnte mitkommen«, schrieb er.

Sie antwortete: »👍👍👍«

Kieffer stieg aus. Zunächst suchte er sein Büro auf. Pekkas Zettel mit dem Namen der Kakaosorte und der Nummer des Professors pinnte er an die Korkwand. Als

Nächstes ging er auf die Seite von »The Chocolate Initiative«, der NGO für die Jones arbeitete. Irgendwo hatte er eine Rubrik namens »Presseanfragen« gesehen. Er scrollte ein wenig. Jones hatte unmissverständlich klar gemacht, dass er kein zweites Mal mit Kieffer sprechen wollte. Und er hatte dem Koch keine Telefonnummer geben wollen. Aber so leicht ließ Kieffer sich nicht abschütteln. Er suchte sich auf der Webseite die E-Mail-Adresse der Pressesprecherin Anne Heseltine heraus. Sie lautete heseltine_anne@chocolate-initiative.co.uk. Daraus ließ sich folgern, dass Jones' Adresse jones_peter@chocolate-initiative.co.uk war.

Kieffer schrieb eine E-Mail an diese Anschrift.

> Hallo Turtle,
>
> Ich weiß, ich soll dich in Ruhe lassen. Aber ich habe herausgefunden, dass Gerschwiler lange bei Hüetli war und Sijambo einen mysteriösen Hauptgesellschafter hat. Ist es Hüetli? Bauen die das CCN-51 an?
> Bitte gib dir einen Ruck und sag mir, ob ich richtigliege. Es geht um Ketti.
>
> Beste Grüße,
> Xavier

Zu guter Letzt schrieb er seine Mobilnummer dazu. Dann setzte Kieffer sich in seinen Drehstuhl und zog die unterste Schreibtischschublade auf. Lange schaute er hinein.

»Seid ihr der Grund?«, murmelte er. »Aber wenn es so einfach wäre, wozu dann all das?«

Der Koch zündete sich eine Ducal an. Ihm war bewusst, dass er viel zu viel rauchte, aber seine Nerven brauchten das Nikotin. Dann, bevor er groß darüber nachdenken konnte, holte er sein Handy hervor und wählte die Nummer von Kommissarin Joana Galhardo Lobato. Es klingelte nur einmal, bevor sie abnahm.

»Lobato.«

Kieffer brachte kein Wort heraus. Stattdessen starrte er immer noch auf den Inhalt der Schublade. Was zur Hölle hatte er sich dabei bloß gedacht, sie ausgerechnet in diesem Moment anzurufen?

»Monsieur Kieffer? Sind Sie das?«

»Ja. Guten Tag, Frau Kommissarin. Ich … ah … gibt es schon was Neues?«

»Was Neues? Wie meinen Sie das?«

»Na ja, in Sachen Ketti Faber.«

»Die Police ist nicht die Auskunft.«

»Nein, natürlich nicht. Entschuldigen Sie.«

Bevor Lobato etwas erwidern konnte, hatte Kieffer bereits aufgelegt. Er erhob sich. In diesem Moment klopfte jemand gegen die halb offen stehende Bürotür und lugte hinein. Es war seine Souschefin Claudine. Rasch drückte Kieffer mit dem Fuß die Schublade zu.

»Moien, Xavier. Hast du Zeit für ein paar Menüfragen?«

»Ja, aber klar. Geh schon mal hoch, ich … ich bin in einer Minute oben.«

Sobald sie weg war, fuhr er sich mit beiden Händen über das Gesicht. Er musste das Zeug loswerden. Warum hatte er es nicht schon längst in der Alzette versenkt? Kieffer verließ sein Büro und stieg die Stufen zur Küche hinauf. Vermutlich hatte er nichts im Fluss versenkt, weil er wissen wollte, wer Ketti auf dem Gewissen hatte. Es schien ihm nicht unwahrscheinlich, dass die Antwort auf die Frage mit dem Zeug in der Schublade zusammenhing.

19

Es war halb elf und Kieffer hoffte bereits seit einer Stunde, die Zahl der unerledigten Bestellungen werde allmählich abnehmen. Doch jedes Mal, wenn er auf die Tafel mit den bunten Magneten schaute, musste er feststellen, dass dort immer noch verdammt viele Zettel hingen. Was war da unten bloß los? Reservierungen hatten sie nicht allzu viele gehabt, aber manchmal tauchten die Leute einfach auf, ohne Vorwarnung und in Scharen.

Kieffer beschloss, gleich in den Schankraum zu gehen und nach dem Rechten zu schauen. Zunächst musste er allerdings am Pass einen Schwung Teller abnehmen. Dreimal Huesenziwwi, einmal Hiecht am Schäffchen. Der Koch beugte sich hinab, bis sein Gesicht nur noch zwei Handbreit von den Tellern entfernt war, wischte hier einen Soßenfleck weg, monierte da eine Garnitur. Als er zufrieden war, rief er: »Die Fünf kann!«

Es folgte ein Biwwelamoud, luxemburgischer Sauerbraten, an dem er nichts auszusetzen hatte; zwei ebenfalls einwandfreie Portionen des Nationalgerichts Judd mat Gaardebounen. Kieffer fiel auf, dass noch nicht eine einzige Portion des vermaledeiten Kuddelflecks weggegangen war, den er vor einigen Tagen auf die Karte genommen hatte. Entweder waren an diesem Abend keine Einheimischen anwesend – oder er hatte die kulinarische Robustheit seiner Landsleute überschätzt.

»Die sechs! Die zwei! Bisschen zackig, die wollen sich das nicht in der Mikrowelle aufwärmen.«

Auf dem letzten Teller lag eine Portion Salem mat Sauerampelzooss. Mal abgesehen davon, dass viel zu viel Sauerampfersoße auf dem Teller war, gefiel Kieffer der Fisch nicht. Er konnte nicht genau sagen, warum. Aber wenn man wie Kieffer in seinem Leben mehrere Zehntausend Portionen Fisch abgenommen hatte, bekam man ein Gespür für so etwas.

Der Koch griff sich ein Küchenmesser und stach hinein. Eigentlich wusste er nun bereits, was das Problem war, aber um ganz sicherzugehen, zerteilte er den Fisch und probierte. Er war zäh und trocken.

»Muss neu«, rief er. »Lachs Sauerampfer für die Elf! Schnell!«

Er konnte später recherchieren, wer diesen armen Fisch so übergart hatte, dass man damit bestenfalls noch streunende Katzen füttern konnte. Nun würde er zunächst nachsehen, wie der Service unten mit dem Ansturm zurechtkam. Kieffer übergab Claudine den Pass und stieg die schmale Treppe hinab.

Das Restaurant war bis auf den letzten Platz besetzt. Es waren ziemlich viele Japaner anwesend, vermutlich eine Reisegruppe, die sich hierher verirrt hatte. Von der Rue Jules Wilhelm hatte man einen recht guten Blick über Clausen. Immer wieder kamen Touristen her, um ihre Speicherkarten vollzuknipsen. Bisweilen landeten sie danach im »Deux Eglises«.

Jacques eilte mit einem Tablett voller leerer Gläser an ihm vorbei, eine Grimasse schneidend. Als der Kellner es hinter der Theke abstellte, sagte Kieffer: »Kannst du Tisch elf etwas aufs Haus bringen. Deren Lachs kommt später.«

Jacques nickte.

»Oder soll ich?«, fragte Kieffer.

Jacques nickte erneut.

»Okay.«

Kieffer griff sich eine Flasche Drëpp aus dem Regal, dazu zwei Gläser. Er wollte gerade zu Tisch elf hinübergehen, als Jacques ihn am Ärmel zupfte.

»Was denn?«

»Ich wollte dich gerade runterrufen, Xavier. Da sind zwei Herren an Tisch sechs, die sagen, sie wollen dich sprechen.«

»Warum?«

»Haben sie nicht gesagt.«

»Okay, ich spreche mit ihnen.«

Er lieferte den Obstler bei den Gästen ab, deren Lachs massakriert worden war und entschuldigte sich wortreich. Dann ging er zur Sechs. Es handelte sich um einen kleinen Tisch in einer Nische. Zwei Männer in Anzügen saßen dort. Der eine war sehr schlank und trug statt eines Hemds einen Rollkragenpullover; hätte er wetten müssen, hätte Kieffer auf Philosophiedozent oder Politologe getippt. Der zweite Mann passte kaum in seinen Anzug. Sein Kopf war kahl geschoren, seine Nase hatte zweifelsohne schon einiges abbekommen.

Kieffer nickte den beiden zu. Der Rollkragen lächelte.

»Monsieur Kieffer«, sagte er. Es war keine Frage.

»Guten Abend, Messieurs. Sie wollten mich sprechen?

Ist etwas«, er zeigte auf die beiden Portionen Judd mat Gaardebounen, »nicht zu Ihrer Zufriedenheit?«

Der Hagere schüttelte den Kopf. »Oh nein, das ist es nicht. Es ist ganz hervorragend.«

Kieffer konnte erkennen, dass keiner der beiden seine Portion auch nur angerührt hatte.

»Sondern?«

»Könnten Sie sich kurz zu uns setzen?«

»Wenn es kurz ist«, erwiderte Kieffer. »Ich muss wieder in die Küche.«

»Ganz kurz. Ich komme gleich zur Sache.«

Das Französisch des Mannes besaß einen leichten Akzent – osteuropäisch, wenn Kieffer sich nicht täuschte.

»Sie haben etwas, das uns gehört.«

Kieffer merkte, wie ihm der Schweiß ausbrach.

»Ich dachte mir schon, dass irgendwann jemand aufkreuzt. Solche … Dinge werden immer vermisst.«

»In der Tat. Sie haben sie also noch?«

»Ja, habe ich.«

»Und Sie haben sie schon, nun extrahiert?«

»Ja.«

Der Rollkragen nahm die Gabel und ließ sie über den Saubohnen kreisen, so als könne er sich nicht entscheiden, welche davon er aufpieksen wolle.

»Warum«, fragte er, »haben Sie nicht die Polizei verständigt?«

»Ich dachte … ich dachte, ich hätte vielleicht einen Hebel.«

»Einen Hebel?«

»Wenn ich die D…«

Der Mann legte einen Finger auf seine Lippen, bedeutete dem Koch, es nicht auszusprechen.

»Also wenn ich das Zeug vorerst behalte«, fuhr Kieffer fort. »Um rauszufinden, was mit Ketti passiert ist.«

Der Rollkragen schaute auf seinen Teller. Irgendetwas schien ihn zu amüsieren.

»Einen Hebel«, wiederholte der Mann. Er wandte sich der Boxervisage zu und sprach leise mit seinem Kompagnon. Kieffer fing russisch klingende Wortfetzen auf, außerdem das Wort »Deal«. Der Hüne lachte.

Der Rollkragen wandte sich wieder Kieffer zu.

»Ein Hebel, mit dem sie einen Deal kriegen? Ich fürchte, Monsieur Kieffer, Sie haben zu viel Netflix-Serien geguckt. Der Deal, wenn Sie es so nennen wollen, geht folgendermaßen: Die Ware ist unser Eigentum. Sie wurde uns gestohlen und ist aus unerfindlichen Gründen bei Ihnen gelandet. Sie geben sie uns zurück. Dafür gibt es einen Finderlohn.«

Kieffer wollte etwas erwidern, aber sein Gegenüber hob die Hand.

»Das ist nicht alles. Aufgrund dieser schrecklichen Tragödie vor einigen Tagen ist es für uns aus nachvollziehbaren Gründen derzeit nicht opportun, die Ware sofort an uns zu nehmen oder damit gar durch die Gegend zu reisen.«

Der Koch blinzelte verständnislos. Es dauerte ein paar Sekunden, bevor er verstand, worauf der Mann hinauswollte.

»Sie wollen sie gar nicht mitnehmen?«

»Momentan nicht, danke. Sie werden für uns eine Weile drauf aufpassen.«

»Warum sollte ich das tun?«

»Weil Sie so herrlich unverdächtig sind. Falls die Polizei Wind von der Sache bekommt, gibt es vermutlich drei, vier Personen, bei denen sie Hausdurchsuchungen anordnen wird. Und sie gehören ga-ran-tiert nicht dazu.«

»Ich glaube«, erwiderte Kieffer, »Sie haben mich nicht ganz verstanden. Ich meinte, warum sollte ich Ihnen helfen?«

»Weil sonst sehr unangenehme Ereignisse eintreten.«

»Sie haben Ketti umbringen lassen.«

»Nicht so, laut, bitte, Monsieur Kieffer. Wir wollen doch keinen Eklat.«

»Ich werde gleich noch viel lauter werden.«

»Ich schwöre ihnen gern jeden Eid: Mein Kompagnon und ich haben Ihre Freundin nicht auf dem Gewissen. Ich muss allerdings sagen, dass sie in gewisser Weise Glück hatte. Denn sie hat unsere Ware gestohlen, das wissen wir. Besser für die Dame, dass jemand anders sie vor uns erwischt hat. Wenn es um unser Eigentum geht, haben wir leider keinen Humor.«

»Wer hat sie dann ermordet?«

»Ich habe keinen Schimmer.«

»Das glaube ich Ihnen nicht.«

»Was Sie glauben oder nicht glauben, Monsieur Kieffer, ist mir gleichgültig. Wissen müssen Sie Folgendes: Irgendwann, vielleicht übermorgen, vielleicht erst in einem Monat, werden wir Sie wieder kontaktieren und unsere Ware einfordern. Verwahren Sie sie also gut.«

»Sonst?«

»Ihre französische Freundin isst viel auswärts, nicht wahr? Ich meine, berufsbedingt.«

Kieffer ballte die Fäuste.

»Lassen Sie Valérie da raus!«

»Aber ganz im Gegenteil. Man setzt immer bei den

Herzallerliebsten an, das müssten Sie als fleißiger Netflix-Gucker doch wissen, hm? Also wie gesagt: Warten Sie auf unseren Anruf. Wir verabschieden uns jetzt. Das hier«, der Rollkragen holte etwas aus seiner Jacketttasche und ließ es in das halb volle Rotweinglas vor sich gleiten, »ist für Ihre Aufwendungen. Dafür, dass wir es sehr ernst meinen, liefern wir Ihnen außerdem zeitnah einen Beweis.«

Die beiden erhoben sich.

»Was soll ich denn mit dem Zeug machen? Wenn jemand das Restaurant durchsucht …«

»Ihr Problem. Seien Sie kreativ. Einen schönen Abend noch.«

Die beiden strebten dem Ausgang zu. Im Vorbeigehen sagte der Rollkragen: »Kommen Sie nicht auf den Hund, Monsieur Kieffer.«

Bevor der Koch etwas auf diese rätselhafte Sentenz erwidern konnte, waren die beiden durch die Tür. Kieffer blieb einen Moment lang regungslos sitzen. Er griff nach dem Rotweinglas, hielt es gegen das Licht.

Dass Jacques neben ihm stand, bemerkte der Koch erst, als der Kellner ihm auf die Schulter tippte.

»Xavier? Alles in Ordnung?«

»Hm? Ja, ja, alles okay.«

»Die haben aber nicht viel gegessen«, sagte Jacques. »Und«, fügte er säuerlich hinzu, »auch nicht bezahlt.«

Kieffer erhob sich, das Weinglas in der Hand haltend.

»Passt schon Jacques. Geht alles aufs Haus.«

Er machte, dass er hinter die Theke kam. Dort fischte er den kleinen Stein aus dem Weinglas, bevor er den restlichen Inhalt in den Abfluss goss. Der Diamant war geschliffen. Er hatte in etwa die Größe einer Dupuy-

Linse. Kieffer tat ihn in eine Streichholzschachtel, die hinter der Bar lag und steckte diese wiederum in seine Hosentasche.

Mit leicht zittrigem Schritt ging er zurück in die Küche.

20

Valérie nippte an ihrem Kaffee und zündete sich eine Zigarette an. Kieffer musterte seine Freundin. Sie schien in den vergangenen Wochen um Jahre gealtert zu sein. Außerdem hatte sie, wenn er sich nicht täuschte, etliche Pfund abgenommen. Sie darauf anzusprechen, traute der Koch sich nicht. Normalerweise wäre »Hast du etwa abgenommen?« von ihr vermutlich als Kompliment aufgefasst worden. Doch derzeit würde sie darin eher einen Vorwurf sehen.

Sie befanden sich im Innenhof eines Restaurants in Shoreditch, im Norden der Londoner Innenstadt. Valérie hatte es ausgesucht und Kieffer war eher widerwillig gefolgt. Das »Oak & Rose« servierte nach eigenen Angaben »authentische englische Küche«, was für ihn wie eine Drohung klang. Kieffer hatte erhebliche Vorbehalte gegen die Küche der Insel. Es ekelte ihn vor Suet Pudding, zerkochtes Lamm mit Minzsoße erschien ihm verzichtbar und den Tag mit einem Full English Breakfast zu beginnen, war ebenfalls eine Zumutung.

Es fiel Kieffer schwer, zum Ausdruck zu bringen, was den Kern seines Missfallens ausmachte. Vielleicht war es der Umstand, dass es bei den Briten kaum je vernünftige Soßen gab, vielleicht die freudlose Art, auf die sie Essen auftischten. Noch schlimmer wurde es, wenn Engländer versuchten, kulinarisch kreativ zu sein. Mit Grausen entsann Kieffer sich eines Gerichts namens Bedfordshire Clanger, das ihm vor Jahren serviert worden war. Dabei handelte es sich um eine längliche Pastete, deren eine Seite Gemüse und Hack enthielt, während die andere mit süßem Fruchtkompott gefüllt war. Der Clanger vereinte alle Menügänge in einem Gericht, das zudem aussah wie etwas, das ein Hund am Wegesrand hatte liegen lassen. Musste man mehr über die englische Küche wissen?

Vielleicht war er auch einfach traumatisiert. Weil seine Englischnoten miserabel gewesen waren, hatten ihn seine Eltern als Jugendlichen mehrfach in Feriencamps auf die Insel geschickt. Kieffer erinnerte sich an lange graue Wochen in Eastbourne und Brighton, an kieselige Strände, kaltes Wasser und entsetzliches Essen. Er war jedes Mal fast verhungert. Morgens, wenn Porridge und fettige Würstchen serviert wurden, bekam er nichts herunter. Mittags knurrte ihm fürchterlich der Magen, aber da gab es nur labbrige Weißbrotsandwiches und Tütenchips mit Krabbencocktailgeschmack. Die Abendessen hatten in seiner Erinnerung ausschließlich aus blanchiertem Blumenkohl bestanden.

Aber das »Oak & Rose« war auf Valéries Liste gewesen, und so hatte er sich in sein Schicksal gefügt. Nun, da sie an einem Stehtisch im Innenhof ihren Kaffee tranken und rauchten, musste er sich eingestehen, dass der Laden gar nicht so übel war. Er hatte einen Steak Pie gegessen, mit Gravy. Diese braune Allzwecksoße war ihm normalerweise suspekt, aber die des »Oak & Rose« war selbst gemacht, aus geröstetem Gemüse und Markknochen. Wie ihm Valérie erklärt hatte, war die Bratentunke eines der Aushängeschilder des Restaurants. Über der Theke hing sogar ein Schild mit der Aufschrift »Real Gravy – Bollocks to Maggi!«.

Kieffer war sich trotzdem nicht sicher, ob das positive Erlebnis ihn mit der englischen Küche versöhnen würde. Dazu brauchte es vermutlich noch weitere gute Lunches und Dinner.

»Wo musst du noch hin?«, fragte er.

»Als Nächstes in die City, mit einem möglichen Investor sprechen. Abends ein weiterer Investor, dann ein Restaurant in Bloomsbury, das ›Red Hook‹.«

»Das hat zwei Sterne, oder?«

Sie nickte. Kieffer fragte sich, warum Valérie immer noch eisern zwei oder mehr Lokale pro Tag besuchte. Nach allem, was er inzwischen wusste, würden die Banken ihr in Kürze den Stecker ziehen. Man konnte sich also fragen, ob das alles noch Sinn ergab. Doch je aussichtsloser die Lage schien, umso sturer wurde Valérie, umso stoischer arbeitete sie ihre To-do-Listen ab. Nun, eigentlich kannte er sie lange genug, um von dieser Reaktion nicht überrascht zu sein.

»Ich weiß noch nicht genau, wann das Dinner ist. Kommst du denn mit, ins Hook?«, fragte sie.

»Wenn ich rechtzeitig zurück bin, ja. Ich habe am Nachmittag auch noch einen Termin.«

»Wo denn?«

»In Reading, bei einem Schokoladenexperten.«

Ihre Augen verengten sich. »Immer noch diese Sijambo-Geschichte?«

»Ja. Hör zu, es gibt da was, das du noch nicht weißt.«

»Muss ich's denn wissen?«

Sie sah seinen vermutlich etwas beleidigten Gesichtsausdruck und griff nach seiner Hand.

»Tut mir leid, Süßer. Ich bin gerade keine gute Zuhörerin. Ich habe so viel um die Ohren.«

Er drückte kurz ihre Hand, zog seine weg. Nachdem er sich noch eine Ducal angesteckt hatte, erwiderte er leise: »Ich hab dir doch von Sijambo erzählt und von deren Geschäftsführer.«

»Dieser Gerschwiler, den ich für dich frienden sollte?«

»Ja, hattest du mit dem eigentlich weiteren Kontakt?«

»Er hat nur die Anfrage bestätigt. Sonst noch nichts.«

Kieffer nickte grimmig. Er erzählte Valérie von seinem Verdacht, dass Hüetli in die Sache involviert sein könnte.

»Nur weil der Typ da mal gearbeitet hat? Das muss nichts heißen.«

»Nein, muss es nicht. Ich habe zweimal versucht ihn anzurufen, bei Sijambo, aber er war nicht da.«

»Vielleicht will er nicht mit dir sprechen.«

»Warum sollte er nicht mit mir sprechen wollen? Ehrlich gesagt hatte ich eher das Gefühl, dass er nicht konnte.«

»Wie meinst du das, Süßer?«

»Ich hatte seine Sekretärin dran. Die sagte, Gerschwiler wäre nicht da. Ich habe dann gefragt, wann er denn wieder erreichbar ist. Und da hat sie geantwortet: ›Das weiß ich nicht.‹ Dabei hat ihre Stimme gezittert. Ich vermute, dass Gerschwiler entweder Reißaus genommen hat. Oder dass er verhaftet wurde.«

»Könnte es sein, dass du in ein nichtssagendes Gespräch ein bisschen viel reininterpretierst?«

»Kann. Glaube ich aber nicht.«

»Glauben ist nicht wissen, Xavier. Gibt es denn noch weitere Hinweise darauf, dass Hüetli dahintersteckt?«

»Nein, keine. Die Firma, also Sijambo, gehört laut Handelsregister drei Gesellschaftern. Das sind aber alles Strohfirmen, dahinter stehen der kongolesische Staat sowie zwei Unbekannte, die wir noch nicht kennen.«

»Wer ist wir?«

»Ein Bankerfreund. Hört sich um.«

»Xavier, was bezweckst du bloß damit? Willst du auf eigene Faust rausfinden, wer Ketti Faber umgebracht hat? Sollte das nicht die Polizei tun?«

»Es geht um das, was sie gesagt hat, als sie starb. Habe ich dir das erzählt?

»Das mit der Hexe?«, fragte Valérie.

»Ja. Es klang ziemlich dramatisch. Sie hat angedeutet, dass viele Menschen in Gefahr sind.«

»Hast du das Lobato erzählt?«

»Schon. Aber ich glaube, sie hat es als Delirium einer Sterbenden abgetan.«

»Vielleicht hat sie recht.«

Kieffer wusste, dass dem nicht so war. Er hatte über fünf Jahre mit Ketti zusammengelebt, er kannte sie sehr gut. Der Alkohol und die Drogen verschleierten manches, aber gleichzeitig brachten sie Geheimnisse und Wesenszüge zum Vorschein, die man bei nüchternen Menschen nie zu Gesicht bekam. Kieffer wusste über Ketti möglicherweise mehr als er über Valérie je erfahren würde. Und deshalb war er sich sicher, dass sie nichts zusammenfantasiert hatte, als sie sterbend auf dem Boden des Lifts gelegen hatte.

»Wer weiß«, erwiderte er. »Aber das, was ich dir eigentlich sagen muss, ist was anderes. Ich bin in Gefahr. Und du vielleicht auch.«

»Wieso das?«

Anstatt zu antworten, griff Kieffer nach seiner Jacke. Aus einer Innentasche holte er etwas hervor und legte es zwischen sie auf den Tisch. Es handelte sich um einen kleinen Stein, kaum größer als eine Erbse. Er war von einer unattraktiven, bräunlich-grauen Farbe, wie der verkratzte Splitter einer Bierflasche, der länger im Dreck gelegen hat. Valérie nahm ihn und drehte ihn zwischen den Fingern.

»Ist das etwa ein Diamant?«

»Ja. Ein Rohdiamant, um die sechs Karat.«

»Also wertvoll?«

Kieffer machte eine wegwerfende Handbewegung. »Ein paar tausend Euro.«

»Auch noch Geld.«

»Es ist nichts.«

»Na ja …«

Kieffer beugte sich vor.

»Irgendwer hat an die Adresse des »Deux Eglises« Schokolade geschickt, große Blöcke. Ich war nicht da, als das Zeug ankam, Claudine hat es entgegengenommen, das habe ich rekonstruieren können. Sie dachte, ich hätte das bestellt, habe ich aber nicht. Jemand anders hat mir die Schokolade geschickt.«

Kieffer erzählte von seinem Trip nach Brüssel. Er erklärte Valérie, dass Peter Jones bestritt, der Absender zu sein.

»Und wer war es dann, Xavier?«

»Ich tippe auf Ketti.«

»Und wieso dann der falsche Absender?«

»Vielleicht wurde sie beobachtet. Vielleicht wusste sie,

wenn die Schokolade zurückgeht, darf sie nicht wieder bei ihr landen, sondern hätte an jemand gehen müssen, der vertrauenswürdig ist.«

»An diesen Jones?«

»Könnte doch sein, oder? Der Punkt ist, dass einer meiner Leute damit gekocht hat. Nein.Verdammt, das ist eigentlich nicht der Punkt.«

Valérie musterte ihn verständnislos.

»In den Blöcken waren diese Diamanten. Qaïd hat eine Ecke geschmolzen und sich dann darüber aufgeregt, es wären Steinchen in der Schokolade. Die meisten waren allerdings in der Mitte.«

»Jemand hat Diamanten in Blöcken aus Schokolade versteckt?«

»Ja. Ich habe die ganze Nacht in der Küche gestanden, sie geschmolzen und durch ein feines Sieb passiert.«

»Wie viel …?«

»… die wert sind?«

Kieffer lachte gepresst und sog an seiner Zigarette.

»Es sind ganz schön viele. Mehr als eine Handvoll auf jeden Fall. Aber sie sind offenbar nicht alle gleich. Das hat mir der Händler gesagt.«

»Welcher Händler, Xavier?«

»Ich habe ein paar von den Steinen eingepackt und bin damit zu einem Diamantenhändler gefahren, in Belgien.«

»Gibt's in Luxemburg keine Juweliere?«

»Klar, aber da kennt doch jeder jeden. Ich bin lieber nach Antwerpen, ins Diamantenviertel. Die Händler dort gelten als sehr diskret.«

»Du meinst, sie stellen keine Fragen.«

»Genau. Ich habe dem Juwelier drei dieser Steinchen gezeigt. Er ist fast umgefallen.«

»Wieso?«

»Zwei waren wie dieser hier. Typ Ia nennt man das. Sind gewöhnlich, wenn man das so sagen kann, 98 Prozent aller Diamanten sind so beschaffen. Pro Karat kosten sie vielleicht tausend, zweitausend Euro. Aber einer war ein Golconda-Stein.«

»Golconda? Ist das nicht irgendwo in Indien?«

Kieffer lächelte gequält.

»Ich bin mir ziemlich sicher, dass diese Steine nicht aus Indien kommen, sondern aus Afrika. Golconda-Diamanten heißen so, weil man sie dort zuerst gefunden hat. Typ IIa, extrem selten, extrem rein. Da ist jedes Karat deutlich teurer.«

»Wie viel teurer?«

»Faktor fünfzig.«

»Moment.« Er konnte sehen, wie Valérie im Kopf die Zahlen überschlug.

»Du meinst, so ein Sechskaräter, wenn es dieser spezielle Typ ist, der wäre eine halbe Million wert?«

»Eher noch ein bisschen mehr.«

Sie zündete sich eine weitere Zigarette an. So leise, dass er es kaum hören konnte, flüsterte sie: »Du hast Diamanten im Wert von mehreren Millionen Euro bei dir rumliegen?«

Der Koch nickte.

»Aber die gehören doch jemand.«

»Natürlich. Die waren auch schon da.«

Er erzählte ihr von dem Besuch der beiden Männer im »Deux Eglises«.

»Die haben dir gedroht?«

»Und dir. Sie haben gesagt, wenn ich zu den Bullen gehe oder wenn ich ihre Diamanten verschludere, würden sie es an dir auslassen. Sie haben gesagt, du wärst viel unterwegs und würdest oft auswärts essen.«

»Was soll das heißen? Wollen die mich vergiften? Das ist doch … Xavier, wir müssen sofort zur Polizei.«

Er schüttelte den Kopf. »Das waren nicht irgendwelche kleinen Gauner. Das waren Profis. Russen, soweit ich das hören konnte.«

»Russische Mafia?«

»Auf jeden Fall Typen, die keine leeren Drohungen aussprechen.«

»Mag sein. Aber es gibt ja auch Polizeischutz. Wir können doch nicht einfach …«

Kieffer schnaufte ärgerlich.

»Was ist los, Süßer? Ich verstehe, dass dich das alles aufregt. Aber man muss ruhig und überlegt drüber nachdenken. Es gibt sicherlich eine Lösung.«

»Das ist ja noch nicht alles«, erwiderte er.

»Wieso?«

»Sie haben Marie-Antoinette umgebracht.«

»Wer soll das jetzt wieder sein?«

»Ein Hund. Ein Bichon Frisé. Er gehört Pol Majerus, einem meiner Stammgäste. Ein Clausener, alteingesessen. Gestern Morgen, da ruft er mich an und sagt, Marie-Antoinette geht es nicht gut. Sie hat Magenkrämpfe und spuckt Blut.«

»Und?«

»Der Tierarzt hat gesagt, das Tier sei entweder vorsätzlich vergiftet worden oder es habe was gefressen, Rattengift oder so. Und da wollte er von mir wissen, ob Marie-Antoinette bei uns am Vorabend was zu fressen bekommen hat. Wir haben für die Hunde vorn eine Wasserschale. Und manchmal kriegen sie auch ein Stückchen

Wurst. Marie war ja auch Stammgast, gewissermaßen. Die Kellner waren ganz vernarrt in sie.«

»Das muss aber nichts mit euch zu tun haben. Es gibt bekanntermaßen Hundehasser, die vergiftete Köder auslegen.«

»Ja, die gibt es. Diese Russen, zum Beispiel. Ich bin mir sicher, dass sie das Tier vergiftet haben. Der Tierarzt konnte nichts mehr machen, Marie-Antoinette ist noch am gleichen Tag eingegangen.«

»Armer kleiner Hund. Aber interpretierst du da nicht zu viel rein?«

»Dieser Russe hat sich von mir mit den Worten ›Kommen sie nicht auf den Hund‹ verabschiedet, Val. Und er hat gesagt, er würde mir beweisen, dass er keine leeren Drohungen ausspricht.«

»Und was willst du jetzt machen?«

»Erst mal nichts. Wegen der Diamanten meine ich.«

»Spinnst du jetzt?«

»Wieso?«

»Weil du den Fall Ketti Faber gelöst hast.«

»Das glaube ich nicht, Val.«

»Doch, ist doch ganz logisch. Diese Schokofirma war nur eine Fassade für Diamantenschmuggel in großem Stil. Vermutlich ist die russische Mafia der Mehrheitsgesellschafter, der sich hinter irgendwelchen Briefkastenfirmen verbirgt. Deine Bekannte hat zu viel mitgekriegt, deshalb musste sie sterben. Oder sie hat versucht, die Diamanten zu klauen. Wenn das kein Motiv ist, dann weiß ich auch nicht.«

»Das passt alles nicht, Val. Was ist mit dieser Hexe, von der Ketti sprach? Was hat es mit den seltsamen Kakaopflanzen auf sich, die im direkten Sonnenlicht wachsen?«

»Vielleicht hat es damit nichts auf sich. Dass jemand Hightech-Kakaoklone züchtet, ist nicht so überraschend. Dass jemand im Moment seines Todes seltsame Dinge sagt …«

Sie griff nach seiner Hand.

»Xavier, wenn du nicht zur Polizei gehst – glaubst du, diese Typen kommen dann irgendwann vorbei, sammeln ihre Diamanten ein und sagen ›Vielen Dank, schönen Tag noch?‹ Ich kann mir nicht vorstellen, dass die Zeugen gebrauchen können.«

»Wenn ich die Polizei anrufe, bringen sie dich vielleicht um. Wenn ich sie nicht anrufe, bringen sie mich um. Beides Scheißoptionen, aber … ich will dich doch nur schützen.«

»Weiß ich. Aber der einzige Ausweg ist die Polizei.«

Kieffer erwiderte nichts. Sie schaute ihm in die Augen.

»Du versprichst es mir jetzt.«

»Was?«

»Dass du zur Polizei gehst, Sturkopf. Gleich, wenn wir zurück sind.«

Da er immer noch nichts sagte, fuhr sie fort: »Wir fliegen morgen zurück nach Paris. Und von dort gleich weiter nach Luxemburg.«

»Ich dachte, wir wollten noch einen Tag in Paris bleiben?«

»Planänderung. Wir bewegen uns auf dem schnellstmöglichen Weg nach Luxemburg und gehen da schnurstracks zur Polizei.«

»Wir?«

»Ja. Ich komme mit.«

Der Koch nickte stumm.

»Sag's mir.«

»Okay, Val, so machen wir's.«

Kieffer schaute auf seine Uhr.

»Du musst zu deinen Investoren, oder?«

Sie zahlten. Kieffer drückte Valérie einen Kuss auf die Wange und sah zu, wie sie in einem Taxi in Richtung Finanzviertel verschwand. Er selbst ging zur nächstgelegenen Bahnstation und nahm die Tube zur Paddington Station. Während der Fahrt drehte er den kleinen Rohdiamanten in seiner Hosentasche immer wieder zwischen Daumen und Zeigefinger hin und her.

21

George Whateley sah nicht aus wie jemand, der viel Schokolade aß. Der Professor war ein gertenschlanker, schockierend altersloser Endvierziger. Vermutlich trieb er viel Sport. Whateley hatte den Koch am Empfang seines Instituts abgeholt, und als sie das Büro des Botanikers betraten, bestätigte sich Kieffers Vermutung. An den Wänden hingen Fotos von Marathons in Boston und New York. In einer Ecke des Raums stand ein Mountainbike.

»Triathlon?«, fragte der Koch.

»Nächstes Jahr wieder«, antwortete Whateley. Er verzog das Gesicht und zeigte nach unten. »Gerade muckt das Knie etwas.«

Kieffer fühlte sich auf einmal alt und fett. Vielleicht wegen Whateley, vielleicht, weil er es war. Dann wischte er den Gedanken beiseite.

»Danke, dass Sie sich die Zeit nehmen, Professor.«

»Oh, gar keine Ursache. Und sagen Sie George. Das, was mir der Herr vom EU-Parlament erzählt hat, hat mich ein bisschen neugierig gemacht, wenn ich ehrlich sein soll. Kakaoanbau im Varanga-Nationalpark, das ist sehr interessant, Mister Kieffer.«

»Xavier, bitte.«

»Ihr Bekannter sagte, Sie seien so eine Art Detektiv, der auf die Lebensmittelbranche spezialisiert ist, Xavier?«

Einen Moment lang war Kieffer sprachlos. Warum hatte dieser verrückte Finne ihn nicht einfach als das ankündigen können, was er war?

»Äh, so was in der Art, George. Ich recherchiere zu dieser Kakaoplantage und zu einer Schokoladenfabrik in der Republik des Befreiten Kongo.«

»Setzen Sie sich. Ich hole uns schnell noch was zu trinken. Und dann erzählen Sie mir alles.«

Whateley deutete auf ein Sofa in der Ecke und verschwand dann. Der Koch ließ sich dort nieder. Kurz darauf kam der Professor mit einer Kanne Tee und zwei Bechern zurück.

»Ich habe leider nur den hier, Lapsang Souchong. Inzwischen trinke ich nur noch diese asiatischen Tees, den English Breakfast habe ich mir abgewöhnt. Denn da müsste ich Milch und Zucker reintun, und zwar reichlich.«

Whateley goss Kieffer Tee ein. Ein rauchiger Geruch stieg dem Koch in die Nase. Er probierte. Der Tee schmeckte wie Brackwasser, in dem man eine Kippe ausgedrückt hatte.

»Und?«, fragte Whateley.

»Interessant.«

»Rauchtee. Scotch für Abstinenzler. Man gewöhnt sich dran.«

Bei Kieffer würde das nicht der Fall sein, schlichtweg, weil dies ganz sicher sein erster und letzter Lapsang Soundso war.

»Es geht«, sagte der Koch, »um einen Schokoladenhersteller, einen Tree-to-Bar-Produzenten, genauer gesagt um dessen Kakaopflanzen. Ich vermute, dass es sich bei denen um eine sehr besondere Sorte handelt.«

»Um welche?«

»Keine Ahnung. Wie Ihnen Pekka, Herr Vatanen, ja bereits gesagt hat, wachsen die Pflanzen unter freiem Himmel.«

»Und ich habe ihm gesagt, dass es sich dann vermutlich um CCN-51 handelt.«

»Diese Sorte aus Südamerika.«

»Korrekt. Die Abkürzung steht für Colección Castro Naranjal. Aber seltsam ist die Sache schon.«

Kieffer nickte eifrig. »Das meine ich auch.«

Der Koch griff nach seinem Rucksack, den er neben das Sofa gestellt hatte und holte eine Tafel Sijambo-Schokolade heraus. Er riss die Verpackung auf und bat Whateley, sich ein Stück zu nehmen. Der Professor brach eine Rippe ab und ließ sie in seinem Mund verschwinden. Seine Augenbrauen hoben sich etwas.

»Die ist gut. Sehr gut. Das schmeckt …«

»… nicht wie x-beliebiger Industriekakao?«

»Nein, tut es nicht. Und es schmeckt schon gar nicht wie CCN-51. Und aus Afrika … unvorstellbar, dass der da drin ist.«

»Ist der denn geschmacklich so schlecht?«, fragte Kieffer.

»Sie kennen den Unterschied zwischen Criollo und Forastero, Xavier?«

»Mehr oder minder.«

»Man kann das gut mit Kaffee vergleichen. Criollo und Forastero ist wie Arabica und Robusta. Forastero ist bitterer, hat keinen so feinen Geschmack und mehr Säure, ist aber dafür weniger anfällig. Und billiger zu haben. Und CCN ist noch robuster, aber auch noch saurer. Der lässt sich vielleicht für Fünfzig-Pence-Weihnachtsmänner verwenden, in denen ohnehin kaum Schokolade drin ist, sondern nur Zucker und irgendwelches Fett. Aber diese Schokolade … das ist weder CCN noch Forastero, würde ich wetten.«

»Und deshalb vermute ich«, erwiderte Kieffer, »dass es sich bei dem Kakao auf dieser Sijambo-Plantage um eine andere Art handeln muss. Eine, die in der Sonne wächst, klar. Aber auch eine mit besserem Geschmack.«

Whateley erhob sich und ging zu seinem Schreibtisch. Dort begann er, auf einem Laptop herumzuklicken.

»Ich glaube das auch«, murmelte der Professor, während er auf den Bildschirm starrte, »aber vielleicht aus anderen Gründen als Sie.«

»Wie meinen Sie das?«

»Als ich eben sagte, CCN-Varietäten in Afrika kommen mir seltsam vor, bezog sich das darauf, dass ich davon eigentlich wissen müsste.«

»Ich verstehe nicht ganz«, sagte Kieffer.

Whateley blickte vom Rechner auf. »Haben Sie Zeit für einen kleinen Ausflug? Ich könnte Ihnen unser Gewächshaus zeigen, dann verstehen Sie besser, was ich meine.«

Kieffer hatte keine Einwände. Mit Whateleys Kombi fuhren sie einige Kilometer gen Norden. Reading war nicht sehr groß, vermutlich kaum größer als Luxemburg-Stadt. Es dauerte nicht lange, bis die Stadt hinter ihnen lag und sie durch eine Landschaft aus von Knicken begrenzten Wiesen und Feldern fuhren. Während der Fahrt erklärte ihm der Professor, was die Aufgabe seines Instituts war. Als auf Theobroma cacao spezialisierter Botaniker beschäftigte Whateley sich mit den verschiedenen Aspekten der Pflanze – mit ihren Früchten, mit Schädlingen und vielem mehr. In einer Datenbank des Instituts wurden Informationen über vierhundert verschiedene Kakaosorten gespeichert. Wollte jemand eine spezielle Varietät anbauen, schickten ihm die Wissenschaftler aus Reading die entsprechenden Samen. In Gewächshäusern zogen sie die verschiedenen Kakaopflanzen regelmäßig nach.

Nach vielleicht fünfzehn Minuten bog Whateley von der Landstraße auf einen kleinen Nebenweg ab. Dieser endete nach ein paar hundert Metern vor einer Ansammlung von Gewächshäusern. Es handelte sich um Stahlrahmenkonstruktionen, die mit milchig-weißer Folie bespannt waren, durch die man nur schlecht hindurchsehen konnte. Kieffer erinnerte sich daran, dass die meisten Kakaopflanzen direkte Sonneneinstrahlung nicht mochten. Sie parkten und stiegen aus.

»Das hier ist das ICQC«, sagte Whateley. »Willkommen.«

»Ist das was anderes als das … äh … ICGD? Also, diese Datenbank?«

»Ja, ist es. Wir Wissenschaftler lieben Abkürzungen. Diese steht für International Cocoa Quarantine Center.«

»Sie meinen, das hier ist eine Quarantänestation?«

»Ja. Alle Pflanzen müssen hier durch. Sehen Sie, Xavier«, der Botaniker kramte einen Schlüssel aus seiner Hosentasche und schloss damit die Tür des Gewächshauses auf, »Kakao ist eine sehr empfindliche Pflanze. Es braucht ganz bestimmte Bedingungen, die erfüllt sein müssen, in punkto Temperatur, Feuchtigkeit, Sonneneinstrahlung. Und selbst dann ist er außerordentlich anfällig. Etwa ein Drittel der jährlichen Kakaoernte geht deshalb flöten.«

Sie betraten das Gewächshaus. Die feuchte Wärme traf Kieffer wie ein nasser Waschlappen. Augenblicklich begann er zu schwitzen. Sie kamen in einen großen Raum, dessen Boden mit grobem Kies bedeckt war. In langen Reihen standen Plastiktöpfe mit Kakaopflanzen, die meisten davon mannshoch.

»An was gehen die ganzen Kakaopflanzen denn ein?«

»Oh, da gibt es vieles. Zum Beispiel Moniliophthora roreri, auch Frostige Fruchtfäule genannt. Da wären Schwarze Fruchtfäule und M. Perniciosa, es ist eine endlose Liste – Pilzbefall, Schädlinge und so weiter. Das hier ist übrigens unser Raum mit den Pflanzen, die clean sind. Die anderen werden abgeschottet, jede in einem eigenen kleinen Gewächshaus. Kommen Sie, ich zeige es Ihnen.«

Durch einen mit Folie bespannten Tunnel gelangten sie in ein weiteres Gewächshaus. Dazwischen lagen Schleusen mit mehreren Türen. Whateley führte ihn zu einigen kleineren Pflanzen, kaum mehr als Schösslinge, die voneinander getrennt in Kästen standen.

»Wissen Sie, Xavier, das Problem ist, dass der Kakaoanbau so konzentriert ist. Auf den ersten Blick sieht es zwar so aus, als gäbe es auf der Welt sehr viele Anbaugebiete – aber sechzig Prozent unserer Schokolade kommt aus Westafrika. Das meiste von der Elfenbeinküste und aus Ghana. Wenn sich dort Schädlinge ausbreiten würden, wären in relativ kurzer Zeit sehr viele Bäume infiziert.«

»Sie meinen, jemand könnte Krankheiten einschleppen?«

»Genau. Der Kakao kommt ja ursprünglich aus Mexiko. Die Olmeken haben ihn zuerst angebaut. Man kann übrigens Kakaospuren auf deren Keramik nachweisen, zurück bis 1700 vor Christus. Später haben ihn dann die Maya angebaut – darum heißt er ja auch Theobroma, Speise der Götter. Weil die Mayas und auch die Azteken glaubten, ihre Götter …«

»… würden sich von Kakao ernähren«, sagte Kieffer, um den Professor etwas in seinem Redefluss zu bremsen.

»Ja, exakt. Entschuldigen Sie. Ich schweife ab. Berufskrankheit. Zurück zu den Pflanzen.«

Whateley öffnete einen der Kästen und griff hinein. Mit den Fingern fuhr er über die Blätter einer Pflanze und beäugte diese kritisch.

»Die Krankheiten«, sagte Kieffer. »Sie wollten was dazu sagen und wie es mit Mittelamerika zusammenhängt.«

»Ach so, ja. Das Urproblem ist der sogenannte Columbus Exchange. Wegen Christoph Kolumbus haben sich Flora und Fauna über den ganzen Planeten verteilt. Ohne Kolumbus keine Tomaten und Kartoffeln in Europa, keine Pferde in Amerika und auch kein Kakao in Afrika.

Über afrikanischen Forastero-Kakao sagt man, er sei besonders robust. Stimmt teilweise, aber die Wahrheit ist auch, dass der Kakao im afrikanischen Exil nicht all den garstigen Krankheiten und Schädlingen ausgesetzt ist, die sich über viele Tausend Jahre in Südamerika entwickelt und ausgebreitet haben, wo Theobroma indigen ist, heimisch.«

»Sie meinen, es ist deshalb gefährlich, Pflanzen zwischen Amerika und Afrika hin und her zu transportieren?«

»Korrekt. Man muss aber leider.«

»Warum?«

»Die meisten Gourmetschokoladen kommen aus Mittel- und Südamerika. Das liegt daran, dass dort die geschmacklich interessanteren Sorten wachsen – Porcelana, Maracaibo, Nacional. In Westafrika gibt es vor allem Forastero. Wenn Sie jetzt eine neue Sorte züchten wollen, brauchen Sie dafür fast zwangsläufig Kultivare aus Südamerika, wo aber eben viele Krankheiten grassieren. Wenn Sie Ihre Kreuzung woanders hinbringen, zum Beispiel nach Afrika, dann wissen Sie nicht, ob die nicht vielleicht Pilzbefall hat oder was anderes Unerfreuliches.«

»Und deshalb die Quarantäne, ich verstehe. Wie lange dauert es, bis eine Pflanze hier rausdarf?«

»Zwei Jahre, manchmal etwas länger. Wenn es bis dahin keine Auffälligkeiten gibt, kommt der Kultivar rüber in das andere Gewächshaus. Und wenn ihn jemand haben will, dann schicken wir ihm den Samen.«

Sie gingen weiter ins nächste Gebäude. Hier befanden sich ein kleines Labor sowie mehrere Arbeitsplätze.

»Gibt es einen besonderen Grund dafür, dass diese Quarantänestation in Reading ist?«, fragte Kieffer.

»Nein. Aber einen, dass sie sich in Großbritannien befindet beziehungsweise in Nordeuropa. Wenn uns hier aus welchen Gründen auch immer, verseuchtes Material ausbüxen sollte, ist das nicht so schlimm. Hier in Berkshire keimt Theobrama cacao nämlich gar nicht oder geht gleich wieder ein.«

Whateley setzte sich an einen der Arbeitsplätze.

»Herr Vatanen deutete an, Sie hätten Bilder, auf denen diese mysteriöse Varietät zu sehen ist. Haben Sie die dabei?«

»Ja, Moment.«

Kieffer holte sein Telefon hervor und rief die Fotos von Ketti auf. Der Professor begutachtete sie.

»Hm. Da kann man ja nicht viel erkennen. Wenn Sie mir die mal an meine E-Mail weiterleiten, schauen wir sie uns auf einem größeren Bildschirm an.«

Whateley sagte Kieffer seine E-Mail-Adresse und weckte den PC vor sich auf. Er loggte sich ein. Nach ein paar Sekunden sah er den Koch fragend an.

»Noch nicht raus? Eigentlich ist das Netz hier draußen ganz gut. Ich kann Ihnen sonst auch den Wlan-Code geben.«

»Äh, ich habe sie noch nicht abgeschickt. Ich befürchte, ich weiß gar nicht, wie man die Bilder von diesem Programm da in das mit der Mail kriegt.«

Whateley verzog keine Miene. Kieffer konnte allerdings sehen, dass ihm dies einige Mühe bereitete. Vermutlich fand er es zum Schießen, dass jemand ein Smartphone besaß, es aber nicht bedienen konnte. Kieffer händigte Whateley das Gerät aus. Der Professor wischte ein wenig herum. Kurz darauf waren die Fotos auf dem Rechner, und sie schauten sie sich in einer Bildsoftware an.

»Zunächst einmal gucken wir uns die EXIF-Daten an«, sagte Whateley.

»Die was?«

»Die Bildinformationen. Wann es aufgenommen wurde und wo.«

»Wann kann ich Ihnen auch so sagen. Die Bilder sind in etwa zwei Wochen alt.«

»Okay. Was mich aber interessiert, sind die Koordinaten. Mal schauen … ah, da.«

Der Professor zeigte auf einen Eintrag in einem kleinen Fenster neben dem Bild. Darin stand: @-0.064983,29.5085821,17.

»Was genau bedeutet das?«, fragte Kieffer.

»Das vor dem Punkt ist der Breitengrad. Der Wert ist Nullkommairgendwas, nicht verwunderlich bei einer Plantage in Äquatornähe. Diese hier scheint fast genau drauf zu liegen.«

Whateley klickte auf den Zahlensalat. Eine Karte erschien. Sie zeigte einen Ausschnitt in Afrika.

»Da ist es«, er tippte mit dem Finger auf den Bildschirm. »Genau dort.«

»Diese Koordinaten, können Sie mir die schicken?«

»Klar, ich maile Ihnen den Link. Aber jetzt mal zu den Pflanzen.«

Whateley betrachtete die Bilder zunächst ganz, bevor er Ausschnitte einzelner Blätter und Äste wählte.

»Wonach suchen Sie?«

»Weiß ich nicht genau. Blattstand, Farbe der Rinde, Größe der Bäume und natürlich die Form der Früchte. Aber auch dann lässt sich nur ungefähr sagen, worum es sich da handelt. Leider sind die Fotos nicht sehr gut.«

»Können Sie denn sagen, ob es Forastero ist oder Criollo?«

»Das ist keine Klassifikation, das ist ein Graus.«

»Inwiefern?«

»Botaniker verwenden eigentlich andere Bezeichnungen, diese sind historisch und sehr ungenau. Die Spanier haben im sechzehnten Jahrhundert begonnen, Kakao aus Venezuela nach Trinidad zu schaffen. Zwischendurch gab es immer wieder Seuchen, die alle Bäume in einer Region ausrotteten, und dann holte man wieder Pflanzen von anderswo. Die heimischen Kakaobäume nannten die Venezolaner Criollo, also Kreole; die aus Trinidad zurückgeholten Trinitario; und die von anderswo tauften sie Fremdling – Forastero. Das hier«, der Professor zeigte auf einen Ausschnitt, der einen braunen, mit weißen Flecken übersäten Stamm zeigte, »erinnert mich ein bisschen an …«

Er holte einen kleinen Block hervor und begann, sich Notizen zu machen. Bald schien er Kieffer völlig vergessen zu haben. Dieser streunte ein wenig in dem Labor herum. Es gab Arbeitstische voller Glaskolben, Zentrifugen und verschiedener Gerätschaften, die er noch nie gesehen hatte. Kieffer lief weiter, vorbei an einem Dutzend Pflanzenschösslingen, alle säuberlich aufgereiht und mit Etiketten versehen. Darauf standen Codes wie PQ-13, RQ-09, AA-26.

Wie angewurzelt blieb er stehen.

»Ist es das?«, hörte der Koch sich selbst sagen. Whateley reagierte nicht auf seine Frage. Er war immer noch mit den Fotos beschäftigt. Kieffer fühlte, dass ihm etwas blümerant wurde. Er lehnte sich an eine der Arbeitsflächen.

Auf einmal sah er Ketti vor sich, blutüberströmt und umgeben von Tausenden kleinen Glassplittern. Er sah sich selbst, wie er vor ihr kniete. Sie erzählte ihm von der Hexe, den Toten, von wirrem Zeug, über das er seitdem tausendmal nachgedacht hatte. Zwar fühlte er immer noch, wie sich die Kante der Arbeitsplatte gegen seinen Rücken drückte. Aber das Labor und der ganze Rest waren verschwunden. Stattdessen sah er seine Hände, sah Kettis Hand, sah, wie er ihren erschlaffenden Fingern das Drogenbeutelchen entwand.

Kieffers Blick fiel auf etwas, das neben Ketti lag. Er griff danach. Sie redete weiter auf ihn ein, aber Kieffer ignorierte sie. Er kam sich deswegen ziemlich herzlos vor. Gleichzeitig war ihm bewusst, dass seine Ex-Freundin bereits tot war. Der Koch betrachtete den Aktenordner, der neben der Sterbenden gelegen hatte und den er nun in der Hand hielt. Es handelte sich um einen gewöhnlichen Leitz-Ordner. Kieffer versuchte, ihn aufzuschlagen, aber das ging nicht, der Deckel war so schwer wie eine Gehwegplatte. Kieffer drehte den Ordner so, dass er den Rücken sehen konnte. Jemand hatte »CO-H5« darauf geschrieben.

Er merkte, dass ihm die Arbeitsplattenkante am Rücken entlangschrammte, dann knallte sein Kopf gegen irgendetwas. Es schien, dass er gestürzt war. Seine Beine mussten nachgegeben haben. Als er wieder hochkam, stand Whateley neben ihm, versuchte, ihm aufzuhelfen.

»Geht schon, danke.«

»Alles okay? Ist Ihnen nicht gut?«

Der Koch rieb sich den Hinterkopf. Das würde eine Beule geben.

»Alles in Ordnung. Ich glaube, es liegt an dieser feuchtwarmen Hitze. Bin ich nicht gewöhnt.«

Whateley bot ihm an, das Gewächshaus zu verlassen und frische Luft schnappen zu gehen, was Kieffer jedoch ablehnte. Stattdessen setzte er sich einen Moment auf einen der Bürostühle. Von irgendwo organisierte der Professor eine Dose Vimto-Limonade. Sie schmeckte schrecklich, nach einer Chemikerfantasie von Johannisbeeren, aber zumindest war sie kalt. Kieffer hielt sie gegen seine Wange. Als er sich besser fühlte, sagte er: »Und? Haben Sie was herausfinden können?«

Der Professor rieb sich das Kinn. »Die Früchte erinnern ein wenig an Amenolado. Sie sind etwas runder, eher wie eine Melone als wie ein Rugbyball. Aber bei Amenolado müssten sie violett sein. Die auf ihrem Foto sind aber hellrot. Und zu groß für Amenolado, wirklich verdammt groß. Blätter passen auch nicht. Also, das ist kein Kultivar, der mir je untergekommen ist. Allerdings kann man sich da nie völlig sicher sein. Es sind einfach zu viele und es gibt auch innerhalb der Sorten Variationen.«

»Wie viele Kakaosorten gibt es denn?«

»An die vierhundert.«

»Mir ist eben noch was eingefallen, George. Die Frau, die Sie da auf einem der Bilder sehen – sie erwähnte mal etwas namens CO-H5. Könnte das die fragliche Kakaosorte sein?«

»Nie gehört. Moment.«

Whateley rief etwas auf dem Computer auf. Es schien sich um eine Art Datenbank für Kakaosorten zu handeln. In die Suchmaske gab er das Kürzel CO-H5 ein.

»Keine Treffer. Okay, ich versuche noch was anderes.«

Der Professor rief eine weitere Seite auf. Wie er Kieffer erklärte, handelte es sich dabei um eine Datenbank mit wissenschaftlichen Aufsätzen – und zwar solchen, die noch nicht von einer renommierten Fachzeitschrift veröffentlicht worden waren.

»Das sind quasi ungeprüfte Arbeitspapiere. Vielleicht taucht es da irgendwo auf.«

Es tauchte nirgendwo auf.

»Jetzt weiß ich auch nicht mehr so recht weiter. Wenn CO-H5 der Name dieser Pflanze ist, handelt es sich um eine ganz neue Sorte.«

Der Professor musterte ihn. »Sie sehen immer noch

ganz schön blass aus. Was Ihnen guttun würde, wäre ein wenig frische Luft und ein Pint. Wie wäre es, wenn wir zurück in die Stadt fahren? In der Nähe des Bahnhofs kenne ich einen guten Pub. Da können wir uns noch mal besprechen, und Sie sind danach schnell im Zug.«

Kieffer war einverstanden. Eine halbe Stunde später standen sie vor dem Pub an einem Stehtisch, tranken Bitter und aßen Kartoffelchips.

»Was ich nicht ganz verstehe«, sagte Kieffer, »ist Folgendes: Sagten Sie nicht, wenn jemand in Westafrika eine neue Sorte anpflanzt, muss die vorher bei Ihnen in Quarantäne?«

»So ist es.«

»Und diese war nie bei Ihnen?«

»Zumindest keine mit dem Namen. Vermutlich auch keine, die so aussah. Ganz genau sagen könnte ich das nur, wenn wir einen PCR der Pflanze machen.«

»Das ist was?«

»Polymerase-Kettenreaktion. Damit kann man Fingerabdrücke von Pflanzen überprüfen, sozusagen.«

Kieffer holte die angebrochene Sijambo-Tafel hervor.

»Ginge das damit?«

»Wenn man ganz sicher wüsste, dass diese Schokolade sortenrein ist, könnte man damit eine Menge rausfinden, aber einen vollständigen Nachweis – leider nein. Dafür brauchte man, wie gesagt, Pflanzenteile.«

»Oder Bohnen?«

»Oder Bohnen. Frische, am besten.«

Whateley trank und schaute Kieffer dabei über den Rand seines Bierglases an. Als er sein Bitter abgesetzt hatte, sagte er: »Was für eine Sauerei ist das, Xavier?«

»Eine große, vermutlich. Wenn jemand Pflanzen im Kongo anbaut, ohne sie vorher durch die Quarantäne geschleust zu haben – wäre das irgendwie strafbar?«

»Kein afrikanischer Staat wird Ihnen erlauben, Kakaopflanzen einzuführen, ohne dass Sie alle möglichen Bescheinigungen vorlegen, vor allem eine Quarantänebescheinigung. Es wäre ein Bruch der Zollbestimmungen. Außerdem würde sich der, der so was macht, den Zorn der gesamten Kakaobranche zuziehen und wäre von da an persona non grata. Denn so was ist mordsgefährlich und unverantwortlich.«

Der Professor lächelte. »Sie haben sich übrigens vor der Antwort gedrückt.«

»Hm?«

»Die Sauerei. Wer genau steckt hinter dieser Firma? Sie wissen das doch bestimmt.«

»Noch nicht so richtig. Es gibt Hinweise darauf, dass ein Staatsfond der RBK beteiligt ist, vielleicht auch ein großer Lebensmittelkonzern.«

Whateley nickte langsam. »Falls jemand eine neue Sorte hat, die außerordentliche Vorteile besitzt – bessere Resistenz gegen Schädlinge, höherer Ertrag und dennoch hohe Geschmacksqualität, dann wäre das natürlich phänomenal. Und deshalb denkbar, dass er dieses Geheimnis für sich behalten will.«

»Weswegen er auf die Quarantäne verzichtet?«

»Möglich. Aber wenn es hier um Exklusivität geht, um einen Wettbewerbsvorsprung, hat diese Geheimniskrämerei dennoch wenig Sinn, finde ich.«

Kieffer zündete sich eine Ducal an.

»Wieso?«

»Weil man sich seinen Superkultivar ja auch einfach

patentieren lassen könnte. Dann hätte man ihn erst mal für sich.«

Der Koch blies Rauch aus. Whateley trat einen Schritt beiseite, um der Wolke auszuweichen.

»Es gibt eigentlich nur eine Möglichkeit, die Frage zu beantworten«, sagte er.

»Und die wäre?«

»Pflanzenmaterial aus Varanga, Xavier.«

»Ich verstehe«, sagte Kieffer. Er nahm einen sehr großen Schluck von seinem Bitter. »Ist aber verdammt weit weg. Kennen Sie vielleicht jemand da unten?«

»Im Befreiten Kongo? Nein. Ich kenne ein paar Leute in Abidjan, natürlich.«

Kieffer war nicht klar, warum es selbstverständlich war, dass man Kontakte in die Hauptstadt der Elfenbeinküste besaß. Er fragte den Professor danach.

»Abidjan ist Afrikas Schokoladenmetropole. Thierry-Dupont, Hüetli, Slugworth – alle haben Repräsentanzen vor Ort. Ich kenne dort ein paar Händler, außerdem ein paar andere Leute. Aber im Kongo … wenn Sie da mit jemandem sprechen möchten, kenne ich einen Journalisten, in Kinshasa. Er arbeitet für ein Investigativmagazin namens »La Voix du Peuple«.

»Können Sie mir seine Telefonnummer geben?«

»Gern.«

Nachdem sie ausgetrunken hatten, verabschiedete der Koch sich von Whateley und versprach dem Professor, sich zu melden, sobald er weitere Details zu der mysteriösen Kakaosorte in Erfahrung gebracht hatte.

Kieffer lief zum Bahnhof und nahm den nächsten Zug nach London. Während der Fahrt trudelte eine Nachricht von Valérie ein.

»Dinner im Hook um halb zehn?«

Er versprach, da zu sein. Den Rest der Fahrt starrte Kieffer aus dem Fenster. Von der Landschaft und den Ortschaften, die draußen vorbeizogen, bekam er kaum etwas mit. Als der Zug Paddington Station erreichte, stieg er aus und lief etwas ziellos durch den Bahnhof. Ihm blieb noch reichlich Zeit bis zum Abendessen.

Wann war er das letzte Mal in London gewesen? Es musste verdammt lange her sein. Wie viele Jahre waren seitdem vergangen? Zehn, fünfzehn? Es dürften eher zwanzig sein. Ihm wurde bewusst, dass er allmählich jenes Alter erreichte, in dem die Vergangenheit immer mehr verschwamm, in dem man sich nicht mehr erinnern konnte, was an einem bestimmten Ort oder bei einer bestimmten Gegebenheit im Einzelnen passiert war. Für einen trinkfreudigen Menschen wie ihn war das nicht unbedingt etwas gänzlich Neues. Aber inzwischen war mitunter nicht einmal mehr die Reihenfolge vergangener Ereignisse rekonstruierbar. Alles versuppte, verschwand im Zeitnebel.

Kieffer steuerte einen Coffeeshop in der Bahnhofshalle an und bestellte einen großen Americano. Damit setzte er sich in einen gemütlichen Ledersessel, aus dem er vermutlich nie wieder hochkommen würde. Der Koch überlegte, wie oft er in seinem Leben in London gewesen war. Viermal oder fünfmal, vermutete er. Einmal um Platten zu kaufen, in einem riesigen Virgin Store auf der Oxford Street. Ende der Achtziger hatte es dort Zeug gegeben, das man weder in Luxemburg noch in Trier bekommen konnte. Dann mit Esteban und Paul auf einer Sauftour, ein anderes Mal mit irgendeinem Mädchen, also Balztour. War das Mädchen vor der Sauftour gewesen oder danach? Was hatten sie sich damals angeschaut?

Wie hatte sie eigentlich geheißen? Warum vergaß man all diese Dinge? Kieffer schaute hinaus, in die Bahnhofshalle. Sie erinnerte ihn an irgendetwas.

Sie erinnerte ihn an Ketti. Mit ihr war er ebenfalls schon einmal in London gewesen, aufgrund des Anrufs eines französischen Bekannten. Der Mann (Jean? Jacques? Julien?) hatte sie kontaktiert, weil es Probleme mit seinem frisch eröffneten Restaurant in Mayfair gab. Noch am selben Tag waren sie hingeflogen, einfach so. Eine Woche, vielleicht auch zwei, hatten sie in Js Restaurant ausgeholfen. Pennten bis nachmittags bei irgendwelchen Köchen auf dem Sofa, dann ab in die Küche, danach der Tagelohn in bar, damit ab auf die Piste. Mithilfe von Koks oder Speed hielt man mühelos durch, bis morgens die ersten *greasy spoon cafés* öffneten. Erst nach dem Frühstück waren sie ins Bett gegangen.

Und irgendwann, da hatten sie hier gesessen, in Paddington, zusammen mit Tausenden anderen Menschen, die auch alle zum Flughafen wollten. Aber wegen irgendeines Problems war nichts mehr gegangen. Sie waren die halbe Nacht hier gewesen. Kieffer hatte rauchend auf dem Boden gesessen und ein Buch gelesen, während Ketti mit dem Kopf in seinem Schoß schlief. Erst am frühen Morgen war es ihnen gelungen, einen Flieger zurück nach Paris zu ergattern.

Kieffer konnte sie ganz genau sehen, wie sie dalag, den Kopf auf seinem schon ganz tauben Oberschenkel. Bei dem Buch hatte es sich um Léo Malets »Die Sonne scheint nicht für uns« gehandelt. Das wusste er noch. Warum die Züge nicht mehr gefahren waren, ob wegen eines Terroranschlags oder wegen eines schnöden Streiks, das hatte er längst vergessen.

Sein Handy brummte. Es handelte sich um eine Luxemburger Nummer, die ihm nichts sagte.

»Kieffer?«

»Josh hier, hallo.«

Einen Moment lang wusste Kieffer nicht, mit wem er es zu tun hatte. Dann fiel es ihm wieder ein.

»Josh O'Hanrahan von Silverstein Green? Hallo, wie geht's?«

»Spitze. Ich wollte mich nur kurz melden, wegen Kendra Asset Management.«

»Oh, toll, danke. Wer genau war das noch mal?«

»Das Ende eures Kaninchenbaus, die Firma hinter der 447b AG, der Hauptgesellschafter von Sijambo.«

»Ah, okay. Und wem gehört sie letztendlich?«

»Mit hundertprozentiger Sicherheit lässt sich das nicht sagen, weil es über die Caymans läuft, und in die Firmenkonstrukte da kann keiner reingucken. Aber ich bin mir ziemlich sicher, dass es sich um Hüetli handelt. Schon mal gehört?«

»Ja«, erwiderte Kieffer tonlos. »Ich weiß, wer das ist.«

»Also, wer genau wie viel Anteile an Kendra hält, kann ich dir nicht sagen. Aber ich habe rausgefunden, dass Fränzi Odermatt Kendras Aufsichtsratschefin ist. Und das deutet ja wohl stark drauf hin, dass Hüetli das alles kontrolliert.«

»Entschuldige, dass ich in diesen Dingen so unbewandert bin. Aber wer ist jetzt Fränzi Odermatt?«

»Na, Hüetlis gefürchteter Chief Operations Officer. Die Frau, die nächstes Jahr Witterling beerben wird.«

Matthieu Witterling war Hüetlis langjähriger Vorstandschef, das wusste Kieffer. Von der Dame hatte er hingegen noch nie gehört.

»Okay, vielen Dank. Das hilft mir weiter. Wie kann ich mich bei dir bedanken?«

»Mein Chef sagt, du würdest gute, wenn auch ein bisschen mickrige Lunchpakete machen.«

»Ich bring dir nächste Woche eins vorbei, das selbst Sykes satt machen würde.«

»Oh, wow. Deal«, sagte die Analystin. »Mir ist bewusst, dass es noch einen weiteren Gesellschafter gibt, Millo Negro Limited. Aber da bin ich noch gar nicht weitergekommen.«

»Okay. Wenn noch was rauskommt …«

»Klaro. Ich schick dir den ganzen Krempel gleich noch per Mail. Also dann, ich muss jetzt.«

Josh legte auf. Kieffer holte sein Handy heraus und suchte nach »Fränzi Odermatt«. Auf dem Smartphone erschien eine Frau Ende vierzig. Das Bild war von einem guten Fotografen gemacht und aufwendig bearbeitet worden. Man hatte die Kontraste auf weich und warm gestellt, damit die Managerin freundlich und zugänglich rüberkam. Genauso gut hätte man versuchen können, einen Hai Herzlichkeit ausstrahlen zu lassen.

Die Lektüre einiger Zeitungsartikel bestätigte Kieffers Eindruck. Odermatt war bei Hüetli in kurzer Zeit ganz nach oben gekommen, mit recht rüden Methoden. Vor ihrer Karriere bei dem Lebensmittelriesen hatte die Schweizerin bei einer großen Investmentbank gearbeitet. Das machte sie Kieffer nicht unbedingt sympathischer.

Der Koch stellte fest, dass sein Kaffee über die Lektüre kalt geworden war. Er erhob sich. Es war Zeit, sich auf den Weg zu Valérie zu machen. Gerade wollte er das Handy wegstecken, als sein Blick auf ein Wort im nächsten Absatz fiel.

»Hexe« stand da.

Er scrollte ein Stück weiter und las die ganze Passage.

> … ist Odermatt auch deshalb innerhalb der Firma nicht unumstritten. Kritiker sagen ihr nach, sie sei rachsüchtig und gehe gegen jeden, der eine andere Meinung vertrete, unerbittlich vor. »Im Middlemanagement haben alle Angst vor der«, erzählt ein Hüetli-Gewerkschafter. In Anlehnung an den Namen jener Appenzeller Gemeinde, aus der Odermatt ursprünglich stammt, bezeichneten Mitarbeiter die Managerin als »Die Hexe von Hundwil«. In den vergangenen Monaten …

Kieffer steckte das Handy weg und ging in Richtung Ausgang. Mit einem Mal hatte er es sehr eilig. Es schien, als habe er Kettis Hexe gefunden. Allmählich bekam er eine Ahnung, wie das alles zusammenhing.

22

Kieffer schaute auf sein Handy. Als Valérie bemerkte, dass er seine Bordkarte überprüfte, steckte der Koch das Telefon rasch weg.

»Der Flug geht um 14:10, Gate D50«, sagte sie. »Langsam müsstest du das doch wissen, Süßer. Hast es schon x-mal nachgeschaut.«

Kieffer nickte stumm. Sie hatten nur Handgepäck dabei, deshalb konnten sie direkt zu dem Satelliten laufen, von dem ihr Flug ging – genauer gesagt Valéries Flug. Kieffer schaute hoch, zu den Wegweisern. Seine Freundin zupfte ihn am Arm.

»Nein, nicht 2F. Wir müssen nach 2D. Was ist eigentlich los mit dir? Du warst doch schon tausendmal hier.«

Sie liefen weiter, in Richtung 2D. Kieffer schaute auf die Uhr. Es blieb nicht mehr allzu viel Zeit.

»Wir haben doch noch genug Zeit, oder?«, sagte er.

»Ja, wieso?«

»Ich habe ein bisschen Hunger. Und wenn ich mich richtig entsinne … sobald man an diesem elenden Flughafen durch die Kontrolle ist, kommen keine Shops mehr. Nur so ein Kiosk mit pappigen Croissants.«

Valérie schaute auf ihre Uhr. »Ja, das stimmt. An den Gates ist es ziemlich trostlos. Lass uns halt noch in die Lounge von Air France gehen. Ich kann dich als Gast mit reinnehmen.«

Kieffer stimmte zu. In der Lounge suchten sie sich eine ruhige Ecke. Der Koch erklärte Valérie, sie könne gern ihren Laptop auspacken und ein wenig arbeiten. Er werde sich in der Zwischenzeit über das Buffet hermachen. Wie erwartet, ließ seine Freundin sich das nicht zweimal sagen. Kurz darauf war sie in E-Mails und Excel-Tabellen versunken. Als Kieffer sich leise erhob und mit seiner Tasche in der Hand Richtung WC verschwand, schaute sie noch nicht einmal auf.

Zügig ging der Koch an der Toilette vorbei. Das reichhaltige Buffet ignorierte er. Schon war er am Ausgang angekommen und verließ die Lounge. Sobald er draußen war, begann er zu rennen, in Richtung des Satelliten 2F. Als er schweißgebadet am Gate ankam, hörte er aus dem Lautsprecher über sich bereits die Durchsage: »Passagier Xavier Kieffer, gebucht auf den Air-France-Flug 814 nach Kinshasa wird dringend gebeten, sich umgehend zu Gate F30 zu begeben.«

Ob Valérie die Durchsage wohl gehört hatte? Er wusste es nicht. So oder so würde sie ihn vierteilen. Sobald er zurück war, konnten sie meinetwegen zur Polizei gehen und Lobato von den Diamanten erzählen, die er in der Schokolade gefunden hatte und von dem wahren Grund für Kettis Tod. Vorausgesetzt, Valérie redete dann noch mit ihm.

Er zeigte seinen Pass und das Handy mit der Bordkarte vor. Als Kieffer schweißgebadet in seinem Sitz Platz genommen hatte, konnte er sein Herz hämmern hören. Es lag sicherlich auch an dem Gerenne. Aber was seinen Puls mindestens ebenso sehr beschleunigte, war die panische Angst, eine Riesendummheit zu begehen, etwas zu tun, das ihm eigentlich schon jetzt leidtat. Aber manchmal blieb einem keine andere Wahl.

»… mein Name ist Pierre LeFabre, ich bin heute Ihr Erster Offizier. Die Flugzeit wird voraussichtlich neun Stunden und dreißig Minuten betragen.«

Kieffer holte sein Handy heraus und schrieb eine Nachricht an Valérie.

»Es tut mir leid. Bitte verzeih mir.«

Dann schaltete er das Gerät ab, schloss die Augen und lehnte sich zurück. Eine Träne lief seine Wange hinab. Es würde ein langer Flug werden.

23

Kieffer lag auf dem Bett des Hotelzimmers und starrte die von feinen Rissen durchzogene Decke an. Er hatte sich in einem Vier-Sterne-Hotel nahe dem Zentrum eingemietet. Von außen wirkte das »Grand International Kinshasa« halbwegs passabel, von innen erinnerte es eher an eine Pension denn an ein gehobenes Etablissement – zumindest, wenn man europäische Maßstäbe anlegte. Immerhin war sein Zimmer halbwegs sauber, und Ungeziefer hatte er auch noch keines zu Gesicht bekommen.

Es klopfte. Kieffer kam hoch, setzte sich auf die Bettkante. Bevor er aufstehen konnte, ertönte von der anderen Seite der Tür eine Männerstimme in stark akzentuiertem Französisch: »C'est l'amourr qui frrappe à la porrte!«

Kieffer ließ den Kopf sinken. Gestern hatte die Liebe schon einmal an seine Tür geklopft. Zunächst hatte er gar nicht kapiert, was der Mann wollte – bis ihm klar geworden war, dass es sich um den örtlichen Zuhälter handelte.

Erneut klopfte es sehr energisch, aber Kieffer ließ die Liebe vor der Tür versauern. Der Koch wartete, bis er Schritte vernahm und sicher war, dass der Zuhälter sich entfernt hatte. Erst dann erhob er sich. In dem schief hängenden Spiegel gegenüber dem Bett sah er einen müden, zerknitterten Mann. Nicht zum ersten Mal fragte er sich, was er hier wollte. Nein, das war nicht ganz korrekt. Kieffer wusste, warum er hier war. Er wollte nach Varanga. Er wollte dorthin, wo sich die Antwort auf die Frage befand, warum Ketti hatte sterben müssen.

Problematischer als das Warum gestaltete sich das Wie. Kinshasa lag an der Grenze zwischen der Demokratischen Republik Kongo und der Republik Kongo. Kettis Kakaoplantage befand sich in keiner von beiden, sondern in der Republik des Befreiten Kongo, weiter im Norden. Der Koch hatte sich das in der Kartenapp seines Telefons angeschaut, allerdings nicht allzu genau. Nun musste er feststellen, dass die Entfernungen viel größer waren, als man auf den ersten Blick sah. Von Kinshasa bis nach Varanga war es in etwa so weit wie von Luxemburg nach Neapel, fast zweitausend Kilometer. Und irgendwie hatte er die Vermutung, dass es keine dreispurige Autobahn gab, die einen hinbrachte.

Kieffer checkte sein Handy. Er wartete noch immer auf einen Rückruf Benoît Massambas, jenes Journalisten, dessen Nummer Professor Whateley ihm gegeben hatte. Trotz mehrerer Nachrichten auf Massambas Anrufbeantworter war ein Rückruf bisher ausgeblieben.

Die Anrufe seiner Freundin hatten inzwischen aufgehört, ebenso wie die zunächst mit Flüchen gespickten, später beschwörenden, ja flehentlichen Textnachrichten. Es war entsetzlich, was er Valérie da antat. Aber wenn er mit ihr redete, würde er binnen Minuten kapitulieren. Schließlich wusste er, dass all dies eine Schnapsidee war, und gefährlich obendrein. Zwei, drei Sätze würden reichen, ihn zu überzeugen. Vermutlich wäre es ganz egal, was Valérie sagte. Der Klang ihrer Stimme würde ausreichen. Minuten später wäre er auf dem Weg zum Airport, um den nächsten Flug zu ergattern, nach Paris, Rom, London – ganz egal, nur weg von hier.

Und deshalb war er nicht rangegangen. Das Gleiche galt für die Anrufe von Pekka.

Kieffer ging zum Fenster. Vor ihm erstreckte sich das Zentrum Kinshasas, eine Ansammlung brutalistischer Betonklötze aus den Siebzigern und Achtzigern. Gegenüber dem Hotel hing ein riesiges Plakat, das einen Politiker zeigte. Darunter stand: »Voici l'homme qui plaît« – das ist der Mann, der gefällt. Kieffer gefiel er nicht, er sah wie ein Halunke aus. Handelte es sich um den kongolesischen Präsidenten? In diesem Fall lag er, nach dem wenigen, was er über die Politik dieses Landes wusste, mit seinem Gefühl vermutlich richtig.

Linker Hand konnte er den Kongo-Fluss sehen, ein immens breites Gewässer, auf dessen gegenüberliegender Seite sich Brazzaville erstreckte, die Hauptstadt eines der anderen Kongos. Das Wasser des Flusses war grau und trübe, genauso wie der Himmel.

Es klopfte an der Tür. Kieffer entfuhr ein Seufzer. Die Liebe war hartnäckig heute.

»Gehen Sie weg!«, rief er auf Französisch.

Das Klopfen wiederholte sich. Diesmal klang es noch energischer. Es war wohl ein Fehler gewesen, dem Zuhälter zu antworten. Nun wusste er, dass jemand im Zimmer war und würde keine Ruhe geben, bis Kieffer ihm zumindest irgendein Bakschisch gezahlt hatte, eine Gebühr dafür, dass er mit niemandem schlafen musste.

»Ich habe kein Interesse«, rief der Koch. »Verkaufen Sie Ihre Liebe jemand anders.«

Eine Stimme auf der anderen Seite sagte: »Monsieur Kieffer?«

Der Koch ging zur Zimmertür, linste durch den Spion. Auf der anderen Seite stand ein rundlicher Mann im Anzug. Wie ein Zuhälter sah er nicht aus, eher wie ein Geschäftsmann. Kieffer legte die Kette vor und zog die Tür einen Spalt weit auf. Nun, da der Türspion seine Proportionen nicht mehr verzerrte, wirkte der Mann geradezu schlank. Er war sehr elegant gekleidet, graue Hose, blauer Blazer mit Einstecktuch, Hemd mit Umschlagmanschetten. Ein Paar wacher Augen schaute Kieffer belustigt an.

»Wie war das mit der Liebe?«

»Verzeihen Sie. Da war vorhin ein … der örtliche …«

Der Mann zog die Augenbrauen hoch und entblößte eine Reihe weißer Zähne.

»Ich verstehe. Guten Abend, Monsieur. Ich bin nicht in Sachen Liebe unterwegs, sondern in Sachen Wahrheit.«

»Monsieur Massamba?«

»Derselbe.«

»Warten Sie einen Moment. Ich mache Ihnen auf.«

24

»Sie müssen Ihre Tür übrigens nicht verriegeln. Es ist völlig ungefährlich in Kinshasa.«

Massamba und Kieffer saßen in einer Straßenbar und tranken Gin Tonic. Der Koch hatte dem Journalisten gebeichtet, er habe sein Hotel bisher kaum verlassen. Daraufhin war er von Massamba in ein Viertel namens Barumbu geschleppt worden, das in der Nähe des Hafens lag. Anders als in der relativ ruhigen Innenstadt herrschte hier rege Betriebsamkeit. Es schien sich um eine Art Ausgehmeile zu handeln, Bars und Cafés reihten sich aneinander. Auf der Straße vor ihnen stauten sich Fahrzeuge aller Art, Autos, Laster, Mopeds. Der Übergang zwischen Fahrbahn und Trottoir war fließend – auch, weil es keine Bordsteine gab. Massamba und Kieffer saßen draußen, halb auf der Straße, halb auf einer provisorischen Terrasse. Der Laden hieß »Puma Bar«. Das zumindest stand auf einem großen, handgemalten Schild über dem Eingang, auf dem aus unerfindlichen Gründen auch die Freiheitsstatue zu sehen war.

Kieffer griff nach seinem Drink. Ihm fiel ein, dass man in Entwicklungsländern keine Drinks mit Eis zu sich nehmen sollte, da dafür möglicherweise mit Keimen kontaminiertes Leitungswasser verwendet wurde. Für diese Erkenntnis war es allerdings ein bisschen spät, denn er hatte vorhin schon einmal genippt. Dennoch stellte er den Drink wieder ab und griff nach der Flasche Beefeater, die zwischen ihnen auf dem Tisch stand. Erst nachdem er Schnaps nachgegossen und damit hoffentlich alle Viren, Keime oder was auch immer getötet hatte, nahm er einen großen Schluck.

»Sie meinen, Kinshasa ist ungefährlich?«

Massamba machte eine ausufernde Handbewegung. »Kinshasa, der Kongo. Alles ungefährlich, zumindest zu neunzig Prozent. Einfach die restlichen zehn Prozent meiden.«

Einen Moment lang schauten sie hinaus auf die staubige, nur spärlich beleuchtete Straße. Es ging gegen neun Uhr, die Sonne war schon vor Stunden untergegangen. Er fragte Massamba, woher dieser den Professor kannte.

»Ich habe George in Amsterdam kennengelernt, vor ein paar Jahren, auf der World Cocoa Conference.«

»Ist Kakao Ihr Spezialgebiet?«

»Nicht zwingend. Ich bin Wirtschaftsjournalist. Aber da Kakao einer der wichtigsten Exportartikel Westafrikas ist, kommt man oft damit in Berührung. Und natürlich laufen da viele krumme Dinger.«

»Wie zum Beispiel?«

»Vor allem Kinderarbeit. Kakaofrüchte müssen von Hand geerntet und geöffnet werden, mit der Machete. Die Früchte wachsen am Baum, und die Stielverbindung muss sehr vorsichtig durchtrennt werden.«

»Warum das?«

»Weil an der Stelle sonst keine neuen Blüten sprießen.

Auch die Früchte schlägt man einzeln mit der Machete auf. Das muss ebenfalls behutsam geschehen, damit die Bohnen im Inneren nicht beschädigt werden. Eine sehr harte Arbeit ist das – Hunderte Früchte am Tag aufschlagen, Bohnen und Pulpe rausholen. Dafür werden vor allem Kinder eingesetzt.«

»Reden wir von Kakaofarmern, die ihre Kinder mitarbeiten lassen oder …«

Massamba lachte. Es klang ziemlich verbittert.

»Das ist es, was die Regierungen behaupten und die Kakaohändler natürlich. Dass die ganze Familie bei der Ernte mithilft, klingt nicht so schlimm, oder? Das war in Europa vor gar nicht allzu langer Zeit auch noch üblich, nicht wahr?«

Kieffer machte eine zustimmende Geste.

»Aber diese Kinder, die kommen nicht aus Ghana, aus der Elfenbeinküste oder dem Kongo. Die kommen von weiter aus dem Norden, wo die wirtschaftliche Lage noch schlechter ist. Es gibt Dörfer in Mali oder Burkina, da können sie so einen Neun- oder Zehnjährigen kaufen, für achthundert Dollar.«

»Als Sklaven?«

»Ja. Lieferung über die grüne Grenze inklusive.«

»Und wie oft passiert das?«

»Man schätzt, dass auf den Kakaoplantagen in Westafrika bis zu zwei Millionen Kinder arbeiten. Wie viele davon Sklaven sind, weiß niemand. Aber es dürften Hunderttausende sein.«

»Und was wird dagegen getan?«

»Ein paar große Schokoladenhersteller haben Programme gegen Kinderarbeit – Zertifizierung der Plantagen und so weiter. Aber das ist vor allem eine PR-Maßnahme, denke ich. Ich habe dazu vor ein paar Jahren mal eine große Reportage veröffentlicht, die wurde dann im ›Guardian‹ nachgedruckt, und in ›Liberation‹. Es gab auch einen Dokumentarfilm. Seitdem sind die Verbraucher in Europa ein bisschen beunruhigt. Aber nur ein bisschen. Da gibt es dann noch ein Fairer-Handel-Siegel mehr, aber geändert hat sich wenig.«

Kieffer schüttelte den Kopf.

»Das folgt«, fuhr Massamba fort, »alles einem altbekannten Muster, leider. In den späten Neunzigern gab es schon mal eine große Absichtserklärung, das Harkin-Engel-Protokoll. Darin haben sich alle großen Hersteller verpflichtet, nur noch von Plantagen zu kaufen, wo keine Kinder arbeiten. Ist aber nie passiert. Liegt auch am Konsumenten.«

»Die Verbraucher wollen billige Schokolade?«

»Leute wie Sie, aus Deutschland, die fragen inzwischen nach. Aber gerade wird Schokolade in China und Indien populär, und die haben noch kein Qualitätsbewusstsein. Die wollen, dass es vor allem …«, Massambas Stimme erstarb. »Was gucken Sie so? Sie schauen drein, als hätte Ihnen einer auf den Schlips getreten. War ich's?«

»Nein, schon in Ordnung. Es ist nur … ich bin kein Deutscher.«

»Ah. Verzeihung. Der Nachname …«, Massamba senkte seine Stimme ein wenig, sodass nur Kieffer ihn hören konnte.

»Sind Sie etwa Belgier? Verstehen Sie mich nicht falsch, ich habe keinerlei Vorurteile. Aber manche Leute hier …«

Kieffer nickte. Er kannte sich mit der Geschichte des Landes nicht allzu gut aus. Aber er wusste, dass der Kongo eine belgische Kolonie gewesen war, Privatbesitz

König Leopolds. Dessen Soldaten hatten die örtliche Bevölkerung über Jahrzehnte wie Leibeigene behandelt. Die Privatarmeee des Königs war für entsetzliche Gemetzel verantwortlich, bei denen Abertausende umgekommen waren.

»Ich bin Luxemburger.«

»Ah, ich bitte um Entschuldigung.«

Kieffer lächelte. »Kein Problem. Wir Luxemburger sind, was Kolonialgeschichte in Afrika angeht, vermutlich ziemlich unverdächtig. Jedes Land in Europa war irgendwann mal ein Imperium, nur wir nicht.«

»Das stimmt wohl. Wobei ich Ihnen erzählen könnte, dass während der Kolonialära neben den Belgiern auch die Luxemburger hier waren.«

»Wie bitte?«

»Ich habe das mal irgendwo gelesen«, erwiderte Massamba, »die meisten Kongolesen wissen das nicht mehr und«, er zwinkerte dem Koch zu, »die Luxemburger offenbar auch nicht. Aber Sie hatten wohl mal eine Wirtschaftsunion mit den Belgiern, kann das sein?«

Kieffer nickte. Bis zur Einführung des Euro hatte das Großherzogtum sich mit dem Nachbarland sogar eine Währung geteilt, den Franc oder Frang, wie er auf Luxemburgisch hieß.

»Und deshalb waren wohl auch Luxemburger hier, quasi huckepack. Der Kongo war also auch Ihre Kolonie, zumindest ein bisschen.«

Der Koch musterte Massamba. Dieser war augenscheinlich jemand, der gern Geschichten erzählte – eine Berufskrankheit, zweifellos. Aber waren die Geschichten wahr? Das mit den luxemburgischen Kolonialherren war eine Anekdote, die er nicht so recht glauben konnte.

»Sehr interessant«, sagte Kieffer. »Aber noch mal zurück zum Kakao. Im Varanga-Nationalpark, in der Republik des Befreiten Kongo, soll es eine besonders moderne Plantage geben. Sie baut neuartige Kakaosorten an. Und der Kakao wird direkt vor Ort verarbeitet. Und dort wird sogar Schokolade hergestellt.«

Massamba hob eine Hand, um Kieffer Einhalt zu gebieten.

»Moment, Moment. Bis zu den neuen Kakakovarietäten bin ich mitgekommen. Aber dann ... dort wird Schokolade produziert? Sind Sie sicher?«

»Nun, die ... die Produktionsleiterin hat mir das erzählt.«

»Das wäre aber sehr ungewöhnlich. In Afrika wird fast keine Schokolade produziert, aus naheliegenden Gründen.«

»Die da wären?«

»Zu wenig qualifizierte Leute. Zu heiß. Zu unsicher. Hohe Zölle, wenn man die Schokolade dann exportieren will.«

»Nun, SijamboChocolate hat es trotzdem versucht.«

»Wer steckt dahinter?«, fragte Massamba.

»Zunächst dachte ich, nur ein paar Idealisten. Meine Bekannte, die dort Geschäftsführerin war, die war so. Aber offenbar wird diese Plantage von der Regierung finanziert, möglicherweise gemeinsam mit Hüetli und noch jemandem.«

Massamba war still geworden. »Der Schweizer Lebensmittelkonzern?«

Kieffer bejahte es.

»Und das können Sie beweisen?«

»Die Firmenverbindungen? Ich denke schon. Die Do

kumentation der Verflechtungen«, er tippte auf seine Brusttasche, »habe ich auf dem Handy. Was ich hingegen nicht weiß, ist, was genau da angepflanzt wird.«

Kieffer zeigte dem Journalisten Kettis Fotos der Kakaobäume und erzählte ihm, was Professor Whateley darüber gesagt hatte. Er erklärte Massamba auch, dass möglicherweise Pflanzen ohne Beachtung der Quarantänevorschriften eingeführt worden seien.

Massamba verschränkte die Arme und musterte den Koch. »Und jetzt wollen Sie was tun?«

»Ich würde mich da gern mal umsehen. Und für den Professor eine Pflanze mitnehmen.«

Massamba kratzte sich am Kinn. »Nicht so einfach, vermute ich.«

»Wieso?«

»Im Befreiten Kongo, ein schlimmer Euphemismus übrigens, ist es nicht so ruhig wie bei uns. Da sind noch Rebellen unterwegs.«

»Die was wollen?«

»Den Befreiten Kongo befreien. Es ist kompliziert. Auf jeden Fall können Sie nicht einfach einen Linienflug nach Varanga nehmen. Erstens gibt es keinen. Zweitens brauchen Sie wen, der sich auskennt. Mich zum Beispiel.«

»Sie? Warum wollen Sie mir helfen?«

»Ganz ehrlich: Wenn es diese Plantage wirklich gibt, und wenn dort nicht durch die Quarantäne gegangene Pflanzen angebaut werden, ist das eine Riesengeschichte. Dann muss die Wahrheit ganz energisch an die Tür klopfen. Und Sie im Zweifelsfall auch eintreten.«

»Sie sollten wissen«, sagte Kieffer leise, »dass Sijambos Geschäftsführerin vor vierzehn Tagen ermordet worden ist.«

Massamba nickte grimmig. »So eine Geschichte ist das also.«

»Ich befürchte ja.«

Der Journalist überlegte kurz. »Hören Sie zu, Monsieur Xavier Kieffer aus Luxemburg. Benoît Massamba macht Ihnen ein Angebot. Sie geben mir diese Dokumentation über die Firmenverflechtungen, damit ich überprüfen kann, ob Ihre Theorie Hand und Fuß hat. Ich höre mich außerdem mal um, wegen dieser geheimnisvollen Plantage. Und wir treffen uns morgen wieder, zum Mittagessen.«

»Und dann?«

»Wenn mir das alles glaubhaft erscheint, gehen wir für Sie eine Expeditionsausrüstung kaufen – vor allem vernünftige Schuhe brauchen Sie, wenn ich Ihre alten Treter da sehe. Und dann reisen wir los. Sind Sie solvent?«

»Ich habe genug Geld.«

»Gut. Nehmen Sie was davon mit, in bar. Dollar oder Euro. Die Sache könnte ein bisschen was kosten.«

25

Kieffer hatte sich eingebildet, kein allzu furchtsamer Mensch zu sein. Nun jedoch war seine Angst geradezu körperlich. Er schwitzte, zitterte, in seinem Magen rumorte es ganz gewaltig. Vermutlich war es keine gute Idee gewesen, das Cossa Cossa zu essen, eine lokale Spezialität, die Massamba ihm angepriesen hatte: Garnelen aus dem Kongofluss in bestialisch scharfer Soße.

Aber der wahre Grund für die Magenverstimmung war das Flugzeug, in dem sie in erschreckend geringer Höhe über die Baumwipfel flogen. Es handelte sich um eine alte Cessna. Beim Einsteigen waren Kieffer die vielen notdürftig geflickten Stellen an Rumpf und Tragflächen aufgefallen. Auch der Start hatte ihn beunruhigt. Erst beim dritten Mal war der Motor angesprungen. Massamba hatte ihn mit der Bemerkung zu beruhigen versucht, dass diese kleinen Maschinen im Allgemeinen recht zuverlässig seien und nur selten abstürzten.

Kieffer wollte nicht selten abstürzen, sondern überhaupt nicht. Er riskierte einen Blick nach unten. Nachdem sie lange über Savanne geflogen waren, befanden sie sich nun über dichtem Waldgebiet. Nebel zerfloss zwischen den Wipfeln wie Trockeneis. Ihre Flughöhe konnte kaum mehr als hundertfünfzig Meter betragen. Der Wald erstreckte sich so weit das Auge reichte. Falls der Motor den Geist aufgab, würden sie nirgendwo notlanden können. Und selbst wenn der Pilot, ein versoffen aussehender, schweigsamer Mittfünfziger die Maschine irgendwo heil herunterbrächte, würde sie niemand je finden. Die letzte Straße hatte Kieffer vor über einer Stunde gesehen.

Massamba zufolge war es zwar durchaus möglich, mit einer regulären Maschine von Kinshasa in einer Stadt in der Nähe des Varanga-Nationalparks zu landen. Allerdings musste man danach mit dem Auto die Staatsgrenze überqueren. Die Regierung der Republik des Befreiten Kongo habe jedoch strenge Kontrollen angeordnet. Das noch junge Land und seine Politiker wollten den angrenzenden Staaten auf diese Weise zeigen, dass ihre Souveränität eine ernste Angelegenheit sei.

Nach Darstellung des Journalisten war das Resultat dieser Maßnahmen, dass so ziemlich jeder, der in die RBK wollte, die grünen Grenzen benutzte. Anders als die drei offiziellen Übergänge wurde diese anscheinend überhaupt nicht bewacht. Ihr Plan war, nahe einem kleinen, von den Rebellen kontrollierten Dorf namens Katiro zu landen und dort einen Jeep zu mieten.

Unter ihnen lockerte sich die Wolkendecke auf. In der Ferne konnte Kieffer Berggipfel erkennen. Der Motor der Cessna gab einige rachitische Sprotzer von sich, die Maschine sackte durch. Panisch krallte Kieffer sich in seinen Sitz.

»Was ist los?«, rief er.

»Nichts, Monsieur Xavier«, erwiderte Massamba. »Wir sind im Landeanflug auf Katiro, das ist alles.«

Kieffer beugte sich vor, um aus dem Cockpitfenster schauen zu können. In einiger Entfernung ließ sich tatsächlich ein Dorf ausmachen. Es bestand aus vielleicht dreißig, vierzig Hütten. Am Rande der Siedlung gab es eine Landebahn. Keine aus Asphalt, es handelte sich einfach um eine Stelle, die frei von dem hohen Gras war, das ansonsten überall wuchs.

Die Landung war noch schlimmer als der Flug, aber irgendwie überstand er es. Sie kletterten aus der Maschine und zogen ihre Rucksäcke aus dem Gepäckfach im Rumpf. Kieffer schaute sich um. In vielleicht hundert Metern Entfernung konnte er zwei in Camouflage gewandete Schwarze ausmachen. Beide hockten im Gras, Sturmgewehre lagen über ihren gekreuzten Beinen.

Auch die Sache mit den Rebellen machte Kieffer nervös. Zu Massamba gewandt, sagte er: »Sind die gefährlich?«

»Nein, völlig harmlos. Und sehr gastfreundlich.«

»Jetzt übertreiben Sie aber«, erwiderte Kieffer.

»Kein bisschen. Afrikanische Politik ist für Außenstehende manchmal schwer zu verstehen, zugegeben. Schauen Sie, es läuft folgendermaßen. Die Regierung kann die Grenzen nicht bewachen. Sie hat zu wenig Soldaten, und sie kontrolliert sowieso nur Teile des Staatsgebiets. Den Rest beanspruchen mehrere Rebellengruppen, wie diese hier vom CPR, Corps du Paix Révolutionaire. Durch die strengen Grenzkontrollen an den drei Übergängen wahrt die RBK-Regierung dennoch ihr Gesicht. Natürlich weiß sie, dass die Rebellen ihre Politik unterlaufen und Leute über die grüne Grenze ins Land kommen. Aber sie tut nichts dagegen.«

»Nichts?«

Sie waren inzwischen fast bei den Männern angelangt. Massamba grüßte sie freundlich in einer Sprache, die Kieffer nicht verstand. Die Rebellen grüßten zurück, sahen dabei aber nicht einmal richtig auf. Kurz darauf erreichten Massamba und Kieffer zwei Wellblechhütten. Über der einen war ein farbenfrohes Schild montiert, auf dem »Kitaro Airport« stand, vermutlich Check-In und Gate in einem. Bei der zweiten handelte es sich um eine Art Kiosk, der Erfrischungen und Reisebedarf zu verkaufen schien.

»Wir kaufen etwas«, verkündete Massamba.

»Brauchen wir denn was?«

»Nein. Aber wir tun es trotzdem.«

Kieffer erwarb zwei Dosen Pepsi Max sowie ein Handy-Ladekabel. Massamba kaufte mehrere Energieriegel mit chinesischer Beschriftung.

»Sehen Sie«, sagte der Journalist, »seit Frieden ist, haben die Rebellen nichts mehr zu tun. Deshalb betreiben sie den Flughafen, verkaufen Limo, vermieten Jeeps. Das ist allemal besser, als wenn sie Reisenden auflauern und sie ausrauben oder Regierungstruppen beschießen. Deshalb ist dieser kleine Grenzverkehr der Regierung ganz recht, obwohl er ihr eigentlich nicht recht ist. Alle wahren ihr Gesicht, alle haben was davon. Und jetzt fragen wir mal bei Colonel Ihijike nach, wie weit es bis zu dieser Plantage ist.«

Der Kommandant entpuppte sich als ein vielleicht vierzigjähriger Mann mit Goldringen an den Fingern und braunen Zähnen im Mund. Nachdem sie einander vorgestellt hatten, wechselten Ihijike und Massamba in eine Sprache, die, wie Kieffer inzwischen erfahren hatte, Kikongo hieß.

Während die beiden sich unterhielten, schaute Kieffer sich ein wenig um. Die meisten der Hütten waren aus Wellblech, einige aus Holz. An vielen hingen Schilder, auf denen Dienstleistungen angepriesen wurden. Es gab einen Barbier, zwei Cafés, einen Imbiss, diverse Läden mit Klamotten und Reisebedarf. In der Ferne konnte Kieffer einen hohen, vulkanisch anmutenden Gipfel erkennen, teilweise im Nebel verborgen. Er holte sein Telefon hervor und machte ein Foto. Netz gab es keines, was ihn nicht sonderlich überraschte. Allerdings stand über einer der Hütten »Cyber Odéon« und darunter »Top Fast Internet«. Kieffer überlegte einen Moment, ob er hineingehen sollte, als ihm jemand auf die Schulter tippte. Es war Massamba.

»Colonel Ihijike sagt, er weiß von dieser Plantage.«

»Wirklich?«

»Ja. Sie liegt etwa fünfzig Kilometer nördlich von hier, am Rande eines Naturschutzgebiets, das für seine Gorillas bekannt ist. Dort gibt es eine Reihe von Kakaoplantagen. Die sind alle sehr klein. Zwei, drei Hektar pro Farmer, Subsistenzwirtschaft. Aber vor einigen Jahren ist dort eine moderne, größere Plantage entstanden.«

»Weiß er, wer die Plantage betreibt?«

»Irgendwelche Weißen, sagt er. Von den Kakaofarmern aus der Gegend wissen die Rebellen außerdem, dass die Plantage gut gesichert ist, mit Zäunen. Einige vertreten die Theorie, dass der Kakao nur Tarnung sei und es sich bei der Anlage um ein geheimes Waffenlager der Regierung handelt, oder vielleicht um eine Art Gefängnis. Aber Ihijike hält das für Unsinn.«

»Weshalb?«

»Weil er schon mal in einem Regierungsgefängnis gesessen hat. Und die sehen nicht so modern aus, sagt er.«

»Wird er uns helfen, hineinzukommen?«

»Nein. Er sagt, damit handelt er sich unter Umständen viel Ärger ein. Der Bürgerkrieg ist vorbei, weitgehend, und er möchte die Regierung nicht provozieren. Aber er würde uns für eine kleine Spende einen Jeep mit Fahrer stellen, der uns in die Nähe bringt, zur Kakaoplantage eines Bauern, den der Colonel kennt. Der kann uns vielleicht sagen, wie wir in die Plantage kommen, ohne dass wir über irgendwelche Zäune klettern müssen.«

»Okay.«

»Gut. Dann sage ich Ihijike Bescheid.«

Massamba schickte sich an, zurück zu einer Wellblechhütte zu gehen, über der ein Schild mit der Aufschrift »Bureau du Commandant« hing. Er war schon halb weg, als Kieffer ihm nachrief.

»Benoît?«

»Ja, bitte?«

»Wegen was wurde dieser Bürgerkrieg eigentlich geführt?«

»Schwer zu erklären. Es hat zum einen etwas mit Rivalitäten zwischen verschiedenen ethnischen Gruppen in der Region zu tun, mit Stammeszugehörigkeiten. Zum anderen mit politischen Ideologien. Aber im Wesentlichen ging es darum, wer die Diamantenvorkommen in der Region kontrolliert. Die sind nämlich beträchtlich.«

Kieffer nickte. »Ich verstehe.«

26

Die Route führte zunächst durch leicht, dann durch immer dichter bewaldetes Gebiet. Zweieinhalb Stunden lang fuhren sie über eine Piste, die nur mit viel Wohlwollen als Straße durchging. Rechts und links von ihnen erhob sich eine grüne Wand aus Bäumen und Büschen. Auf einmal hielt der Jeep ohne Vorwarnung an. Als der Fahrtwind nachließ, begann der Schweiß Kieffer fast augenblicklich in Strömen das Gesicht und den Rücken herabzulaufen.

»Wir sind da«, sagte Massamba.

Es gab nichts, das diesen Abschnitt der Straße von den vorangegangenen zehn Kilometern unterschied, aber Kieffer tat es den anderen nach und stieg aus. Die Luft war sehr feucht. Um sie herum erhoben sich gut zehn Meter hohe Bäume, die von Kletterpflanzen überwuchert waren. Der Koch schaute sich um. Außer Massamba, den beiden Soldaten und ihm war weit und breit niemand zu sehen. Auch während der Fahrt war ihnen keine Menschenseele begegnet.

Sie hievten ihre Rucksäcke von der Ladefläche. Den Rebellen zufolge war es von hier höchstens ein Kilometer bis zu der kleinen Plantage, auf der sie ihren Kontaktmann treffen würden. Einer der Soldaten kletterte in den hinteren Teil des Jeeps und begann, sich an einer länglichen Kiste zu schaffen zu machen. Er öffnete sie. Darin befanden sich mehrere Sturmgewehre und Pistolen. Der Mann griff sich zwei Kalaschnikows und hielt jedem von ihnen eine hin.

»Um Gottes willen«, entfuhr es Kieffer.

Massamba schaute ihn an. »Können Sie mit so was umgehen?«

»Ich war früher mal im Schützenverein, wenn Sie das meinen.«

»Aber?«

»Aber das hier ist ein Sturmgewehr. Wir wollen doch niemanden …«

Massamba griff nach einem der Gewehre. Der Rebell hielt Kieffer immer noch das andere hin.

»Ich werde auf niemand schießen«, erwiderte der Koch.

Der Mann und Massamba wechselten ein paar Sätze in ihrer Sprache. An Kieffer gewandt sagte der Journalist: »Er gibt uns die Kalaschnikows nicht, damit wir jemand erschießen. Sondern, weil es in diesem Wald wilde Tiere gibt.«

»Ich werde auch nicht auf Berggorillas schießen«, sagte Kieffer. Er seufzte. »Wenn eine Waffe sein muss, soll er mir eine Pistole geben.«

Der Mann nickte. Er legte das Sturmgewehr weg und gab Kieffer stattdessen eine Halbautomatik. Dabei verzog er das Gesicht und sagte etwas auf Kikongo.

»Er meint, mit der Pistole können Sie nicht viel ausrichten, vor allem nicht gegen Gorillas oder Hylos.«

»Wogegen?

»Riesenwaldschweine. Die Viecher wiegen bis zu einer Vierteltonne.«

»Ich riskier's.«

Kieffer steckte die Pistole weg. Gemeinsam mit Massamba sah er den Rebellen nach, die sich mit dem Jeep zügig aus dem Staub machten. In exakt vierundzwanzig Stunden würden sie zurückkommen, um Kieffer und Massamba wieder hier aufzulesen, so zumindest war es vereinbart. Der Koch versuchte, sich die Stelle einzuprägen. Zwischendurch hatte sein Handy kurz einmal Netz gehabt, aber nun war es wieder tot. Falls er sich verlief, würde ihm seine Kartensoftware kaum helfen.

Sie machten sich auf den Weg. Nachdem sie zehn Minuten die Straße entlanggegangen waren, bog rechter Hand ein Feldweg ab. Er lief vielleicht hundert Meter durch niedriges Gebüsch, bevor er zwischen den Bäumen verschwand. Nahe der Straße ragte ein Pflock aus dem Boden, auf den eine große Konservendose genagelt worden war – quer, sodass sie als Briefkasten fungieren konnte. Auf ihrer Seite stand »Gizenga Cocoa Farm«. Massamba zufolge hieß der Betreiber der Plantage Edmond Gizenga. Er war derjenige, den sie auf Anraten des Colonels aufsuchen sollten.

Sie nahmen den Feldweg. Das Blätterdach schloss sich über ihnen. Im Dämmerlicht liefen sie den schmalen Pfad entlang, Massamba vorneweg, Kieffer hinterher. Der Koch hatte erwartet, eine Menge Geräusche zu hören – kreischende Vögel, schreiende Affen. Vor einigen Jahren war er mit Valérie in Kenia gewesen, und dort im Dschungel war es so, zumindest seiner Erinnerung nach. Im Regenwald von Varanga war es hingegen sehr still.

Das lauteste Geräusch war das Knacken der Äste unter ihren Wanderstiefeln. Nachdem sie vielleicht eine Viertelstunde gelaufen waren, wurde der Wald lichter. Schaute man rechts und links des Wegs ins Unterholz, so konnte man Stümpfe sehen. Jemand hatte Bäume herausgeschlagen, damit ein wenig Licht auf den Boden fiel – und auf die Kakaobäumchen.

So weit Kieffer blicken konnte, standen sie nun auf beiden Seiten des Weges. Die Stämme der Kakaobäume erinnerten ihn an Platanen. Zwar waren sie schlanker, aber die graufleckige Rinde besaß fast dieselbe Farbe. An einigen hingen die ihm inzwischen hinlänglich bekannten Footballfrüchte. Die meisten waren weinrot. In vielleicht vierzig, fünfzig Metern Entfernung konnte er zwei Menschen erkennen. Er tippte Massamba auf die Schulter und zeigte auf die beiden. Der Journalist nickte.

»Wir gehen hin«, sagte Massamba. Kieffer folgte ihm.

Die beiden Plantagenarbeiter waren gerade dabei, mit einer Stielsäge hochhängende Früchte zu ernten. Neben ihnen stand ein großer Jutesack, der bereits halb voll war. Als die Arbeiter sie kommen sahen, wandten sie sich ihnen zu. Der Koch konnte nun erkennen, dass keiner der beiden älter als dreizehn oder vierzehn war, wenn überhaupt.

Massamba sagte etwas in einer Sprache, die anders klang als das Kikongo, das er im Gespräch mit den Soldaten benutzt hatte. Er erwähnte den Namen Edmond Gizenga. Einer der Jungen nickte und beschrieb dem Journalisten den Weg. Dieser bedankte sich und kramte aus einer Tasche seines Rucksacks zwei der chinesischen Energieriegel hervor und händigte sie den Jungen aus. Sofort machten die beiden sich darüber her.

»Gizengas Haus liegt nur ein paar Minuten von hier. Er ist zu Hause, sagen sie.«

»Waren das Kindersklaven?«

Massamba zuckte mit den Achseln. »Vielleicht. Vielleicht auch nicht.«

»So oder so sollten sie nicht den ganzen Tag auf dieser Farm arbeiten, sondern zur Schule gehen«, sagte Kieffer.

»Sie haben natürlich recht. Aber wer weiß, ob es hier überhaupt eine gibt. Oder ob diese Jungen vielleicht kleine Geschwister haben, für die sie sorgen? Ist schwer zu sagen. Kommen Sie, wir gehen weiter.«

Als sie wieder auf dem Pfad waren, sagte Massamba: »Das mit den Sklaven würde ich gegenüber dem Farmer übrigens besser nicht aufs Tapet bringen.«

Kieffer nickte stumm. Einige Minuten später erreichten sie eine Lichtung. Dominiert wurde diese von einem soliden Holzhaus, das auf Pfählen erbaut war. Dahinter erstreckte sich eine Reihe von Bretterbuden mit Strohdächern. Vermutlich waren dies die Quartiere der Erntehelfer. Auf der anderen Seite der Lichtung hatte man Kakaobohnen aufgehäuft. Als sie an den Haufen vorbeigingen, blieb Kieffer stehen. Die Bohnen hatten eine hellbraune Färbung. An ihnen klebte eine weißliche, schleimig aussehende Substanz.

Massamba blieb neben ihm stehen.

»Diese Bohnen sind ganz frisch. Das weiße Drumherum ist die Pulpe. Sie ist sehr süß, Kinder schlecken sie mitunter.«

Der Journalist zeigte auf einen weiteren Haufen, der mit einer Plastikplane zugedeckt war.

»Und die hier fermentieren.«

»Was passiert da?«

»Wenn Sie es ganz genau wissen möchten, sollten Sie unseren gemeinsamen Bekannten George Whateley fragen. Aber in etwa Folgendes: Die Pulpe enthält viel Fruchtzucker. Der verwandelt sich in Ethanol, also in Alkohol. Nach einem oder zwei Tagen nimmt man die Plane ab und rührt alles durch, damit Luft rankommt. So wie da hinten.«

Sie gingen zu einem weiteren Haufen. Kieffer konnte erkennen, dass an diesen Bohnen kein weißer Schmodder mehr klebte. Stattdessen waren sie von einer bröckeligen, aschefarbenen Substanz umhüllt.

»Durch die Luft wird aus dem Alkohol eine Säure. Fragen Sie mich bitte nicht, welche. Und die verändert die Struktur der Bohnen, gibt ihnen einen fruchtig-sauren Geschmack.« Massamba schüttelte den Kopf. »Verrückt eigentlich.«

»Wieso verrückt?«

»Wenn Tiere sich an den Kakaofrüchten vergreifen, dann lassen sie die Bohnen liegen. Die schmecken nämlich fürchterlich. Sie essen nur die süße Pulpe. Aber wir Menschen haben einen Weg gefunden, die Dinger genießbar zu machen. Und die Pulpe interessiert uns nicht.«

Massamba zeigte auf die Bohnenhaufen.

»Das hier ist übrigens total primitiv, sogar für afrikanische Verhältnisse. Moderne Plantagen verwenden Thermometer, um die Kerntemperatur während des Gärprozesses zu bestimmen. Erhöht die Qualität. Und dies …«

Hinter sich hörten sie Stimmen. Als sie sich umdrehten, sahen die beiden einen Mann auf der Terrasse des Holzhauses stehen, Mitte sechzig, vielleicht noch älter. Er rief ihnen etwas zu. Es klang wie eine Frage, und der Unterton war nicht sehr freundlich. Kieffer verstand zwar kein Wort, konnte sich aber denken, was der Farmer sagte: »Wer seid ihr Typen und warum schnüffelt ihr auf meiner Plantage herum?«

Massamba machte eine beschwichtigende Handbewegung und sagte ein paar Sätze. Kieffer konnte links und rechts des Wohnhauses Bewegungen im Unterholz ausmachen. Vermutlich lauerten dort ein paar von Gizengas Leuten, nur auf den Befehl wartend, die unerwünschten Gäste niederzuknüppeln.

Massamba zeigte auf Kieffer, während er weiterredete. Dann rieb er Daumen und Zeigefinger aneinander, eine weltweit unmissverständliche Geste. Auch das Versprechen einer Bezahlung zauberte Gizenga kein Lächeln auf das zerfurchte Gesicht, das, wie der Koch nun erkennen konnte, voller Narben war. Aber immerhin nötigte es ihm ein Nicken ab, gefolgt von einer unwirschen Handbewegung. Wie es schien, lud der alte Mann sie in sein Haus ein.

»Gehen wir«, sagte Massamba. Sie stiegen die Treppe hinauf und folgten dem Farmer ins Haus. Das vordere Zimmer war eine Mischung aus Küche und Wohnraum. Boden und Wände waren aus Holz, die Möbel sahen abgenutzt, aber in Ordnung aus. An einer Wand hing ein Foto eines jungen Mannes in Uniform. Er trug etliche Orden und hatte reichlich Litzen auf der Schulter. Es dauerte einen Moment, bis Kieffer erkannte, dass es sich bei dem Offizier auf dem Bild um Gizenga handeln musste.

Der Farmer zeigte auf einige Klappstühle, die um einen abgenutzten Resopaltisch standen. Sie setzten sich. Gizenga bot ihnen keine Getränke an, worüber Kieffer allerdings nicht unglücklich war. In dieser Küche gab es nicht einmal einen Hahn und nur der liebe Gott wusste, wie es um das Trinkwasser in dieser Gegend bestellt war.

»Also«, sagte Gizenga in stark akzentuiertem Französisch, »was wollt ihr?«

»Wir kommen von Colonel Ihijike«, sagte Massamba. »Er bestellt euch seine respektvollen Grüße, General.«

Gizengas Augen verengten sich zu Schlitzen. Nun, da Kieffer dem Mann gegenüber saß, schätzte er dessen Alter doch eher auf siebzig oder fünfundsiebzig. Gizenga bestand nur aus Sehnen und Knochen, und es schien kaum eine Stelle seiner Haut zu geben, die nicht von Narben verunziert war.

»Den General kannst du dir sparen, das ist vorbei. Nenn mich Edmond. Was will Ihijike von mir? Ich bin im Ruhestand, das weiß er.«

»Wir kommen auf seine Empfehlung. Wir interessieren uns für eine der benachbarten Plantagen.«

»Für die Plantage der Weißen.«

»Korrekt. Woher …«

»Nicht schwer zu erraten, wenn ein Weißer hier auftaucht. Ist außerdem das einzig Interessante hier in der Gegend. Seltsame Plantage. Und warum interessiert sie euch?«

»Wir sind Journalisten.«

»Der da auch?« Gizenga zeigte auf Kieffer.

»Ich bin … eine Art Privatermittler.«

»Franzose?«

»Luxemburger.«

Gizenga verzog die Mundwinkel. »Fast ein Belgier. Wir mögen hier keine Belgier.«

»Wir sind bereit, uns erkenntlich zu zeigen, Monsieur Edmond«, sagte Massamba.

»Ich will keinen Ärger. Die da auf der Plantage, mit denen ist nicht gut Kirschen essen.«

»Inwiefern?«, fragte Kieffer.

»Die haben sie befestigt wie ein Sträflingslager. Es gibt bewaffnete Wachen.«

»Ist das ungewöhnlich?«, fragte der Koch.

Gizenga musterte ihn, als überlege er, auf welchen Grad der Verblödung Kieffers Bemerkung hindeutete.

»Wir sind hier am Arsch des Kongos, am Arsch der Welt. Da braucht man keine Zäune, selbst wenn man was Wertvolles hat. Aber die haben da nur Kakaobäume, und davon gibt es hier reichlich.«

»Wir wollen lediglich ein paar Informationen über die Plantage, Monsieur«, sagte Massamba, »und danach verschwinden wir wieder, haben nie miteinander gesprochen.«

Während er dies sagte, holte der Journalist drei Fünfzigdollarscheine hervor und legte sie nebeneinander vor sich auf den Tisch. Gizenga bemühte sich, ein unbeteiligtes Gesicht zu machen. Kieffer konnte die Gier in seinen Augen dennoch sehen.

»Fünf davon und wir sind im Geschäft.«

Massamba legte noch zwei Scheine dazu. Gizenga nickte und lehnte sich dann zurück. Er schloss die Augen.

»Fragt«, brummte er.

»Wissen Sie, wem die Plantage gehört?«, fragte Kieffer.

»Irgendwelchen Weißen. Die Plantagenarbeiter sind natürlich alle von hier, aber die Chefs sind von anderswo. Vermutlich keine Amerikaner, sie sprechen zu gut Französisch.«

»Wie groß ist das Areal?«, fragte Massamba.

»Vielleicht fünfzig Hektar. Das meiste davon Plantage, außerdem ein paar Gebäude. Nur eine Einfahrt, aber noch zwei weitere kleine Tore.«

»Wie viele Menschen arbeiten dort?«, fragte Kieffer,

»Schwer zu sagen. Vielleicht hundert? Ich war nie drin.«

Kieffer musterte Gizenga. »Was glauben Sie, geht da drin vor sich?«

Gizenga öffnete die Augen und schaute den Koch an.

»Die bauen Kakao an.«

»Seltsamen Kakao.«

Gizenga nickte. »Seltsamen.«

»Was finden Sie daran seltsam?«, fragte Kieffer.

»Kein Schatten. Sehr große Früchte. Wächst nur da, nirgendwo sonst.«

Massamba lächelte. »Woher wissen Sie das so genau, wenn Sie nie drin waren?«

Gizenga musterte Massamba einen Moment. Dann erwiderte er: »Sagen wir so: Ein anderer Farmer aus der Gegend dachte sich: Wenn die dort eine neue, bessere Kakaosorte anbauen, dann will ich die auch. Also ist er über den Zaun geklettert und hat ein paar Früchte mitgenommen, hat sie eingepflanzt. Aber das Zeug ging nach kurzer Zeit ein und bekam keine Blüten. Vermutlich muss es mit speziellem Dünger gedüngt werden.«

»Haben Sie … ich meine, hat Ihr Freund noch welche von diesen Pflanzen?«, fragte Kieffer.

»Nein. Da sie nichts taugten, hat er sie rausgerissen und weggeworfen.«

»Wenn Ihr Freund sich bereits einmal Zugang zu der Plantage verschafft hat, weiß er doch sicherlich, wie man am besten dort hineinkommt, oder?«, sagte Massamba.

Der Farmer nickte. Dabei schaute er die fünf Scheine mit dem Konterfei von Ulysses S. Grant an. Massamba legte zwei weitere dazu.

»Die Laufwege der Wachen und die Wachwechsel«, fuhr Gizenga fort, »sind stümperhaft organisiert. Es gibt Lücken. Zum Beispiel auf der südwestlichen Seite nahe dem Fluss, so gegen achtzehn Uhr. Da kommt mindestens eine Stunde niemand vorbei. Ausreichend Zeit, um rein und wieder raus zu gelangen. War zumindest früher so.«

»Ist der Zaun gesichert?«

»Stacheldraht. Sonst nichts.«

»Irgendwelche anderen Dinge, auf die wir achten sollten?«

Der alte General zuckte mit den Achseln. An Kieffer gewandt, sagte er: »Was ist euer Ziel?«

Kieffer und Massamba warfen einander fragende Blicke zu. Gizenga schüttelte den Kopf.

»Das Ziel der Mission, Soldat. Strategisches Oberziel, taktische Ziele.«

»Nun, ich denke, im Wesentlichen wollen wir ein paar Pflanzenproben.«

»Fotos«, warf Massamba ein. »Ich brauche auf jeden Fall Bilder von den Feldern und von der Fabrik möglichst auch.«

»Also mehrere Ziele. Die Pflanzen sind einfach. Die wachsen gleich hinterm Zaun. Das Labor ist weiter weg. Also schwieriger.«

»Ich habe ein Teleobjektiv«, erwiderte der Journalist. »Also muss ich nicht allzu nah ran.«

»Die Gebäude liegen auf einer Anhöhe«, erwiderte Gizenga. »Schön für Fotos. Nicht schön, wenn man sie erstürmen will.«

Er beugte sich vor und begann, die Dollarscheine einzusammeln. Kieffer wertete dies als Zeichen, dass die Audienz beendet war. Ihm fiel ohnehin nichts mehr ein, das er den Mann noch hätte fragen können. Der Koch verspürte Erleichterung. Noch immer wollte er so schnell als möglich wieder weg von hier. Und so wie es aussah, würden sie lediglich unter einem Zaun hindurchkriechen, sich ein paar Äste oder Blätter schnappen und dann umgehend wieder das Weite suchen. Das hörte sich weitaus weniger gefährlich an, als er befürchtet hatte.

Der alte General gab ihnen noch eine Wegbeschreibung. Danach verabschiedeten sie sich von Gizenga, der ihnen erneut einschärfte, das Gespräch habe niemals stattgefunden. Kurz darauf waren sie wieder auf dem Trail. Er schien weiter in den Dschungel hineinzuführen. Wie ihnen der Farmer jedoch erklärt hatte, lief der Weg nahe dem Waldrand entlang und würde sich nach etwa einer halben Stunde Fußmarsch gabeln. Links ging es dann zu der Plantage.

Sie sprachen nicht viel. Bald lichtete sich der Wald. Vor ihnen lag eine mit Büschen und Gras bewachsene, leicht ansteigende Ebene. In vielleicht hundert Metern Entfernung erhob sich der Zaun. Er bestand aus Maschendraht und war gut drei Meter hoch. Die Zaunkrone zierten Metallspitzen und eine Stacheldrahtspirale. Auf der anderen Seite stieg das Gelände weiter an. Kieffer konnte Reihen von Kakaobäumen erkennen. Die Gebäude, von denen Gizenga gesprochen hatte, sah er nicht. Das musste nicht unbedingt heißen, dass der Farmer ihnen Unsinn erzählt hatte; der obere Teil des Hangs wurde von einer nebligen Suppe verborgen, die vermutlich von den in der Ferne auszumachenden Bergen hinuntergeschwappt kam. Für

Massambas Fotos mochte die schlechte Sicht ein Problem darstellen. Kieffer hingegen war nicht unglücklich darüber. Falls es da oben einen Ausguck gab, würde sie dieser ebenso wenig erkennen können wie sie ihn.

Sie gingen zurück in den Wald und nahmen ihre Rucksäcke ab. Massamba holte eine Kamera hervor, außerdem eine Kabelzange und eine Taschenlampe. Kieffer entnahm seinem Rucksack einen wiederverschließbaren Plastikbeutel und ein kleines Messer. Nach kurzem Überlegen steckte er sich außerdem die Halbautomatik in den Hosenbund. Sie verbargen die Rucksäcke in einer Erdmulde. Dann warteten sie, dass es sechs Uhr wurde.

27

Mit dem Taschenmesser schnitt Kieffer Zweige und Blätter von einem Kaffeebaum ab und steckte sie in eines seiner Plastiktütchen. Am Stamm war ein Streifen befestigt, auf dem »CO-H5« stand. Er hatte keine Ahnung, wie viel Material Whateley für seine Analyse benötigte – vermutlich nicht allzu viel. Dennoch machte er den Beutel ganz voll. Danach begab Kieffer sich auf die Suche nach einem Baum, der gerade Früchte trug, denn den zweiten Beutel wollte er mit Kakaobohnen füllen.

Massamba stand etwas abseits und hantierte mit seiner Spiegelreflex herum. Immer wieder schaute er durch das Teleobjektiv. Sie waren bereits in einen Streit geraten, weil der Journalist gern weiter in die Plantage vordringen wollte, um ein paar Fotos der durch Nebel verdeckten Gebäude zu schießen. Kieffer war strikt dagegen. Die Wahrscheinlichkeit, oben am Hang auf Menschen zu treffen, erschien ihm zu hoch.

Der Koch lief zwischen den in säuberlichen Reihen gepflanzten Bäumchen hindurch. Nach vielleicht dreißig Metern Fußweg fand er, was er suchte: Bäume, an denen große hellrote Früchte hingen. Sie wuchsen direkt am Stamm. Es sah tatsächlich aus, als klebten sie an der Rinde. Als Kieffer näher heranging, konnte er sehen, dass Baum und Frucht durch einen kleinen Stiel verbunden waren. Er griff einen der Footballs und zog daran. Er saß erstaunlich fest. Kieffer musste sein Messer zur Hilfe nehmen, um die Frucht vom Stamm zu lösen.

Sie aufzuschneiden gestaltete sich noch schwieriger. Massamba hatte erzählt, die Arbeiter verwendeten dafür Macheten, und nun ahnte er, warum. Die Schale der Kakaofrucht war vielleicht nicht so hart wie die einer Kokosnuss, aber auf jeden Fall fester als die einer Melone. Obwohl Kieffer sich abmühte, kam er mit seinem mickrigen Schweizer Offiziersmesser kaum voran. Gerade wollte er versuchen, die halb geöffnete Frucht mit den Fingern auseinanderzubrechen, als er einen Ausruf des Erstaunens vernahm.

Die Stimme gehörte Massamba. Kieffer klemmte sich die Kakaofrucht unter den Arm und ging zurück in die Richtung, aus der er gekommen war. Zwar fand er die Stelle wieder, aber der Journalist war nicht mehr dort. Kieffer fluchte leise. Massamba musste auf eigene Faust weiter den Hügel hinaufgepirscht sein. Der Koch begann, die Umgebung abzusuchen. Inzwischen waberte der Nebel den Hang hinunter, weswegen er nicht allzu viel erkennen konnte. Nach einer Weile jedoch meinte er, in einiger Entfernung eine Bewegung auszumachen. Mit zusammengekniffenen Augen suchte er den Hang ab. Kein Zweifel, vielleicht hundert Meter weiter oben stand Massamba. Er hatte das Teleobjektiv auf den Boden gerichtet.

Seinem Kompagnon etwas zuzurufen, traute Kieffer sich nicht. Die Gefahr, dass ihn jemand hörte, erschien ihm zu groß. Stattdessen pirschte er weiter den Hang hinauf. Dabei hielt er immer wieder Ausschau nach Massamba, doch aufgrund der vielen Bäume und der Neigung sah er die Stelle, wo der Journalist eben gestanden hatte, inzwischen nicht mehr. Er konnte nur hoffen, dass Massamba noch dort war.

Auf seinem Weg den Berg hinauf begegnete er weder Mensch noch Tier. An einer Stelle kam er an einer Art Unterstand vorbei. Darin befanden sich große Plastikbottiche, die mit Planen bespannt waren. Vermutlich wurde hier Kakao fermentiert. Er lief weiter, vorbei an zahllosen Kakaobäumchen in allen Stadien des Wachstums.

Als er die Stelle erreichte, wo er Massamba zuletzt gesehen hatte, wurde ihm klar, dass der Journalist bereits weitergegangen war. Kieffer suchte den Boden ab. Die Hoffnung, Fußspuren zu entdecken, hatte er eigentlich nicht. So etwas konnten vielleicht die Pfadfinder in irgendwelchen Filmen. Kieffer hingegen war schon froh, dass er sich bisher nicht verlaufen hatte. Aber Massamba hatte etwas in Bodennähe fotografiert, und Kieffer wollte wissen, worum es sich dabei handelte.

Auch hier standen Kakaobäume im Spalier. Früchte trugen sie keine. Allerdings sah Kieffer Blüten. Sie waren in der Tat leicht zu übersehen, weil sie sich direkt an den Stamm schmiegten. Sie waren weiß und durchmaßen kaum mehr als einen Zentimeter. Einige der Stämme waren mit gelben Plastikstreifen umwickelt. Darauf stand »FO-87«. Vermutlich war dies der Name der Sorte, die hier angepflanzt wurde. Der Code sagte Kieffer nichts. Ihm war lediglich klar, dass es sich bei diesen Bäumchen augenscheinlich nicht um jene mysteriöse Variante namens CO-H5 handelte, wegen der sie hier waren. Dennoch holte er eines seiner Tütchen hervor und tat einige der Blätter hinein.

Kieffer hatte den Beutel gerade in einer Tasche seiner Weste verschwinden lassen, als er einen markerschütternden Schrei hörte. Hatte Massamba ihn ausgestoßen? Kieffer lief in die Richtung, aus welcher der Lärm gekommen war. Es war nicht schwer, diese auszumachen, denn auf den ersten Schrei folgten weitere. Der Koch rannte, so schnell er konnte. In der Rechten hielt er immer noch die Kakaofrucht, mit der Linken versuchte er im Laufen, die Pistole aus dem Hosenbund zu ziehen.

Eine Serie von Schüssen zerriss die Luft. Es klang, als ob jemand eine vollautomatische Waffe abfeuerte. Und dann sah Kieffer es: Ein paar Meter vor ihm saß Massamba, den Rücken an einen von Pilzen überwucherten Baumstumpf gelehnt. Sein Gesicht war blutüberströmt, das Sturmgewehr ruhte auf seinem Schoß. Unweit des Journalisten lag ein Mann in einer khakifarbenen Uniform bäuchlings auf dem Boden, alle viere von sich gestreckt. Er war tot, oder so gut wie; die Salve aus dem Sturmgewehr hatte ihn voll erwischt, sein Oberkörper bestand nur noch aus lose zusammenhängenden Fetzen. Zwischen Massamba und dem Wächter lag eine blutige Machete auf dem Boden.

Kieffer kniete sich neben dem Journalisten nieder. Er hatte eine klaffende Wunde in der Bauchgegend, außerdem eine am Arm. Massamba schluchzte. Tränen liefen ihm das Gesicht herunter.

»Mein Gott«, murmelte er, »Heilige Jungfrau, erbarme dich meiner … ich habe ja nicht gesehen, dass er … er war wie ein wildes Tier.«

»Beruhigen Sie sich, Benoît. Es wird alles wieder gut. Ich bringe sie jetzt weg von hier.«

»Für mich ist es vorbei. Fliehen Sie, solange Sie können.«

»Ich bleibe hier und beschütze Sie. Wenn noch einer auftaucht, dann ...«

Der Koch griff nach dem Sturmgewehr.

»Sie dürfen nicht auf Sie schießen!«, rief Massamba. »Sie dürfen es nicht!«

»Ich verstehe, dass Sie das mitnimmt. Aber es war Notwehr, Benoît.«

Massamba schluchzte immer noch. Kieffer strich ihm über den Kopf. Der Journalist packte Kieffer am Arm. Massambas Augen wanderten zu der Kamera, die immer noch um seinen Hals hing.

»Nehmen Sie sie mit. Ich habe es alles drauf, glaube ich.«

Er begann an der Kamera herumzunesteln. Kieffer schaute sich um. Sie mussten fort. Es würde nicht lange dauern, bis weitere Wachen auftauchten. Rasch ging er zu dem Mann, den Massamba niedergeschossen hatte. Er schien nicht mehr zu atmen. Mit dem Fuß drehte Kieffer ihn um. Von vorne sah er fast noch entsetzlicher aus als von hinten. Es gab keinen Zweifel, dass er tot war.

Als Kieffer das Gesicht des Wächters saß, entfuhr ihm ein Stöhnen. Er wusste nun, warum Massamba weinte. Nicht, weil er einen Mann getötet hatte. Sondern weil dies kein Mann war. Wenn der Tote vierzehn war, war es viel. Kieffer schätzte ihn jünger, aber bei dem ganzen Blut war es schwer zu sagen. Er wandte sich wieder Massamba zu. Der hatte inzwischen die Speicherkarte aus der Kamera genommen und hielt sie dem Koch hin. Kieffer steckte sie ein.

»Können Sie gehen?«, fragte Kieffer,

Massamba schüttelte den Kopf.

»Sie müssen es versuchen, Benoît. Hier können wir auf keine Fall bleiben.«

Er legte sich Massambas Arm um die Schulter und versuchte, ihn hochzuziehen. Der Journalist war schwerer, als Kieffer vermutet hatte. Zudem schrie er vor Schmerzen auf, als der Koch ihn hochhievte. Er ließ Massamba wieder zu Boden gleiten.

»Schon gut, Benoît. Ich werde versuchen, Sie zu tragen.«

»Mehrere Kilometer durch den Dschungel? Hören Sie zu, Xavier. Sie müssen hier weg. Gehen Sie jetzt.«

Gehetzt sah Kieffer sich um. Außer Kakaobäumen und ein paar Felsen gab es um sie herum nicht viel. Nun erinnerte er sich an die Fermentationsfässer. Sie waren mit robust aussehender Plastikplane bespannt gewesen. Vielleicht konnte er aus einer davon eine Art Krankentrage basteln und diese hinter sich herziehen.

Er erläuterte Massamba seine Idee. Dieser wiederholte seine Bitte, Kieffer möge ohne ihn verschwinden, aber der Koch hatte seinen Entschluss gefasst. Er versprach dem Verletzten, sogleich mit der Plane zurückzukommen. Dann machte er sich auf den Weg zu den Bottichen. Mühelos fand er sie wieder. Die Planen waren mit Schnüren an den Bottichen befestigt. Kieffer durchtrennte die Knoten mit seinem Messer. Die Folie, sie maß vielleicht zwei mal zwei Meter, rollte er zusammen. Die Schnüre wickelte er sich um den Oberkörper. Fünf Minuten später war er auf dem Rückweg.

Er hatte die Stelle mit dem großen, umgefallenen Baumstamm fast erreicht, als er Stimmen hörte. Massamba rief etwas, es klang wie eine Drohung. Dann fielen erneut Schüsse. Kieffer ließ die Plane fallen. Er unterdrückte den Impuls, loszurennen. Stattdessen schlich er durch das Unterholz und näherte sich dem Baumstamm von der rückwärtigen Seite. Er ging dahinter in Deckung und lugte vorsichtig daran vorbei. Er sah einen weiteren Wachmann, auch dieser fast noch ein Kind. Er stand über der Leiche seines Kameraden und musterte sie. In den Händen hielt er ein Gewehr. Kieffer konnte Massamba nicht sehen. Zwar war sein Kompagnon höchstens einen Meter von ihm entfernt, aber er befand sich auf der anderen Seite des Baumstumpfs. Der Koch konnte nur den rasselnden Atem des Journalisten hören.

Der Wachmann ging auf ein Knie. Kieffer glaubte zunächst, er wolle seinem toten Kameraden die Augen schließen. Aber rasch wurde ihm klar, dass der Junge die Taschen des Toten filzte. Während er dies tat, legte der Wachmann sein Gewehr neben sich. Kieffer wusste, dass dies seine einzige Chance war. Er kam hoch, die Pistole mit beiden Händen vor sich haltend und schrie »Hände hoch.«

Der Junge schaute ihn mit einer Mischung aus Verblüffung und Entsetzen an. Einen Moment lang schien es, als werde er nach dem Gewehr greifen, dann überlegte er es sich jedoch anders und kam langsam hoch, die Hände über dem Kopf. Kieffer zeigte mit dem Lauf auf einen der Kaffeebäume, bedeutete dem Jungen, sich mit dem Rücken zum Stamm auf den Boden zu setzen. Sobald dieser dem Befehl Folge geleistet hatte, übergab Kieffer dem verletzten Massamba seine Pistole.

»Halten Sie ihn in Schach. Ich fessele ihn.«

Mit der Schnur band Kieffer Hände und Oberkörper des Wächters an dem Kaffeebaum fest. Er glaubte nicht, dass die Fesseln lange halten würden, aber vielleicht reichte es. Als Nächstes breitete er die Plane aus und zog eine weitere Schnur durch zwei der mit Metall verstärkten Ösen. Der Koch hievte den immer noch gegen den Baumstamm gelehnten Massamba auf die behelfsmäßige Trage. Er legte sich das Seil wie ein Geschirr um den Oberkörper und begann, zu ziehen. Die ersten Meter waren mühsam, dann ging es. Die Plastikplane glitt über den feuchten, weichen Waldboden. Zudem ging es leicht bergab.

Inzwischen hatte der herabwallende Nebel auch diesen Teil des Hangs verschluckt. Auf der einen Seite war die schlechte Sicht ein Göttergeschenk – dank ihr standen die Chancen, zu entkommen, deutlich besser. Auf der anderen Seite wusste Kieffer nun nicht mehr recht, wo er hinmusste. Bergab, das war klar – aber er bezweifelte, dass sie den Zaun an jener Stelle erreichen würden, wo Massamba ein Loch hineingeschnitten hatte.

Langsam bewegten sie sich den Hang hinab. Zwischendurch hielt Kieffer immer wieder an, um kurz zu verschnaufen, um nach Massamba zu schauen und auch, um zu lauschen, ob nicht von irgendwo Schritte oder Stimmen zu vernehmen waren. Doch es blieb still. Der Journalist war inzwischen weggedämmert.

Nachdem sie gerade eine schwierige, etwas steinige Stelle überwunden hatten, legte Kieffer eine weitere Verschnaufpause ein. Um sie herum sah er durch den Nebel Schemen von Kakaobäumen. Waren sie auf dem Hinweg hier vorbeigekommen? Sicher war er sich nicht. Während Kieffer in den Nebel starrte, in der Hoffnung auf ein Detail, das ihm bekannt vorkam, stellten sich seine

Nackenhaare auf. Ob er etwas gehört, gesehen oder gerochen hatte, konnte er nicht genau sagen. Aber irgendwer war in der Nähe.

Als er sich umdrehte, sah er als Erstes die Klinge der Machete. Kieffer machte einen Satz nach rechts. Dabei stolperte er über eine Wurzel und schlug hin. Als er sich aufrappeln wollte, traf ihn etwas Hartes zwischen die Rippen. Er konnte einen Mann in Uniform erkennen, der ein Gewehr in der Hand hielt, mit dem Kolben nach vorne. Erneut bekam Kieffer eins übergedroschen. Alles verschwamm. Der Mann packte Kieffer an seiner Safariweste. Er wurde hochgerissen. Nun konnte der Koch erkennen, dass sie zu zweit waren. Der mit dem Gewehr stand bei ihm, der mit der Machete schaute auf Massamba hinab.

Kieffer wand sich hin und her, machte ein paar schnelle Schritte nach vorn. Der Kerl hielt nun nur noch seine Weste in der Hand. Während dieser Teil seines Fluchtplans überraschend gut funktioniert hatte, verlief der zweite umso erbärmlicher. Kieffer wollte in den Nebel hineinrennen, damit sie ihn aus den Augen verloren. Aber die beiden Schläge mit dem Gewehrkolben hatten ihm offenbar stärker zugesetzt, als ihm bewusst gewesen war. Er kam zwei, drei Schritte weit, dann gaben seine Beine nach und er landete auf den Knien.

Die beiden Männer lachten. Der eine sagte etwas in einer Stammessprache. Kieffer kroch auf allen vieren in Richtung des rettenden Nebels. Hinter sich hörte er Schritte. Sie würden ihn gleich eingeholt haben.

Ein Schuss fiel, dann noch einer. Er hörte Massamba schreien: »Nganga! Nganga!«

Ein dritter Schuss wurde abgefeuert. Kieffer vernahm

ein entsetzliches, schmatzendes Geräusch, gefolgt von gurgelnden Lauten, die zweifelsohne aus Massambas Kehle stammten. Es gelang ihm, wieder auf die Beine zu kommen. Eben noch hatte er einfach nur wegrennen wollen, außer der panischen Angst war nichts mehr in seinem Kopf gewesen. Nun wich die Furcht und machte einem anderen Gefühl Platz: Wut. Kieffer rannte zurück zu der Stelle, wo Massamba lag. Neben ihm lag eine der Wachen. Offenbar hatte der Journalist den Mann niedergeschossen. Der zweite Wächter stand über seinem Kompagnon, die bluttriefende Machete erhoben.

Mit einem lauten Wutschrei rannte Kieffer in den Mann hinein. Der Koch war mindestens dreißig Kilo schwerer als der Wächter. Der Schwung seines Sturmangriffs trug den Uniformierten einige Meter weit, dann war ein Kaffeebaum im Weg. Der Wächter knallte gegen den Stamm, stöhnte auf, ließ die Machete fallen. Er ging zu Boden. Kieffer warf sich auf ihn und drosch mit bloßen Händen auf seinen Gegner ein. Nach einer Weile ließ er von dem Wächter ab. Kieffer saß auf dem Boden, zwischen dem halb ohnmächtigen Wachmann und dem blutüberströmten Massamba. Die Machete hatte den Journalisten entsetzlich zugerichtet. Massamba würde sterben. Es war ein Wunder, dass er noch nicht tot war.

Der Koch rutschte zu Massamba herüber. Dieser atmete noch, aber nur schwach.

»Benoît? Können Sie mich hören?«

»Nganga. Nganga, Nganga …«

»Was wollen Sie mir sagen?«

»Ich hab sie gesehen! Oben am Hang.«

»Wen haben Sie gesehen?«

»Nganga. Nganga. Es war die …«

Massambas Kopf rollte zur Seite. Kieffer entfuhr ein Schluchzen. Er hatte den Mann in diese verdammte Sache mit hineingezogen. Ohne ihn wäre Massamba noch am Leben.

Stimmen. Schritte. Rasch erhob Kieffer sich und lief in die entgegengesetzte Richtung, in den Nebel, einfach nur weg von diesem grauenhaften Ort. Er rannte vorbei an Kakaobäumen, geradewegs durch Büsche hindurch, überquerte einen kleinen Fluss. Irgendwann wurde ihm klar, dass er die Weste zurückgelassen hatte. In den Taschen waren Zigaretten gewesen, das Messer – und die Beutel mit den Pflanzenmaterialien. Kieffer entfuhr ein Stöhnen. Es war alles umsonst gewesen. Vielleicht lag es an dieser niederschmetternden Erkenntnis, dass sein Magen ohne Vorwarnung revoltierte. Kieffer schaffte es gerade noch, sich an einem Kakaobaum festzuhalten, dann erbrach er einen Schwall auf den Boden. Als es vorbei war, rann ihm der Schweiß in Sturzbächen das Gesicht herab.

Während er keuchend an dem Baum lehnte, vernahm er in der Ferne etwas. Es klang wie Motorengeräusche. Gehetzt sah er sich um. Sein Blick fiel auf den Kakaobaum, neben dem er stand. An dessen Stamm hing eine einzelne hellrote Frucht. In seinem Kopf konnte er Professor Whateleys Stimme hören: »Ihr Baum hat auffällige Früchte. Größer als sonst und von einem auffällig hellen Rot.«

War das einer der richtigen Bäume? Anders als jene, von denen er vorhin die Proben genommen hatte, schienen sie nicht beschriftet zu sein. Aber die Farbe stimmte. Er musste es einfach sein. Mit beiden Händen grapschte er nach der Frucht und zerrte wie ein Irrer daran, bis der robuste Stiel irgendwann nachgab. Dann rannte er weiter, die Frucht wie ein Findelkind in den Armen haltend. Ob er in die richtige Richtung lief, wusste Kieffer nicht. Er lief einfach. Als der Zaun vor ihm auftauchte, brach er beinahe in Tränen aus.

Was allerdings nirgendwo zu sehen war, war das Loch. Er würde den Zaun entlanggehen müssen. Aber in welcher Richtung? Sein Gefühl sagte rechts. Seinem Gefühl war nicht zu trauen. Kieffer zwang sich, stehen zu bleiben und durchzuatmen. Er dachte nach. Es war nicht unwahrscheinlich, dass die Wachen das Loch im Zaun bereits entdeckt hatten. In diesem Fall würden sie ihm auflauern und darauf warten, dass er dort auftauchte.

Er blickte nach oben. Den Zaun zu erklettern, war nicht sonderlich schwierig – heil hinüberzukommen schon. Er besaß nichts, womit er den Stacheldraht hätte durchzwacken können und die Spitzen auf dem Kamm sahen messerscharf aus.

Kieffer beschloss, dem Zaun in jener Richtung zu folgen, die sein Gefühl ihm vorgab, aber in einiger Entfernung, sodass er den Maschendraht im Nebel gerade noch ausmachen konnte. Langsam pirschte er sich vor. Nach vielleicht zwanzig Minuten kam er tatsächlich an die Stelle, an der sie durch den Zaun gestiegen waren. Das Loch war immer noch da. Und niemand schien es zu bewachen.

Kieffer ging hinter einem Busch in Deckung und beobachtete die Sache eine Weile. Wenn jemand auf der Lauer lag, hatte er sich gut versteckt. Das war in dem Nebel allerdings nicht sonderlich schwierig. Andererseits konnte ein Heckenschütze sich nicht allzu weit vom Loch entfernen. Die Sicht in dieser Suppe betrug höchstens dreißig Meter.

Der Koch atmete tief durch. Seine Hände umschlossen die Kakaofrucht. Er lief los. Wie ein Quarterback, der durch die enge Bresche will, rannte er auf den Zaun zu, den knallroten Kakao-Football in der Armbeuge. Kieffer rechnete fest damit, dass man auf ihn schoss, ihm die Kugeln um die Ohren pfeifen würden. Er glaubte so fest daran, dass er sich später nicht mehr ganz sicher sein sollte, ob Schüsse gefallen waren oder nicht.

Auf jeden Fall kam er unbeschadet am Zaun an, sprang mit einem Satz durch das Loch, und war Sekunden später im Urwald verschwunden.

28

Kieffer saß an der Bar und zog an seiner Zigarette. Durch die Rauchschwaden vermochte er auf dem Tresen ein Glitzern auszumachen. Der Koch wedelte mit der Hand, um den Qualm zu vertreiben, aber dieser schien außergewöhnlich dicht zu sein. Er erinnerte ihn an jenen schweren, feuchten Nebel, der einem mitunter im Gebirge begegnet. Irgendwo war er vor einiger Zeit durch solch dichte Suppe gelaufen. Oder vielleicht hatte er das auch nur geträumt.

Er beugte sich vor, um abzuaschen. Ihm fiel auf, dass er gar keine Ducal rauchte, sondern eine Boyard. Der Koch drehte die daumendicke Zigarette zwischen den Fingern hin und her. Selbst wenn man gar nicht daran zog, produzierte die Boyard mehr Qualm, als selbst ein gieriger Raucher einer jener kastrierten Gauloises entlocken konnte, die heutzutage in Umlauf waren. Kieffer führte die Boyard zum Mund. Er konnte förmlich spüren, wie sich das Kondensat auf seine Lunge legte.

Der Koch sah sich um. Der Tresen war zwar seiner – er sah exakt aus wie jener im »Deux Eglises« –, aber der Rest der Gaststätte passte nicht dazu. Er schien sich irgendwo in Paris zu befinden, im »Le Molosse«, wenn ihn seine Erinnerung nicht täuschte. Die Stühle waren hochgestellt, der Schankraum verlassen.

Er wandte sich wieder der vernebelten Theke zu und senkte den Kopf etwas, um der Ursache des Glitzerns auf den Grund zu gehen. Auf dem verzinkten Tresen hatte jemand eine Bahn schwarzen Samtstoffs ausgerollt, so lang wie Kieffers Arm. Darauf waren Diamanten verstreut. Einer der Punktstrahler an der Decke leuchtete direkt auf die Edelsteine und ließ sie funkeln wie Sterne am Firmament. Es handelte sich nicht nur um ein paar. Es waren viele, eine ganze verdammte Milchstraße. Die Steine mussten ein Vermögen wert sein.

Kieffer drückte die Boyard aus. Sie war ihm zu stark. Er klopfte seine Jacke nach anderen Zigaretten ab, fand aber keine. Aus irgendeinem Grund wusste er, dass es unter der Theke eine Kiste mit Packungen gab, die Gäste liegen gelassen hatten. Dort konnten sich die Kellner bedienen. Kurz darauf wühlte Kieffer sich durch Marken, die man längst zu Grabe getragen hatte – Isère, Zen, Celtique Maryland, YSL. Er entschied sich für ein Päckchen Peter Stuyvesant, zündete sich eine davon an. Als er die Kiste zurückstellte, fiel ihm unter der Theke eine weitere Box auf. Er schaute kurz hinein, schloss sie wieder, zog an seiner Stuyvesant, blies nachdenklich Rauch in Richtung des Stucks an der Decke. Sie war nicht weiß, sondern bernsteinfarben, ein Farbton, geschaffen von Tausenden Caporals und Boyards.

Kieffer vernahm Schritte aus der Küche. Er musste nicht nachschauen, wer es war. Stattdessen sagte er: »Abend, Ketti.«

»Abend, Kiki.«

Sie trug eine Küchenuniform. Ihre Schürze war mit Schokolade verkleckert. Ketti griff nach den Boyards, die am Rande des Tresens lagen.

»Hätte mir denken können, dass das deine sind«, sagte er.

»Klar sind das meine. Wessen sonst? Ist keiner hier außer uns.«

Mit diesen Worten kam sie um die Theke herum und lächelte ihn anzüglich an.

»Wir sind ganz allein hier. Wir und drei Gramm vom feinsten Zeug, das es in ganz Paris gibt.«

»Ketti, hör auf ...«

»Ich fange erst an, Baby. Ist gerade mal halb zwei.«

Sie gab ihm einen Klaps auf den Hintern und ging zurück in Richtung Küche.

»Wenn der Deal abgewickelt ist«, rief sie über die Schulter zurück, »weißt du ja, wo du mich findest.«

Kieffer hatte nicht den geringsten Schimmer, wovon sie redete. Nun, den zweiten Teil verstand er natürlich, aber ...

»Was für ein Deal?«

Ketti rollte mit den Augen. »Was für ein Deal, fragt er. Also wirklich. Hast du einen geraucht, Kiki?«

»Ich bin stocknüchtern.«

Sie lachte. »Unwahrscheinlich.«

Mit diesen Worten verschwand sie in der Küche. Kurz darauf vernahm Kieffer das Geklapper von Schüsseln. Unschlüssig blieb er hinter der Theke stehen, rauchte seine Zigarette zu Ende. Er war gerade dabei, den Stummel auszudrücken, als die Schelle der Eingangstür ging.

Zwei Personen traten ein, ein Mann und eine Frau. Dem Kerl war er schon einmal begegnet – es war der Rollkragenpulli, der ihm die Diamanten zur Aufbewahrung gegeben hatte. Kieffers Blick wanderte zum Tresen. Hatte es sich dabei nicht um Rohdiamanten gehandelt? Falls ja, schien irgendwer die Dinger inzwischen geschliffen zu haben. Aus Gründen, die er sich nicht erklären konnte, hatte er Ketti in Verdacht.

Die Frau war nach dem Mann eingetreten, schob sich nun aber an ihm vorbei und kam zum Tresen. Sie war Ende vierzig und trug einen dunkelgrünen, ins Blaue spielenden Businessanzug. Bis auf eine große, aztekisch anmutende Brosche am Revers registrierte Kieffer keinerlei Schmuck. Die Haut der Frau war sehr dunkel, beinahe schwarz. Aber eigentlich konnte es sich bei ihr nicht um eine Afrikanerin handeln – Lippen und Nase waren dafür zu fein. Nein, sie sah aus wie eine Weiße, die man schwarz angepinselt hatte. Wohl deshalb dauerte es einen Moment, bis Kieffer klar wurde, dass er ihr Gesicht schon einmal auf einem Foto gesehen hatte.

»Frau Odermatt?«

Die Frau legte eine Hand auf den Tresen, nickte dem Koch zu. Rollkragen baute sich hinter ihr auf, eine Hand unter dem Mantel verborgen.

»Guten Abend, Herr Kieffer«, sagte sie auf Deutsch. Der Schweizer Singsang war unverkennbar. »Ich komme, um zu holen, was mir gehört.«

Kieffer deutete auf die Diamanten. »Ich habe alles aufbewahrt, wie Ihr … Ihr Angestellter es mir befohlen hat. Überzeugen Sie sich selbst.«

Fränzi Odermatt würdigte die Steine keines Blickes.

»Die interessieren mich nicht.«

»Aber …«

»Los jetzt. Sie wissen, was ich will. Ich habe nicht die ganze Nacht Zeit, ich muss zurück nach Abidjan.«

Der Koch nickte und griff unter die Theke. Er stellte die Kiste auf den Tisch, öffnete sie. In der mit Stroh ausgekleideten Box lag eine Kakaofrucht. Odermatt griff mit beiden Händen danach und hob sie über ihren Kopf.

»Die Speise der Götter. Wussten Sie, dass die Maya Kakaobohnen als Geld verwendeten?«

»Nein, das wusste ich nicht«, erwiderte Kieffer.

Odermatts Blick war nun fest auf die Frucht geheftet. Von irgendwo meinte Kieffer, einen seltsam monotonen Singsang zu vernehmen.

Nganga xocoatl
Nganga xocoatl
Nganga xocoatl
Nganga xocoatl

Vermutlich gaben seine Nerven allmählich den Geist auf. Es war kein Wunder, angesichts dieses Irrsinns.

»Mehr noch«, fuhr Odermatt fort, »sowohl bei den Maya als auch bei den Azteken gibt es diese Verbindung von Schokolade mit menschlichem Blut. Es gibt Bilder, auf denen Götter ihre Ohrläppchen mit Obsidianspitzen aufstechen und das Blut über die Kakaofrüchte vergießen.«

Kieffer fühlte sich unwohl. Der seltsame Gesang war lauter geworden. Er kam ganz aus der Nähe. Und die Stimme kam ihm auch bekannt vor.

Nganga xocoatl
Nganga xocoatl

Odermatt vollführte eine herrische Geste, woraufhin ihr Adlatus das Samttuch mit den Diamanten von der Theke riss. Klackernd sprangen die funkelnden Steinchen über den gekachelten Boden. Odermatt legte die Kakaofrucht auf den Tresen. Auf ein weiteres Zeichen von ihr zog der Rollkragen seine Hand unter dem Mantel hervor. Eine Machete kam zum Vorschein. Während er sie hob, wurde der Gesang lauter. Kieffer konnte sehen, dass Ketti aus der Küche ins Lokal getreten war. Sie wiederholte immer wieder diese eigenartigen Worte:

Nganga xocoatl
Nganga xocoatl

Die Machete sauste nieder, spaltete die Frucht in zwei Teile. Statt weißlicher Pulpe quoll rötlich-braune Flüssigkeit hervor und breitete sich auf dem Tresen aus. Odermatt griff sich eine der Hälften und bedeutete Ketti, vor ihr niederzuknien. Diese folgte der Anweisung augenblicklich. Die Schweizerin begann, die Kniende mit der Blutschokolade, oder worum es sich bei der Flüssigkeit auch immer handeln mochte, zu übergießen. Bahnen rötlichen Safts liefen über Kettis Gesicht und Oberkörper.

Kieffer wollte Odermatt die Frucht aus der Hand reißen, wollte diesem Wahnsinn ein Ende bereiten. Doch er war wie gelähmt und konnte nichts tun, außer entsetzt zuzuschauen, wie der Mann mit der Machete zu der immer noch inbrünstig singenden Ketti trat und die Klinge über den Kopf hob.

Nganga xocoatl
Nganga xocoatl

Unter Aufbietung aller Kraft gelang es Kieffer, einen seiner Füße vom Boden zu heben und einen Schritt in Richtung des Rollkragens zu machen. Er wollte gerade einen zweiten tun, als ihn jemand an der Schulter packte und daran rüttelte.

Schreiend wachte er auf. Es dauerte einen Augenblick, bis Kieffer wieder wusste, wo er war. Er lag unweit der Straße im Gras, an jener Stelle, wo Colonel Ihijikes Männer ihn und Massamba auflesen sollten. Einer der Rebellen kniete neben ihm und schaute ihn ernst an.

»Nicht schlafen im Dschungel«, sagte er.

»Nein?«

»Waldgeister bringen schlechte Träume.«

Kieffer nickte benommen und setzte sich auf. Der Soldat half ihm hoch. Er deutete auf die beiden Rucksäcke, die neben Kieffer auf dem Boden standen und machte ein fragendes Gesicht. Der Koch schüttelte den Kopf.

»Er hat es nicht geschafft.«

Der Rebell nickte grimmig, klopfte Kieffer auf die Schulter. Sie gingen zu dem Jeep, der einige Meter weiter an der Straße stand. Es war an der Zeit, nach Hause zu fahren, so schnell wie möglich.

Während sie zurück zum Camp fuhren, wo hoffentlich die altersschwache Cessna auf ihn wartete, sagte Kieffer: »Er hat zum Schluss was gesagt, in einer anderen Sprache, ich glaube, es war Swahili.«

Der Soldat, der neben ihm saß, nickte.

»Sprechen Sie das?«, fragte Kieffer.

»Besser als Französisch. Was hat er gesagt?«

»Immer wieder: Nganga.«

Sein Blick verfinsterte sich. Er schlug ein Kreuz.

»Ist böses Wort.«
»Was bedeutet es?«
»Böse Mensch mit Zauber. Verflucht andere.«
Kieffer fühlte, wie sich sein Magen zusammenzog.
»Sie meinen so etwas wie eine Hexe?«
»Ja. Hexe.«

29

Wann hatte er das letzte Mal etwas durch eine Flughafenkontrolle geschmuggelt? Es musste Jahrzehnte her sein. Wenn Kieffer sich recht erinnerte, war es ein kleines Stückchen grüner Afghane gewesen, kaum größer als sein Daumennagel. Dennoch hatte er schon beim Boarding Blut und Wasser geschwitzt. Er war sich sicher gewesen, jeden Moment werde ein Zöllner nebst Schäferhund auftauchen und ihn hochnehmen. Seinerzeit hatte Kieffer sich geschworen, so etwas nie wieder zu tun.

Drogen waren diesmal keine in seinem Gepäck, dafür aber die Kakaofrucht. Fanden sie die bei ihm, würde man Kieffer vermutlich nicht einmal groß belangen. Da es jedoch verboten war, Agrarerzeugnisse von anderen Kontinenten in die EU einzuführen, würde der Zoll ihm die Frucht sicherlich wegnehmen. Sein Höllentrip nach Varanga wäre dann vergebens gewesen und Benoît Massambas Tod noch sinnloser, als er es ohnehin schon war.

Folglich war Kieffer über die Maßen nervös, als er am Gepäckband von Luxemburg-Findel auf den neuen

Koffer wartete, den er in Kinshasa gekauft hatte. Bisher hatten sie das Gepäckstück mit der Kakaofrucht darin überall durchgecheckt. Kieffer holte sein Handy heraus. Das Symbol unten links zeigte dreiundzwanzig Anrufe an. Am Pariser Flughafen waren es erst einundzwanzig gewesen. Kieffer hatte schon mehrfach durch die Liste gescrollt. Eine Menge Leute wollten wissen, wo er abgeblieben war: seine Souschefin Claudine, sein Freund Pekka, Valérie natürlich. Sogar seine Mutter hatte angerufen.

Während der langen Zwischenstopps auf dem Rückflug wäre wohl Zeit gewesen, sie alle zurückzurufen. Stattdessen hatte Kieffer lediglich eine Nachricht an Valérie gesendet und ihr mitgeteilt, dass er zurück sei.

Einer der beiden neuen Anrufe war von einer ihm unbekannten Nummer mit britischer Vorwahl. Der andere kam von Kommissarin Lobato. Zwar war ihm immer noch nicht danach, mit anderen Menschen zu sprechen, aber lange würde sich das ohnehin nicht mehr vermeiden lassen. Besser er fing gleich damit an. Der Koch entschied sich, zunächst das erfreulichere Telefonat zu absolvieren und wählte die britische Nummer. Es klingelte zweimal, dann meldete sich eine ihm bekannte Stimme.

»Whateley.«

»Hallo, George. Xavier Kieffer hier. Sie haben gerade angerufen?«

»Ja. Es geht um Ihren seltsamen Kakao.«

»Ah. Ich habe inzwischen eine Probe besorgt«, sagte Kieffer. In diesem Moment tauchte der Koffer auf und begann, auf ihn zuzuzockeln. »Also, vermutlich habe ich eine.«

»Vermutlich?«, erwiderte der Professor. »Was soll das denn heißen?«

Eine Frauenstimme rief den nächsten Abflug auf.

»Mir informéieren Iech, dass mir an Gate A8 ufänken mat dem Boarding vun Luxair 1287 op Paräis. Mir wënschen en agreabele Vol.«

»Sie sind am Flughafen? Versuchen Sie etwa, das Zeug durch die Zollkontrolle ...«

»Ich glaube, das wollen Sie gar nicht so genau wissen, George. Was war es, das Sie mir erzählen wollten?«

»Hm? Ach so. Also, ich habe mich mal bei ein paar Kollegen umgehört – unter Kakaoexperten kennt ja fast jeder jeden – und einige hatten schon von diesem Varanga-Projekt gehört.«

»Vom Varanga-Projekt?«

»Von dem Versuch, in Afrika Schokolade zu produzieren, ja. Und von dem Labor, das es auf der Plantage gibt.«

»Ja?«

»Also, von einem mysteriösen Superkakao hat keiner was gehört. Aber offenbar werden dort auch ganz reguläre Sorten angebaut und die Setzlinge an Farmer in ganz Westafrika verschickt, umsonst.«

»Moment mal. Ich dachte, jede neue Kreuzung muss erst durch Ihre Quarantäne.«

»Die neuen schon. Aber ich rede von bereits erprobten Varietäten, die sicher sind.«

»Und die verschenkt Hüetli an Kakaobauern?«

»Ja«, erwiderte Whateley, »ziemlich viele sogar, wie es aussieht.«

»Ich kann mir nicht vorstellen, dass diese Typen irgendwem irgendwas schenken.«

»Purer Eigennutz, Xavier. Die haben Angst.«

»Wovor denn?«, fragte der Koch, während er nach seinem Koffer griff.

»Vor massiven Produktionseinbrüchen. So ein Kakaobaum hält vielleicht fünfundzwanzig, maximal dreißig Jahre durch. Danach trägt er kaum noch Früchte. Man muss also kontinuierlich welche nachpflanzen – etwas, das die afrikanischen Kleinbauern nicht können. Ihnen fehlt das Geld, den meisten Regierungen dort unten ebenfalls – also auch keine staatliche Aufforstung. Deshalb haben Hüetli und ein paar andere Schokoladenhersteller diese Programme aufgelegt. Es gibt ein paar Vorzeigeplantagen, die das organisieren. Nennt sich ›Cocoa Aid‹. Auch Varanga scheint dazuzugehören.«

»Ich verstehe«, erwiderte Kieffer. Dabei verstand er inzwischen eigentlich überhaupt nichts mehr.

»Xavier, ich muss jetzt. Wegen der ... wegen der Proben sprechen wir morgen noch mal, okay? Bitte nicht einfach in ein Kuvert stecken, hören Sie?«

»Verstanden. Vielen Dank erst mal, George.«

»Dafür nicht. Bis dann.«

Der Professor legte auf. Kieffer lief in Richtung Ausgang. Sobald er im Taxi war, würde er Lobato zurückrufen. Er ging durch den »Nichts zu verzollen«-Ausgang, vorbei an zwei in ein Schwätzchen vertiefte Zollbeamte. Es war völlig unnötig gewesen, sich Sorgen zu machen. Niemand hielt ihn auf, niemand fragte ihn, ob er Stoßzähne oder Tigerfelle mit sich führte. Kieffer passierte die automatischen Schiebetüren. Er hatte es geschafft. Gerade wollte er die Rolltreppe ansteuern, die nach oben in die Empfangshalle führte, als er sie sah.

Lobato stand ein paar Meter jenseits des Ausgangs, die Arme vor der Brust verschränkt. So wie es aussah, würde er sich den Rückruf sparen können. Links und rechts der Kommissarin standen Beamte in Uniform. Als die Polizisten Kieffer sahen, kamen sie direkt auf ihn zu.

Das Taxi würde er anscheinend auch nicht brauchen.

30

Sie fuhren nach Hamm, ins Hauptquartier der Kriminalpolizei. Lobato machte keinerlei Anstalten, Kieffer zu erklären, worum es ging, obwohl der Koch zweimal fragte. Er wusste, dass die Kommissarin nicht die Gesprächigste war. Aber diesmal sagte sie kein einziges Wort, und diese totale Funkstille verhieß nichts Gutes. Erst, als sie sich in einem der Konferenzräume gegenüber saßen, begann sie zu reden.

»Wo kommen Sie gerade her, Herr Kieffer?«

»Wenn Sie meinen Flug kannten, wissen Sie das vermutlich bereits.«

»Ich möchte es aber von Ihnen hören.«

»Aus dem Kongo. Kinshasa.«

»Was haben Sie dort gemacht?«

»Kulinarische Recherche.«

»Zum Thema Kakao?«

»Möglich. Verboten?«

»Sie spielen wieder mal Detektiv.«

Der Koch beschloss, dass es besser war, darauf nicht zu antworten. Lobato verzog die Mundwinkel. Dann hob sie den Hörer des Telefons auf dem Konferenztisch ab und sprach leise hinein.

»Kling soll kommen mit dem Asservat.«

Kurz darauf erschien einer der uniformierten Beamten von vorhin. Er griff nach Kieffers Koffer, der neben der Tür stand und wuchtete ihn auf den Tisch.

Während der Beamte sich an den Verschlüssen zu schaffen machte, sagte Lobato: »Was werden wir in Ihrer Tasche finden?«

»Schmutzige Wäsche, vermute ich.«

»Sehr witzig.«

Der Beamte zog sich Gummihandschuhe über. Dann öffnete er den Kofferdeckel.

»Dürfen Sie da eigentlich einfach so reingucken?«, fragte Kieffer. »Brauchen Sie keinen Durchsuchungsbeschluss?«

Lobato lächelte. Es war kein freundliches Lächeln. Sie griff nach einer Mappe, die auf dem Konferenztisch lag, nahm einen Zettel heraus und schob ihn Kieffer herüber. Der Koch überflog den Schrieb.

»Ein Durchsuchungs… Sie wollen meine Wohnung durchsuchen?«

»Haben wir schon.«

»Was?«

»Gestern wurden Ihr Restaurant und Ihr Haus in der Tilleschgass durchsucht. Wegen des dringenden Verdachts auf Unterschlagung wichtiger Beweismittel im Fall Faber.«

Kieffer fühlte, wie seine Knie weich wurden. Wenn Sie alles auf den Kopf gestellt hatten, waren Sie vielleicht auch auf die Rohdiamanten gestoßen. Er musste Valérie anrufen, sie warnen, dass …

Lobato griff in einen Rollcontainer, der neben ihrem Stuhl stand. Sie holte ein mit einem Barcode-Aufkleber versehenes Plastiktütchen hervor. Darin befand sich ein weiteres Tütchen mit einer gräulichen Substanz. Wider Willen entfuhr Kieffer ein Fluch.

»O, vreck.«

»Das hier haben wir in Ihrem Haus gefunden. Was ist das?«

»Keine Ahnung. Speed, vielleicht?«

»Was soll das? Sie müssten das ja wohl wissen, es gehört schließlich Ihnen, Kieffer. Ich hätte gar nicht gedacht, dass Sie so was nehmen. Aber andererseits, die langen Nächte in der Küche, hm?«

»Das liegt da schon ewig. Ich weiß gar nicht, wie lange.«

Lobatos Kopf schoss vor, ihre Hand knallte auf den Tisch. Nicht nur Kieffer zuckte zusammen, auch der Beamte, der den Koffer durchwühlte, erschreckte sich.

»Sie lügen! Sie lügen wie gedruckt!«

»Kommissarin, ich …«

»Sie haben dieses Zeug nicht selbst gekauft! Und es liegt auch nicht schon ewig da. Sie haben es von Ketti Faber. Wir haben den Inhalt noch nicht analysiert, aber auf der Tüte sind eindeutig Fabers Fingerabdrücke drauf.«

»Ah.«

»Also?«

»Ja, sie haben recht. Ketti hat mir das Tütchen gegeben, bevor sie … bevor sie starb.«

»Und warum haben Sie uns das verschwiegen? Das ist Unterschlagung von Beweismitteln. Dafür gibt es bis zu einem Jahr Freiheitsstrafe. Mal abgesehen von dem Drogenbesitz, der natürlich auch strafbar ist. Das sind fast zehn Gramm.«

»Sie hat mich darum gebeten, das Tütchen niemandem zu geben. Sie wollte nicht …«

»Was?«

»Sie hatte früher heftige Probleme mit dem Zeug. Hat sich's dann abgewöhnt. Offensichtlich hatte sie einen Rückfall, aber sie wollte nicht, dass das jemand erfährt.«

Lobatos Augen verengten sich.

»Sie wollen mir jetzt allen Ernstes erzählen, dass Sie diese Drogen nur deshalb versteckt haben, damit das Andenken an die liebe Frau Faber nicht beschmutzt wird?«

»So in etwa, ja.«

Lobato schüttelte den Kopf, ganz langsam, so als bewege sie sich in Zeitlupe.

»Dafür krieg ich Sie dran, Kieffer. Und irgendwie glaube ich«, sie schaute zu dem uniformierten Beamten, »dass dies nicht alles sein wird.«

Der Polizist hatte inzwischen das Gros von Kieffers Reiseutensilien durchwühlt. Gerade holte er eine handbemalte Dose mit Deckel hervor. Sie war mit Motiven von Elefanten und Affen bemalt. Kieffer merkte, wie es ihm kalt den Rücken herunterlief.

»Ah, ich glaube, das ist es«, sagte Lobato leise. »Nicht wahr, Herr Kieffer? Brigadier Kling, aufmachen.«

Der Polizist öffnete die Dose und schaute hinein. Sein Gesicht verriet Enttäuschung. Was auch immer er zu finden erhofft hatte, es war nicht darin. Er kippte die Büchse leicht. Gräulich-bräunliche Bohnen, jede von der Größe eines Daumenglieds, verteilten sich über den Tisch. Lobato stand auf und ging näher heran.

»Was zum Teufel ist das?«

Resigniert ließ Kieffer sich in den Stuhl sinken.

»Rohe Kakaobohnen«, sagte er.

Lobato gab dem Beamten ein Zeichen, die Bohnen zurück in die Büchse zu tun. Nachdem sie wieder Platz genommen hatte, sagte die Kommissarin: »Es ist ein Zollvergehen, so was undeklariert ins Land zu bringen, glaube ich. Egal, nicht mein Problem.«

Sie lächelte eisig. »Darüber hinaus sind Sie auf der falschen Spur.«

»Wie meinen Sie das?«

»Sie glauben, der Mord an Faber hätte was mit Schokolade zu tun, das habe ich inzwischen kapiert. Na, Sie als Koch sehen halt überall Lebensmittelverschwörungen – Berufskrankheit, vermute ich. Ist aber völliger Quatsch.«

»Worum geht es denn Ihrer Meinung nach?«

»Ich meine nicht, sondern ich *weiß* inzwischen, dass es um Diamantenschmuggel geht.«

Während sie dies sagte, schaute Lobato Kieffer sehr genau an. Er versuchte, ahnungslos dreinzuschauen. Ob ihm das gelang, wusste er nicht so recht.

»Und damit hatte Ketti was zu tun?«

»Deswegen hat man sie vermutlich umgebracht. Wie genau sie in die Sache involviert war …«, Lobato zuckte mit den Achseln. »Wir werden sehen. Einer ihrer Komplizen ist geständig. Ist nur eine Frage der Zeit, bis wir die anderen zu fassen bekommen, die involviert sind.«

Sie schaute ihn erneut scharf an. »Fällt Ihnen zu dem Thema was ein?«

»Nichts.«

»Na, das überrascht mich nicht«, sagte Lobato.

Die Kommissarin griff in die Innentasche ihrer Jacke. Sie holte ein Handy hervor und tippte darauf herum. Dann hielt sie Kieffer das Gerät vor die Nase. Der Screen zeigte das Foto eines Mannes. Es war der Russe im Rolli.

»Ist das ein Mafioso oder so was?«, fragte Kieffer.

»Sie kennen den Mann also?«

»Das habe ich nicht gesagt. Aber er sieht zwielichtig aus.«

»Kein Mafioso, also, nicht so richtig. Igor Jermolajew, ein freischaffender Berufskrimineller. Ist so eine Art Hehler. Und Sie sind sich sicher, dass Sie ihn nicht kennen?«

»Ziemlich.«

»Mit dem Kerl ist nämlich nicht zu spaßen. Unsere belgischen Kollegen, Jermolajew operiert von Brüssel aus, haben Hinweise darauf, dass er sich für unseren Fall interessiert. Was eigentlich nur bedeuten kann, dass er etwas sucht, das verschwunden ist – geschmuggelte Diamanten aus einem Deal, wahrscheinlich.«

Kieffer schaute auf seine Hände, nickte. Um das Thema etwas von dem Rollkragenrussen wegzubewegen sagte er: »Sie haben Gerschwiler verhaftet, stimmt's? Also nicht Sie, die Police Fédérale.« Er blickte auf.

Nun war es Lobato, die kurz wegschaute.

»Dazu kann ich Ihnen nichts sagen.«

»Ich habe mehrmals bei ihm angerufen. Seine Mitarbeiter wissen auch nicht, wo er ist. Da liegt die Vermutung nahe, dass die Belgier ihn wegen dieser Diamantensache in U-Haft gesteckt haben.«

»Kann sein, kann nicht sein. Es steht Ihnen frei, Wouters zu fragen. Aber jetzt noch zu etwas anderem.«

Lobato wischte erneut auf ihrem Telefon herum und zeigte ihm das Bild eines weiteren Mannes. Er war schwarz, rundlich und strahlte in die Kamera, als gäbe es etwas zu gewinnen. Kieffer betrachtete den Kerl.

»Sie kennen ihn«, sagte Lobato.

»Eigentlich nicht. Nur insofern, als Sie ihn mir schon

mal gezeigt haben, oder? Der war auf einem von den drei Fotos damals.«

»Ja. Das ist Antoine-Desirée Ibaka.«

»Der tote Botschafter?«

»Genau der. Wir wissen von unseren belgischen Kollegen inzwischen sicher, dass Faber Kontakt zu ihm hatte. Hat Sie Ihnen etwas davon erzählt?«

»Nein. Das haben Sie mich beim letzten Mal auch schon gefragt.«

»Ich frage gern zweimal. Wir wissen, dass es ein Treffen zwischen den beiden gab. Vermutlich wollte sie ihm von dem Diamantenschmuggel erzählen.«

»Und dann?«

»Dann hat jemand beide getötet. Vermutlich derjenige, der den ganzen Diamantenschmuggel aufgezogen hat«, sagte Lobato.

»Und wie geht es jetzt weiter?«

»Sie gehen jetzt nach Hause. Ich glaube, Sie haben da ein bisschen Aufräumarbeit vor sich. Und dann sollten Sie sich einen Anwalt suchen. Denn in ein paar Tagen bekommen Sie Post von der magistrature, wegen Unterschlagung und Verstoß gegen das Betäubungsmittelgesetz.«

»Frau Kommissarin, also ich …«

Lobato erhob sich. »Passen Sie bloß auf, dass nicht noch mehr dazukommt. Ich habe ein Auge auf Sie. Der Kollege bringt Sie raus.«

Ohne ein weiteres Wort verschwand die Kommissarin durch die Tür.

31

Zunächst fuhr Kieffer zu seinem Haus in Grund. Lobato hatte nicht zu viel versprochen: Der Koch fand dort ein heilloses Chaos vor. Die Inhalte von Schubladen, Schränken und Regalen lagen im ganzen Haus verstreut.

Kieffer verspürte dennoch keinerlei Lust, aufzuräumen. Das würde warten müssen. Stattdessen legte er die Büchse mit dem Rohkakao in den Kühlschrank und fischte sich aus einem der Klamottenhaufen auf dem Schlafzimmerboden ein frisches T-Shirt und eine Jeans heraus. Ein paar Minuten später war er bereits wieder zur Haustür hinaus, auf dem Weg zum »Deux Eglises«. Gegen seine Gewohnheit ging er nicht zu Fuß, sondern nahm den Wagen.

Es war halb fünf, als er die Gaststätte betrat. Jacques stand hinter der Bar und faltete Servietten. Kieffer konnte sehen, dass dem Kellner etwas auf der Zunge lag – »der verlorene Sohn kehrt heim« vielleicht oder eine ähnlich flapsige Bemerkung. Ihre Augen trafen sich. Statt seinen Satz zu sagen, schluckte Jacques ihn lieber herunter.

Kieffer stieg die Treppe zur Küche empor. Nur ein Vorbereitungskoch war anwesend. Er grüßte den Mann und fragte nach Claudine.

»Die ist gerade im Keller.«

»Danke.«

Kieffer stieg wieder hinab ins Erdgeschoss, dann in den Keller. Auch hier sah es unordentlich aus, allerdings nicht so schlimm wie im Büro. Vielleicht hatten seine Mitarbeiter einen Teil des Chaos bereits beseitigt. Er fand Claudine im Kartoffelkeller. So nannten sie den Raum, in dem alles aufbewahrt wurde, was keiner besonderen Kühlung bedurfte – Konserven, Zucker, Mehl und natürlich Kartoffeln. Kieffers Souschefin hielt ein Klemmbrett in der Hand und machte anscheinend eine kleine Inventur. Als sie ihn kommen hörte, fuhr sie herum. Genau wie Jacques lag ihr, das sah Kieffer sofort, einiges auf der Zunge. Anders als der Kellner würde sie, auch das konnte man sehen, nicht ein einziges Wort davon herunterschlucken.

»Houëre Schäiss, Xavier. Wo bist du gewesen?«

»Es tut mir leid. Ich musste dringend verreisen.«

»Hast du irgendeine Vorstellung, was hier los war?«

»Die Polizei war hier, habe ich gehört.«

»Ja, verdammt.«

»Das tut mir leid, ich hab es auch gerade erst erfahren. Ich war eine Zeit lang … vom Handynetz abgeschnitten.«

»Ja, habe ich gemerkt. Und dann das Restaurant. Zwei Leute krank, ein Haufen Reservierungen …«

Sie pfefferte ihr Clipboard zwischen die Konservenbüchsen. Kieffer hob beschwichtigend die Hände. »Claudine, hör doch erst mal zu …«

»Laf mer de Bockel eran! So kann doch keiner …«

»Es tut mir leid. Echt jetzt. Ich mach's wieder gut.«

Sie verschränkte die Arme vor der Brust. »Wie?«

Ja, wie? Darüber hatte er sich bisher noch keine Gedanken gemacht.

»Ähm, dieses Seminar in Toulouse, wo du hinwolltest? Das mit diesem Starkoch …«

»… Yves Brossard.«

»Ja, genau.«

Sie runzelte die Stirn. »Du hast gesagt, da wäre bei uns Hochsaison und ich könnte auf keinen Fall Urlaub kriegen.«

»Du kriegst Sonderurlaub. Und das Seminar bezahle ich.«

»Alles?«

»Ja, alles. Anreise, pipapo.«

So richtig besänftigt schien Claudine immer noch nicht. Aber zumindest hatte sie aufgehört, ihn anzuschreien. Nach einigen Sekunden sagte sie: »Und wenn du das nächste Mal dringend wegmusst, sagst du mir Bescheid. Vorher.«

»Ich verspreche es hoch und heilig.«

Sie nickte grimmig und hob ihr Clipboard vom Boden auf.

»Ich muss jetzt hoch. Kommst du auch gleich?«

»In wenigen Minuten. Vielen Dank. Und nochmals sorry.«

Sie brummelte etwas Unverständliches und ging zur Treppe. Nachdem sie die ersten Stufen erklommen hatte, blieb sie stehen.

»Xavier?«

»Hm?«

»Was haben die Bullen eigentlich gesucht?«

»Hehlerware.«

»Wie bitte?«

»Ja, wertvolle Edelsteine. Irgendwer hat ihnen einen anonymen Tipp gegeben …«

»Und?«

»Und nichts. Sie haben natürlich keine gefunden.«

Claudine nickte. Dann verschwand sie nach oben. Kieffer lehnte sich gegen die Kellerwand. Sie war angenehm kühl. Einige Sekunden verharrte er in dieser Position, bevor er in den Teil des Untergeschosses ging, wo sein Wein lagerte. Auch hier war die Polizei zugange gewesen. Zwar lag das meiste noch in den Regalen, aber der Koch konnte an den Spuren auf verstaubten Flaschen und an der Position mancher Kartons erkennen, dass viele seiner Schätzchen angefasst oder verrückt worden waren. Eines der Weinköniginnenfotos hatte sicn abgelöst und lag auf dem Boden. »Lynn, Wäikinnigin 2012«, stand darauf. Immerhin schien nichts zu Bruch gegangen zu sein. Vermutlich war ein Weinkeller sogar den ruppig vorgehenden Polizisten heilig, zumindest ein bisschen.

Der Koch ging ein Stück weiter, bis zu der Stelle, an der die Likörweine lagerten, die Pekka Vatanen so interessiert hatten. Im Regal daneben standen die Dosen mit seiner selbst gemachten Leberpastete. Der Koch hob eine nach der anderen an, drehte sie, lauschte. Bei der fünften Dose rasselte es vernehmlich. Er verzog das Gesicht. Als Lobato ihm das Foto des russischen Rollkragens gezeigt hatte, wäre es beinahe alles aus ihm herausgebrochen: die mysteriöse Schokoladenlieferung, die Rohdiamanten, Jermolajews Besuch. Wäre es nur um ihn gegangen, hätte er der Kommissarin alles erzählt. Er selbst war dieser Sache eigentlich nicht gewachsen. Vielleicht würde die Polizei ihn sogar beschützen können.

Allerdings war Kieffer sich ziemlich sicher, dass sie Valérie nicht beschützen würden. Sie lebte in einem anderen Land, war ständig auf Achse. Wie sollte das funktionieren? Auch deshalb hatte er sein Geheimnis für sich behalten. Kieffer musterte das Regal. Früher oder später musste er ein neues Versteck für die verdammten Steine finden, vermutlich eher früher. Der Koch stellte die Dose zurück zu den anderen, wandte sich ab und ging zurück nach oben. Sein Kopf war randvoll. Er dachte über vieles gleichzeitig nach – über die Steine, über den Kakao, über Odermatt, die Hüetli-Hexe. Aber am meisten beschäftigte ihn, wie es Valérie ging. Wie es mit ihnen weiterging.

Vor dem Restaurant rauchte er eine Ducal und starrte dabei schweigend gen Oberstadt. In der Varanga-Region gab es anscheinend Diamantenminen – Benoît Massamba hatte etwas in dieser Richtung erwähnt. Irgendjemand hatte welche von diesen Steinen nach Europa geschmuggelt und dabei die Schokoladenfabrik als Tarnung verwendet. War es Ketti gewesen? Kieffer konnte sich das kaum vorstellen. Andererseits: Vielleicht hatte das Schokoladenprojekt in finanziellen Schwierigkeiten gesteckt – der Zweck heiligt die Mittel und so weiter.

Oder war Hüetli in die Sache involviert? Das konnte der Koch sich fast noch weniger vorstellen. Global agierende Lebensmittelkonzerne schmuggelten keine Edelsteine. Nein, Hüetli ging es um etwas anderes – etwas, das mit dieser seltsamen Kakaoart zu tun hatte, die sie bisher nur als CO-H5 kannten und die in keiner Datenbank gelistet war. Nun, zumindest über den Kakao würde er mehr wissen, sobald Whateley das Zeug analysiert hatte.

Kieffer fragte sich, ob er die Dame von Hüetli konfrontieren sollte – nur womit genau? Zudem war ihm schleierhaft, wie er an Odermatt herankommen sollte. Vorstände von Achtzig-Milliarden-Euro-Konzernen standen nicht im Telefonbuch.

Er zog ein letztes Mal an seiner Zigarette, drückte sie im Aschenbecher aus. Eine vage Idee begann sich in seinem Kopf zu formen. Sie gefiel ihm ganz gut. Allerdings würde sie warten müssen. Als Kieffer kurz darauf die Stufen zur Küche hinaufstieg, kostete ihn das mehr Kraft als sonst.

32

Am nächsten Morgen war er bereits um halb sechs hellwach. Das passierte ihm fast nie. Falls doch, konnte er sich normalerweise mühelos umdrehen und wieder wegdämmern. Heute hingegen half alles Hin-und-Herumwälzen nichts. Kieffer stand auf und schaute missmutig aus dem Fenster. Am Vorabend hatte es zu regnen begonnen. Die Tropfen kräuselten die Oberfläche des Flusses hinter seinem Haus. Grau und träge lag die Alzette da, es schien Kieffer, sie weigere sich, in der gewohnten Geschwindigkeit durch ihr steinernes Bett zu fließen. Vielleicht schlief der Fluss auch noch, dachte er.

Dieser Gedanke erschien ihm seltsam, um nicht zu sagen dämlich, weswegen er machte, dass er in die Küche kam. Dort legte er als Erstes den Kippschalter seiner riesigen Vibiemme-Kaffeemaschine um. Das Ungetüm gehörte eigentlich eher in ein Restaurant denn in eine private Küche. Vor Jahren hatte der Koch das Gerät bei einer Insolvenzversteigerung billig erstanden. Die Vibiemme machte hervorragenden Kaffee, allerdings ließ sie sich gern etwas Zeit. Man musste warten, bis das rote Lämpchen aufleuchtete und die Maschine ein seltsames

Geräusch machte, eine Art metallisches Beben, gefolgt von einer Serie von Klopfgeräuschen. Erst dann kam etwas Trinkbares heraus.

Kieffer überbrückte die unvermeidliche Wartezeit, indem er zwei Siebträger mit Espresso füllte und in seinem Kühlschrank nach Dingen suchte, die man fürs Frühstück verwenden konnte. Viel war nicht darin, weder Eier noch Aufschnitt. Brot war ebenfalls alle. Valérie pflegte anzumerken, dass Kieffers heimische Speisekammer für einen professionellen Koch erstaunlich schlecht bestückt war. Dabei waren es seiner Erfahrung nach gerade Köche, die nie etwas dahatten. Wie die meisten seiner Kollegen war Kieffer an den Überfluss des Restaurants gewöhnt. Sein Abendessen nahm er nach Küchenschluss zusammen mit dem Team ein. Es gab, was übrig geblieben war. Zu Hause mochte er nichts kochen, das tat er schließlich schon den ganzen Tag. Und falls er dort doch etwas essen wollte, nahm er es aus dem »Deux Eglises« mit.

Nachdem er einige Schränke geöffnet hatte, fand er eine Packung Schokoladenkekse. Zusammen mit dem Kaffee ergab dies in Kieffers Augen ein beinahe vollwertiges Frühstück – fehlte nur noch eine Zigarette, aber die hatte er eigentlich immer vorrätig.

Kurz darauf saß er mit Keks und Kaffee am Küchentisch. Nach der ersten Tasse machte er sich eine zweite. Während die Vibiemme fauchend schwarze Galle ausspie, ging der Koch ins Wohnzimmer und holte seinen Laptop. Er drückte den Startknopf. Das Gerät war über zehn Jahre alt, es fuhr noch langsamer hoch als die Vibiemme, und komische Geräusche machte es auch. Mitunter wurde der Bildschirm ohne Vorwarnung blau und fror ein. Das alles war nervig, aber dafür wusste Kieffer, welche Tasten man drücken musste.

Seinem Portemonnaie entnahm er eine kleine Karte. Es handelte sich um den Speicherchip aus Benoît Massambas Kamera. Der Koch drehte ihn hin und her, beäugte ihn. Vermutlich musste man den Chip irgendwo einstecken. Aber wo? Er hob den Laptop an und begutachtete ihn von allen Seiten. Der Koch fand ein halbes Dutzend Buchsen, aber keine davon sah so aus, als passe der Chip hinein. Er versuchte es trotzdem, vorsichtig. Aber es war nichts zu machen.

Als Nächstes schrieb er eine SMS an seinen Freund Per Sundergaard. Der Programmierer arbeitete für eine Computerfirma, die sich zusammen mit anderen Technologiefirmen drüben in der Clausener Unterstadt angesiedelt hatte. Er fügte ein Foto des Chips bei und fragte Sundergaard, ob er so einen schon einmal gesehen habe und wie man ihn auslesen könne.

Danach rief er Valérie an. Es war erst halb sieben, aber Kieffer wusste, dass sie schon wach war, vermutlich bereits seit einer guten Stunde. Sie ging nicht ans Telefon. Der Koch wartete, bis die Mailbox ansprang.

»Val, ich bin's. Ich verstehe, dass du sehr wütend bist. Aber ich … ich habe was erfahren, über die Schokoladensache. Und deshalb konnte ich nicht anders. Außerdem wollte ich nicht zu Lobato. Ich weiß, ich hatte es versprochen, aber … ich würde gern mit dir darüber reden. Am besten persönlich. Wenn du magst. Jederzeit. Ruf mich an.«

Kieffer legte auf. Seinem Gefühl nach hatte er zusammenhangloses Zeug geredet. Er hoffte dennoch, dass sie sich meldete. Die Sache begann ihm auf den Magen zu schlagen. Er rauchte eine Ducal und schaute in seine Mails. Eines war von Whateley. Darin erklärte ihm der Professor, wie die Kakaoprobe am besten zu verschicken sei – in einem Kühlbehälter, per Expresslieferung. Eine halbe Stunde später hatte Kieffer herausgefunden, wer in Luxemburg solch einen Versand anbot und war bereits auf dem Weg zu seinem Auto, als sein Handy fiepte. Es handelte sich um eine Nachricht von Sundergaard.

»Das ist eine stinknormale Speicherkarte, Chef. Liest dir jeder Drogeriemarkt aus & druckt dir die Fotos.«

Der Koch war ziemlich bepackt, als er seinen Wagen erreichte. Außer dem Kakao hatte er seine Kassettenkiste dabei, ferner einen batteriebetriebenen Rekorder, der sonst in der Küche stand. Er stellte das Gerät auf den Beifahrersitz. Es sollte quasi als provisorische Hifi-Anlage fungieren, bis er dazu kam, ein richtiges Tapedeck einbauen zu lassen. Bevor Kieffer losfuhr, kramte er in dem Schuhkarton nach einer Kassette für die Fahrt. Derzeit steckten die Housemartins im Rekorder, aber die waren ihm zu fröhlich. Er griff stattdessen nach einem alten Smiths-Album. Während er die mit Kopfsteinen gepflasterte Montée du Grund in Richtung Oberstadt hinaufruckelte, schrammelten die Gitarren, und Morrissey verkündete, dass er jemanden in seinem Bett zu erschlagen gedenke.

Als Kieffer oben angekommen war, begann er jenen Radarblick einzuschalten, den jeder Luxemburger besaß, der in der für den Pkw-Verkehr eigentlich viel zu kleinen und verwinkelten Hauptstadt mit dem Auto unterwegs war: Er hielt nach Parkplätzen Ausschau, ein um diese Zeit hoffnungsloses Unterfangen.

And now I know how Joan of Arc felt
Now I know how Joan of Arc felt
As the flames rose to her Roman nose
And her Walkman started to melt.

Die Zeilen versetzten ihm einen Stich, weniger wegen der in Flammen aufgehenden Johanna von Orleans, sondern wegen Ketti, die diesen Song gemocht hatte. Er sah sie vor sich, tanzend, in irgendeinem Club.

Als er den Parkplatz ausmachte, war es schon zu spät. Ein Fluch entfuhr ihm. Dies war vermutlich der einzige freie Parkplatz in der gesamten Oberstadt gewesen, und er war daran vorbeigefahren, weil er über längst vergangenes Zeug nachdachte.

And if a double-decker bus
Crashes into us
To die by your side
Is such a heavenly way to die

Es dauerte eine Ewigkeit, bis er einen weiteren Parklatz fand – die Smiths waren schon beim vorletzten Song. Zudem war Parkplatz eigentlich nicht die korrekte Bezeichnung. Es handelte sich eher um eine Fläche, auf der noch niemand sein Auto abgestellt hatte. Optimistisch betrachtet würde Kieffer eine Dreiviertelstunde Zeit haben, bevor der Abschleppwagen auftauchte. Das musste reichen. Er parkte und und lief eiligen Schrittes in Richtung Place d'Armes. Hier gab es auf engstem Raum einen Haufen Restaurants, von der piekfeinen »Brasserie L'Alsace« bis zur amerikanischen Fast-Food-Bude. Sein Magen, der vorhin lediglich drei Kekse abbekommen hatte, machte sich bemerkbar. Der Koch passierte ein neues Café, dessen Auslage ziemlich verführerisch aussah. Dennoch blieb er standhaft und eilte weiter. Er wollte wirklich nicht abgeschleppt werden. Die Kakaobohnen per Express zu verschicken, war teuer genug.

Kurz darauf erreichte er einen Schreibwarenladen, in dem man UPS-Pakete aufgeben konnte. Kieffer erwarb eine Styroporbox und verpackte den Kakao darin. Er bezahlte und machte, dass er weiterkam. Als Nächstes suchte der Koch eine Drogerie auf. Dort ließ er sich die Varanga-Fotos von dem Chip auf eine CD brennen.

Während er zurück zu seinem Auto lief, rief er Vatanen an.

»Xavier? Ich dachte schon, dich gibt es gar nicht mehr.«

»Morgen, Pekka. Doch, mich gibt es noch.«

»Und jetzt willst du auch gleich schon wieder was, hm?«

»Vielleicht. Ich wollte dir was zeigen. Fotos.«

»Von Frauen?«

»Nein, von Kakaobäumen.«

Kieffer hörte den Finnen seufzen. »Na, das klingt ja verführerisch.«

Der Koch überhörte die Frotzelei. »Ich bin gleich bei dir. Zweites Frühstück. Auf mich.«

»Jetzt gleich? So früh? Geht nicht. Ich muss erst einmal …«

»Was?«

»Eine Analyse einer neuen Agrarverordnung schreiben. Wenn ich recht darüber nachdenke … komm bloß schnell her.«

Kieffer lief weiter. Hoffentlich war der Wagen noch da.

Er hatte es eilig, weswegen er den an einer Mauer lehnenden Mann beinahe übersehen hätte. Es war Thierry Schiltz. Er sah nicht gut aus. Kieffers Stammgast wirkte bleich, seine Augen hatten etwas Fiebriges.

»Thierry? Alles an d'Rei?«

Der Capitaine schaute auf, schien ihn aber gar nicht richtig wahrzunehmen.

»Thierry, ich bin's. Xavier vom ›Deux Eglises‹.«

»Hallo«, brachte Schiltz hervor. Es klang, als versuche er mit einer heißen Pellkartoffel im Mund zu sprechen. Kieffer fiel auf, dass sich an der Wand hinter seinem Bekannten ein großes weißes Schild befand. »Praxis Weis. Kieferchirurgie« stand da.

»Oh nein. Dein Zahn?«

»Muschte jesch doch rausch.«

»Gerade eben erst?«

Schiltz nickte benommen.

»Du Armer. Holt dich denn keiner ab?«

»Nei, meie Frau musch arbein. Ich nm Taschi.«

»Nee, komm ich fahr dich.«

Schiltz schüttelte den Kopf, merkte aber, dass dies keine gute Idee war. Er fasste sich an die Backe.

»Isch nisch nöig.«

»Zum Taxistand sind es mindestens hundertfünfzig Meter, zu meinem Auto höchstens vierzig. Und ich fahr eh in die Richtung. Also komm.«

Schiltz' schwachen Protest ignorierend hakte sich Kieffer bei dem Mann unter und führte ihn zu seinem Wagen, der glücklicherweise immer noch da stand, wo er ihn abgestellt hatte. Kurz darauf fuhren sie Richtung Verlorenkost, wo die Schiltzens wohnten.

»Hat sich entzündet und musste raus, sagst du?«

Schiltz nickte matt. Eine Zeit lang sprach keiner von ihnen. Irgendwann sagte der Capitaine leise: »Risch in Krone. Scheischschokolae«.

Kieffer hatte keine Ahnung, was Schiltz damit meinte, war aber nach den Erfahrungen der vergangenen Wochen durchaus geneigt, ihm zuzustimmen.

»Warum Schokolade, Thierry?«

»Draubischen.«

»Du hast auf Schokolade draufgebissen?«

»Sch-schein drin.«

Kieffer fühlte, wie sich seine Nackenhaare aufstellten.

»In deiner Schokolade war ein Stein drin?«

Er nickte. Sie bogen in die Straße ein, in der sich das Schiltz'sche Haus befand. Kieffer parkte und stellte den Motor ab.

»Was war denn das für eine Marke?«

Schiltz zuckte mit den Achseln. Seine Augen waren geschlossen.

»Weisch nich mehr. Warn Scheschenk.«

»Von Ketti Faber?«

Schiltz öffnete die Augen und sah Kieffer an.

»Wer scholl schasch schein? Scholae war vom Booschaffer.«

»Von einem Botschafter?«

Schiltz schien nun aufzufallen, dass sie bereits vor seinem Haus standen. Er machte Anstalten, auszusteigen.

»Warte, ich helfe dir.«

Kieffer stieg aus und hievte den Capitaine aus dem Auto. Als sie vor der Haustür standen, sagte der Koch: »Der Botschafter hieß Ibaka, oder?«

Schiltz schaute ihn entsetzt an. »Woher weischu … hab isch das …?«

»Nein, du nicht. Aber als Wirt hört man so einiges.«

»Ich darf nischs daschu … geheim …«

»Schon gut, Soldat. Schlaf dich jetzt mal aus.«

Schiltz murmelte einen Dank. Kurz darauf war er in seinem Haus verschwunden. Kieffer ging zurück zu seinem Auto. Einige Minuten saß er im Fahrersitz und überlegte. Dann ließ er den Motor an und fuhr zu Pekka Vatanen.

33

Sie saßen in der Cafeteria des Bâtiment Schuman, dem Bürokomplex, wo Vatanen arbeitete. Das Schumann war das älteste EU-Gebäude auf dem Kirchberg, ein hässlicher Klotz mit halb erblindeten Scheiben und bröckeliger Fassade. Das Café für die Mitarbeiter erinnerte an eine Kantine aus den Siebzigern: viel Resopal, wenig Farbe. Sie hockten an einem Tisch in der Ecke, der Finne hatte seinen Laptop mitgebracht. Während Vatanen mit der CD hantierte, schlang Kieffer ein Stück Apfelkuchen in sich hinein, sein zweites.

»Gottgütiger, hattest du kein Frühstück?«

»Nein«, erwiderte der Koch kauend.

»Und hast du mal drüber nachgedacht, was Vernünftiges zu essen? Es gibt hier auch Omelettes, Joghurt mit Früchten …«

»Bitte keine Ernährungsberatung jetzt, Pekka.«

»Sonst?«

»Sonst kriegst du eine Getränkeberatung.«

»Schon überzeugt«, erwiderte der Finne. »Also, lass mich mal schauen. Wow, das sind aber ganz schön große Fotos.«

»Wie, groß?«

»Die Dateigröße. Hatte der so eine Profikamera?«

»Mmh, denke schon.«

»Okay, ich ziehe das mal rüber auf meine Rechner. Dauert vielleicht etwas.«

Der Finne nippte an seinem Kaffee und lehnte sich dann zurück. »Auf gut Glück nach Afrika. Du bist doch wahnsinnig.«

Kieffer erwiderte darauf nichts, sondern schob sich stattdessen den letzten Bissen Kuchen in den Mund.

»Da fährt man doch nicht einfach hin. Bist du wenigstens geimpft?«

»Gegen Gelbfieber? Ja, immer schon, aus beruflichen Gründen.«

»Wenigstens etwas. Und hast du denn jetzt was rausgefunden? Ich meine, hat sich der Höllentrip wenigstens gelohnt?«

»Ich weiß es nicht, Pekka. Die Proben sind unterwegs zu Whateley. Diese Fotos … wir waren eine Zeit voneinander getrennt, Benoît und ich. Kann sein, dass da Sachen drauf sind, die ich überhaupt nicht gesehen habe.«

»Benoît, das ist dieser Journalist?«

»War.«

»Wieso war? Xavier, ist er …«

»Ja. Das ist alles entsetzlich.«

Kieffer erzählte seinem Freund, was in Varanga passiert war. Vatanen hörte mit grimmiger Miene zu.

»Hast du der Polizei davon erzählt?«

»Nein, natürlich nicht.«

»Weiß nicht, ob ich das so natürlich finde. Na ja, deine Sache. Setz dich mal zu mir rüber, die Fotos sind jetzt geladen.«

Kieffer tat wie ihm geheißen. Gemeinsam klickten sie sich durch Massambas Bilder. Insgesamt waren es an die zweihundert. Die ersten paar Dutzend zeigten ausschließlich Kakao in allen Varianten – ganze Bäumchen, einzelne Blätter und Äste, Früchte. Der Koch musste ein Gähnen unterdrücken.

»Man kann da drauf auf jeden Fall gut erkennen«, sagte Vatanen, »dass die meisten davon unter freiem Himmel wachsen. Aber nicht alle. Guck mal, die hier ... da drüber ist ein Blätterdach.«

Kieffer nickte. »Es scheint so zu sein, dass auf dieser Plantage nicht nur CO-H5 angebaut wird, so heißt dieser Superkakao, sondern auch ganz normale Sorten, vermutlich vor allem Forastero. Der braucht den Schatten.«

Es folgte noch mehr Theobroma cacao. Besonders ausgiebig und aus nächster Nähe hatte der Journalist eines der CO-H5-Bäumchen fotografiert. Kieffer holte sein Notizbuch hervor und schrieb sich die Bildnummern auf. Vielleicht konnte Whateley aus den Blattständen, der Farbe der Früchte oder aus was auch immer etwas herauslesen.

Zwischendurch hatte Benoît den einen oder anderen bunten Vogel abgelichtet, außerdem Blüten, die auf einigen der Bäume wuchsen. Auch dem Journalisten waren die ewigen Kakaobäumchen als Motiv mit der Zeit offensichtlich fade geworden. Während Vatanen weiterklickte, holte Kieffer ihnen noch zwei Kaffees. Als er zurückkam, machte der Finne eine hektische Handbewegung und zeigte auf den Bildschirm.

»Hast du was Interessantes?«, fragte der Koch.

»Bis Bild hundertsechzehn wieder nur blöde Bäume. Aber dann das hier.«

Auf dem fraglichen Foto war der Ausschnitt eines Gebäudes zu erkennen. Es schien sich um eines der Häuser zu handeln, die oben auf der Plantage gestanden hatten, halb vom Nebel verborgen. Benoît Massamba schien sich entgegen ihrer Abmachung näher an das Zentrum der Plantage herangepirscht zu haben.

Vatanen klickte weiter. Foto für Foto entstand allmählich ein Gesamtbild. Es schien insgesamt vier Gebäude zu geben. Eines davon war eine Art Lagerhalle, ein weiteres sah aus wie eine Fabrik. Bei dem dritten handelte es sich vermutlich um ein Wohnhaus, beim vierten vielleicht um ein Labor. Auch einige Leute, Männer und Frauen in weißen Kitteln sowie ein paar Wachen, waren zu sehen. Am Ende kamen sie zu einer Bilderserie, die einen weißen Lieferwagen zeigte. Auf seiner Seite war ein Logo angebracht.

»Das Hüetli-Logo«, murmelte Kieffer. »Was zum Teufel tun die da?«

Auf den folgenden Bildern konnte man sehen, wie Kisten in den Laster verladen wurden. Auf den ersten Blick war nicht erkennbar, was sich darin befand. Als Vatanen den entsprechenden Bildausschnitt vergrößerte, sah man, dass jede der Kisten einen Deckel aus durchsichtigem weißem Plastik besaß. Darunter befand sich etwas Grünliches.

»Setzlinge«, sagte Vatanen, »die transportieren Setzlinge.«

»Passt zu dem, was der Prof gesagt hat. Da gibt es so ein Aufforstungsprogramm von Hüetli. Die liefern die vermutlich an andere Plantagen.«

Bei seinen letzten Aufnahmen hatte Massamba sich auf die Personen konzentriert, die neben dem Laster standen, zwei Männer und eine Frau. Einer der Männer war schwarz, die anderen beiden weiß. Es war dem Journalisten nicht gelungen, alle Gesichter einzufangen. Anscheinend hatte er weiter unten am Hang gesessen und durch die Blätter fotografiert. Während die Frau gut zu erkennen war, blieben die Gesichter der beiden Männer verwaschen, schemenhaft. Vatanen zoomte heran. Dadurch wurde es kaum besser.

»Irgendeinen von denen schon mal gesehen, Xavier?«

Der Koch legte den Kopf schief. »Ich glaube nicht.«

»Die Frau. Ist das vielleicht diese Odermatt?«

»Nein, Pekka. Die sieht ganz anders aus. Und der weiße Mann … nein, kaum zu erkennen. Und der da ist ja ganz hoffnungslos.«

Kieffer deutete auf den schwarzen Mann. Er trug Jeans und T-Shirt und hielt etwas in der Hand, das wie ein Tabletcomputer aussah. Seinen Körper konnte man teilweise erkennen, wenn auch verschwommen. Das Gesicht hingegen wurde von einem Ast verborgen.

Der Koch rieb sich die Augen. »Das bringt mich alles nicht weiter.«

»Soll ich die Bilder an George schicken? Vielleicht kann er mit den Bäumen was anfangen.«

»Ja, das wäre nicht schlecht.« Kieffer deutete auf sein Notizbuch. »Hier, diese Bildnummern, das waren die mit dem CO-H5.«

»Okay, wird gemacht. Was hast du jetzt vor, Xavier?«

»Ich weiß noch nicht. Vielleicht warte ich erst mal, was Whateley sagt. Ehrlich gesagt wäre mir das ganz recht. Ich muss mich mal ein bisschen um mein Restaurant kümmern. Und um Valérie.«

Vatanen legte den Kopf schief.

»Madämmchen mal wieder außer Rand und Band?«

»Nein. Ist diesmal eindeutig meine Schuld. Ich habe ihr was versprochen, und dann nicht gehalten. Jetzt redet sie nicht mehr mit mir.«

»Ist es wegen dieser Afrika-Sache? Dann kann ich verstehen, dass sie …«

Kieffer überlegte, ob er seinem Freund von den Diamanten erzählen sollte. Eigentlich hatte er das nicht tun wollen. Aber er musste mit irgendwem darüber reden. Zunehmend gewann er nämlich den Eindruck, dass er sich völlig verrannt hatte.

»Wegen was anderem.«

Vatanen klappte den Rechner zu und verschränkte die Arme vor der Brust.

»Du hast mein Ohr.«

Kieffer schaute sich um. Es war inzwischen halb elf, jene Zeit, zu der die im Schuman arbeitenden Beamten des Parlaments in die Kantine kamen, um eine kleine Frühstückspause einzulegen oder vielleicht auch eine große. Um sie herum saßen Menschen aller Nationalitäten, tranken Kaffee, schwatzen, schauten in ihre Smartphones.

»Okay. Aber nicht hier.«

Sie gingen nach draußen. Das Schumann befand sich am südwestlichen Ende des Kirchbergs. Zwischen dem steil abfallenden Hang und dem EU-Gebäude lagen ein Museum sowie der Parc des Trois Glands, auf Luxemburgisch Dräi Eechelen genannt. Der Park hieß so, weil sich auf seiner einen Seite ein altes Fort mit drei Türmen erhob. Früher war es Teil der umfänglichen Luxemburger Befestigungsanlagen gewesen. Jede der drei vergoldeten Turmspitzen sah aus wie eine Eichel.

Sie liefen über eine Wiese, bis zu einer Parkbank. Ein

paar Meter vor ihnen fiel der Fels jäh ab. Auf der anderen Seite konnte man die Altstadt und Nôtre-Dame ausmachen. Unter ihnen lag Pfaffenthal – der Ort, wo diese ganze seltsame Geschichte vor fast drei Wochen begonnen hatte – oder, wenn man so wollte, bereits vor bald drei Jahrzehnten, in einer kleinen Kaschemme namens »Fleurs«.

Sie setzten sich. Und dann erzählte Kieffer seinem Freund alles, was er bisher ausgelassen hatte. Er berichtete von dem Beutel voller Speed, den Ketti ihm in die Hand gedrückt hatte, und von den Rohdiamanten, die in Schokoladenblöcken versteckt gewesen waren, sogar von Schiltz' zerbissenem Zahn. Der Finne stellte nur wenige Nachfragen. Als Kieffer fertig war, sagte er: »Meine Fresse. Also, wenn du meinen Ratschlag willst – nicht, dass ich glaube, dass du ihn beherzigst, aber sei's drum – das mit den Drogen ist völlig egal.«

»Wieso?«

»Ich bin kein Jurist, aber ... es ist ja ziemlich klar, dass du nicht damit handeln wolltest und dass du das Zeug auch nicht konsumiert hast. Richtig?«

Kieffer nickte.

»Also geht es im Wesentlichen um diese Beweismittelsache. Dafür bekommst du eine Geldstrafe. Wenn überhaupt. Ich kann mir nicht vorstellen, dass die Staatsanwaltschaft deswegen Theater macht.«

»Lobato hat gesagt ...«

»Diese – übrigens wirklich sehr aparte – kleine Kommissarin ist aufgrund irgendwelcher Hinweise zum Staatsanwalt gegangen. Der hat ihr einen Durchsuchungsbefehl besorgt, für Wohnung und Restaurant. Wegen der paar Gramm Schnee? Glaube ich nicht. Lobato hat vermutlich behauptet, du wärst in einen riesigen Diamantenschmuggel verstrickt und hättest Ware bei dir gebunkert. Hast du nicht gesagt, die hätten einen der Schmuggler in Haft?«

»Die belgische Polizei, nehme ich an. Lobato sagte was in die Richtung. Wer es ist, weiß ich nicht. Ich tippe allerdings auf Gerschwiler.«

»Vielleicht hat er oder sie dich angeschwärzt. Und die Polizei hat den Unsinn geschluckt.«

»Na ja. Das mit den Steinen hat ja auch gestimmt, Pekka.«

»Mag sein, aber die Blaumeisen haben sie bei der Durchsuchung nicht gefunden. Und nun muss Lobato dem Staatsanwalt erklären, was der Mist eigentlich sollte. Sicher sehr unangenehm für sie. Was ich aber nicht kapiere: Warum eigentlich hast du Lobato nicht einfach gesagt, wo die Steine sind?«

»Weil ich nicht möchte, dass dieser Russe meine Freundin massakriert.«

»Das mit dem toten Hund scheint dich ja schwer beeindruckt zu haben.«

»Ja, das hat es. Klar möchte ich die Steine lieber heute als morgen loswerden. Aber … Scheiße, ich weiß nicht, was ich machen soll.«

»Also, mein Ratschlag, Xavier: Was die Kakaogeschichte angeht: Mach nichts! Ganz egal, was George rausfindet, halt dich da ab jetzt raus. Was die Diamanten angeht: Auch hier würde ich nichts tun.«

»Du meinst, ich soll warten, dass der Typ anruft?«

»Zum Beispiel.«

»Aber wenn ich ihm die Steine gebe, kann ich es Lobato hinterher schon gar nicht beichten.«

»Warum nicht?«

»Weil sie mich dann fertigmachen wird.«

»Xavier, das ist doch kein Fernsehkrimi hier. Jemand schickt dir einen Haufen Diamanten. Du behältst das für dich. Irgendein Typ kommt und nimmt die Steine mit. Wo genau ist da die Straftat? Also, ich meine, auf deiner Seite?«

»Beihilfe oder so was? Auf jeden Fall wird Lobato mich danach hassen.«

»Na ja, landen wirst du bei ihr dann wohl nicht mehr, so viel ist sicher.«

»Hatte ich eh nicht vor.«

»Aber sie vielleicht«, der Finne grinste anzüglich. »Das war zumindest immer mein Eindruck.«

»Pekka …«

»Ist ja schon gut. Also, das sind auf jeden Fall meine Ratschläge. Wirst du sie beherzigen?«

Kieffer kratzte sich am Kinn. »Vielleicht einen von beiden.«

Vatanen lehnte sich zurück und schaute auf das Stadtpanorama vor ihnen. »Einen? Das wäre immerhin einer mehr als sonst.«

34

Am frühen Nachmittag fuhr Kieffer erneut in die Oberstadt. Er war dort mit einer Bekannten auf einen Kaffee verabredet. Colette Schmartz war wie er in Grund aufgewachsen und arbeitete inzwischen im Außenministerium. Sie liefen sich alle Schaltjahre über den Weg und versprachen einander jedes Mal, sich bald auf ein Glas Wein zu treffen. Den Koch plagte ein schlechtes Gewissen, weil er Colette deswegen nie angerufen hatte – nur um sie nun mit der Frage zu überfallen, ob sie noch am selben Tag Zeit für ihn habe. Aber die Ministerialbeamtin war sofort bereit gewesen, sich mit ihm zu treffen. Pekka hatte einmal die Theorie vertreten, Colette sei an ihm interessiert. Das Gleiche sagte der Finne allerdings auch über Kommissarin Lobato, über Kieffers Souschefin Claudine und so ziemlich jede andere Frau, die sich dem Koch auf mehr als zwanzig Meter näherte.

Von der Grand Rue kommend überquerte Kieffer einen kleinen Platz mit einem Springbrunnen, in dessen Bassin aneinandergedrängte kupferne Schafe standen. Auf ihren Rücken thronten mehrere ebenfalls kupferne Musiker mit Blechinstrumenten. Der Koch querte die Rue du Fossé und gelangte in die schmale Rue du Palais de Justice. Er befand sich nun im Luxemburger Regierungsviertel. Ihm als Ortskundigem war dieser Umstand bewusst, die meisten Auswärtigen hätten es wohl nicht bemerkt. Es gab weder Straßensperren noch standen schwer bewaffnete Polizisten an den Ecken. Zudem waren die meisten Ministerien in ganz normalen Stadthäusern untergebracht.

Einzig eine Überwachungskamera und einige versenkbare Poller wiesen darauf hin, dass das Gebäude vor ihm kein gewöhnliches war. Colette stand bereits vor dem Eingang des Außenministeriums und lächelte ihm zu. Als Kieffer sie sah, fühlte er sich augenblicklich schlecht angezogen. Vermutlich war er das auch, aber Colette in ihrem dunkelblauen Kostüm machte es ihm umso mehr bewusst. Sie kam auf ihn zu.

»Moien, Xavier.«

»Moien, Colette«, sie gaben einander Wangenküsschen. »Das ist ja toll, dass du Zeit hattest.«

Sie lächelte ihn an. »Na, wenn's dringend ist. Ich kann allerdings nur kurz. Wir haben in ein paar Tagen einen Gipfel oben auf dem Kirchberg.«

»Wo arbeitest du jetzt genau?«

»In der Abteilung für Europa- und Wirtschaftsangelegenheiten.«

»Und da ist ein EU-Gipfel?«

Kieffer interessierte sich stets für große Kongresse oder Veranstaltungen auf dem Kirchberg, denn diese belebten das Geschäft im »Deux Eglises«.

»Nein, Freihandel, Südamerika«, erwiderte sie.

»Ich verstehe. Wie wäre ein schneller Kaffee bei Niederschwartz?«

Colette war einverstanden. Sie gingen zurück bis zu

dem Springbrunnen. An dem kleinen Platz lag die Filiale einer bekannten Luxemburger Konditorei. Im Obergeschoss gab es ein kleines Café. Kieffer bestellte einen großen Milchkaffee und ein Vanille-Eclair, Colette Schmartz einen Espresso. Die Staatsdienerin war fünf Jahre jünger als er und recht hübsch, aber irgendwie nicht sein Typ. Sie hatte etwas Tochter-aus-gutem-Hause-mäßiges, das ihm nicht zusagte. Colette fuhr sich durch die blondierten Haare und lächelte ihn dabei an. Vielleicht stimmte Vatanens Theorie ja. Ihm sollte es recht sein, vielleicht machte es Colette gesprächiger.

»Du hast gesagt, es ginge um diplomatische Gepflogenheiten, habe ich das richtig verstanden, Xavier?«

Der Koch nickte. »Genau. Ich würde gern wissen, wie das abläuft wenn man hier … also wenn man Botschafter werden will.«

»Botschafter eines anderen Landes in Luxemburg?«

»Genau. Schicken die einfach einen, muss der sich anmelden, solche Sachen.«

»Ich verstehe. Folgendermaßen: Wenn irgendein Land – Deutschland, Australien, wer auch immer – einen Botschafter hierher entsenden möchte, können die nicht einfach irgendwen in die Botschaft setzen.«

»Nicht? Ich dachte immer, das wäre die diplomatische Freiheit des anderen Landes, ihren Vertreter selbst zu bestimmen.«

»De facto mag das so sein, es wird selten einer abgelehnt. Aber da gibt es ein sehr formelles Procedere. Der Entsendestaat klopft zunächst mal bei uns an. Sagt, wer der nächste Botschafter werden soll. Der Empfangsstaat muss dem förmlich zustimmen. Agrément nennt man das.«

»Und dann?«

»Dann ist er oder sie zunächst einmal nur designierter Botschafter. Als Nächstes muss er akkreditiert werden. Dazu stellt sein Staatsoberhaupt ihm ein Beglaubigungsschreiben aus. Lettre de créance nennen Diplomaten das. Damit in der Tasche muss der Botschafter in spe dann beim Grand-Duc vorstellig werden und es ihm übergeben.«

Kieffer aß ein Stück von seinem Eclair und überlegte.

»Botschafter ist er also erst, wenn er sein Beglaubigungspapier los ist?«, sagte der Koch. »Vorher ist er dann genau … was?«

»Gar nichts. Ein Gast in unserem Land, aber noch kein Botschafter.«

Colettes Augen verengten sich.

»Hier geht es um einen konkreten Fall?«

Kieffer nickte. »Ibaka.«

Colette senkte die Stimme. »Woher weißt denn du bitte davon?«

Der Koch lächelte milde. »Luxemburg halt.«

Ihrem Gesichtsausdruck nach zu urteilen fand Colette seine vage Antwort nicht unplausibel. Tatsächlich war es so, dass sich in d'Stad kaum etwas lange geheim halten ließ. Luxemburg besaß knapp hundertzwanzigtausend Einwohner. Ein Drittel davon waren Einheimische. Diese Alteingesessenen besaßen gut funktionierende Netzwerke, es lief kaum anders als auf dem Dorf. Irgendwer quatschte immer. Mord und Totschlag waren natürlich besonders interessant.

Colette verzog das Gesicht. »Interessant, dass es schon rum ist. In den Medien war noch nichts. Aber das kommt ja dann wahrscheinlich bald. Viel kann ich dir dazu nicht sagen. Das verstehst du hoffentlich.«

»Schon klar, darum habe ich auch erst gar nicht nach

ihm gefragt. Es ging mir mehr um das diplomatische Protokoll. Aber hätte es denn irgendeinen Sinn gemacht, den Mann daran zu hindern, seinen Botschafterposten anzutreten?«

»Nun, nach seiner Ernennung hätte er Zugang gehabt.«

»Wozu?«

»Die RBK ist ein kleines Land, und ein neues dazu. Wie viele kleinere Staaten haben die nicht in jedem europäischen Land einen Botschafter. Deren Diplomat sollte Benelux und Brüssel in einem machen, soweit ich weiß.«

»Also EU-Sachen?«

»Genau. Er war auch schon ambassadeur designé für Holland und Belgien, aber bei uns hatte er den ersten Antrittstermin. Danach hätte er an offiziellen Anlässen teilnehmen können und hätte Zugang zu vielen interessanten Gesprächspartnern gehabt, bei Kommission, Parlament, Rat. Dem Missionschef einer Botschaft stehen viele Türen offen.«

»Ich habe gehört, der Mann sei auf dem Weg zum Palais verstorben.«

»Du weißt ja wirklich einiges.«

»Jobbedingt. Bei mir an der Bar, nach der zweiten Flasche Riesling – na, kannst es dir denken.«

»Ich habe auch so etwas gehört«, erwiderte Colette. »Ob's stimmt, weiß ich nicht.«

»Heißt das, dieser Ibaka ist dem Großherzog quasi vor die Füße gefallen?«

»Nein, er war wohl noch in einem anderen Raum, als …«

»… als er starb?«

Sie nickte. »Herzinfarkt oder so was. Ich weiß es wirklich nicht genau. Aber warum willst du es wissen?«

»Ich kenne jemand, der Geschäftsbeziehungen dahin hatte, in die RBK.«

»Und der ist beunruhigt?«

»So in der Art. Gibt es denn jetzt schon einen neuen Botschafter der RBK?«

»Nicht, dass ich wüsste. Die müssen ja erst einmal jemand Neues vorschlagen. Die Sache ist jedenfalls diplomatisch recht heikel. Zurzeit hoffen wohl alle noch, dass er eines natürlichen Todes gestorben ist.«

Kieffer versuchte, ein unbeteiligtes Gesicht zu machen, aber offenbar gelang ihm dies nicht sehr gut.

»Ist er das, Xavier? Du weißt was, oder?«

»Wissen ist zu viel gesagt. Aber es erscheint mir in Anbetracht der weiteren Umstände unwahrscheinlich.«

»Wieso das?«

»Die Tote im Aufzug?«

»In Pfaffenthal? Die Zeitungen waren voll davon.«

»Die Polizei vermutet einen Zusammenhang.«

Colette schaute ihn an. Kieffer bildete sich ein, dass sie ein bisschen beeindruckt aussah.

»Und woher weißt du das jetzt schon wieder, Xavier?«

»Ich kannte die Tote.«

»Mein Gott, wie schrecklich.«

Sie legte ihre Hand auf seine.

»Unerfreulich, ja.«

Eine Kellnerin ging vorbei. Kieffer nutzte die Gelegenheit, um seine Hand unter Colettes wegzuziehen und der Servierkraft zu winken.

»Zahlen, bitte.«

Zu Colette gewandt sagte er: »Geht auf mich. Vielen Dank. Ich will dich ja nicht zu lange aufhalten.«

Colette erhob sich.

»Schon okay«, erwiderte sie. »War nett, dich mal wieder gesehen zu haben. Ruf mich doch mal an, vielleicht machen wir mal was zusammen?«

Kieffer stand auf und umarmte Colette zum Abschied. Er versprach ihr, sich bald zu melden, wohl wissend, dass er es vermutlich nicht tun würde.

35

Den folgenden Morgen verbrachte Kieffer größtenteils im »Deux Eglises«. Aufgrund seines ungeplanten Ausflugs nach Varanga war er mit vielem hintendran. Er musste zum Großmarkt, um seine Bestände aufzufrischen und bei mehreren Lieferanten nachordern. Ferner galt es, die Karte umzustellen. Der Sommer ging allmählich zur Neige, aber auf seiner Speisekarte standen noch immer verdächtig viele Salate, ferner Erdbeerkuchen mit Schlagsahne. Nun war es heutzutage keineswegs mehr so, dass man diese Zutaten nicht auch im Oktober in ordentlicher Qualität bekommen konnte. Aber viele der Gäste, die wegen der traditionellen Luxemburger Gerichte kamen, pflegten die althergebrachte Vorstellung, dass man bestimmte Gerichte nur in bestimmten Jahreszeiten essen konnte und sollte. Kieffer selbst ging es genauso. Verwurelte durfte man nur im Februar verzehren. In Bierhefe gekochten Wittling gab es nur zur Kirmes. Hiecht mat Kraiderzooss war ein Sommergericht, wohingegen im August kein Mensch Choucroute essen sollte.

Kieffer strickte die Karte komplett um. Ein Blick in Kassenbuch und Vorratskammer bestätigte ihm nochmals, dass kein Schwein die Kutteln hatte essen wollen. Resigniert nahm er sie von der Speisekarte, beschloss dann jedoch, dass man sich von seinen Gästen nicht alles gefallen lassen durfte. In einem Anfall von Trotz setzte Kieffer stattdessen Träipen auf die Karte, Luxemburger Blutwurst, die er mit Kartoffelpüree und im Ganzen in Butter gebratenen Äpfeln servieren würde. Außerdem kam ein Lammhirnsalat dazu – nicht unbedingt luxemburgisch, aber Kieffer war danach. Wenn das cervelle de veau auch keiner wollte, aß er es eben selbst, notfalls jeden Abend.

Zwischendurch googelte der Koch zu Fränzi Odermatt. Im Wesentlichen fand er Artikel wie jene, die er bereits gelesen hatte. Die Hexe von Hundwil galt als klare Favoritin für die Nachfolge von Vorstandschef Witterling, der sich in den vergangenen Jahren mehrere grobe Schnitzer geleistet hatte. Einige seiner Zukäufe hatten sich als Flops erwiesen. Ferner war Hüetli unter Witterlings Ägide mehrfach in die Schlagzeilen geraten, wegen eines Fleischskandals (Pferd statt Rind), eines Käseskandals (chinesisches Milchpulver statt Schweizer Alpenmilch) und eines Reisskandals (Bromid im Basmati). Der Wirtschaftspresse galt er als behäbig und überfordert, Odermatt hingegen als angriffslustig und kompetent. Schon jetzt schienen viele wichtige Entscheidungen im Unternehmen auf ihr Konto zu gehen.

Odermatt war anscheinend passionierte Taucherin, hatte zwei Kinder und einen blendend aussehenden Mann, bei dem es sich zu Kieffers Erstaunen um einen Koch handelte. Monsieur Odermatt war allerdings nicht so ein kleiner Garbrutzler wie er. Der Mann betrieb eine Kochschule in Genf und besaß dort offenbar auch mehrere Hotels.

Der »manager bilanz« entnahm Kieffer, dass man bei Hüetli den Tag, an dem Odermatt endlich das Ruder übernahm, sowohl herbeisehnte als auch fürchtete. Auf der einen Seite hatte der bisherige Vorstandschef im Spätherbst seiner Amtszeit allerlei Trends verschlafen und Reformen verschleppt. Auf der anderen Seite war allen klar, dass Odermatt in den unprofitablen Konzernsparten Erschießungen im großen Stil vornehmen würde, und das ohne mit der Wimper zu zucken. Kieffer schaute sich die Zahlen des Unternehmens an. Wenn sein Lokal bei derart viel Umsatz derart wenig Gewinn machte, würde er ebenfalls nervös werden. Die Börse schien das ähnlich zu sehen. Die Hüetli-Kursgrafik war ein ziemlich trauriger Anblick.

Gut ein Jahr würde die Hexe sich noch gedulden müssen, las Kieffer in der »Neuen Zürcher Zeitung«. Dann endete Witterlings Amtszeit. Zuvor würde der Konzern den großen alten Mann noch einmal als Erfolgsmanager inszenieren, auf der in wenigen Wochen stattfindenden Hüetli-Hauptversammlung im Zürcher Hallenstadion.

Kieffer schaltete den Rechner in seinem Büro aus und ging in den verlassenen Schankraum. Außer ihm war noch keiner da. Der Koch sah das Reservierungsbuch durch und hörte den Anrufbeantworter ab. Danach vertrieb er sich die Zeit mit Kleinkram, wischte zweimal die Theke ab, schob die Spirituosenflaschen hin und her. Gegen kurz vor zwei hielt er es nicht mehr aus. Rasch schrieb er einen Laufzettel für seine Souschefin, mit Instruktionen für den Abend. Dann schickte er ihr eine SMS, in der er Claudine erklärte, sie müsse an diesem Abend nochmals ohne ihn auskommen.

Zwanzig Minuten später parkte Kieffer in einem Parkhaus nahe des Luxemburger Hauptbahnhofs. Kurz darauf hatte er ein Ticket erstanden und wartete auf den nächsten TGV nach Paris. Wenn Valérie ihn nicht zurückrief, würde er ihr eben einen Besuch abstatten. Ob das eine gute Idee war, wusste er nicht. Es war zwar nicht das erste Mal, dass es zwischen ihnen nach einem Streit zu mehrtägiger Funkstille gekommen war. Aber irgendetwas sagte ihm, dass sich die Sache diesmal nicht von selbst einrenken würde. Wenn sie sich überhaupt einrenkte. Außerdem waren es bis Paris nur zweieinhalb Stunden. Im schlimmsten Fall aß er dort zu Abend und fuhr mit dem letzten Zug zurück, idealerweise stark angetrunken. Noch hoffte er allerdings auf das erfreulichere Szenario, bei dem er bis morgen früh in Paris blieb und zusammen mit Valérie frühstückte.

Während er wartete, kaufte Kieffer an einem Bahnhofskiosk ein paar Sachen – eine Tafel Schokolade als Reiseproviant, eine Tageszeitung, ein Fußballmagazin. Er stand bereits an der Kasse, als sein Blick auf einen Aufsteller fiel. Darauf war ein rundes Steinrelief abgebildet, das eine in ihre Einzelteile zerlegte Frau zeigte – Gliedmaße, Torso und Kopf waren wild durcheinandergewürfelt, so als habe jemand eine kannibalische Choucroute-Platte angerichtet. Der Stein sah mesoamerikanisch aus, und das war es wohl auch, was Kieffers Aufmerksamkeit erregt hatte. Vor dem Aufsteller lag die neueste Ausgabe des »National Geographic«. Auf dem Cover war eine Tempelanlage zu sehen, darunter stand: »Das letzte Geheimnis der Azteken. Archäologen rekonstruieren den Großen Tempel von Tenochtitlan«. Der Koch griff sich eines der Hefte und fügte es seinen anderen Einkäufen hinzu.

Kurz darauf saß Kieffer im TGV. Gerade wollte er sich die Azteken vornehmen, als sein Telefon klingelte. Es war Professor Whateley.

»George, schön, dass Sie anrufen.«

»Gern. Also, folgendermaßen: Heute Morgen sind die Proben gekommen. Wir haben sie dann hier gleich in den Bioanalyzer gekippt.«

»Und wann kann man ... ich meine, wie viele Tage dauert es, bis Sie ein Ergebnis haben?«

Whateley lachte. »Tage? Wir leben in der Zukunft Xavier, das Ding analysiert DNA, RNA, Enzyme, alles in einer guten halben Stunde. Ich bin also schon fertig.«

»Wow. Dann erzählen Sie doch mal.«

»Eindeutig Theobroma cacao, eindeutig eine Kreuzung auf Basis von CCN-51, diesem Industriekakao aus Südamerika. Man hat zum einen Amenolado hineingekreuzt, das ist die in Afrika vorherrschende Sorte – eine Forastero-Varietät, aber nicht allzu bitter. Aber das Erstaunlichste ist, dass ich außerdem Porcelana gefunden habe.«

»Nie gehört. Was ist das?«

»Ein ganz seltener Kakao, kommt aus der Nähe von Maracaibo, das liegt in Venezuela. Geschmacklich absolut top, quasi der ... man müsste jetzt eine Weinanalogie verwenden. Aber dazu müsste ich mich mit Wein auskennen.«

»Das Château Ausone unter den Kakaos«, schlug Kieffer vor.

»Wenn Sie es sagen. Porcelana ist auf jeden Fall sehr teuer, denn die jährliche Erntemenge ist lächerlich klein. Der wurde hier reingekreuzt, vermute ich.«

»Und deshalb schmeckt die Schokolade nun so hervorragend?«, fragte Kieffer.

»Kann man vermuten, wissen kann man es nicht. Dazu müsste man reife Bohnen – Ihre waren noch etwas unreif – verarbeiten und Schokolade draus machen. Pflanzen kreuzen ist keine exakte Wissenschaft. Normalerweise benötigt man viele Versuche, bis es hinhaut.«

»Aber die Vermutung liegt doch nahe? Die Schokolade von Sijambo, die ich probiert habe, war auf jeden Fall sehr gut, geschmacklich viel besser als das, was man im Supermarkt bekommt. Aber zum Supermarktpreis.«

»Dann scheint es«, erwiderte Whateley, »tatsächlich so zu sein, dass den Leuten von Hüetli die Quadratur des Kreises gelungen ist. Die Fotos, die Sie mir geschickt haben, legen das ebenfalls nahe.«

»Inwiefern?«

»Ich habe mir zunächst nur die Bilder angeguckt, die Pekka markiert hatte. Wenn man weiß, wonach man sucht, findet man Merkmale wieder, von Amenolado, Porcelana und Don Homero, also diesem Industriekakao. Die Früchte sind außerdem sehr groß und sehr zahlreich – über den Daumen gepeilt würde ich sagen, dass diese CO-H5-Bäume vier- bis fünfmal so viel Kakao abwerfen wie ein westafrikanischer Durchschnittsbaum.«

»Klingt beeindruckend.«

»Geht. Das kriegen Sie mit dem guten alten CCN-51 auch hin, wenn Sie viel düngen.«

»Aber er schmeckt zu sauer.«

»Ja, das ist der Haken. Also, wenn es stimmt, was Sie vermuten, dann verstehe ich langsam, warum die ihre Pflanze nicht bei uns durchgeschleust haben – und warum ihre Farm außerhalb der traditionellen Anbaugebiete liegt. Trotzdem ist das mordsgefährlich.«

»Wegen Krankheiten?«

»Ja. Unsere Tests weisen nach, dass in diesem Kakao Pflanzen von der anderen Seite des Atlantiks hineingekreuzt wurden. Die meisten schlimmen Kakaoseuchen wüten in Südamerika. Wenn eine von denen Afrika erreichen würde ... denken Sie eigentlich daran, diese Schweinerei öffentlich zu machen?«

»Ja, ich weiß allerdings nicht genau, wie. Zunächst muss ich noch mit ein paar Leuten sprechen.«

»Okay. Rufen Sie mich an, wenn Sie wissen, was Sie tun werden. Ich habe auf jeden Fall alle Daten zu der Pflanze hier und kann sie Ihnen schicken, und natürlich auch eine kleine Analyse dazu schreiben.«

»Vielen Dank, George. Was denken Sie, würde wohl passieren, wenn das rauskäme?«

»Ein Riesenaufruhr wäre das. Hüetli würde sich den Zorn der gesamten Branche zuziehen. Aber was vermutlich gravierender ist: Einige Produzentenländer könnten Strafmaßnahmen beschließen. Denn mit dem Anbau ohne Quarantäne gefährdet der Konzern schließlich deren gesamten Kakaoanbau.«

Kieffer bedankte sich bei dem Professor. Als er aufgelegt hatte, schaute er eine Zeit lang aus dem Fenster. Nach einer Weile holte er erneut sein Telefon hervor und rief bei der Luxemburger Sparkasse an.

»Moien, Xavier Kieffer, hallo. Ich bin Kunde bei Ihnen und habe eine Frage. Können Sie mich mit jemandem aus der Anlageberatung verbinden?«

Er musste kurz warten, dann stellte man ihn zu einem Wertpapierhändler durch. Der Koch gab dem Mann seine Kontonummer und platzierte eine Order. Es war das erste Mal in seinem Leben, dass er so etwas machte, aber nach ein paar Sekunden war alles zu seiner Zufriedenheit erledigt.

Kieffer lehnte sich zurück und holte die Ausgabe des »National Geographic« hervor. In der Titelgeschichte ging es um den aztekischen Haupttempel in Tenochtitlan, der nach dem Fall der Stadt von den Spaniern zerstört und abgetragen worden war. Erstmals hatten Archäologen nun die gesamte Anlage im Computer nachgebaut, und der »National Geographic« zeigte Bilder. Kieffer fehlte die Muße, die ganze Geschichte zu lesen, aber er schaute sich die Bilder an – Statuen, Reliefpfeiler, Illustrationen aus Schriftrollen. Die meisten zeigten Gottheiten mit unaussprechlichen Namen wie Huitzilopochtli, Coyolxauhqui, Tlatlauhca. Kieffer suchte auf den Darstellungen nach Kakaobäumen oder nach Hinweisen auf Schokolade, fand aber keine. Stattdessen beschrieb der Autor ausführlich und mit wohligem Grausen die Menschenopfer, die in der Tempelanlage stattgefunden hatten. Auf der letzten Seite des Artikels entdeckte der Koch dann tatsächlich Quetzalcoatl, den ihm bereits bekannten Schokoladendieb. Allerdings war der Gott diesmal nicht mit Kakaofrüchten abgebildet, sondern mit Maiskolben. Der Bildunterschrift zufolge hatte Quetzalcoatl den Menschen auch den Mais gebracht, genauer gesagt gleich mehrere: gelben, roten, schwarzen und weißen Mais.

Kieffer legte das Heft beiseite. Er musste an das Aztekenbild in Kettis Brüsseler Chocolaterie denken. Irgendwie hatte er gehofft, der Artikel würde ihm neue Erkenntnisse in Sachen Schokolade bescheren, aber da war er enttäuscht worden.

Der Koch entnahm seiner Tasche die Tafel, die er am Bahnhof erworben hatte. Er riss die Verpackung auf und aß ein Stück. Es schmeckte ihm nicht. Vermutlich war dies das erste Mal in seinem Leben, dass ihm das Zerschmelzen von Schokolade auf seiner Zunge keinerlei Freude bereitete. An der Tafel selbst konnte es kaum liegen, es handelte sich um eine Schweizer Edelschokolade. Vielleicht war das Gespräch mit Whateley schuld oder die Geschichte über Menschenopfer oder sein Streit mit Valérie – oder alles zusammen. Kieffer steckte den Rest der Tafel weg und schloss die Augen.

36

Als Kieffer am Gare de l'Est ausstieg, war sein erster Impuls, zu Valéries Wohnung in Saint-Germain-des-Prés zu fahren. Er besaß einen Schlüssel, und nichts wäre einfacher gewesen, als sich in ihrem Wohnzimmer aufs Sofa zu hocken und auf sie zu warten. Da der Koch sein Kommen nicht angekündigt hatte, schien ihm dies allerdings nicht die richtige Vorgehensweise zu sein. Die Alternative war, zum Hauptquartier des Guide Gabin zu fahren.

Vor dem Haupteingang des Gare de l'Est zündete Kieffer sich eine Ducal an. Er schien der Einzige zu sein, der nicht in Eile war. Scharen von Pendlern hasteten in Richtung der Gleise. Kieffer sog Rauch ein. Er hatte die Zigarette noch nicht einmal halb fertig geraucht, als er sie wegwarf und sein Handy hervorholte. Mit der anderen Hand fischte er ein kleines Heft aus der Innentasche seiner Lederjacke. In dem Organizer befand sich das Gros seiner Telefonnummern. Der Kalenderteil war längst nutzlos geworden – auf dem Einband stand in abblätternden goldenen Lettern »2009« – aber das Adressbuch verwendete er immer noch. Verschiedene Leute, darunter Valérie, hatten angeboten, ihm zu zeigen, wie man die in dem Organizer enthaltenen Informationen ins Smartphone und auf den Computer übertrug. Kieffer hatte abgelehnt. Das Adressbuch funktionierte prima. Und es benötigte keinen Akku.

Er suchte die Durchwahl Aimée Pouchards heraus und gab sie ein. Pouchard war Valéries Assistentin. Am Anfang ihrer Beziehung hatte er des Öfteren mit ihr telefoniert, um herauszufinden, wo die stets viel beschäftigte Gabin-Chefredakteurin sich gerade aufhielt. Irgendwann waren er und Valérie dann so gut eingespielt gewesen, dass es ohne Assistentin funktionierte. Aber nun konnte ihm Pouchard vielleicht helfen. Die Vorzimmerdame war ihm stets gewogen gewesen.

»Guide Gabin, Aimée Bouchard.«

»Hallo, Mademoiselle Pouchard.«

Sie erkannte seine Stimme sofort.

»Monsieur Kieffer, guten Abend. Sie haben ja lange nichts von sich hören lassen. Was kann ich für Sie tun?«

Er lachte. Vermutlich klang es etwas aufgesetzt.

»Ich habe Valérie verloren.«

Erst als er den Satz ausgesprochen hatte, wurde ihm klar, was er da sagte. Doch falls Pouchard von ihrem Streit wusste – und irgendwie war seine Erfahrung, dass die Sekretärin fast alles mitbekam, sie besaß feine Antennen – ging sie diplomatischerweise nicht darauf ein. Stattdessen erwiderte sie:

»Haha, das geht mir auch manchmal so. Sie ist aber in Paris.«

»Das bin ich auch. Wenn Sie sie sehen, könnten Sie ihr ausrichten, dass ich in der Stadt bin?«

Falls Pouchard es seltsam fand, dass Kieffer seiner Freundin nicht einfach eine SMS schrieb, behielt sie es für sich.

»Das mache ich natürlich gern. Allerdings kommt sie vermutlich nicht mehr rein, sie hat noch einen Termin.«

»Wo denn?«

»Auch wenn Sie es sind, Monsieur Kieffer, darf ich die Kalenderdetails meiner Chefin leider nicht preisgeben.«

»Ah. Natürlich, das, ich will Sie auch gar nicht in eine schwierige Situation bringen. Ich rufe sie selbst an. Also, dann vielen Dank erst mal. Einen schönen Abend, Aimée.«

Kieffer wollte bereits auflegen, aber er spürte, dass seine Gesprächspartnerin noch etwas loswerden wollte. Der Koch konnte hören, wie sie mit Papier raschelte. Er wartete, während rechts und links von ihm Menschen vorbeieilten.

»Also, wenn Sie in Paris sind«, sagte Pouchard, »und noch nicht wissen, was Sie heute Abend machen, im ›Padam 24‹ stehen ein paar gute Sachen.«

»Padam?«

»Das ist dieses kostenlose Stadtmagazin. Der Donnerstag steht auf Seite neunzehn. Einen schönen Abend!«

Mit diesen Worten legte sie auf. Kieffer steckte das Telefon weg und ließ seinen Blick über den Platz schweifen. Er ging ein Stück, bis er zu der Straße kam, die vor dem Bahnhof entlanglief. Auf der gegenüberliegenden Seite befand sich eine kleine Freifläche mit Bänken. Mehrere Zeitungsboxen waren dort aufgereiht. Sie enthielten verschiedene Gratisblättchen, darunter auch das von Pouchard erwähnte »Padam 24«. Kieffer nahm ein Exemplar heraus und hockte sich damit auf eine Parkbank. Er blätterte vorbei an Konzerten und Restauranttipps und kam auf Seite neunzehn zu den »Anderen Veranstaltungen«. Dort sah er es auf den ersten Blick. Unten rechts befand sich das Foto eines Restaurants. Es handelte sich um eine jener alten Pariser Brasserien, die allmählich selten wurden: hohe Decke, getragen von verzierten, türkisfarbenen Säulen, mit einer großen Kuppel in der Mitte; viel Messing, viel Holz, im Hintergrund eine Auslage voller Meeresfrüchte. Augenblicklich bekam er Hunger. Wenn er sich nicht täuschte, handelte es sich um den Innenraum des »Le Dôme«, einer Traditionsbrasserie nahe dem Montparnasse-Friedhof.

Unter dem Foto stand ein Text, demzufolge ein bekannter Fotograf für einen neuen Bildband »Frankreichs Brasserie-Kleinode« zusammengetragen habe. An diesem Abend wurden das Buch sowie eine dazu gehörige Fotoausstellung vorgestellt, in Anwesenheit des Künstlers. »18.00 Uhr. 21, Avenue Kléber«, stand da.

Kieffer kannte diese Anschrift. Es handelte sich um das Maison Gabin, den Flagship-Store des Guide Bleu. Wenn dort eine Ausstellung eröffnet wurde, würde Valérie sicher auch zugegen sein. Schweigend dankte er Aimée Pouchard. Rasch machte er sich auf die Suche nach einem Taxi.

Als er ankam, war die Veranstaltung bereits in vollem Gange. Kieffer eilte durch die Vorhalle in den großen Saal, in dem an die zwanzig Stuhlreihen aufgebaut waren. Das Maison Gabin war eine Art Markenmuseum, in dem die fast hundertjährige Geschichte des Gastroführers zelebriert wurde. An den Wänden hingen alte Emailletafeln, die Georges, den kleinen Koch, zeigten, das Maskottchen des Gabin. Es gab außerdem Fotos berühmter Sterneköche. Da es sich bei Spitzenküche lange Zeit um eine rein französische Angelegenheit gehandelt hatte, war die Ahnentafel kulinarischer Großmeister, an der Kieffer vorbeilief, ein wenig einseitig: Taillevent, Carême, Escoffier, die Troigros-Brüder, der große Soubec. Erst ganz am Schluss kam ein Japaner. Kieffer musste sich eingestehen, dass ihm dessen Gesicht überhaupt nichts sagte.

Er erreichte den großen Saal. Auf einem Podest saßen Valérie und ein vielleicht vierzigjähriger Glatzkopf, bei dem es sich um den Fotografen handeln musste. Hinter den beiden war eine Leinwand aufgebaut. Gerade sah man darauf eine Jugendstil-Brasseriefassade. Der Fotograf erzählte etwas dazu, Valérie stellte ab und an Fragen.

»Und wie viele dieser Fassaden sind heute noch erhalten?«, sagte sie gerade.

So leise er konnte, nahm Kieffer in einer der hinteren Reihen Platz.

»... wurden von Jules Wielhorski gestaltet, einem auf Restaurantinterieurs spezialisierten Künstler. Er war vor allem in Paris aktiv, aber auch ...«

Kieffer fiel auf, dass es nicht sehr voll war. Ihm war das unbegreiflich. Er konnte sich kaum etwas Interessanteres vorstellen als Pariser Brasseriekultur des ausgehenden neunzehnten Jahrhunderts – er spürte sogar einen gewissen Groll, weil Valérie ihn nicht zu dieser Veranstaltung eingeladen hatte, obwohl sie wusste, wie sehr er diese alten Tempel der Gastronomie verehrte.

Offenbar stand er mit dieser Vorliebe allerdings ziemlich alleine da. Insgesamt saßen höchsten fünfundzwanzig Personen im Saal, drei Viertel der Stühle waren leer. Auf der Leinwand erschien ein weiteres Restaurant. Es war derart mit floralen Motiven, geschnörkelten Lampen und Wandgemälden überladen, dass man es beinahe für eine Jugendstilkarikatur hätte halten können.

»Und dieses hier, ›La Roquette de Veuve‹ nahe der

Avenue George V, ein wahres Juwel, von 1898. Wurde bis in die Siebzigerjahre als Abstellkammer benutzt, können Sie sich das vorstellen?«, sagte der Fotograf, dem Publikum zugewandt.

Einige der Anwesenden schüttelten den Kopf. Kieffer sah sich das Publikum an und musste konstatieren, dass er einer der Jüngeren war. Er beobachtete Valérie. Sie stellte tapfer Fragen und versuchte, interessiert dreinzuschauen. Der Koch konnte jedoch erkennen, dass sie verzweifelt war. Die Renovierung des Maison Gabin war ein teures Vergnügen gewesen. Es hatte den etwas in die Jahre gekommenen Restaurantführer wieder hip machen sollen. Das schien bisher allerdings nicht sonderlich gut funktioniert zu haben.

»… dann wiederentdeckt und renoviert, und heute eine der schönsten Brasserien von Paris, Architekt war Émile Hutré …«

Kieffer bemerkte, wie seine Gedanken abschweiften. Er musste nochmals mit Professor Whateley telefonieren, und das möglichst bald. Dessen Vorschlag, die Vorgänge auf der Plantage und den Anbau von CO-H5 öffentlich zu machen, schien ihm nicht ganz ungefährlich. Außerdem war sich der Koch unsicher, ob er dafür schon genug wusste. So konnte man zwar inzwischen davon ausgehen, dass Hüetli in die Sache involviert war. Aber zeichnete der Konzern auch für Kettis Tod verantwortlich?

Eigentlich traute er diesen Schweizern alles zu, er hatte bereits mehrfach mitbekommen, wie sie über Leichen gegangen waren. In früheren Fällen war es meist so gewesen, dass Hüetli den Tod von Menschen als Kollateralschaden billigend in Kauf genommen hatte. Aber Topmanager des Unternehmens, die sich selbst die Hände schmutzig machten, einen Auftragskiller anheuerten? Schwer vorstellbar war das.

Aber irgendeinen Grund musste es schließlich geben, dass Ketti ihn auf die Hexe von Hundwil hingewiesen hatte. Erneut fragte Kieffer sich, ob es eine Möglichkeit gab, Odermatt direkt mit der Sache zu konfrontieren. Die Informationen über die Plantage waren ein Druckmittel – mit dem in der Hand könnte er sie vielleicht zwingen, mit ihm …

Verhaltener Applaus riss ihn aus seinen Gedanken. Auf dem Podium hatten Valérie und der Fotograf sich erhoben. Letzterer begab sich zu einem Signiertisch und begann, Fotobände zu unterschreiben. Valérie stand ein paar Meter abseits und schaute in ihr Handy. Langsam ging er zu ihr herüber.

»Guten Abend, Val.«

Sie ließ das Smartphone sinken und schaute ihn an.

»Du hast echt Nerven, hier aufzukreuzen.«

»Du bist nicht ans Telefon gegangen.«

»Vermutlich, weil ich nicht mir dir sprechen wollte.«

»Wir sollten aber sprechen.«

»Ich bin mir nicht sicher, ob wir überhaupt noch irgendwas sollten. Hast du eigentlich eine Ahnung, was …«

Valéries Stimme war schrill geworden. Als ihr das auffiel, verstummte sie kurz.

»Nicht hier, nicht jetzt, Xavier.«

»Wenn der Zirkus hier vorbei ist?«

Sie verzog die Mundwinkel.

»Wenn es sein muss.«

»Es muss.«

Sie brummte etwas, das man mit viel Wohlwollen als Zustimmung interpretieren konnte. Kieffer ließ sie allein, damit sie sich um ihre spärliche Gästeschar kümmern konnte und schaute sich derweil die Fototafeln an. Nicht, dass er erwartete, etwas zu finden, dass er nicht bereits kannte – Brasserien waren immer seine Leidenschaft gewesen, nicht nur wegen des Ambientes, sondern vor allem wegen ihrer unprätentiösen Küche. Es gab französische Leckereien aller Art, aber eben keine haute cuisine. Stattdessen servierten Brasserien feines, aber ehrliches Essen für echte Menschen: Steak Frites, Hachis Parmentier, gratinierte Zwiebelsuppe. Da er viele Jahre in Paris gelebt hatte, war er vermutlich in so ziemlich jeder sehenswerten Brasserie der Stadt gewesen. Dennoch entdeckte er tatsächlich noch ein paar, die er nicht kannte. Der Beschriftung zufolge befanden sie sich aber in Lyon und Lilles. Kieffer holte seinen alten Organizer hervor und machte sich Notizen. Es war immer gut, ein paar Restaurants auf dem Zettel zu haben, für den Fall, dass man in einer anderen Stadt vorbeikam.

Er vernahm Valéries Stimme. »Jetzt«, sagte sie. Kieffer wandte sich um. Die letzten Gäste strömten dem Ausgang zu, der Autor schien bereits verschwunden zu sein.

»Wohin?«, fragte Kieffer.

»Nach oben«, erwiderte sie.

Sie gingen die breite Freitreppe zur Galerie im ersten Stock hinauf. Oben standen in langen Regalreihen sämtliche Bücher, die der Gabin-Verlag je herausgegeben hatte: Zahllose Versionen des Guide Bleu, aber auch Reiseführer, Kochbücher, Zeitschriften. Valérie führte ihn zu einem Erker zwischen zwei Regalen. Dort gab es eine Leseecke mit großen Ohrensesseln. Sie nahmen Platz. Valérie schlug die Beine übereinander und musterte ihn missmutig.

»Also?«

»Es tut mir leid, dass ich dich am Flughafen habe stehen lassen.«

»Stehen lassen, um in ein Kriegsgebiet zu fliegen. Stehen gelassen, um dein Versprechen nicht einhalten zu müssen.«

»Ich weiß. Ich habe dich angelogen. Es ging leider nicht anders.«

Sie beugte sich vor. Kieffer konnte sehen, dass sie in Fahrt geriet. Er kannte das schon, aber diesmal würde es zweifelsohne besonders unangenehm werden. Nun half nur noch, sich an den Armlehnen des Sessels festzuhalten.

»Sag mal, bist du eigentlich komplett bescheuert jetzt? Vermutlich redest du dir auch noch ein, dass es irgendeine besondere Form von Ritterlichkeit ist, mich so zu hintergehen. Der Galan schützt seine kleine Freundin vor der Welt und sich selbst und so eine verdammte Scheiße. Nach Afrika? Blauäugig, einfach so? Es ist ein verdammtes Wunder, dass du noch lebst.«

»Das stimmt.«

»Klar stimmt das. Und dann dieser Irrsinn mit den Diamanten.«

Sie war inzwischen aufgesprungen. Während sie das Wort »Diamanten« aussprach, lugte sie über die Balustrade, in den Saal unter ihnen. Sie schienen jedoch inzwischen ganz allein zu sein.

»Kann ja sein, dass die Drohungen dieser Typen ernst zu nehmen sind. Aber wenn die auch mich bedrohen, dann habe ich verdammt noch mal das Recht, was dagegen zu tun. Dann entscheidest du das nicht für mich!«

»Ich …«

»Du hast mich in eine unmögliche Situation gebracht. Fuck, als ob ich in meinem Leben gerade nicht schon genug unmögliche Situationen hätte. Und dann verpisst du dich einfach, machst auf unerreichbar? Und während du irgendwo im Dschungel Daktari spielst, kann ich mir überlegen, ob ich zu den Bullen gehe und dich verpfeife oder ob ich stattdessen die Klappe halte und nicht weiß, was die vielleicht tun, dieser, diese Mafiosi …«

»Wie ich inzwischen rausgefunden habe, ist er kein Mafioso. Also, ein Profikrimineller, aber offensichtlich freischaffend. Er heißt Jermolajew, ist ein Hehler aus Brüssel.«

»Woher weißt du das?«

»Von Lobato.«

Sie blinzelte erstaunt. »Das heißt, du warst doch bei der Polizei.«

»Ja. Nicht ganz freiwillig, allerdings.«

Er erzählte Valérie von der Hausdurchsuchung und dem Verhör.

»Geschieht dir ganz recht. Und hast du ihr das mit den Diamanten jetzt gebeichtet?«

»Nein.«

»Gott, was um Himmels willen hast du bloß vor? Ist dir klar, dass die dich in den Knast stecken, wenn man die bei dir findet?«

»Ich glaube, die Diamanten haben was mit Kettis Tod zu tun.«

»Na, das ist wohl offensichtlich, Sherlock.«

»Nein, nicht direkt, indirekt. Es geht eigentlich um den Kakao. Glaube ich jedenfalls. Aber dieser russisch-belgische … Hehler – ich glaube, der wird was dazu sagen können. Ansonsten finde ich nie heraus, wer Ketti umgebracht hat.«

»Du bist nicht die verdammte Polizei.«

»Ich habe es ihr aber versprochen.«

»Am Totenbett. Wie dramatisch.«

Nun war es an Kieffer, wütend zu werden.

»Ja, verdammt noch mal, es ist dramatisch. Ich hab diese Frau gekannt, viele Jahre. Und dann ist sie in meinen Armen verreckt. Und wenn ich es ihr versprochen …«

»Bullshit. Darum geht's doch nicht.«

»Was? Wie bitte?«

»Du bist verliebt in sie.«

»Sie ist tot, Valérie.«

»Und? Ist kein Grund. Du bist immer noch verliebt in sie, Xavier. Stimmt doch, oder?«

»Ich hatte sie zwanzig Jahre nicht gesehen. Es gibt … es gibt keine andere Frau, die mir jemals so wehgetan hat.«

»Das ist jetzt keine Antwort.«

»Ich liebe dich, Val. Und ich kann echt nicht glauben, dass du eifersüchtig auf eine Tote …«

Ihr Blick ließ ihn verstummen. Eine Zeit lang starrte er an ihr vorbei, in Richtung der kobaltblauen Bücherrücken.

»Also gut, tief drin in meinem Herzen war ich's vielleicht noch ein bisschen. Aber das war alles begraben, nur noch eine vage Erinnerung, verstehst du? Ich hatte meinen Frieden damit gemacht. Und dann taucht sie plötzlich wieder auf, nach all den Jahren. Und stirbt in meinen Armen. Und plötzlich ist die Vergangenheit wieder lebendig. Obwohl sie tot ist.«

Er schaute sie an. »Macht das irgendeinen Sinn?«

Valérie nickte.

»Und nun fühlst du dich betrogen?«

»Nein.«

»Wirklich nicht?«

»Wir haben«, sagte sie leise, »doch alle so einen oder eine, die nicht gut für uns war und wo das Herz trotzdem manchmal noch ein bisschen … ein bisschen flattert. Deshalb wollte ich es aber nicht wissen.«

»Sondern weil?«

»Weil ich einfach gern mal die Wahrheit hören wollte.«

Er nickte.

»Ohne die geht nämlich nichts.«

»Ich weiß, Val. Aber die Wahrheit ist vermutlich auch, dass ich Ketti begraben muss, endgültig. Und dazu gehört auch, dass ich rausfinde, was passiert ist.«

Valérie setzte sich wieder und holte ihre Zigaretten heraus. Ganz sicher durfte man in diesem denkmalgeschützten Gebäude voller Exponate nirgendwo rauchen. Aber wenn der eigene Name über der Tür stand, sagte einem das natürlich keiner. Valérie blies Rauch aus und schaute ihn an.

»Okay. Ich fliege morgen nach Los Angeles. Bin eine Woche weg. Dort bin ich vor deinem Hehler vermutlich sicher. Wäre schön. Ich möchte nämlich mal wieder was essen, ohne Schweißausbrüche zu bekommen. Ist bei meinem Job eher blöd, verstehst du?«

»Mh.«

»Wenn ich wiederkomme, bist du das Problem mit den Diamanten los – wie auch immer. Sonst brauchst du hier nie wieder auftauchen.«

»Verstanden.«

»Und es wäre schön, wenn du diese Kitty dann ebenfalls los wärst.«

Sie erhob sich. »Ich gehe jetzt heim, ich muss morgen früh zum Flughafen.«

Kieffer erhob sich ebenfalls. Sie gingen ins Erdgeschoss und verließen das Gebäude durch einen Seiteneingang.

»Gute Nacht, Valérie«, sagte er.

»Gute Nacht, Xavier«, erwiderte sie. Ohne ein weiteres Wort entschwand sie in die Nacht.

37

Kieffer lief die Avenue Kléber hinauf, in Richtung des Étoile, um von dort die Bahn zum TGV-Bahnhof zu nehmen. Es war noch nicht richtig dunkel, aber auch nicht mehr richtig hell. Ein feiner Nieselregen fiel, doch das schien die Scharen von Touristen, die immer noch unterwegs waren, kaum zu stören. Der Koch stellte den Kragen seiner Lederjacke hoch und lief weiter auf den Arc de Triomphe zu. Er mochte diese Gegend nicht. Einmal musste er mitten auf dem Bürgersteig anhalten, weil ein Reisebus gerade einen Trupp chinesischer Touristen ausspie. Ihr Ziel war offenbar der Chanel-Store zu seiner Linken. Der Koch wartete, bis die etwa hundert Leute an ihm vorbeigezogen waren, dann lief er weiter.

In der Metro stopfte er die restliche Schokolade in sich hinein. Er nahm kaum wahr, wie sie schmeckte. Während die RER Richtung Ostbahnhof ratterte, hielt er die leere Verpackung der Tafel in den Händen und starrte auf das goldene Stanniolpapier. An der Station Les Halles stieg er um. In der Nähe befand sich das »Pied de Cochon«, jene Brasserie, in der Valérie und er sich kennengelernt hatten. Einen Moment lang war er versucht, dort vorbeizuschauen. Aber der letzte Zug nach Luxemburg fuhr in nicht einmal dreißig Minuten. Falls er nicht auf einer Parkbank schlafen wollte, musste er weiter.

Später, im TGV, standen eine Flasche Bordeaux und eine Plastikbox mit Käsehappen auf dem Tischchen vor ihm. Beides hatte er am Bahnhof gekauft. Kieffer griff nach der Flasche und goss sich ein. Es war sein fester Vorsatz, den Rotwein bis Luxemburg zu leeren. Schon bevor sie Metz erreichten, hatte er seinen Plan in die Tat umgesetzt. Er fühlte sich nun schwer und tumb. Normalerweise reichte ihm eine Flasche Wein lediglich für einen schönen Schwips. Aber das bisschen Brie und Pélardon waren wohl keine ausreichende Grundlage für den schweren Bordeaux gewesen.

Weil er nichts Besseres zu tun hatte, blätterte Kieffer in dem Gratismagazin, das in der Sitztasche vor ihm steckte. Es trug den etwas seltsamen Titel »Emmenez-moi à«, Nimm mich mit nach. Der Inhalt war noch seltsamer. Es gab einen Artikel über Seifenproduktion in der Provence sowie einen über Fliegenfischen in der Auvergne. Es hatte den Anschein, als habe die Bahn versucht, das Magazin mit den am wenigsten faszinierenden Reportagen zu füllen, die man auftreiben konnte. Kieffer quälte sich durch den Seifenartikel und nahm dann die Fischerei in Angriff. Er kam bis zur Typologie der Köder, bevor er einschlief.

Der Koch hörte den Zug rattern, ein Schaffner sprach im Gang mit einem Fahrgast. Vorsichtig öffnete Kieffer die Augen. Auf seinem Schoß lag noch immer das Zugmagazin. Der Koch klappte es zu und wollte die Zeitschrift gerade wieder in die Sitztasche schieben, als ihm die ganzseitige Werbung auf der Rückseite auffiel. Sie zeigte mehrere Teller mit hübsch angerichteten Speisen darauf. Darüber stand: »REHOGA. Die größte Lebensmittelmesse der Welt.«

Er schaute sich die Anzeige genauer an. Sie versprach siebentausend Aussteller aus über hundert Ländern, ferner Seminare und Workshops. Außerdem waren zwei Porträtfotos abgebildet. »Keynote-Speaker« stand darüber. Bei dem einen handelte es sich um einen Fernsehkoch aus den USA, der ihm vage bekannt war. Die andere war Fränzi Odermatt. Kieffer schaute auf das Datum. Die Messe begann in zwei Tagen und fand in Köln statt. Der Koch musterte das Porträt Odermatts. Vielleicht war das seine Chance.

Als sie in den Luxemburger Hauptbahnhof einfuhren, war es bereits nach elf. Dennoch fuhr Kieffer nicht direkt nach Hause, sondern machte vorher noch einen Abstecher zu seinem Restaurant. Statt allerdings direkt auf den am Hang gelegenen Parkplatz des »Deux Eglises« zu fahren, hielt er weiter unten, nahe der Clausener Kirche. Er parkte den Wagen und lief die Alleé de Mansfeld entlang, bog dann rechts in die Rue Wilhelm ab, jene schmale, den Kirchberg hinaufführende Straße, an der sein Restaurant lag.

Die Wilhelm wurde beidseitig durch Absperrungen begrenzt. Rechts gab es ein hüfthohes, metallenes Gatter. Dahinter ging es steil abwärts. Wäre es nicht so dunkel gewesen, hätte Kieffer unten Gärten und Dächer ausmachen können. Auf der linken Seite der Straße ragte eine gut drei Meter hohe Mauer auf. Sie sollte nicht dafür sorgen, dass keiner den Hang hinabfiel, sondern vielmehr verhindern, dass der Hang selbst hinunterkam.

Oberhalb der Mauer standen einige Häuser. Kurz bevor Kieffer das »Deux Eglises« erreichte, nahm er eine der in die Hangmauer eingelassenen schmalen Treppen. Sie führte zum Haus seines direkten Nachbarn, Didier Weber. Dieser schlief bereits, zumindest hoffte der Koch, dass dem so war.

Oben öffnete Kieffer so leise wie möglich die Gartenpforte. In Webers Haus brannte kein Licht. Auch der terrassenartige Garten lag im Halbdunkel. Vorsichtig schritt der Koch zwischen den Blumenrabatten und Kräutertöpfen seines Nachbarn hindurch. Am anderen Ende des Weber'schen Grundstücks ragten ein paar Bäume auf, dahinter befand sich das »Deux Eglises«. Kieffer ging bis zum Hang. Er musste sich durch einen struppigen Brombeerbusch kämpfen, um zu einer im Fels eingelassenen Tür zu gelangen. Sie war mit einem Vorhängeschloss versperrt, aber Kieffer kannte die Kombination.

Kurz darauf befand er sich in den entlegensten Ausläufern seines Kellers. Der sanft abfallende Gang, durch den Kieffer lief, war schmal, aber recht hoch. Der Koch vermutete, dass man ihn früher verwendet hatte, um Pferde oder Esel in den Stollen zu bringen. Mithilfe seines Handys machte er Licht. Rasch ging er den Gang entlang, bis zu seinem Weinkeller. Der Koch verzichtete darauf, die Beleuchtung einzuschalten. Stattdessen benutzte er sein Telefon, um in dem Regal mit den Pasteten die Dose zu finden, die er suchte. Als Nächstes ging er zu der Dosenmaschine und machte sich an die Arbeit.

Eine halbe Stunde später saß er wieder im Auto. Auf dem Sitz neben ihm stand eine silberne Konservendose, auf deren Etikett zwei blaue Kirchtüme zu sehen waren. Kieffer fuhr nach Hause. Als er durch die Haustür trat, musste er feststellen, dass während seiner Abwesenheit leider keine Heinzelmännchen vorbeigekommen waren und aufgeräumt hatten. Es sah immer noch fürchterlich aus. Im Flur lag zudem ein gepolstertes Kuvert. Der Postbote musste es durch den Briefkastenschlitz in der Vordertür gezwängt haben.

Der Koch deponierte das Paket auf dem Küchentisch, zusammen mit der Konservendose. Als Nächstes ging er in den Garten und rauchte eine Zigarette. Während er dies tat, schlenderte er Richtung Alzette. Am Ende seines Grundstücks ging es zwei Meter steil nach unten, dann kam das Flussbett. Vermittels einer Leiter gelangte man direkt ans Wasser. Kieffer hatte sie schon lange nicht benutzt. Er blieb an der Kante stehen und kniff die Augen leicht zusammen. Auf der anderen Flussseite erhob sich ebenfalls eine Mauer, oberhalb derer jedoch keine Häuser standen. Kein Mensch war zu sehen, angesichts der vorgerückten Stunde kein Wunder.

Er ging zurück in die Küche. Nachdem er die Schuhe ausgezogen und die Hosenbeine hochgekrempelt hatte, griff der Koch sich die Konservenbüchse. Sie war verdammt schwer. Das musste sie auch sein, wenn er sie im Flussbett deponieren wollte. Zwar besaß die Alzette an dieser Stelle kaum Strömung, aber er musste sichergehen, dass die kostbare Konserve nicht davontrieb. Deshalb war diese Dose zu zwei Dritteln mit Senkblei gefüllt. Es stammte aus der Anglerausrüstung seines Vaters, die zusammen mit dem Rest des Nachlasses, von dem er sich nie hatte trennen können, im Keller des »Deux Eglises« vor sich hinmoderte.

Kieffer ging zum Fluss und stieg die Leiter hinab. Als er den Fuß ins Wasser tauchte, atmete er hörbar aus. Die Alzette war für die Jahreszeit erstaunlich kalt. Vorsichtig setzte er den zweiten Fuß hinein. Weiter nördlich, Richtung Clausen, besaß der Fluss streckenweise ein richtiges Bett. In Grund hingegen war er vollends domestiziert. Eigentlich handelte es sich eher um einen Kanal, in dem der Koch nun bibbernd stand. Das Wasser war knietief. Kieffer stakste ein paar Schritte, dabei in der Nähe der Mauer bleibend. Dann bückte er sich und tauchte die Konservendose ins Wasser. Vielleicht sechzig Zentimeter unter der Oberfläche setzte er sie nahe der Kanalmauer auf den steinernen Boden. Sie bewegte sich keinen Millimeter.

Der Koch machte, dass er an Land kam. Von der Treppe aus hielt er nochmals nach der Dose Ausschau. Obwohl er genau wusste, wo sie war, sah er sie nicht. Zufrieden stieg er ganz nach oben und ging zurück in seine Küche. Der Koch rubbelte sich die eisigen Füße ab und setzte sich auf die Küchenbank. Eigentlich wollte er ins Bett. Aber vorher würde er noch kurz schauen, was für ein Päckchen das war. Er hatte nichts bestellt.

Der Absender war eine Firma in Brüssel, T-Tec. Der Name sagte ihm nichts, die Anschrift auch nicht.

»Hoffentlich nicht schon wieder Schokolade«, brummte Kieffer, während er das gepolsterte Kuvert aufriss. Darin befand sich ein Handy – kein Smartphone, sondern eines jener guten alten Tastentelefone, wie er bis vor gar nicht so langer Zeit selbst eines gehabt hatte. Er schaute nochmals in den Umschlag, suchte nach einem Begleitbrief. Es gab keinen.

Das Telefon war ausgeschaltet. Kieffer drückte auf die An-Taste. Nach ein paar Sekunden hellte sich der Bildschirm auf und eine Melodie ertönte. »Neue Nachricht« stand da. Kieffer brauchte einen Moment, bis er verstanden hatte, wie man die Nachricht aufrief.

»Bestätigen Sie Erhalt durch SMS«, stand da.

Kieffer entfuhr ein Fluch. Mithilfe der Nummern tippte er »Erhalten« und sendete die SMS ab. Ein, zwei Minuten wartete er auf eine Antwort. Es kam keine. Kieffer steckte das Handy zurück in den Umschlag und machte, dass er ins Bett kam.

38

Die Messehostess hielt Kieffer ein Tablett voller kleiner bunter Pappbecher hin. In diesen befand sich eine breiartige gelbliche Substanz, auf der einige rötliche Beeren klebten.

»Möchten Sie mal probieren?«

Der Koch beäugte die Sache misstrauisch. »Vielleicht. Was ist es denn?«

»Pudding Oats«, sagte die junge Frau und hielt ihm ein Becherchen hin, »vereinen den sahnigen Geschmack von Vanillepudding mit ballaststoffreichen Haferflocken. Verzehrfertig, für die Mikrowelle.«

»Also quasi … Porridge vermischt mit Dr. Oetker?«

Die Frau lachte gequält. »Haha, so könnte man fast sagen. Aber zusätzlich werden noch Goji-Beeren und Skyr untergehoben.«

»Skyr? Was ist das jetzt wieder?«

»Ein traditioneller isländischer Quark. So gut wie fettfrei und reich an Proteinen.«

Die Hostess hielt ihm noch immer den Becher hin. Kieffer erbarmte sich ihrer und nahm ihn. Er probierte. Grässlich war das Zeug nicht, aber vom Hocker haute es ihn auch nicht gerade. Was diesem Pudding eindeutig fehlte, waren Sahne und Zucker.

»Pudding Oats als Power Breakfast sind in der Fitnessszene derzeit der letzte Schrei«, erklärte die Dame, »weil sie so ballaststoffreich sind, wenig Fett und viel Eiweiß enthalten. Deshalb machen wir auch eine Kooperation mit Tabitha DeLauren, einer wichtigen Influencerin.«

Kieffer stellte den zur Hälfte geleerten Pappbecher zurück. Dann sagte er: »Influencerin?«

»Ja, auf Social Media. Tabitha DeLauren ist auf Instagram der absolute Star, ihre Flowvideos werden millionenfach geklickt.«

Obwohl die Antwort der Hostess sehr viele Wörter enthielt, die Kieffer nichts sagten, nickte er. Welcher Flow? Und was war ein Instagramm? Eine Maßeinheit? Auf Nachfrage hätte sie es ihm sicher erklärt, aber der Koch hatte genug. Einen Dank murmelnd machte er, dass er weiter kam.

Kieffer fragte sich, warum er diese Messe nicht schon früher einmal besucht hatte. Auf der REHOGA wurden zwar vor allem schreckliche Convenienceprodukte angeboten, von der Fertigsoße bis zur Tiefkühlpizza. Aber er hatte auch schon einen sehr guten Schwarzwälder Schinken probiert, ferner einige recht interessante Käse aus dem Jura. Der Koch wich einer weiteren Hostess aus, die ihm ein Schüsselchen mit knallblauen Kartoffelchips hinhielt. Er war zeitig dran, Odermatts Vortrag begann erst in dreißig Minuten. Allerdings wollte Kieffer gern einen Platz in einer der vorderen Reihen ergattern. Dann würde es ihm vielleicht gelingen, die Managerin zu fassen zu kriegen, wenn sie die Bühne betrat.

Der Koch verließ die Halle durch einen der Seitenausgänge und lief in Richtung des Kongresszentrums, in dem die Veranstaltung stattfand. Ein paar Minuten später stand er am Eingang des fraglichen Saals und lugte hinein. Er sah Eichenvertäfelung, graue Teppiche und Bestuhlung für bestimmt fünfhundert Leute. Bisher waren nur wenige Plätze besetzt. Kieffer betrat den leeren Saal, ging bis ganz nach vorne. Die Plätze in der ersten Reihe waren reserviert, also nahm er in der zweiten Platz.

In seiner Tasche summte etwas. Seit vorgestern ließ ihn dies stets zusammenfahren, wusste er doch nicht, ob die Vibration von seinem eigenen Handy stammte oder von dem aus dem Umschlag. Als er Letzteres am nächsten Morgen wieder hervorgeholt hatte, hatte er eine Antwort-SMS vorgefunden: »Handy stets mitnehmen. Instruktionen für Übergabe folgen.«

Seitdem war er sich ziemlich sicher, dass Jermolajew ihm das Telefon geschickt hatte. Kurz war er versucht gewesen, endlich zu tun, was Valérie von ihm verlangte – nämlich zu Lobato zu gehen und die ganze Sache zu beichten. Vielleicht konnte die Polizei den Sender der SMS orten lassen. Doch dann war ihm etwas aufgefallen: Die zweite SMS war von einer anderen Nummer gekommen als die erste. Wie das möglich war, wusste Kieffer nicht. Anscheinend konnte Jermolajew die Absendernummer manipulieren. Folglich würde man ihn auf diese Weise wohl nicht aufspüren können.

Kieffer klopfte seine Taschen ab. Zu seiner Erleichterung stellte er fest, dass es sich um sein eigenes Gerät gehandelt hatte. Eine Nachricht von Whateley war eingetrudelt. Offenbar hatte der Professor ihn auch schon anzurufen versucht, was Kieffer aufgrund des Messelärms entgangen war.

»Bitte dringend um Rückruf.«

Kieffer hatte bereits auf Rückruf gedrückt, als er sah, dass sich in der Reihe vor ihm mehrere Anzugträger hinsetzten. Sie unterhielten sich auf Schweizerdeutsch. Die Neuankömmlinge waren zu fünft, vier Männer und eine Frau. Obwohl er nur ihren Hinterkopf sehen konnte, wusste er sofort, dass es sich um Fränzi Odermatt handelte. Der Koch drückte die »Auflegen«-Taste, ließ sein Telefon sinken. Ein paar Sekunden später rief Whateley an. Kieffer drückte ihn weg.

»... will ich nicht vor dem Meeting mit den Japanern«, sagte Odermatt. »Nicht wieder so ein Konvolut, zwei Absätze auf mein Handy, bis vierzehndreißig.«

Ein jüngerer Mann im Anzug nickte, erhob sich und verschwand in Richtung Ausgang. Ein zweiter Adlatus wurde von Odermatt instruiert, ein Getränk aufzutreiben. »Tee, grün, nicht aromatisiert, aufpassen, dass er nicht wieder überbrüht ist.«

Adlatus Zwei ging auf Grüntee-Suche.

»Wo ist eigentlich Berninger?«, sagte Odermatt zu den verbleibenden beiden Männern gewandt.

Bei dem Namen zuckte Kieffer kurz zusammen. Urs Berninger war der Kommunikationschef von Hüetli. Der Koch hatte schon mit ihm zu tun gehabt.

»Herr Berninger wollte um halb hier sein, Frau Odermatt.«

»Ist aber schon fünfunddreißig nach, und ich sehe ihn nirgendwo. Schaffen Sie ihn her, es kommen bestimmt Journalisten.«

Der dritte Adlatus verschwand. Kieffer rutschte einen Platz weiter nach rechts, um die Hexe von Hundwil besser betrachten zu können. Sie wirkte wie eine ganz normale Geschäftsfrau. Ihre Miene war etwas ungehalten, die Finger verrieten eine gewisse Ungeduld, zupften an den Eckspannern der Leitz-Mappe auf ihrem Schoß.

Eine Frau erschien. Das Schild an ihrem Revers wies sie als Mitarbeiterin der Messe aus. Augenblicklich ging eine Veränderung in Odermatts Gesicht vor, der Ausdruck der Genervtheit verschwand, ein Lächeln erschien. Die Managerin und die Messedame redeten nun über die anstehende Präsentation. Währenddessen klingelte ein Handy. Nicht Kieffers, sondern das des letzten verbliebenen Odermatt-Paladins. Der Mann nahm ab, sprang auf. Er begann, zu telefonieren und verfiel dabei in jenen Stechschritt, den manche Menschen an sich haben, wenn sie in ein Handy sprechen. Schon war er fort, marschierte durch die hinteren Reihen des sich allmählich füllenden Saals.

Kieffer wusste, dass dies seine beste und vermutlich einzige Chance war. Er erhob sich, ging in Wartestellung. Odermatt und die Messefrau waren fast fertig. Sobald die Dame sich verabschiedet hatte, machte der Koch einen Schritt auf die Managerin zu. Sie wandte sich ihm zu und musterte ihn skeptisch. Die meisten Leute hier trugen Anzüge. Kieffers Outfit – Cordhose, Lederjacke, ausgelatschte Puma-Turnschuhe – fiel etwas aus dem Rahmen.

»Guten Tag, Frau Odermatt.«

»Guten Tag?«

»Sie kennen mich nicht. Mein Name ist Xavier Kieffer. Ich muss mit Ihnen sprechen.«

»Müssen Sie? Hören Sie, wenn Sie von Foodwatch sind oder von …«

Er schüttelte den Kopf. »Das Varanga-Projekt.«

Irgendwie hatte der Koch erwartet, Odermatt werde die Ahnungslose spielen, aber sie nickte nur.

»Sind Sie von der Presse?«

»Auch nicht. Eine gute Freundin von mir war Geschäftsführerin einer Ihrer Schokoladenmanufakturen. Ketti Faber.«

»Nie gehört.«

»Sie ist ermordet worden.«

»Hören Sie, ich habe keine Ahnung, was Sie wollen, aber ich glaube es ist besser …«

»Sie ist wegen der Plantage ermordet worden, auf der Ihr Konzern diese neuartige Sorte anbaut, CO-H5, ohne sich an die Quarantänevorschriften zu halten.«

»Wir … wir halten stets alle Vorschriften ein, das kann ich Ihnen versichern«, erwiderte Odermatt. »Unsere Plantage, unser Plantagennetzwerk hat einzig das Ziel, notleidenden Kakaobauern bei der Wiederaufforstung zu helfen. Sie sollten sich das mal anschauen, cocoa-aid.com. Da ist … das ist da alles dokumentiert.«

Kieffer meinte, etwas in Odermatts Augen zu erkennen – Unsicherheit, vielleicht sogar Furcht. Er machte einen Schritt auf sie zu.

»Und noch jemand ist zu Tode gekommen. Auf Ihrer Plantage da unten. Aber das wissen Sie ja vermutlich.«

Odermatt schüttelte langsam den Kopf. Sie wandte sich suchend um, aber ihre Gehilfen waren alle unterwegs, um ihre Aufträge auszuführen.

»Was zum Teufel wollen Sie?«

»Gerechtigkeit. Ich werde diese ganze Sauerei öffentlich machen.«

Das Handy in seiner Tasche summte. Der Koch ignorierte es und zog stattdessen einen Umschlag aus der Tasche. Er hielt ihn Odermatt hin. Sie schaute auf seine Hand, machte aber keinerlei Anstalten, danach zu greifen.

»Was ist das? Eine Petition? Unterschriftensammlung? Ich weiß wirklich nicht …«

»Das sind Fragen an den Vorstand, Frau Odermatt. Ich bin nämlich seit kurzem Hüetli-Aktionär. Auf der Hauptversammlung dürfen Anteilseigner Fragen stellen, oder?«

Kieffer wartete ihre Antwort nicht ab, sondern sprach weiter. Allmählich kam er richtig in Fahrt.

»Ich werde bei eurer HV einen ganzen Fragenkatalog einreichen. Ich werde unter anderem fragen, warum die Hüetli ihre Anteile an Sijambo verschleiert, warum ihr Superkakao nicht durchs ICQC gegangen ist, warum auf Ihrer Plantage Kinder arbeiten.«

Odermatt wollte etwas erwidern. Eine laute Männerstimme kam ihr zuvor.

»Nein! Reden Sie nicht mit ihm! Kein Wort.«

Kieffer wandte sich der Stimme zu. Sie gehörte Urs Berninger. Der Hüetli-Kommunikationschef kam den Mittelgang entlanggehastet. Mehrere Anzugträger mit Laptoptaschen bemühten sich, mit ihm Schritt zu halten. Berninger funkelte Kieffer wütend an. Der Schweizer hatte ihn augenscheinlich erkannt.

»Was zum Teufel machen Sie denn hier?«

Kieffer lächelte. »Ich plaudere mit Ihrer designierten Vorstandschefin.«

Berninger schnappte nach Luft. »Frau Odermatt, reden Sie nicht mit ihm. Das ist ein verrückter Food-Aktivist.«

»Ich bin Koch«, erwiderte Kieffer.

»Dieser Mann führt seit Jahren einen Kreuzzug gegen Hüetli. Herr Kieffer, ich muss Sie bitten, den Saal unverzüglich zu verlassen.«

Berninger gab seinen Leuten ein Zeichen. »Bringen Sie Frau Odermatt in Sicherheit.«

Die Männer umringten die Managerin. Der Pulk entfernte sich. Nur Berninger und Kieffer blieben zurück. Der Koch legte den Kopf schief und lachte.

»Was ist so komisch, Herr Kieffer?«

»›In Sicherheit‹. Das ist komisch.«

»Das Lachen wird Ihnen schon vergehen. Was wollten Sie von ihr?«

»Ach, das finden Sie am besten mal selbst raus.«

»Gut, wenn Sie es so spielen wollen. Und jetzt bitte.« Berninger zeigte auf den Ausgang.

»Ist das hier keine öffentliche Veranstaltung?«

»Ich hole den Sicherheitsdienst«, erwiderte Berninger.

»Ist nicht nötig. Ich war eh fertig.«

Kieffer drehte sich um und ging in Richtung Ausgang.

»Sie hören von unseren Anwälten«, rief Berninger ihm nach.

»Wie originell«, entgegnete der Koch. Während er zum Ausgang ging, sah er auf der anderen Seite der Stuhlreihen Odermatt. In der einen Hand hielt sie einen dampfenden Becher, in der anderen seinen Umschlag. Es war ihm gar nicht aufgefallen, dass sie ihn genommen hatte. Odermatts Blick folgte ihm. Die Managerin nippte an ihrem Tee. Sie verzog das Gesicht. War er wieder überbrüht oder lag es an ihm? Kieffer tippte auf Letzteres.

39

Etwas später fuhr Kieffer auf der deutschen A1 Richtung Süden und dachte über sein Gespräch mit Fränzi Odermatt nach. Der Koch hatte nicht erwartet, dass die Topmanagerin irgendetwas gestand. Dafür war Odermatt viel zu kontrolliert. Dennoch war er nicht unzufrieden. Kieffer meinte, durchaus einen gewissen Erkenntnisgewinn aus seiner Begegnung mit der Hexe von Hundwil ziehen zu können. Odermatt war überrascht gewesen – von seinem unangekündigten Auftauchen, sicherlich, aber auch von den Vorwürfen, die er ihr entgegengeschleudert hatte. Aber vor allem war sie, das glaubte der Koch in den Augen der Schweizerin gesehen zu haben, beunruhigt, weil sie einiges von dem, was er erzählt hatte, noch nicht wusste. Und das war schließlich eine interessante Erkenntnis.

Kieffer fischte eine Ducal aus der Schachtel und steckte sie sich zwischen die Lippen. Er drückte den Zigarettenanzünder nach unten. Als dieser einrastete, vernahm er ein Knacken. Das Geräusch befriedigte ihn zutiefst. Neuere Autos besaßen keine Zigarettenanzünder mehr. Stattdessen befand sich an der Stelle eine Ladebuchse für

Telefone. Ein Gast hatte Kieffer neulich erzählt, er habe bei seinem neuen Auto einen Aufpreis von neununddreißig Euro zahlen müssen, für die Raucher-Option. Diskriminierend war so etwas.

Kieffer entzündete die Zigarette und blies Rauch gegen die Scheibe. Seinen Vorwurf, Hüetli baue neue Varietäten an, ohne die Quarantäne einzuhalten, hatte Odermatt bestritten. Wenn ihn seine Menschenkenntnis nicht trog, war das Dementi eine routinierte Lüge gewesen. Als er sie dann hingegen auf den Tod Benoît Massambas ansprach, war sie sichtlich zusammengezuckt. Sie war überrascht gewesen. Kieffer war sich sicher, dass die Hüetli-Kronprinzessin dem nachgehen würde.

Die Sache mit der Hauptversammlung war keine leere Drohung gewesen. Er besaß inzwischen Hüetli-Aktien – eine, um genau zu sein. Vermutlich hatte der Sparkassenfuzzi ihn für bekloppt gehalten. Egal, wichtig war nur, dass Kieffer nun auf der Hauptversammlung Fragen stellen konnte, die alle im Saal anwesenden Journalisten und Analysten würden aufhorchen lassen.

Sein Handy klingelte. Er schob die Zigarette in den Mundwinkel, wechselte als kleine Konzession an die Verkehrssicherheit auf die rechte Spur.

»Kieffer?«

»George Whateley hier. Sie sind aber schwer zu erreichen.«

»George, ich bitte vielmals um Verzeihung. Ich wollte Sie eigentlich schon zurückgerufen haben, aber Kopf und Kalender sind gerade sehr voll und …«

»Sorry, aber es wird gleich noch ein bisschen voller werden da oben.«

»Inwiefern?«

»Ich habe schlechte Nachrichten. Ihre Plantage, also die von Hüetli. Sie ist befallen. Von Moniliophthora perniciosa.«

»Was? Wie haben Sie das rausgefunden?«

»Mithilfe der Fotos. Ich hatte mir zuerst nur die angeschaut, auf denen Ihr Superkakao zu sehen ist. Aber dann bin ich noch mal alle durchgegangen. Und da sieht man auf einigen Baumstämmen ganz deutlich kleine, rosafarbene Blüten.«

Kieffer überlegte einen Moment.

»Kann sein, dass ich die auch gesehen habe. Ich habe dem aber keine Beachtung geschenkt, im Urwald wächst ja so allerlei.«

»Ja. Aber das ist ohne Zweifel eine Moniliophthora.«

»Und das ist … schlecht?«

»Xavier, das ist eine Katastrophe. Moniliophthora ist ein Pilz, der den Kakaobaum ruiniert.«

»Was genau macht er?«

»Der Parasit verursacht Hypertrophien und Hyperplasie.«

»Aha. Das heißt?«

Whateley seufzte. »Die Pflanzen wachsen komisch. Abnormal. Haben Sie schon mal Birken oder Tannen gesehen, die kleine Büsche zwischen den Ästen haben?«

»Ja, klar.«

»Ist ein verwandtes Phänomen. Der Parasit verändert die Phytohormone, die Pflanze mutiert. Bei Theobroma cacao führt das letztlich dazu, dass die Bäume keine Früchte mehr produzieren und eingehen.«

»Und dieser Superkakao ist davon befallen, weil er nicht in der Quarantäne war?«

»Der selbst vermutlich nicht. Wie ich Ihnen ja gesagt

hatte, basiert dieser Hüetli-Superkakao auf CCN-51. Und diese Varietät ist gegen Moniliophthora resistent. Aber die Sporen des Parasiten könnte er trotzdem in sich tragen und damit nicht resistente Kakaos infizieren. Wo der Pilz letztlich herkommt, lässt sich kaum sagen. Befallen waren auf jeden Fall klassische Forastero-Sorten, die in Varanga ebenfalls angebaut werden, das konnte ich auf den Fotos sehen.«

Whateley verstummte kurz, bevor er weitersprach.

»Da haben Sie mir hier ein ganz schönes Ei ins Nest gelegt, mein Lieber. Denn wer weiß, ob das Pflanzenmaterial, das Sie mir gegeben haben, nicht auch kontaminiert war. Und da wir hier sehr viele Pflanzen haben … ein paar Sporen würden ausreichen.«

Kieffer fühlte, wie sich seine Nackenhaare aufstellten. Auf einmal war die Straße verschwunden. Stattdessen sah der Koch sein Wohnzimmer. Er saß auf dem Sofa, auf dem Tisch vor ihm lag etwas.

»Wie … wie sehen die denn aus, ich meine die Sporen?«, hörte er sich sagen.

»Wie gräulicher Staub«, erwiderte Whateley.

Die Plastiktüte mit dem Speed. Er sah seine Hand. Sie griff sich den kleinen Beutel. Er entglitt dem Koch, fiel …

Kieffer musste bremsen, ansonsten wäre er einem Mercedes in den Kofferraum gerauscht. Er konnte fühlen, wie sich der Gurt spannte, der Fahrer hinter ihm hupte. Einen Augenblick glaubte er, die Kontrolle über das Fahrzeug entgleite ihm, doch ein paar Sekundenbruchteile später war alles wieder in Ordnung. Allerdings hatte er in dem Schreckmoment das Lenkrad mit beiden Händen umklammert und sein Handy fallen gelassen. Aus dem Fußraum hörte er Whateleys Stimme.

»Ich bin im Auto, George!«, brüllte Kieffer in Richtung seiner Füße. »Mir ist das Telefon runtergefallen. Bitte warten Sie einen Moment.«

Nach seinem Beinahecrash traute Kieffer sich nicht, den Blick nochmals von der Straße abzuwenden und nach dem Handy zu angeln. Stattdessen fuhr er am nächsten Rastplatz ab, hielt quietschend. Nun barg er das Handy. Whateley hatte inzwischen aufgelegt. Kieffer rief ihn zurück.

»George?«

»Sie haben doch nicht während der Fahrt telefoniert, oder?«

»Doch. Das mit den Sporen hat mich aus dem Konzept gebracht. Ich glaube, ich habe da was gesehen. Ketti Faber, eine der Mitarbeiterinnen von Sijambo. Die hat mir ein Tütchen mit Pulver gegeben.«

»Wann denn das?«

»Ist schon paar Wochen her. Aber ich dachte damals, es wäre was anderes drin.«

»Drogen, meinen Sie.«

»Hm. Aber vielleicht habe ich da falsch gelegen. Vielleicht hatte sie welche von diesen Pilzsporen dabei.«

»Und das Tütchen haben Sie noch?«

»Nein, das liegt in der Asservatenkammer der Polizei.«

»Haben Sie es da abgegeben?«

»Wurde beschlagnahmt. Ist eine lange Geschichte. Aber sagen Sie, wie viel von dem Zeug braucht man, um zu analysieren, was es ist?«

»Haben Sie denn noch was?«

»Vielleicht.«

»Okay, lassen Sie mich überlegen.«

Es entstand eine kurze Pause, bevor Whateley weitersprach.

»Wenn wir gar keine Ahnung haben, was es ist, brauchen wir schon ein paar Gramm. Wenn wir nur abgleichen wollen, ob es sich bei dem Pulver um M. perniciosa Typ C handelt – die Variante, die Kakao befällt – dann reicht weniger.«

»Okay. Ich muss zunächst heim. Dann weiß ich, ob noch was davon da ist. Soll ich es Ihnen dann wieder per Kurier schicken?«

Erneut schwieg Whateley einen Moment, dann sagte er: »Ich habe eine bessere Idee. Ich kenne da wen bei Ihnen in der Nähe. Die Dame hat einen Bioanalyzer und schuldet mir noch einen Gefallen – Dr. Danielle Schneider. Sobald Sie das Zeug haben – wenn Sie es haben, rufen Sie mich zurück. Ich warne Danielle inzwischen vor, dass Sie mit einer sehr eiligen Probe vorbeikommen.«

»Und wo sitzt sie?«

»Uni Luxemburg. Centre for Systems Biomedicine. Wo genau das ist, keine Ahnung.«

Der Campus der Universität befand sich im Süden Luxemburgs. Kieffer bedankte sich bei Whateley. Sobald er aufgelegt hatte, trat er das Gaspedal durch. Er versuchte sich daran zu erinnern, was geschehen war, als er das Tütchen in jener Nacht hatte fallen lassen. Der Koch sah sich selbst neben dem Couchtisch knien und Pulver mit der Handkante in das geöffnete Tütchen zurückschieben. War dabei etwas danebengegangen? Vielleicht. Hatte er seitdem den Couchtisch gewischt oder den Boden gestaubsaugt? Ganz sicher nicht.

Eine Stunde später kniete Kieffer in seinem Wohnzimmer und inspizierte die Platte des Couchtischs. Sie bestand aus poliertem Holz, mit einem eingefrästen, umlaufenden Weinrebenmuster am Rand. Der Koch brachte sein Gesicht ganz nah an die Stelle, wo er mit der Hand das Pulver zurück in das Tütchen geschoben hatte, und tatsächlich: In den Vertiefungen am Rand war etwas davon hängen geblieben. Zumindest hoffte er das. Theoretisch konnte es sich auch um Staubpartikel oder Zigarettenasche handeln. Der Rest des Tisches war allerdings ziemlich sauber. Nein, es musste Kettis Pulver sein.

Als er die kärglichen Reste der unbekannten Substanz mit einem Pinsel auf eine Untertasse transferierte, kam er sich vor wie ein Drogensüchtiger, dem der Stoff ausgegangen ist und der nun die ganze Wohnung auf den Kopf stellt, auf der Suche nach einem letzten Krümel Gras, einem letzten Kristall Kokain.

Als Kieffer fertig war, betrachtete er die magere Ausbeute. Es waren kaum mehr als ein, zwei Messerspitzen. Vorsichtig schüttete er das Pulver in eine Filmdose. Er steckte sie in seine Jackentasche und ging zurück zum Auto. Auf dem Handy schaute er die Adresse des Labors nach: 7, avenue des Hauts-Fourneaux, Esch-sur-Alzette.

»Nach Belval also«, murmelte Kieffer. Ein paar Minuten später fädelte der Koch sich auf die Autobahn Richtung Süden ein.

Bei Belval kamen jedem Luxemburger sofort rauchende Schlote in den Sinn. Das Gelände im Südwesten von Esch war früher der Sitz eines der größten Stahlwerke Europas gewesen. Bevor das Großherzogtum als Finanzzentrum und EU-Standort reüssierte, hatte Schwerindustrie die Haupteinnahmequelle des kleinen Landes gebildet. Die Aciéries Réunies de Burbach-Eich-Dudelange in Belval, kurz ARBED, waren das Zentrum der Stahlproduktion gewesen. Hochöfen, Walzwerke, Schornsteine – in seiner Blütezeit umfasste das Areal gut sechshundert Hektar. Kieffer war alt genug, um sich noch an jenes Belval zu erinnern, in dem es Tag und Nacht aus allen Rohren gedampft und gezischt hatte.

Inzwischen rauchte kein einziger Schlot mehr. Stattdessen war die Luxemburger Universität eingezogen, ferner Start-up-Unternehmen und Banken. Als er von der A4 abfuhr, kam er an knallbunten Tafeln vorbei: »Wellkomm op Belval« stand da, »Nouveaux horizons« und »Nouvelles vies«.

Kieffer parkte den Jaguar in der Straße, in der das Institut für Biomedizin seinen Sitz hatte. Dass sie Avenue der Hochöfen hieß, war ein Wink mit dem Zaunpfahl, aber auch ohne diese Bezeichnung wäre jedem aufgefallen, dass er sich an einer Stätte der Industriekultur befand. Die Schornsteine und die immensen Kubaturen ragten hoch in den Himmel auf und ließen die meisten neueren Gebäude etwas mickrig wirken.

Das Centre for Systems Biomedicine war ein zweckmäßiger, moderner Glaskasten. Kieffer erklärte dem Pförtner, dass er einen Termin bei Dr. Schneider habe, woraufhin ihn dieser in den zweiten Stock schickte. Als er aus dem Fahrstuhl trat, wartete sie bereits auf ihn. Danielle Schneider war höchstens dreißig. Hätte Kieffer ihren Nachnamen nicht gekannt, wäre seine Vermutung gewesen, dass es sich bei der Forscherin um eine Lusoburguês handelte, eine Luxemburgerin mit portugiesischen Wurzeln. Schneider besaß den charakteristischen, olivfarbenen Teint, tiefschwarze Haare – sie war außerordentlich hübsch. Kieffer musste sich zusammenreißen, um nicht zu gaffen. Er hielt ihr die Hand hin.

»Moien, Frau Doktor. Sorry für den Überfall.«

»Moien.«

Sie nahm seine Hand und schüttelte sie.

»Ist schon okay. George hat mich ja vorgewarnt und mir die Daten geschickt. Kommen Sie.«

Sie liefen einen langen, weißgetünchten Gang entlang. Kieffer erblickte Büros und einen Raum mit Servern.

»Ganz schön viele Computer haben Sie«, bemerkte er.

»Ja. Moderne Biomedizin ist ziemlich viel Rechnerei.«

Schneider führte ihn in ein Labor. Es enthielt die erwartbaren Dinge – Erlenmeierkolben und Reagenzgläser. Doch auch hier standen mehrere Computer. Auf einem der Tische hatte die Wissenschaftlerin anscheinend bereits verschiedene Utensilien zurechtgelegt.

»Dann zeigen Sie mir doch mal Ihre Probe.«

Kieffer nickte und holte das Döschen hervor. Schneiders dunkle Augenbrauen wanderten nach oben.

»Was ist denn das?«

»Ein Filmdöschen. Früher, als Fotos noch nicht digital waren, da hat man …«

»Ich weiß. Nein, ich meinte, was war da vorher drin?«

»Nichts. Lag nur so rum. Ich habe es ausgewaschen und trockengefönt.«

»Okay. Nur wegen Verunreinigungen.«

Sie nahm das Döschen, öffnete vorsichtig den Deckel.

»Mehr konnte ich leider nicht zusammenkratzen.«

»Hm? Ach, das da reicht dicke. Wir wissen schließlich, was wir suchen.«

Sie ging mit der Dose zu einem der Tische und schüttete den Inhalt in einen der Erlenmeierkolben.

»Sie könnten mir helfen, Herr Kieffer.«

»Ja? Was kann ich tun?«

»Gehen Sie bis zum Ende des Ganges und holen Sie

uns«, sie hielt ihm eine kleine Plastikkarte hin, »zwei Cappuccini. Ich bereite währenddessen alles vor.«

Unter anderen Umständen wäre Kieffer vielleicht beleidigt gewesen, aber schließlich wollte er ja etwas von Schneider. Wenn sie Koffein benötigte, sollte ihm das recht sein. Als er vom Kaffeeautomaten zurückkam, war die Wissenschaftlerin gerade dabei, einen handtellergroßen Plastikchip aus einer Verpackung zu nehmen. Er sah ein bisschen aus wie jene Mini-Discs, die es in den Neunzigern gegeben hatte. In der Mitte des Chips befanden sich sechzehn kleine Mulden, in die man anscheinend etwas hineinstecken konnte.

»Ist das etwa eine Diskette?«

Schneider lächelte. »Nein, das ist ein RNA-Chip. Da kommt jetzt gleich unser Sample drauf.«

Sie begann nun, kleine Plastikröhrchen in die Mulden des Chips zu stecken und mit einer Art Spritze durchsichtiges Gel hineinzudrücken. Darin befand sich, wie sie Kieffer erklärte, das Pulver.

»Jetzt nur noch vortexen, dann kann es losgehen.«

Der Vortexer war eine Gerätschaft, mit der man den Chip und die darin steckenden Samples durchrütteln konnte. Nach einer Minute Gevortexe ging Schneider zu einem grauen Klotz, den Kieffer zunächst für einen Desktop-Computer gehalten hatte. Dessen Deckel ließ sich aufklappen. Darunter war Platz für den Chip.

»Und nun?«, fragte er.

»Warten wir, bis der Bioanalyzer fertig ist.«

»Wie lange wird das dauern?«

»Ungefähr so lange«, sie zeigte auf die Pappbecher, »wie es dauert einen Cappucino zu trinken und eine Zigarette zu rauchen.«

»Da bin ich dabei.«

Sie gingen vor die Tür.

»Wie gut sind denn die Chancen, dass Ihr Analyzer rausfindet, was da drin ist?«, fragte Kieffer.

»George hat gesagt, ich soll überprüfen, ob es sich bei dem Pulver um Basidiosporen von M. Perniciosa handelt, mit dem Pathogen des Biotyps C. Die Daten dazu hat er mir gemailt. Ich weiß also genau, was ich suche. Eine geschlossene Frage.«

»Ja oder Nein.«

»Genau. Wir wissen gleich, ob es der Pilz ist oder nicht. Auch wenn das Pulver Verunreinigungen enthalten sollte. Wenn es was anderes ist, ist es was anderes und die genaue Analyse wäre viel aufwendiger. Aber wenn's was anderes ist, so verstehe ich zumindest George, ist es egal, oder?«

»Zumindest ist es dann nicht mehr dringend, das stimmt.«

Sie gingen wieder nach oben. Schneider loggte sich in einen der Computer ein, überprüfte die Bioanalyzer-Software. Sie klickte ein paarmal hin und her. Dann sagte sie: »Bingo.«

Kieffer trat etwas näher heran, um den Bildschirm besser betrachten zu können. Er sah eine Visualisierung des RNA-Chips und daneben eine lange Reihe von Messwerten.

»Es ist dieser Pilz?«

Sie nickte. »Zweifel sind so gut wie ausgeschlossen. Es handelt sich eindeutig um M. perniciosa.«

Schneider klickte das Programm weg und wandte sich dem Koch zu. »Ich schicke die Ergebnisse und das, was von der Probe übrig ist, nach Reading, ist das in Ihrem Sinne?«

Kieffer nickte langsam. Alles, was er bisher herausgefunden, alles, was er sich zusammengereimt hatte, ergab überhaupt keinen Sinn mehr. Schweigend schaute er der Wissenschaftlerin zu, die gerade den Chip aus dem Analysegerät nahm.

»Und Sie sind sich ganz sicher?«, fragte er.

Als sie sich zu ihm umdrehte, konnte er sehen, dass sie etwas genervt dreinschaute.

»Ich zweifle nicht an Ihrer Analyse«, schob er rasch hinterher, »es ist nur so, wenn da echt dieser Pilz drin war, dann hat das …«

»Weitreichende Konsequenzen?«

»Ja.«

»Hm. Kann ich mir vorstellen. Ich hätte ja gern Entwarnung gegeben, aber das ist M. perniciosa, ohne jeden Zweifel.«

»Vielen Dank, Frau Dr. Schneider.« Er zeigte auf die Tür. »Dann lasse ich Sie jetzt mal wieder arbeiten. Ich finde allein raus.«

»Alles klar. Äddi.«

Eiligen Schrittes verließ Kieffer das Institut und fuhr zurück nach Luxemburg-Stadt.

40

Kieffer stand an der Theke des »Deux Eglises« und aß. Normalerweise war ihm diese Art der Nahrungsaufnahme zuwider – selbst eine einfache Mahlzeit verdiente es, im Sitzen eingenommen zu werden, möglichst mit Besteck, möglichst ohne Bildschirme in der Nähe. Aber die Ausflüge nach Köln und Esch hatten seinen Zeitplan völlig durcheinandergebracht. Das Letzte, was er zu sich genommen hatte, war der seltsame Porridgepudding gewesen. Nun musste er schlingen, denn bald trudelten die ersten Gäste ein. Stand Kieffer dann nicht oben am Pass, würde seine Souschefin vermutlich etwas nach ihm werfen oder, was wahrscheinlicher war, ihre Toque auf den Küchenboden pfeffern und auf der Stelle kündigen.

Stehend aß er deshalb, was er auf die Schnelle gefunden hatte – Kachkéis, Luxemburger Kochkäse. Kieffer hatte ihn auf Brot geschmiert und dick Senf darauf gestrichen. Während er kaute, verstieß er noch gegen eine weitere seiner selbst auferlegten Regeln und blätterte währenddessen in seinem Reservierungsbuch. Es würde ziemlich voll werden. Gestern schon hatte sich das Buch anscheinend ohne erkennbaren Grund gefüllt. Während der Autofahrt am Morgen war ihm klar geworden, woran es liegen mochte: Im Radio hatte er etwas über einen Gipfel der Wirtschaftsminister Südamerikas und der EU gehört, die wegen eines Freihandelsabkommens auf dem Kirchberg zusammensaßen. Vermutlich war dies die Veranstaltung, die Colette Schmartz erwähnt hatte.

Politiker brachten stets eine stattliche Bürokraten-Entourage mit, und all diese Menschen mussten irgendwo essen. Ein paar davon hatten sich offensichtlich das »Deux Eglises« ausgesucht. Kieffer klappte das Buch zu und ging die Treppe zur Küche hinauf, dabei die letzten Kachkéisbissen herunterschlingend. Er schwor sich, später am Abend eine richtige Mahlzeit zu sich zu nehmen. Vielleicht kam Pekka vorbei und leistete ihm dabei Gesellschaft.

Oben waren die Vorbereitungen in vollem Gang. Auf den Kochstellen simmerten Soßen, in den Öfen schmorten Huesenziwwi und Rëndsragout. Kieffer ging schweigend zwischen den einzelnen Posten hin und her. Seine Leute wussten, was sie zu tun hatten, meistens zumindest. Oft ging es als Küchenchef weniger darum, seinen Köchen zu sagen, wie sie was zuzubereiten hatten, sondern eher darum, dafür zu sorgen, dass keiner einschlief. Kieffer war eine Art Dirigent, er gab den Takt vor. Ihre Instrumente spielen mussten die Köche schon selbst.

Das Küchentelefon klingelte, worüber Kieffer sich ein bisschen wunderte. Sie hatten zwar seit fünf Minuten geöffnet, aber in der Regel trudelten die Gäste erst ab halb sieben ein. Irgendjemand war offensichtlich sehr hungrig. Kieffer nahm den Hörer ab.

»Sag an, Jacques.«

»Keine Bestellung, Chef. Ein Anruf.«

»Von?«

»Hüetli.« Sein Oberkellner kicherte. »Die wollen dir Brühwürfel verkaufen, nehme ich an.«

Kieffer fand Jacques' Witz nicht sonderlich komisch. Er brummte lediglich ein »Komme«, bevor er den Hörer auf die Gabel knallte. Schon war er die Treppe hinunter und bedeutete dem etwas verunsichert dreinschauenden Jacques, ihm den Anruf auf seinen Büroapparat zu legen. Sobald er am Schreibtisch saß, nahm er ab.

»Kieffer.«

»Berninger.«

Hätten sie sich von Angesicht zu Angesicht gegenüber gestanden, wäre dies der Moment gewesen, wo sie einander anfunkelten und darauf warteten, dass der andere als Erster zuckte. So aber blieb es einfach still. Kieffer überbrückte die Zeit, indem er sich eine Zigarette aus dem Päckchen auf dem Schreibtisch fischte.

»Ich wollte mit Ihnen über Ihren Auftritt auf der REHOGA reden«, sagte Berninger.

»Hm. Stimmt, Sie sagten ›Sie hören noch von uns‹.«

»Herr Kieffer, Sie scheinen das alles für ein lustiges Spiel zu halten, aber …«

»Es ist überhaupt kein Spiel. Es sind bereits zwei Menschen gestorben.«

Es dauerte etwas, bis Berninger antwortete. Der Hüetli-Kommunikationschef sprach betont langsam, wie jemand, der sich bemühen muss, nicht in den Hörer zu brüllen.

»Unser Unternehmen und insbesondere Frau Odermatt hat nichts mit dem Tod der beiden Sijambo-Manager zu tun. Offenbar waren sie in kriminelle Machenschaften verstrickt, die aber nichts mit Kakao zu tun hatten, geschweige denn mit unserer Schokolade.«

Der Tod der *beiden* Manager? Kieffer zog an seiner Ducal.

»Sie meinen die Diamanten?«, fragte der Koch.

»Woher wissen Sie davon?«, erwiderte der Pressesprecher.

»Ich weiß so einiges, Herr Berninger. Über Ihre Plantage da unten, zum Beispiel. Über den Verstoß gegen die Quarantänevorschriften.«

»Ich weise diese Anschuldigungen alle zurück. Im Übrigen muss ich Sie warnen. Sollten Sie auf die Idee kommen, diese unwahren und ehrabschneiderischen Behauptungen öffentlich zu machen, dann werden wir Sie verklagen, wegen Verleumdung. Diese geschäftsschädigenden …«

»Ich werde überhaupt nichts davon öffentlich machen. Wenn wir uns arrangieren können.«

Berninger schnaubte. »Was wollen Sie? Geld?«

»Nein. Ein paar Antworten.«

»Ich bin nicht Ihre Auskunft, ich …«

Kieffer schnitt Berninger das Wort ab. »Zwei tote Manager.«

»Wie bitte?«

»Zwei tote Manager. Ketti Faber. Und Beat Gerschwiler.«

Das mit Gerschwiler wusste er nicht. Er hatte geraten, doch Berninger erwiderte lediglich:

»Ja, und?«

»Dann haben wir keine zwei Toten, Herr Berninger. Sondern bereits drei. Ich sprach nämlich von Ketti und jemand anders, einem bekannten kongolesischen Journalisten. Den haben Ihre Leute da unten auf dem Gewissen. Wenn Gerschwiler auch tot ist … ich war davon ausgegangen, dass er in U-Haft sitzt.«

»Saß er auch.«

»Aber dann?«

»Gerschwiler wurde auf freien Fuß gesetzt, gegen eine beträchtliche Kaution. Einen Tag später hatte er einen schweren Unfall.«

»Na, wenn das mal kein Zufall ist.«

»Herr Kieffer, jetzt reicht es. Wollen Sie uns allen Ernstes vorwerfen, wir hätten einen unliebsamen Zeugen beseitigt? Ich weiß nicht, in was für einer Fantasiewelt Sie leben, aber nun ist es genug. Ich werde nicht länger …«

»Ich glaube gar nichts dergleichen. Gerschwiler geht nicht auf Ihr Konto. Vielmehr möchte ich mich bei Ihnen entschuldigen.«

»Sie wollen … was?«

»Mich entschuldigen. Bei Ihnen. Und natürlich bei Frau Odermatt. Persönlich.«

Der Kommunikationschef lachte. »Ich weiß schon, wo das hinführt. Schminken Sie sich das ab. Sie werden nie wieder mit Fränzi Odermatt sprechen.«

»Vielleicht doch. Wollen Sie mein Angebot hören?«

»Mir bleibt ja wohl nichts anderes übrig.«

»Gut. Hier ist es: Sie arrangieren ein Treffen zwischen Odermatt und mir. Ganz diskret. Im Gegenzug verzichte ich auf ein paar Sachen und tue ein paar.«

»Und zwar?«

»Ich stelle mich nicht bei Ihrer HV auf die Kanzel und halte Frau Odermatt all diese Sachen vor, die in ihrem Geschäftsbereich liegen und sie vielleicht ihren Job kosten, ganz sicher aber den Chefposten, auf den sie seit so langer Zeit scharf ist.«

»Ihre Drohung beeindruckt mich nicht.«

»Sie nicht. Aber Frau Odermatt sah beunruhigt aus.«

»Es gibt sehr wenig, was …«

»… was die Hexe von Hundwil beunruhigt?«

»Was Frau Odermatt beunruhigt. Falls Sie weiter an dieser dummen Idee festhalten, kriegen Sie schon morgen eine Unterlassungserklärung zugestellt. Und Ihr Rederecht auf der Hauptversammlung, das können wir Ihnen entziehen.«

»Wie das?«

»Ach, Anwälte finden immer eine Begründung für so etwas.«

»Wie dem auch sei, Herr Berninger. Der zweite Teil meines Angebots: Ein bekannter afrikanischer Enthüllungsjournalist ist verschwunden, vor ein paar Tagen. Er ist auf Ihrer Plantage getötet worden. Früher oder später wird das rauskommen. Ich kann Ihnen Informationen dazu geben, damit es Sie nicht so hart trifft.«

»Reden Sie weiter.«

»Ich besitze noch eine weitere Information, Ihr Schokoladengeschäft betreffend. Eine Information, die erderschütternd ist.«

»Was meinen Sie mit erderschütternd?«

»Es geht um viele Milliarden Dollar. Um das Überleben Ihres Konzerns.«

Berninger lachte etwas affektiert. »Sie bluffen.«

»Tue ich nicht. Hören Sie mir gut zu. Das alles mag unglaublich klingen. Aber Ketti Faber ist nicht wegen der Diamanten umgebracht worden. Sie war etwas viel Wertvollerem auf der Spur.«

»Und zwar?«, fragte Berninger.

»Nein, nein. Das sage ich nur Odermatt. Persönlich.«

»So läuft das nicht.«

»Ihre Entscheidung. Aber ich sage Ihnen, dass eine Katastrophe bevorsteht, eine entsetzliche Katastrophe. Und Ihr Laden ist mittendrin. Wir kennen uns ja schon aus anderen Fällen. Deshalb sollten Sie wissen, dass ich nicht irgendein Fantast bin.«

»Sie sind ein … es ist schwer, in Worte zu fassen, was Sie sind.«

»Ein Riesenarschloch? Meinetwegen, dann sind wir schon zwei. Der Punkt ist: Ich glaube, ich weiß, wie sich die Katastrophe verhindern lässt. Dafür brauchen Sie mich. Und ich brauche das Ohr von jemandem, der was zu entscheiden hat. Und Sie sind, bei allem Respekt, nur eine Flüstertüte im Anzug.«

»Noch was, Herr Kieffer?«

»Ja, rufen Sie mal Ihren Lobbyisten in Brüssel an und fragen Sie ihn nach dem Botschafter der RBK, dem Land, wo Ihre Plantage liegt.«

»Was?«

»Tun Sie's einfach. Und ich maile Ihnen gleich was. Danach haben Sie zwölf Stunden.«

Berninger schwieg einen Moment.

»Schicken Sie's mir, wenn es unbedingt sein muss. Aber nicht an meine Firmenadresse.«

»Sondern?«

»amateurdetennis71@blueblue.ch«

»Mache ich.«

»Okay.«

Berninger legte auf. Kieffer war sich nicht sicher, ob der Hüetli-Kommunikationschef angebissen hatte. Rasch schrieb er eine Mail an die Adresse, die Berninger ihm genannt hatte. Darin erwähnte er Benoît Massamba und dessen Magazin. Einen Moment lang schwebte sein Finger über der Maustaste. Dies war die letzte Möglichkeit, sich aus alledem herauszuhalten. Er konnte die Diamanten zurückgeben, seine eine Hüetli-Aktie wieder verkaufen und fortan die Klappe halten. Aber war das überhaupt noch möglich? Anfangs war es ihm nur um die Sache mit Ketti gegangen. Aber nun stand viel mehr auf dem Spiel. Sie hatte es ihm gesagt, damals in Pfaffenthal. Aber er hatte es schlichtweg nicht kapiert.

Mit einem zischenden Geräusch ging die Mail an Berninger raus. Kieffer ging zurück in den Schankraum. Er wurde von einem Geräusch-Mischmasch empfangen – dem gedämpften Stimmengewirr der Tischgespräche, dem Klappern von Besteck, dem Rattern des Käsewagens, den Jacques gerade vor Tisch sieben parkte. Über allem schwebte die Trompete einer Jazz-CD, die im Hintergrund lief. Kieffer kannte dieses Sound-Sammelsurium seit vielen Jahren. Schon oft hatte er ein Problem – einen unzufriedenen Kunden, eine falsche Bestellung – aus dieser kulinarischen Kakophonie herausgehört, noch bevor ihn Jacques oder ein Gast darauf angesprochen hatten. Aber heute signalisierte ihm das Soundsammelsurium, dass alles in bester Ordnung war. Um ganz sicherzugehen, ließ er seinen Blick durch den Schankraum schweifen. Es waren viele Ausländer da, darunter Menschen mit Indio-Gesichtszügen – vermutlich gehörten sie zu der Freihandelsdelegation. Es schien den Leuten zu schmecken. Und sie tranken ziemlich viel Wein, was Kieffer mindestens ebenso gut gefiel. Getränke machten Marge.

Er begann, hinter der Bar herumzuwerkeln. Der Koch

kniete gerade vor dem Kühlschrank, als er ein Geräusch vernahm, das ihn aufhorchen ließ. Einer der Barhocker knarzte. Es war der an der Wand, das wusste er ohne aufzuschauen. Es gab nur einen Gast, der sich dort um diese Uhrzeit niederließ. Mit einer geübten Bewegung zog Kieffer eine Flasche Rivaner aus dem Kühler und kam damit hoch.

»Abend, Pekka«, sagte er und stellte dem Finnen die Flasche hin.

»Abend. Du kannst ja Gedanken lesen.«

»In deinem Fall nicht so schwer. Auch was essen?«

»Was ist denn heute gut?«

»Alles ist gut.«

»Was mit Fleisch wäre nicht schlecht. Meine neue Freundin ist Veganerin. Wenn man mit der essen geht …«

»Du hast eine neue? Schon wieder?«

»Faustine. Arbeitet beim Rechnungshof. Brünett. Anfang dreißig. Sehr hübsch.«

Das sind sie immer, dachte Kieffer, aber er sagte es nicht. Er sah die Dame förmlich vor sich. Vermutlich würde er sie irgendwann kennenlernen, wobei sich das eigentlich nie lohnte.

»Wenn es Fleisch sein soll – wie wäre es mit einem schönen Boeuf à la mode? Dazu Gemüse und Kartöffelchen.«

»Gekauft.«

Kieffer machte dem Finnen die Flasche auf und stellte ihm ein Glas hin. Nachdem Vatanen einen Schluck genommen und den Wein für gut befunden hatte, sagte er: »Hast du inzwischen mit deiner Freundin geredet, Xavier?«

»Ja.«

Vatanen wartete darauf, dass Kieffer die Sache weiter ausführte. Der Koch tat ihm den Gefallen jedoch nicht. Der Finne setzte eine Miene gespielter Besorgnis auf.

»Uhhh. So schlimm.«

»Waffenstillstand mit Ultimatum.«

»Was musst du tun?«

»Diese Ketti-Sache klären.«

»Dazu würde ich auch raten. Aber meine Herangehensweise wäre eine andere als deine.«

»Inwiefern?«, fragte Kieffer.

Vatanen zeigte auf die Weinflasche.

»Sie ist tot. Es ist nicht deine Schuld. Was da unten in Afrika eigentlich passiert ist, lässt sich kaum noch herausfinden. Also lass es lieber und trink das Problem weg.«

»Alkohol ist keine Lösung.«

Vatanen runzelte die Stirn. »So was behaupten nur Leute, die nie ernsthaft getrunken haben.«

»Habe ich, Pekka.«

»Wenn du ›Ketti-Sache‹ sagst, sprechen wir dann von der Schokolade oder«, er sah sich kurz um und senkte seine Stimme, »von der anderen Geschichte.«

»Von beiden. Und wer weiß schon so genau, ob es überhaupt eine andere Geschichte ist.«

»Hast du denn noch irgendwas rausgefunden?«

»Ja.«

Er erzählte Vatanen von Professor Whateleys Anruf und von den Tests, die das Labor in Belval durchgeführt hatte. Der Finne hörte mit grimmiger Miene zu.

»Das ist aber ein ziemlich dickes Ding. Weiß Hüetli davon?«

»Ich versuche, mit Odermatt drüber zu reden.«

»Wer ist das?«

»Die Vizechefin.«

»Und an die kommst du ran?«, fragte Vatanen.

»Ich hoffe ja. Ich habe kürzlich mit ihr gesprochen, auf der REHOGA. Außerdem habe ich noch was anderes rausgefunden.«

»Und zwar?«

»Erinnerst du dich an die Bilder aus Varanga, auf denen Leute zu sehen sind, die Pflanzen verladen?«

»Du meinst die, deren Gesichter man nicht gut erkennen konnte?«

»Ja. Komm mit, ich zeig dir was.«

Auf Kieffers Wink folgte der Finne ihm ins Büro. Gemeinsam setzten sie sich vor Kieffers Rechner. Der Koch gab eine Internetadresse ein.

»cocoa-aid.com?«, sagte Vatanen. »Ist das diese Hilfsorganisation, die von dem Engländer mit dem Coworking-Space-Büro?«

»Peter Jones? Nein, ist es nicht. Die hieß The Chocolate Initiative. Dieses Cocoa Aid ist eine PR-Aktion von Hüetli. Da, schau.«

Auf dem Bildschirm erschienen Fotos breit lächelnder Afrikaner in farbenfrohen Gewändern – Männer, Frauen und Kinder. Außerdem war die Nahaufnahme zweier schwarzer Hände zu sehen, die fermentierte Kakaobohnen in die Kamera hielten.

»Der Anbau von Kakao ist die Lebensgrundlage von Millionen Menschen. Wir arbeiten daran, Farmern in ganz Afrika ein menschenwürdiges Leben zu ermöglichen und ihr Einkommen dauerhaft zu sichern – mit COCOA AID, der Aufforstungsinitiative von Hüetli«, las der Finne.

»Hüetli stiftet neue Kakaobäume«, sagte Kieffer, »weil die alten überall am Ende sind und sie Angst um zukünftige Ernten haben. Reiner Eigennutz, aber natürlich verwenden sie das, um sich als große Menschenfreunde zu präsentieren.«

»What else is new«, erwiderte Vatanen.

»Hier gibt es eine Bildergalerie dazu.«

Der Finne seufzte. »Xavier, ich verstehe schon. Ist PR, die tun so, als gäbe es in der Kakaobranche keine Kinderarbeit, keine Bauern am Existenzminimum ...«

»Nein, darum geht es nicht. Wo ist es denn ... da, schau hier.«

Kieffer klickte eines der Bilder groß. Es war dem Text zufolge in der Elfenbeinküste aufgenommen. Bauern pflanzten Kakaobäumchen. Weiter hinten im Bild stand ein kleiner Laster, aus dem gerade Setzlinge ausgeladen wurden. Der Koch zeigte auf einen Mann, der zur Hälfte von den geöffneten Hecktüren des Fahrzeugs verborgen war.

»Bin ich ganz zufällig drauf gestoßen, als ich mir die angeschaut habe. Das hier ist der gleiche Typ wie auf dem Varanga-Foto.«

»Woher willst du das wissen? Sein Kopf ist hinter der Tür, sein halber Oberkörper auch.«

»Stimmt, aber sein Arm nicht. Siehst du das Armbändchen, das er trägt?«

»Ich sehe, dass er eines hat und dass es bläulich ist. Mehr auch nicht. Das ist total unscharf.«

»Stimmt, aber ich hab's mit dem Foto aus Varanga verglichen. Das ist auch unscharf und kopflos, aber beide Männer haben die gleiche Statur, ein ähnlich aussehendes Armband mit derselben Farbe. Ich bin mir ziemlich sicher, dass es der gleiche Typ ist. Sag mal, Pekka, kann man die Auflösung von so einem Foto verbessern?«

»Keine Ahnung. Wenn es zu wenig Pixel hat, ist das vermutlich schwierig. Ich glaube, es gibt Rekonstruktionssoftware, die quasi erraten kann, wie es aussähe, wenn mehr Bildpunkte da wären. Frag doch mal Sundergaard, der kennt sich bestimmt damit aus.«

Kieffer nickte und machte sich eine mentale Notiz. Er würde Per Sundergaard später anrufen.

»Aber falls du recht hast und es ist zweimal der gleiche Typ – was heißt das dann?«, fragte Vatanen.

Kieffer sagte es ihm.

Kurz darauf saß der Finne wieder an der Bar und stocherte in seinem Boeuf à la mode herum. Er war etwas bleich.

»Schmeckt's nicht, Pekka?«

»Doch doch, ist sehr gut.«

Kieffer war verwundert, dass die Sache seinem Freund derart auf den Magen schlug. Normalerweise brachte den trinkfreudigen Finnen kaum etwas aus der Ruhe. Vermutlich lag es daran, dass Agrarwirtschaft Vatanens Spezialgebiet war. Er konnte besser ermessen, was die Theorie des Kochs wirklich bedeutete. Kieffer wollte Vatanen gerade noch etwas dazu fragen, als sich ein Mann zu ihnen an die Theke gesellte. Er trug einen Anzug, sein Gesicht sah südamerikanisch aus.

»Guten Abend«, sagte Kieffer auf Englisch. »Kann ich Ihnen helfen?«

Der Neuankömmling lächelte. »Ich wollte nur sagen, dass es ganz toll ist bei Ihnen. Schmeckt hervorragend. Vor allem dieses … ich kann es gar nicht richtig aussprechen. Das mit den Bohnen und dem Kotelett.«

»Judd mat Gaardebounen?«

»Ja, ich glaube, ja.«

»Unser Nationalgericht. Freut mich, dass es Ihnen schmeckt. Erzählen Sie es gern weiter.«

»Das tue ich«, erwiderte der Gast, »ich schreibe eine Rezension drüber.«

Kieffer legte den Kopf schief. »Sind Sie Gastrokritiker?«

Der Mann lachte. »Nein, vielleicht, also das ist eher so ein Hobby von mir.«

Der Fremde hielt sein Smartphone hoch. »Auf Delish. Darüber habe ich Sie auch gefunden. Sind Sie der Besitzer?«

Kieffer nickte. »Xavier Kieffer. Freut mich, Ihre Bekanntschaft zu machen.«

»Ebenfalls. Ernesto Schrader, aus Lima.«

Kieffer zeigte auf das Telefon des Mannes. »Und Sie haben mich über so eine Internet-Plattform gefunden?«

»Ja, über Delish. Ist so was wie der Levoir-Brillet, nur viel besser.«

Kieffer beobachtete, wie der Mann auf seinem Telefon herumwischte und eine App aufrief. Nach ein paar Sekunden hielt er dem Koch das Handy hin. Vatanen gesellte sich zu ihnen und riskierte ebenfalls einen Blick. Es handelte sich um den Eintrag für das »Deux Eglises«. Natürlich war dem Koch bewusst, dass es Bewertungsportale für Restaurants gab und sein Lokal in einigen auftauchte. Aber als er den Eintrag sah, war er dennoch überrascht.

Es gab eine Liste der beliebtesten Gerichte, nebst Fotos. In der App wurden sie als ›signature dishes‹ bezeichnet. In der rechten oberen Ecke war eine silberne Gabel zu erkennen, neben der »4.7« stand.

»Ist das die Note? Vierkommasieben?«

»Ja«, erwiderte der Mann, »vierkommasieben von fünf«.

»Und die Gabel?«

»Platinstatus.«

»Aber … ich habe nicht mal einen … einen Stern.«

»Sie meinen einen Gabin-Stern?«

Kieffer nickte. Señor Schrader rollte mit den Augen.

»Ach, die interessieren doch keinen mehr. Sie können auf die Gabel tippen, dann kommt ein Drilldown.«

»Ein Drill …?«

Kieffer tat es. Ein Diagramm in Form eines Donuts erschien, allerdings nicht an allen Stellen gleich dick. Offenbar gab es sechs verschiedene Kategorien, in denen jedes Restaurant bewertet wurde, drei davon bezogen sich auf das Essen, die anderen auf Service und weitere Aspekte. Je dicker der Donut an dieser Stelle, desto besser. Der des »Deux Eglises« sah insgesamt ziemlich voluminös aus.

Er gab dem Mann sein Handy zurück.

»Und Sie sagen, Sie sind wegen dieser Bewertung hergekommen?«

»Ja. Sie ist sehr gut. Außerdem war neulich ein sehr einflussreicher Foodblogger aus New York hier, der hat Sie über den grünen Klee gelobt. Der Algorithmus der App gewichtet so jemanden in der Bewertung stärker, weswegen Ihre Note durch die Decke gegangen ist, verstehen Sie?«

Kieffer verstand nichts, nickte aber trotzdem.

»Und jetzt?«

»Jetzt kommen bestimmt viele Leute zu Ihnen. Sie sind in der Top-Ten-Liste für Benelux. Machen Sie weiter so!«

Mit diesen Worten verabschiedete der Gast sich und ging wieder zurück zu seinem Tisch.

»Was es nicht alles gibt«, murmelte Kieffer. Vatanen prostete ihm von seinem Platz aus grinsend zu.

»Ich hab immer gewusst, dass du groß rauskommst, Xavier. Schon mal über einen eigenen Youtube-Channel nachgedacht?«

»Pekka, hör bloß auf.«

Er war sich nicht sicher, ob er scharf auf diesen ganzen Trubel, war. Trotzdem instruierte Kieffer seinen Chefkellner, dem Tisch des Peruaners eine Runde Drëpp aufs Haus zu servieren. Dann sah er zu, dass er wieder in seine Küche kam.

41

Es war noch recht früh, als Kieffer am kommenden Morgen von einem gemeinen Piepton aus dem Tiefschlaf geholt wurde. Er ließ die Augen geschlossen und drehte sich um. Zufrieden registrierte sein noch zu drei Vierteln schlafender Verstand, dass sich das Piepen nicht wiederholte. Doch irgendwie ging ihm der Ton nicht mehr aus dem Sinn. Er nervte Kieffer, nicht akustisch, aber gedanklich. Heutzutage piepte ja andauernd etwas. Meistens waren es Handys, aber auch andere Geräte machten sich gern bemerkbar. Waschmaschinen wollten entleert, Kühlschränke korrekt geschlossen, Trockner ausgeschaltet werden.

Was ihn daran hinderte, wieder wegzudösen, war dies: Kieffer kannte die Piepslaute seiner Gerätschaften. Seit er im vergangenen Winter über ein Telefonat einen Topf mit Karamell auf der Herdplatte vergessen hatte, kannte er sogar den seines Rauchmelders.

Was die Frage aufwarf, um was für ein Piepgeräusch es sich da gehandelt hatte.

Er war nun mindestens halb-, eher dreiviertelwach. Fluchend schwang Kieffer sich aus dem Bett und suchte den Raum ab. Sein erster Verdacht war, dass er vielleicht irgendeinen Alarm programmiert hatte, aus Versehen. Vielleicht war es das Radio, der Herd, irgendein anderes Ding, von dem er bisher überhaupt nicht gewusst hatte, dass es zum Piepen imstande war. Erst nachdem der Koch das Schlafzimmer und den Flur abgesucht hatte, begann es ihm zu dämmern.

»Nondidjö. Der russiche Hehler.«

Kieffer überlegte fieberhaft, wo er das Handy hingelegt hatte, das per Post gekommen war. Nach einigem Suchen fand er es unter einer Hose im Kleiderschrank. Er setzte sich damit auf die Bettkante, rief die Nachricht auf.

> Tragen Sie die Dinger ab morgen stets bei sich.
> Sie erhalten weitere Instruktionen.

Kieffer ließ das Handy sinken und fuhr sich mit der Hand durch die Haare. Wenn er richtig verstand, sollte er die Diamanten ab sofort mit sich herumschleppen, vermutlich bis zu einer Übergabe, über die man ihn kurzfristig informieren würde. Kurz überlegte er, eine Bestätigung zu senden, ließ es dann aber sein.

Er ging in die Küche und machte sich Frühstück. Während er einen großen Café au lait schlürfte, rief er nochmals die Webseite von cocoa-aid.com auf. Irgendwo meinte er dort eine Karte gesehen zu haben. Nach kurzer Suche fand er sie. Der Ausschnitt zeigte Westafrika. Zu sehen war der Golf von Guinea. Nördlich der Küstenlinie lagen, von Westen nach Osten, die Elfenbeinküste und Ghana, daneben zwei schmale Streifen, Togo und Benin. Dort, wo die Küstenlinie einen Knick nach Süden machte, waren Nigeria und Kamerun zu sehen. Wie Kieffer inzwischen wusste, produzierte diese sichelförmige Region mehr als zwei Drittel allen Kakaos.

Die Gebiete, auf denen sich Plantagen befanden, waren auf der Karte braun schraffiert. Was den Koch jedoch mehr interessierte, waren die kleinen blauen Sterne innerhalb der Anbaugebiete. Diese markierten der Legende zufolge die Lage jener Plantagen, von denen aus die Wiederaufforstung gesteuert wurde. Kieffer zählte sieben. Sie waren über das gesamte sichelförmige Gebiet verteilt. Wie immer, wenn er eine Karte Afrikas vor sich hatte, fehlte dem Koch jedes Gefühl für die Dimensionen. Er schaute sich eine andere an, auf der Entfernungen eingezeichnet waren. Die Kakaosichel mochte von West nach Ost an die zweitausendfünfhundert Kilometer messen. Das entsprach in etwa der Distanz Kopenhagen-Palermo. Er seufzte. Es war unmöglich, in solch einem riesigen Areal etwas zu finden. Nun, nicht völlig unmöglich, falls die Leute von Hüetli genau Buch darüber führten, was auf ihren Plantagen passierte. Man konnte nur hoffen, dass sie es taten. Und dass Odermatt erneut mit ihm sprechen würde.

Kieffer machte sich einen weiteren Kaffee. Mit dem Becher in der Hand ging er in den Garten, um eine Zigarette zu rauchen. Es war noch recht frisch. Der Koch schlug den Kragen seines zerschlissenen Bademantels hoch und lief, die Hände in den Taschen vergraben, bis zum Fluss. Während er rauchte, hielt er nach seiner Konservendose Ausschau. Obwohl der Koch wusste, wo sie war, fand er sie nicht sofort, was ihm einen gehörigen Schrecken einjagte. Gerade wollte er die Leiter hinuntersteigen und nachsehen, als er die Dose doch entdeckte. Sie befand sich noch immer genau dort, wo er sie versenkt hatte. Sogar das Etikett klebte noch daran.

Langsam schlenderte er zurück zum Haus, die halb aufgerauchte Ducal im Mundwinkel. Nahe der Küchentür blieb er stehen. Vor der Hauswand, deren von der Sonne gebleichter rötlicher Putz allmählich abzubröckeln begann, standen ein paar Kräutertöpfe sowie drei Statuen. Es handelte sich um religiöse Figuren. Pekka Vatanen bezeichnete dieses heilige Trio als »Xaviers Agnostiker-Schrein«, was vielleicht gar nicht einmal falsch war. Sein finnischer Freund spottete, wie alle Agnostiker sei Kieffer sich eben nicht ganz sicher. Deshalb habe er sich mit den drei Figuren breitestmöglich aufgestellt – falls es den lieben Gott oder die liebe Göttin vielleicht doch geben sollte.

In Wahrheit war es so, dass Kieffers Nachbar, ein Bildhauer, ihm eine der Figuren vor Jahren geschenkt hatte. Sie zeigte einen Mann mit Bischofsstab, den Heiligen Willibrord, Schutzpatron Luxemburgs. Damit Sankt Willi nicht so allein war, hatte Kieffer ihm einen Jadebuddha vom Flohmarkt zur Seite gestellt. Und irgendwann war noch Annapurna dazugekommen, die hinduistische Göttin des Essens. Ein Gast des »Deux Eglises« hatte sie ihm mitgebracht, von einer Indienreise. Annapurna war die farbenfroheste der Figuren, blich allerdings immer mehr aus. Anscheinend bekam ihr das Luxemburger Wetter nicht.

Der Koch starrte die drei Figuren an.

»Eine seltsame Dreifaltigkeit seid ihr«, murmelte er. »Ihr passt eigentlich nicht zusammen.«

Dass seine Zigarette fast verglommen war, bemerkte

Kieffer erst, als es zwischen seinen Lippen heiß wurde. Fluchend spuckte er den Stummel aus.

Es waren drei. Wieso war er da nicht früher drauf gekommen? Drei Sauereien, die im Zusammenhang mit Sijambo passiert waren. Und drei Briefkastenfirmen, die daran beteiligt waren.

»Und du warst auch dreimal dabei. Das wette ich.«

Er wusste auf einmal, dass er etwas Wichtiges übersehen hatte, etwas Offensichtliches. Kieffer eilte zurück in die Küche. Irgendwo lag dort das »National Geographic«-Heft herum, das er neulich am Bahnhof gekauft hatte. Er fand es nicht, suchte weitere Räume ab. Am Ende entdeckte er das Heft unter einem Stapel alter Zeitungen.

Darin blätternd ging Kieffer ins Wohnzimmer. Irgendwo hatte in dem Artikel etwas über einen Maisgott gestanden – nicht über Quetzalcoatl, der den Menschen dieses Getreide gebracht hatte, sondern über einen anderen. Nach einigem Querlesen fand er den Namen. Tlatlauhca, Gott des roten Maises. Offenbar gab es für jeden Mais einen Schutzpatron. Als Nächstes lief er zu seinem Bücherregal und suchte nach einem Wörterbuch. Er fand ein französisches und ein englisches. Beide nützten Kieffer nichts. Er brauchte Spanisch.

Negro hieß auf Spanisch schwarz. Aber bei dem anderen Wort war er sich nicht sicher. Als er das fragliche Buch endlich gefunden hatte, blätterte er zum Buchstaben M. Und da war es. Der Koch konnte sich lachen hören. Mit dem Wörterbuch und dem Magazin unterm Arm ging er zu seinem Laptop.

Ein paar Minuten später scrollte Kieffer durch die Anrufliste seines Telefons. Irgendwo musste die Nummer sein. Als er sie fand, zögerte er kurz, denn es war noch verdammt früh. Andererseits schätzte er sie als jemand ein, der so früh schon am Schreibtisch saß. Es kam auf einen Versuch an.

»Silverstein Green, O'Hanrahan?«

»Miss O'Hanrahan, guten Morgen. Entschuldigung, dass ich so früh störe.«

»Wer ist denn da?«

»Ah, Verzeihung. Xavier Kieffer. Erinnern Sie sich?«

»Klar, Sie waren der mit dem Lunchpaket. Also, danke dafür. Hat unser Desk zwei Tage lang von gegessen.«

»Gern geschehen. Bin ich zu früh?«

»Nein. Ich komme immer eine Stunde, bevor Hongkong zumacht.«

»Okay. Ich hätte da eine Frage, schon wieder.«

»Und zwar?«

»Ich suche jemanden. Aber ich finde im Netz nichts über ihn.«

»Ich verstehe. Also ehrlich gesagt ist Internetrecherche nicht so mein Schwerpunkt. Wenn es um Discounted-Cashflow-Analysen geht, dann ...«

»Verstehe ich. Aber ich erinnere mich, dass Sie da diesen Spezialcomputer hatten.«

»Sie meinen den Bloomberg?«

»Ja, richtig.«

»Und?«

»Und ich hab mich dran erinnert, dass Sie gesagt haben, das wäre quasi Facebook für Banker.«

»Ah. Ich soll da jemanden für Sie suchen.«

»Ja, wenn das möglich wäre.«

»Welche Firma?«

Kieffer sagte es ihr. O'Hanrahan pfiff durch die Zähne.

»Die sind übrigens«, fügte er hinzu, »der dritte Gesellschafter.«

»Der dritte …?«

»Von Sijambo«, erwiderte Kieffer.

»Ah, ich erinnere mich. Stimmt, sorry. Einen war ich Ihnen noch schuldig. Aber den Dritten habe ich einfach nicht rausbekommen, nichts zu machen. Die haben das wirklich sehr gut versteckt, Caymans und …«

»Ist egal. Ich bin mir inzwischen sicher.«

»Wäre trotzdem schön zu hören, wie Sie das rausbekommen haben. Falls Sie's sagen können. Vielleicht lerne ich was.«

»Das kann ich mir kaum vorstellen, Josh. Aber wenn Sie die Sache gern nachrecherchieren wollen, bitte. Ich habe einfach das Tolkien-Prinzip angewendet.«

»Das was?«

»Das Prinzip, dass Leute ihre Briefkastenfirmen offenbar nach eigenen Vorlieben benennen. Wie diese anderen, die nach Zeug aus dem Herrn der Ringe benannt waren. Oder nach Star Wars.«

»Okay. Und nach was für Namen könnte ich da suchen?«

»Haben Sie was zu schreiben?«

»Yep.«

»Suchen Sie doch mal nach Iztac. Tlatlauhca. Cozauhca. Yayauhca.«

»Oh je. Ich glaube, die müssen Sie mir buchstabieren.«

Kieffer tat es.

»Und was soll das sein? Irgend so ein Manga-Fantasy-Kram?«

»So in der Art. Ist schon etwas älter, kennt kaum noch wer. Aber die führen zu der Firma, das wette ich.«

»Weil?«

Kieffer sagte es ihr. Dann teilte er O'Hanrahan noch mit, nach welcher Person sie im Bloomberg suchen sollte.

»Okay. Ich muss jetzt in einen Call, mache das aber danach gleich für Sie und maile Ihnen das Ergebnis, okay?«

»Vielen Dank. Und kommen Sie mal im »Deux Eglises« vorbei. Geht alles aufs Haus.«

Die Analystin murmelte einen Abschiedsgruß und legte auf. Kieffer ging duschen. Als er wieder nach unten kam, war es halb acht, für seine Verhältnisse immer noch entsetzlich früh. Gern wäre er irgendwo in der Nähe frühstücken gegangen, aber in Grund hatte um diese Zeit noch nicht allzu viel offen, um genau zu sein überhaupt nichts.

Da er ohnehin ein paar Besorgungen machen musste, beschloss er, zu dem großen Supermarkt auf dem Kirchberg zu fahren und sich dort ein paar Croissants einzuverleiben. Nachdem er etwa die Hälfte der Strecke zurückgelegt hatte, klingelte sein Handy. Kieffer war sich ziemlich sicher, dass es O'Hanrahan sein musste. Deswegen war er etwas erstaunt, Urs Berningers Stimme zu hören.

»Herr Kieffer.«

»Herr Berninger.«

»Heute Abend. Neunzehn Uhr, Rocade, Rue du Laboratoire 42.«

»Die in Luxemburg?«, fragte Kieffer.

»Ja.«

»Und da?«

»Findet das Gespräch statt«, sagte Berninger.

»Okay. Mit … ihr?«
»Ja.«
»Das ist ein Hotel oder?«
»Parkhaus. Im roten Bereich.«
Ohne sich zu verabschieden, legte Berninger auf.

42

Das Rocade-Parkhaus befand sich im Untergeschoss eines Nobelhotels am Boulevard d'Avranches. Kieffer war noch nie dort gewesen. Der Koch drückte eine Brandschutztür auf und betrat das Parkhaus. Einen Moment hielt er inne. Die meisten Parkhäuser waren mehrgeschossig und verwinkelt, dieses hingegen besaß nur eine Etage und war schlauchartig. Es bestand aus einer einzigen langen Flucht, die sich über fast zweihundert Meter erstreckte – die ihm gegenüberliegende Wand war kaum auszumachen. In der Mitte gab es eine Fahrspur, links und rechts davon Parkplätze, durch Dutzende Betonpfeiler voneinander getrennt. Die Pfeiler waren bunt bemalt, immer drei oder vier in der gleichen Farbe, was dem Ganzen eine psychedelische Note gab.

Außer ihm war keine Menschenseele zu sehen. Die vielen Pfeiler und die im rechten Winkel zur Fahrspur parkenden Autos boten reichlich Deckung. Wollte man jemanden hinterrücks überfallen, war das Rocade ein schöner Ort dafür.

Kieffer atmete tief durch. Er machte sich wieder einmal ohne Not verrückt. Wäre dies das Treffen mit Jermolajew, müsste er sich möglicherweise Sorgen machen. Aber börsennotierte Konzerne ließen niemanden in psychedelischen Parkhäusern niederschießen. Dessen war Kieffer sich sicher – halbwegs.

Berninger hatte von einem roten Bereich gesprochen. Der Koch hatte das am Morgen nicht verstanden, hatte beinahe vermutet, der Hüetli-Mann meine es metaphorisch. Nun jedoch ergaben Berningers Worte einen Sinn. Dort, wo Kieffer stand, waren die Pfeiler gelb. Die roten befanden sich fast am anderen Ende. Der Koch machte sich auf den Weg. Als er etwa zwei Drittel des Weges zurückgelegt hatte, hörte er eine Autotür gehen. Von links kamen zwei Männer in Anzug und Trenchcoat zwischen den geparkten Pkw hervor. Sie gingen bis zur Mitte der Fahrspur und warteten dort auf ihn. Kieffer musste sich ein Grinsen verkneifen. Er fand die Pose ein wenig dramatisch. Ruhigen Schrittes ging er weiter, blieb einen Meter vor den beiden stehen.

»Monsieur Kieffer?«, sagte einer der beiden.

»Ja. Wo …«

Der Mann legte einen Finger über seine Lippen.

»Im Wagen. Ich bringe Sie gleich zu ihr. Aber vorher müsste ich Sie durchsuchen.«

Der Koch runzelte die Stirn. »Nach Waffen? Ihr Ernst?«

»Eher nach Aufnahmegeräten.«

Anstatt zu antworten, breitete Kieffer die Arme aus. Der zweite Mann tastete ihn ab, während der erste sich die Leitz-Mappe geben ließ, die der Koch in der Hand hielt.

»Handys?«

»Jetzt gehen Sie aber zu weit, Meister«, erwiderte Kieffer.

»Sollen Sie mir nicht geben. Nur ausschalten und den Akku rausnehmen.«

»Muss das wirklich …«

»Bitte.«

Seufzend tat Kieffer, was der Kerl von ihm verlangte und zeigte dem Sicherheitsmann dann die Akkus seiner beiden Telefone.

»Zufrieden?«

Der Mann nickte und gab Kieffer ein Zeichen, ihm zu folgen. Sie liefen ein paar Schritte, bis sie in den roten Bereich kamen.

»Der dunkelblaue Lexus. Rechte Fondtür«, sagte er.

Kieffer nickte und öffnete die Tür. Der eine Sitz war leer, auf dem anderen saß Fränzi Odermatt und schaute ihn an. Der Koch stieg ein und zog die Tür zu.

»Guten Abend, Frau Odermatt.«

»Abend.«

Er schaute sich um. Die Vordersitze waren leer.

»Herr Berninger ist nicht mit von der Partie.«

»Nein. Dies ist schließlich kein Hüetli-Termin, und wenn mich jemand danach fragen würde, würde ich abstreiten, dass er überhaupt stattgefunden hat.«

Odermatt faltete die Hände in ihrem Schoß. »Und nun sagen Sie, was Sie sagen wollen.«

»Zunächst muss ich mich bei Ihnen entschuldigen.«

»Sie müssten sich vielleicht lieber mal bei unserem Vorstandschef entschuldigen. Ich habe gehört, dass Sie schon öfters Streit mit Hüetli hatten.«

»Hmm? Ach so. War nicht meine Schuld. Liegt an Ihrem seltsamen Geschäftsgebaren«, erwiderte Kieffer.

»Seltsam?«

»Falsches Wort, sorry. Ruchlos trifft es eher.«

Odermatt runzelte die Stirn. »Das wird jetzt aber eine der originellsten Entschuldigungen, die ich je gehört habe.«

»Also, ich habe wenig für Ihren Arbeitgeber übrig, das wissen Sie ja bereits. Aber ich muss mich bei Ihnen persönlich entschuldigen, weil ich Sie bezichtigt habe, schuld am Tod von Ketti Faber zu sein. Ich habe geglaubt, Sie sind die Hexe.«

An Odermatts Gesichtsausdruck konnte Kieffer erkennen, dass die Managerin ihm nicht ganz zu folgen vermochte. Es war nicht ihre Schuld. Er war offenbar zu nervös, erzählte die Dinge nicht in der richtigen Reihenfolge.

»Die Hexe von Hundwil, meinen Sie? Irgendein Redaktor hat das vor Jahren mal geschrieben. Seitdem plappern es alle nach. Diese Journalisten recherchieren nie gründlich, verbreiten lieber Halbgares. Dabei hat man mich nie so genannt.«

Kieffer lächelte. »Vielleicht war es hinter Ihrem Rücken.«

Odermatt rollte mit den Augen. »Glauben Sie, ich wäre stellvertretende Konzernchefin geworden, wenn ich nicht wüsste, was hinter meinem Rücken über mich getuschelt wird? Wenn Sie es genau wissen wollen: die Blutgräfin, das war mein Spitzname.«

Als Kieffer sie fragend anschaute, fügte Odermatt hinzu: »Na, diese Ungarin, Elisabeth Báthory. Die immer im Blut Unschuldiger gebadet hat. Die Leute denken sich wirklich den größten Schwachsinn aus. Aber wir reden über mich. Das liegt mir nicht.«

»Es ist so: Als Ketti Faber starb«, sagte der Koch, »da erzählte sie von einer Hexe. SijamboChocolate hat drei Gesellschafter. Die Kongolesen, Hüetli und noch einen.

Da man Sie die Hexe von Hundwil nennt, zumindest die Medien, da war es naheliegend, dass Ketti damit Sie meinte. Deshalb habe ich Ihnen in Köln all diese Sachen an den Kopf geworfen. Ich wusste von zwei Sauereien bei Sijambo. Zum einen, dass mit der dort hergestellten Schokolade Rohdiamanten nach Belgien geschmuggelt wurden. Eine gute Idee. Die belgische Sijambo-Fabrik liegt unweit von Antwerpen, einem der wichtigsten Handelsplätze für Edelsteine, einfacher wird man das Zeug kaum los. Die belgische Polizei geht der Sache nach.«

Odermatt nickte kaum merklich.

»Eine Verfehlung einzelner Angestellter«, sagte sie.

»Das sagt Hüetli immer, aber in diesem Fall glaube ich es sogar. Für ein paar Millionen Diamanten von A nach B zu schmuggeln ist ein bisschen piefig für einen so großen Laden. Das hat Gerschwiler vermutlich auf eigene Rechnung gemacht. Aber die zweite Geschichte, die roch schon eher nach Hüetli. Diese neuen Kakaopflanzen, Codename CO-H5.«

»Pflanzen kreuzen ist nicht verboten.«

»Na, Sie haben alle möglichen Einfuhrbestimmungen verletzt. Aber das geschah, zumindest vermute ich das, alles mit dem Segen der dortigen Regierung. Die haben nur wenig Kakaoanbau bisher und brauchen dringend Devisen. Vermutlich hat Hüetli der RBK das Blaue vom Himmel versprochen. Habe ich recht?«

»Sagen wir zu achtzig Prozent. Können Sie aber niemals beweisen.«

»Ja, vermutlich schwierig. Aber anfangs dachte ich: Wenn das mit den Pflanzen ohne Quarantäne rauskommt, bekommt Hüetli einen Riesenärger.«

Odermatt schüttelte den Kopf. »Unsinn. Den Verbraucher interessiert nur, dass er passable Schokolade bekommt, zu niedrigen Preisen. Natürlich wird irgendwer ein paar böse Artikel über uns schreiben. Vielleicht klettert Greenpeace an einem unserer Gebäude hoch. Aber wen interessiert das schon? Spätestens bei der nächsten Osterschoki haben die Leute das vergessen. Wir hingegen werden ein Monopol auf diese neue Kakaosorte haben, die einen um den Faktor fünf höheren Ertrag bringt und gleichzeitig viel besser schmeckt. Wir denken langfristig. In fünfzehn Jahren werden wir mit CO-H5 Milliarden verdienen. Der kleine Skandal, den Sie morgen vielleicht entfachen, der ist dann längst vergessen.«

»Ich würde Ihnen gern widersprechen, aber Sie haben natürlich recht, so traurig das auch ist.«

»Weil es Ihr von Öko und Slowfood geprägtes Weltbild ins Wanken bringt?«

»Nein, weil mir damit das Motiv abhandengekommen ist. Ich war fest davon überzeugt, dass Hüetli Ketti wegen CO-H5 hat umbringen lassen. Aber warum sollten Sie? Klar gibt es einen Skandal, wenn das alles rauskommt, aber keinen, der die Existenz des Konzerns gefährdet. Vermutlich gefährdet er nicht einmal Ihre Ernennung zur Vorstandschefin. Und deshalb muss ich mich bei Ihnen entschuldigen. Ich dachte, Sie seien die böse Hexe, die wegen des Superkakaos Leute beseitigen lässt. Aber ich habe Sie zu Unrecht verdächtigt.«

»Ja, schön. Ich könnte jetzt behaupten, ich wäre erfreut, das zu hören …«

»… aber meine Meinung ist Ihnen wurscht, schon klar. Wie ich inzwischen weiß, ist eine andere Hexe für all das verantwortlich. Und sie wird auch Sie fressen, befürchte ich.«

»Herr Berninger hatte schon angedeutet, dass Sie da eine ganz große Enthüllung parat haben. Ist jetzt der Moment, wo sie kommt?«

Statt Odermatt zu antworten, öffnete Kieffer den Leitzordner auf seinem Schoß. Er holte ein Blatt heraus und hielt es Odermatt hin. Sie nahm es.

»Was ist das? Ein Laborbericht?«

»Ja. Das ist eine Substanz, die ich habe identifizieren lassen. Ketti Faber trug sie bei ihrem Tod bei sich. Es handelt sich um Pilzsporen. Sie hat sie von ihrer letzten Afrikareise mitgebracht.«

»Verstehe ich nicht.«

»Nicht Sie sind die Hexe«, er zeigte auf den Testbericht, »das hier ist die Hexe.«

Kieffer konnte sehen, dass sich so etwas wie Ahnung in Odermatts Gesicht abzeichnete.

»M. Perniciosa heißt der Pilz. Er befällt Kakaopflanzen. Den lateinischen Namen benutzt aber eigentlich keiner, außer Biologen und Botanikern. Der, mit dem ich zu tun hatte, hätte einfach mal den landläufigen Namen erwähnen sollen. Dann wäre mir vieles früher klar gewesen. Man nennt diesen Pilz auch WBD. Witches Broom Disesase.«

»Witches …«

»Die Hexenbesen-Krankheit, ja. Weil die Mutationen an den Pflanzen oft so aussehen wie Reisigbüschel.«

Kieffer holte ein weiteres Blatt hervor. Es handelte sich um einen Ausdruck jener erkrankten Kakaopflanze, die Benoît fotografiert hatte.

»Diese Blüte? Das ist WBD, mein Botaniker ist sich sicher. Das Foto wurde in Varanga aufgenommen.«

»Wie haben Sie …«

»Ich war da. Beinahe wäre ich von Ihren Wachleuten umgebracht worden, so wie Benoît Massamba. Er hat dieses Foto gemacht und wusste wohl, was er da sah. Aber er konnte es mir nicht mehr erklären.«

Anstatt zu antworten, griff Odermatt sich einen zwischen den Sitzen liegenden Tabletcomputer. Sie öffnete den Browser und googelte »witches broom disease«. Aufgrund der schlechten Verbindung im Untergeschoss passierte zunächst nichts.

»Sie können sich die Recherche sparen, Frau Odermatt. WBD ist die verheerendste Kakaoseuche, die es gibt. Sie tritt zum Glück ausschließlich in Südamerika auf, wo die Plantagen isolierter voneinander liegen als in Westafrika. Schon mal vom Bahia-Desaster gehört?«

»Nein, nicht, dass ich wüsste.«

»Haben Sie schon mal brasilianische Schokolade gegessen, Frau Odermatt?«

»Nicht bewusst. Eher aus Venezuela oder Ecuador.«

»Wundert mich nicht. Wissen Sie, Brasilien war bis in die Achtzigerjahre der drittgrößte Kakaoproduzent der Welt. Die Region Bahia galt als Shangri-La für Schokolade – ideale Bedingungen, beste Qualität. Aber dann breitete sich dort ein Pilz aus, Sie ahnen schon welcher: M. Perniciosa, witches broom. Er vernichtete fast den gesamten Baumbestand. Heute steht Brasilien bei den Produzenten auf Platz dreizehn oder vierzehn. Sie sehen, das ist kein theoretisches Szenario, sondern eine echte Gefahr.«

»Und Sie sind sicher, dass das bei uns in Varanga ausgebrochen ist? Na, zum Glück ist die Plantage sehr abgelegen, weit weg von den großen Anbaugebieten. Wir werden sofort Maßnahmen einleiten.«

Kieffer schüttelte den Kopf. »So einfach ist das nicht. Nicht mehr.«

»Wie meinen Sie das? Einer der Gründe, dass wir die Republik des Befreiten Kongo für das CO-H5-Projekt ausgesucht haben, war ja, dass sie so weit weg liegt von der Elfenbeinküste und Ghana.«

Wieder griff Kieffer in seine Mappe. Er zeigte Odermatt nun das Foto mit dem Lastwagen, in den Pflanzen verladen wurden.

»Cocoa Aid, Ihr Wiederaufforstungsprojekt. Sie selbst haben mir davon erzählt, in Köln. Erinnern Sie sich?«

»Ja. Sie meinen, es sind darüber bereits infizierte Pflanzen in andere Regionen gelangt?«

Kieffer schüttelte den Kopf. »Ich glaube, Sie verstehen die Tragweite der Geschichte immer noch nicht. Ketti Faber hatte ein Beutelchen mit WBD-Sporen bei sich. Ich denke, sie wusste, was drin war. Aber wo hatte sie es her? Aus Afrika, aus Varanga, sie war ein paar Tage vor ihrem Tod da unten. Ein paar von diesen Sporen reichen, um eine ganze Plantage zu verseuchen. Aber ein ganzer Beutel voll? Das sind quasi B-Waffen.«

Odermatt legte das Tablet weg. »Wollen Sie damit sagen, dass jemand das WBD vorsätzlich ausgebracht hat?«

»Wenn Sie es nicht selbst waren.«

Odermatt lächelte spöttisch. »Da ist der alte Kieffer ja wieder. Warum sollten wir so etwas tun?«

»Weil Sie einen neuen Superkakao entwickelt haben. Dieser basiert auf CCN-51, einer Varietät, die völlig immun gegen WBD ist, anders als der in Westafrika heimische Forastero-Kakao. Sie rotten Forastero aus und sind dann die Einzigen, die eine resistente Pflanze im Angebot haben.«

»Das ist doch Schwachsinn«, entgegnete Odermatt. Ihre Wangen röteten sich, sie war sichtlich erregt.

»Wir kaufen jährlich über vierhunderttausend Tonnen Kakao. Vielleicht brauchen wir Forastero eines Tages nicht mehr – das ist der Plan, ja. Aber wir reden hier von zwanzig, dreißig Jahren Planungshorizont. Eine Pflanzenpest wie diese würde die Kakaopreise explodieren lassen. Unser ganzes Schokoladengeschäft bräche zusammen.«

Kieffer nickte. »Sie haben völlig recht. Deshalb waren Sie es ja auch nicht.«

»Warum werfen Sie es mir dann vor?«

»Tue ich nicht. Aber die Presse wird es tun. Sehen Sie, ich glaube, dieser Saboteur, man muss vielleicht eher sagen: Bioterrorist, der hat das alles sehr geschickt eingefädelt. Er muss gewusst haben, dass Sie auf Ihrer Plantage in Varanga die Quarantänevorschriften ignorieren. Er kannte Ihr Plantagennetzwerk, in dem ständig Pflanzen hin- und hergehen. Wenn in Westafrika WBD ausbricht, wird man es deshalb Hüetli in die Schuhe schieben. Jeder Journalist, der eins und eins zusammenzählen kann, wird zu dem Schluss kommen, dass Sie verantwortlich sind.«

»Jedem, der kurz mal darüber nachdenkt, muss doch klar sein, dass wir gar kein Motiv …«

Kieffer lächelte. »Diese Journalisten recherchieren nie gründlich, sie verbreiten lieber Halbgares. Haben Sie selbst gesagt.«

»Ja, möglich. Und jetzt?«

»Müssen wir den finden, der das getan hat. Ich hätte nie gedacht, dass ich einmal jemand von Hüetli um Hilfe bitten würde.«

»Aber?«

»Ich habe eine Theorie, wer hinter dieser Schweinerei steckt. Und derjenige, der Ihre Plantagen verseucht hat, hat auch Ketti Faber auf dem Gewissen. Aber um an ihn ranzukommen, brauche ich Ihre Unterstützung.«

Odermatt schaute skeptisch.

»Nehmen Sie es mir nicht übel. Aber Ihre tote Freundin ist mir völlig gleichgültig.«

»Und der rätselhafte Tod Gerschwilers?«

»Fast noch gleichgültiger, wenn das möglich ist.«

»Sie haben«, erwiderte Kieffer, »meines Erachtens nur eine Möglichkeit, halbwegs sauber aus der Sache rauszukommen: indem Sie diese Seuche unter Kontrolle bringen, bevor sie sich ausbreitet. Aber dafür brauchen Sie den Verursacher.«

Odermatt nickte langsam. »Weil nur er weiß, wo das Teufelszeug überall ausgebracht worden ist.«

»Richtig. Diese Sporen auf ein paar Plantagen zu verstreuen, ist kein großer Aufwand. Nur, wenn Sie wissen, wo sie aktiv werden müssen …«

»Okay, Sie haben mich überzeugt. Was brauchen Sie von mir?«

»Ein paar Mails und Anrufe, vermutlich. Und«, der Koch zeigte auf die beiden Männer in den Trenchcoats, die immer noch in einigen Metern Entfernung herumstanden, »vielleicht ein paar von denen da.«

43

Als er an der Statue vorbeikam, reckte Kieffer den Kopf nach oben. Die Skulptur sah aus wie ein typischer Banker – dunkler Anzug, Regenschirm, Börsenzeitung unter dem Arm. Was ihn von den restlichen Finanzleuten auf dem Kirchberg unterschied, war seine Größe. Der Banker sah aus, als habe man ihn gestreckt, er maß bestimmt vier Meter. War er von den Kräften des Marktes deformiert worden? Hatte ihn die Börsenaufsicht auf die Streckbank gespannt? Pekka Vatanen wäre dazu bestimmt eine interessante Theorie eingefallen.

Kieffer blickte an sich herab. Es kam nicht allzu oft vor, dass er sich in einen Anzug warf, aber für diesen Termin hatte man ihn ausdrücklich darum gebeten. Ob auch Krawatte notwendig war, wusste er nicht. Sicherheitshalber hatte er eine in dem Rucksack, den er seit gestern fast ununterbrochen bei sich trug. Erneut musterte er den enorm schlanken Banker.

»Hungerhaken«, brummte er. Kieffer ging weiter die Avenue Kennedy entlang, bis zu einem weißgekachelten Bürokomplex, der mehrere kleinere Fonds und Investmentgesellschaften beherbergte. Vor dem Gebäude stand eine graue Steele, auf der alle Mieter aufgelistet waren. Er suchte nach Providence Investments. Die Firma saß im achten Stock. Er betrat das Gebäude und nahm den Fahrstuhl nach oben.

Kieffer war erstaunt, wie rasch alles gegangen war. Odermatt hatte ihre Hilfe zugesagt, und bereits am nächsten Morgen war ein Mister John Benson bei ihm telefonisch vorstellig geworden, der nach eigenen Angaben für die Wirtschaftsdetektei Kyle & Sattler arbeitete. Benson hatte Kieffer einige Fragen gestellt und dann erklärt, er werde schnellstmöglich ein Treffen mit der verdächtigen Person organisieren, wenn möglich in Luxemburg. Kieffer war verwundert gewesen, wie der Detektiv dies so schnell bewerkstelligen wolle. »So was ist mein Job«, hatte Benson trocken erwidert.

Als Kieffer dem Lift entstieg, wartete dort bereits ein Herr auf ihn, ein gescheitelter Mittvierziger im Anzug. Er sah dem Statuenbanker nicht unähnlich, war allerdings kleiner.

»Mister Kieffer?«, sagte der Mann auf Englisch. Der Koch nickte.

»Benson, von Kyle & Sattler.«

Sie schüttelten einander die Hand. Benson führte Kieffer in die Büroräume von Providence Investments. Es roch nach Geld und italienischem Leder. Kieffer sah ein paar Angestellte, aber nicht sehr viele. Es wäre Platz für weitaus mehr gewesen.

Benson führte ihn in einen Konferenzraum. Alle Wände des Raums waren verglast. Man konnte die Avenue Kennedy in Richtung Europaviertel hinabschauen.

»Wenn Sie einen Kaffee möchten«, Benson deutete auf den Tisch, »die anderen kommen bald.«

»Ich weiß, dass Sie mir gesagt haben, die Details brauchten mich nicht zu interessieren. Aber vielleicht klären Sie mich jetzt doch mal etwas auf.«

Benson nickte. Er setzte sich Kieffer gegenüber und schenkte sich Kaffee ein.

»Das hier«, er zeigte auf das Büro, »ist der Sitz einer Anlagegesellschaft, die zu Hüetli gehört, um zwei Ecken.«

Kieffer nickte. »Das habe ich schon recherchiert.«

Benson lächelte anerkennend. »Selbst Finanzexperte?«

»Weniger. Ein paar Kontakte.«

»Heute mussten die Mitarbeiter von Providence allerdings in ein Provisorium umsiedeln. Rohrbruch. Morgen wird das Problem behoben sein.«

»Und die Leute, die ich da draußen gesehen habe?«

»Alles meine. Wir haben insgesamt zehn Detektive hier.«

»Und wozu der ganze Aufwand? Kommt er denn wirklich hierher?«

»Ja, tut er. Er dürfte in diesem Moment landen. Wir haben ihn observiert, wissen also, dass er den Flug tatsächlich angetreten hat. Genauer gesagt sie beide, denn er kommt nicht allein. Wir wissen noch nicht, ob das ein Problem ist.«

»Und wie haben Sie …«

»Das war eigentlich ziemlich einfach. Providence verwaltet für Hüetli Pensionsgelder von über dreißig Milliarden Euro. Sie legen das Geld ausschließlich bei großen Investmentgesellschaften an, die hohe Renditen versprechen. Wenn die bei einem großen Hedgefonds anrufen und sagen, dass sie einen dreistelligen Millionenbetrag anlegen wollen, schicken die sofort einen Verkäufer rüber – schneller als man ›Vertriebsprovision‹ sagen kann.

Und weil wir natürlich gern noch was über den Markt wissen wollen, in den wir investieren, haben wir zusätzlich einen Analysten angefordert«, Benson lächelte dünn, »einen bestimmten, über den wir so viel Gutes gehört haben.«

Kieffer nickte. »Und dafür haben Sie … ich meine, das haben Sie alles mit Tarnidentitäten eingefädelt, mit falschen E-Mail-Adressen und …«

Benson schnalzte mit der Zunge. »Nun sind wir wirklich wieder bei dem Teil, den Sie nicht unbedingt wissen müssen. Wie das genau geht … Geheimrezept, quasi. Gerade Sie müssten so was ja verstehen.«

»Und was wird meine Rolle bei dieser ganzen Sache sein?«

»Sie werden den Kerl für uns identifizieren. Bevor wir ihm auf die Pelle rücken, müssen wir ja sicher sein, dass er es tatsächlich ist. Wir setzen Sie da draußen an einen der Laptops, wo er Sie nicht gleich sieht. Denn er könnte Sie ja sonst wiedererkennen, oder?«

Kieffer nickte. »Wäre möglich.«

»Von dort können Sie das Meeting am Monitor verfolgen. Wir haben hier drin natürlich Kameras und Mikros angebracht.«

»Natürlich.«

Benson ignorierte die Bemerkung. »Und wenn wir ihn konfrontieren, rufe ich Sie dazu.«

Kieffer kam das alles etwas seltsam vor. Aber vermutlich wussten die Leute von Kyle & Sattler, was sie taten.

»Und dann? Ich meine, wenn er den Mord gesteht, rufen Sie dann die Polizei, nehmen Sie ihn in Gewahrsam oder so was?«

Benson schüttelte lächelnd den Kopf.

»Was wir versuchen, ist, möglichst viele Informationen zu bekommen und unserem Zielobjekt zu verdeutlichen, was ihm droht, wenn er nicht kooperiert. Wenn er irgendwelche Straftaten gesteht, ist das in der Tat ein Fall für die Polizei, aber nicht für uns.«

Bensons Telefon fiepte. Er schaute auf das Display. »Sein Taxi fährt vor. Dann mal los, kommen Sie.«

Der Detektiv führte Kieffer zu einem der Arbeitsplätze. Flur und Konferenzraum waren von dort nicht einsehbar. Auf dem Tisch stand ein Laptop. Wie Benson versprochen hatte, war darauf ein Kamerabild zu sehen, das den Besprechungsraum zeigte.

»Über den Kopfhörer können Sie mithören. Und sehen sie das Chatfenster da?«

»Ja, wofür ist das?«

»Darüber können wir zwei miteinander chatten. Also, ich muss jetzt.«

Benson klopfte ihm auf die Schulter und ließ Kieffer dann allein. Kurz darauf konnte der Koch hören, wie die Vordertür ging. Menschen unterhielten sich auf Englisch, ein Begrüßungszeremoniell lief ab. Es mussten insgesamt fünf oder sechs Leute sein, Frauen und Männer. Schritte kamen den Flur hinunter. Small-Talk-Fetzen erreichten ihn.

»... unser Hauptquartier ... hier alle Investmentvehikel von Hüetli gebündelt ... toller Blick über das ... zeige ich Ihnen später ... falls Sie ein Croissant ...«

Sehen konnte Kieffer zunächst nichts, von den Croissants einmal abgesehen. Die standen auf dem Tisch des Konferenzraums. Nach einer Minute öffnete sich die Glastür und fünf Personen traten ein. Kieffer sah eine vielleicht fünfzigjährige Asiatin im Businesskostüm, alle anderen Teilnehmer waren Männer, drei weiß, einer schwarz. Außer Benson kannte er nur eine der Personen. Es war Peter Jones.

Beinahe hätte Kieffer den Engländer nicht wiedererkannt. Seine Rastas waren verschwunden, stattdessen war er fast kahl geschoren. Außerdem trug er nun einen Anzug und eine sehr schnöselige Oliver-People-Brille, die ihn wie einen Banker aussehen ließ – was vermutlich der Sinn der Sache war.

Die fünf setzten sich. Kaffee wurde eingeschenkt, Laptops aufgeklappt. Kieffer setzte den Kopfhörer auf. Er konnte hören, dass die Asiatin einen amerikanischen Akzent hatte und anscheinend Jones' Vorgesetzte war, denn sie bezeichnete ihn mehrfach als »unseren Analysten«. Benson und die beiden anderen falschen Investmentmanager hörten ihr aufmerksam zu, tippten Notizen in ihre Laptops. Jones schloss währenddessen einen Computer an den Beamer an. An der Wand erschien ein weißes Logo vor blauem Hintergrund, das eine stilisierte Kakaofrucht zeigte. Daneben stand »Cinteteo Investments«.

»Übergebe ich das Wort nun an Peter, der Ihnen erläutern wird, was wir für den Kakaomarkt erwarten.«

Jones erhob sich. »Vielen Dank, Janet, meine Herren. Der Kakaomarkt macht gerade eine Phase der Veränderung durch. Wie Sie auf diesem Langzeit-Chart sehen können, geht der Preis für Rohkakao seit den Achtzigern immer weiter nach oben, von kleinen Auf und Abs einmal abgesehen …«

In dem Chatfenster auf Kieffers Laptop erschien Text.

»Ist das die Zielperson?«

Kieffer musterte den Mann, der immer noch über Kakaopreise redete. Es war kein Zweifel, dass es sich um Peter Jones handelte. Als er einen Arm hob, um mit dem Finger ein Detail der Preiskurve zu erläutern, schoben sich Jacket und Hemd etwas zurück. Kieffer konnte das blaue Armband erkennen, das er am Handgelenk trug. Es bestand aus Leder, einige kleine silberne Elemente waren daran befestigt. Durch die versteckte Kamera konnte der Koch nicht ausmachen, worum es sich dabei handelte, aber er wusste es auch so. Der Mann, der auf dem Foto aus Varanga Pflanzen verlud und auch der auf der Cocoa-Aid-Webseite hatten beide solch eine Kette getragen. Die Auflösung war zu schlecht gewesen, aber dank der Computermagie seines Freundes Per Sundergaard wusste er inzwischen, was die Anhänger darstellten. Es waren kleine Schildkröten.

»Das ist er. Hundert Prozent«, tippte Kieffer zurück.

Jones redete immer noch. Kieffer konnte sehen, wie Benson seinen beiden Kollegen unter dem Tisch ein Zeichen gab.

»... aber dieser Anstieg täuscht. In Wahrheit ist der Preis für Kakao nämlich stark gefallen.«

Eine neue Preisgrafik erschien an der Wand. Hatte die erste nach oben gezeigt, ging diese Kurve südwärts.

»Denn natürlich sind nicht nur die Kakaopreise gestiegen, sondern auch der Preis einer Tafel Schokolade. Inflationsbereinigt betrachtet wie auf diesem Chart wird Kakao also immer billiger. Die Bohnen kosten nur noch halb so viel wie vor dreißig Jahren.«

Eine weitere Grafik erschien. Sie zeigte zwei vertikale Balken, die aus verschiedenfarbigen Segmenten bestanden.

»In den Achtzigern machte Rohkakao noch fünfzehn

Prozent der Produktionskosten pro Tafel aus. Heute sind es nur noch sechs Prozent. Daraus folgt …«

Kieffer fragte sich, wann Benson der Scharade endlich ein Ende machen würde. Niemand in dem Konferenzraum interessierte der derzeitige Kakaopreis oder Cinteteos Prognose. Auch dem Koch war beides ziemlich gleichgültig. Das Einzige, was ihn interessierte, war, diesen Drecksack in die Finger zu bekommen und ihm ein paar Fragen zu stellen. Unruhig rutschte Kieffer auf seinem Stuhl hin und her. Gern hätte er sich eine Zigarette angesteckt, aber vermutlich ging dann irgendein Rauchmelder los und die ganze Operation platzte.

»… drängen zudem Newcomer wie Indonesien in den Markt, was die Preise weiter unter Druck setzt. Dennoch glauben wir, dass sie bald signifikant steigen werden. Denn der Schokoladenmarkt in China und Indien, wo bisher kaum Schokolade konsumiert wird, wächst rasant. Unser neuer Fonds, Tlazolteotl IV, hat deshalb eine Long-Position mit einem Volumen von 240.000 Tonnen aufgebaut, das entspricht etwa sieben Prozent der jährlichen Produktion oder gut fünf Milliarden Tafeln handelsüblicher Schokolade …«

Kieffer konnte erkennen, dass die Cinteteo-Managerin, die Jones Janet genannt hatte, ein Telefon aus ihrer Jackentasche holte und darauf schaute. Ihr Blick verfinsterte sich. Leise erhob sie sich. Mit der Hand bedeutete sie Jones und den anderen, weiterzumachen, bevor sie den Raum verließ und die Tür schloss. Kieffer konnte hören, wie sie in seine Richtung gelaufen kam. Ihre Stimme wurde lauter. Er nahm den Kopfhörer ab.

»… haben Sie diese Nummer? Das ist eine Notfallnummer, die ist nur für … wie bitte? Von der SEC?«

Die Hedgefonds-Managerin kam an seinem Platz vorbeigestöckelt. Kieffer tat so, als tippe er. Aber sie schien ihn gar nicht zu bemerken.

»Moment mal. Ich weiß nichts von Ermittlungen der US-Börsenaufsicht gegen uns. Das ist …«

Sie lief weiter, bis ans Ende des verlassenen Großraumbüros. Während Kieffer sie mit einem Auge beobachtete, schaute er mit dem anderen auf den Bildschirm. Dort war in der Zwischenzeit etwas passiert. Er erkannte es daran, dass Benson nun neben Jones stand und ihm ein Foto unter die Nase hielt. Der Engländer schaute ziemlich entsetzt und wich einen Schritt zurück, nur um festzustellen, dass sich einer von Bensons Kollegen zwischen ihn und die Tür geschoben hatte. Der dritte Detektiv war nirgendwo zu sehen.

Kieffer setzte den Kopfhörer wieder auf, musste jedoch feststellen, dass der Ton weg war. Er klickte auf dem Computer herum, überprüfte, ob der Klinkenstecker richtig saß. Aber der Videofeed blieb stumm. Der Koch konnte erkennen, wie Benson auf Jones einredete, ihm mehrfach gegen die Brust tippte. Von Sekunde zu Sekunde ließ Jones mehr die Schultern hängen. Es war, als habe jemand seine Ventile geöffnet. Die Luft begann aus Peter Turtle Jones zu entweichen.

Kieffer legte den Kopfhörer weg und erhob sich. Er schulterte seinen Rucksack und sah sich um. Janet Soundso stand inzwischen in einer Ecke am anderen Ende des Raumes. Sie telefonierte noch immer. Der Koch beschloss, dass es an der Zeit war, ebenfalls in den Konferenzraum zu gehen. Zwar hatte Benson nicht das vereinbarte Signal gegeben, aber das war ihm egal. Irgendwie beschlich Kieffer das Gefühl, dass er gerade den interessantesten Teil verpasste. Als er den Flur erreichte, stand dort einer von Bensons Kollegen. Er hob abwehrend die Hände.

»Mister Kieffer, nein. Das ist noch nicht Ihr Einsatz. Die Gespräche laufen …«

»…ohne mich, ist mir aufgefallen. War anders vereinbart.«

Der Detektiv baute sich vor ihm auf.

»Sir, ich muss Sie bitten.«

»Aus dem Weg, du Mietschlips.«

Der Mann verstellte ihm weiterhin den Weg, allerdings ohne handgreiflich zu werden. Wich Kieffer nach links aus, schob sich der Mann in diese Richtung, versuchte er es rechts, kopierte der Detektiv auch dieses Manöver. Der Koch spürte Zorn in sich aufsteigen.

»Weg jetzt«, brüllte er.

Von dort, wo er stand, konnte er den verglasten Konferenzraum sehen. Bisher hatten die Insassen ihn nicht bemerkt. Nun blickten sie allesamt in seine Richtung. Auch Jones schaute, wo der Krach herrührte. Ihre Blicke trafen sich. Der Engländer erkannte ihn augenblicklich. Er griff nach seinem Laptop. Bevor der Aufpasser an der Tür sich besinnen konnte, hatte Jones ihm den Computer über den Schädel gedroschen und war durch die Tür.

Der Detektiv vor Kieffer zischte leise, aber vernehmlich »Fuck«, machte auf dem Absatz kehrt und rannte dem Flüchtenden nach. Kieffer folgte. Als er den Konferenzraum passierte, kamen Benson und der andere Detektiv gerade in den Flur gestürzt.

»Sie Idiot«, rief Benson dem Koch zu, »jetzt haben Sie's verbockt!«

»Sie wollten mich ausbooten«, blaffte Kieffer zurück.

»So ein Unsinn. Wir haben nur … ist aber jetzt auch egal. Später, das klären wir später!«

Sie rannten zur Vordertür. Kieffer sah, wie sich die Lifttüren schlossen. Jones war offensichtlich bereits auf dem Weg nach unten. Hinter ihnen konnte er die Hedgefonds-Managerin etwas rufen hören, aber keiner beachtete die Frau. Einer der Detektive postierte sich vor dem Lift, ein weiterer nahm die Treppe. Benson brüllte etwas in sein Telefon. Vermutlich hatte er unten einen weiteren Mann postiert, der Jones abfangen sollte.

Kieffer entschied sich ebenfalls für die Treppe, rannte stets einen Absatz, sprang die letzten Stufen. Schon nach drei Stockwerken war sein Hemd klatschnass. Er war langsamer als diese durchtrainierten Detektive, und auch Jones besaß, wie er von ihrer Begegnung in Brüssel wusste, deutlich mehr Kondition. Dafür kannte Kieffer sich auf dem Kirchberg aus, die anderen hingegen nicht. Ob ihm das etwas helfen würde?

Während Kieffer das Treppenhaus hinabhetzte, erwog er kurz, Lobato anzurufen. Allerdings standen seine Aktien bei der Kommissarin gerade schlechter denn je, und soweit Kieffer wusste, lag in Luxemburg bisher noch nichts gegen Jones vor. Wie sollte er Lobato binnen weniger Sekunden davon überzeugen, dass dies Kettis Mörder war?

Kieffer erreichte das Erdgeschoss, rannte durch eine Tür, fand sich in der Lobby des Gebäudes wieder. Von irgendwo war ein Fiepgeräusch zu vernehmen. Einen Moment lang glaubte der Koch, sein Handy klingele, bemerkte dann aber, dass der Ton von irgendwo im Gebäude kommen musste – von einem Feuermelder vielleicht. Einer der Detektive befand sich ein paar Meter vor ihm. Der Mann hielt auf den Vordereingang zu. Gehetzt sah der Koch sich um. Zur Avenue Kennedy hin gab es eine große Drehtür. Einen Ausgang zur hinter dem Gebäude entlanglaufenden Rue Fischbach konnte er nicht entdecken. Wohl aber ein Schild, das einen Notausgang kennzeichnete.

Statt dem Detektiv zu folgen, rannte er in Richtung des Notausgangs. Es war, wie er vermutet hatte: Hinter einer Säule verbarg sich eine Tür mit einem grünen, versiegelten Griff. Ein Aufkleber wies darauf hin, dass man sie nur im Notfall öffnen dürfe. Jones war wohl der Meinung gewesen, es liege einer vor – das Siegel war eingerissen. Kieffer sah das ähnlich. Er drückte die Tür auf und fand sich in einem weiteren Treppenhaus wieder. Gegenüber gab es eine Tür, die auf die Straße führte. Kieffer trat hinaus. In vielleicht fünfzig Metern Entfernung konnte er Jones sehen. Er saß auf einem Fahrrad und fuhr die Rue Fischbach hinunter.

»Nicht schon wieder«, entfuhr es dem Koch.

44

Kieffer eilte dem Flüchtenden nach, holte währenddessen sein Handy aus der Tasche. Er wählte Bensons Nummer. Zwar befürchtete er inzwischen, dass die Ziele der Detektei nicht mit seinen übereinstimmten. Aber ihm blieb kaum eine andere Wahl. Allein würde er Jones nicht erwischen.

Benson meldete sich. »Ja?«

»Er ist hinten raus. Südlich der großen Avenue, westliche Richtung. Auf dem Rad.«

Kieffer legte auf und rannte weiter. Der Koch hoffte, dass Benson ihn trotz seines Geschnaufes und Gekeuches verstanden hatte. Sein Rucksack hüpfte auf und ab, der schwere Inhalt schlug gegen seinen Rücken. Vor ihm bog Jones in eine kleine Stichstraße ab, die zur Avenue Kennedy führte. Das machte Kieffer ein wenig Hoffnung, denn es war aus seiner Sicht die falsche Entscheidung. An Jones' Stelle wäre er weiter geradeaus gefahren und hätte die Rue du Kiem genommen. Diese war stark abschüssig, bestimmt fünfhundert Meter ging es talwärts, Richtung Unterstadt. Ein geübter Radfahrer konnte auf dieser Strecke ziemlich schnell fahren. Kurz darauf hätte

Jones die verwinkelten Gassen der Unterstadt erreicht. Dort war er kaum noch zu finden, wenn er sich nicht allzu dumm anstellte.

Hätte, hätte, Fahrradkette – stattdessen würde Jones gleich die Avenue Kennedy erreichen, die schnurgerade den Kirchberg entlangführte und an der Roten Brücke die Alzetteschlucht überquerte. Viele Abzweigungen gab es nicht und die Sicht für Verfolger war gut. Allerdings ging dem Koch allmählich die Puste aus. Er konnte erkennen, dass Jones, der immer noch gut fünfzig Meter vor ihm war, einen Blick zurück riskierte. Als er Kieffer sah, trat er noch beherzter in die Pedale.

Als der Koch keuchend die Hauptstraße erreichte, vermochte er den Flüchtenden zunächst nirgendwo zu entdecken. Kieffer schaute die lange schnurgerade Straße hinab, vergeblich. So schnell er konnte, wechselte er auf die andere Seite. Die Hauptverkehrsader des Kirchbergs blindlings zu überqueren, war normalerweise etwas für Lebensmüde. Aber derzeit staute sich der Verkehr in beiden Richtungen, die berüchtigte Luxemburger Rush Hour hatte eingesetzt. Der Koch blieb auf der anderen Seite stehen und sah sich erneut um. Und tatsächlich, in einiger Entfernung konnte er Jones erkennen. Er radelte Richtung Stadt. Schon mehr als zweihundert Meter hatte er zwischen sich und Kieffer gebracht. Der Koch wollte losrennen, doch seine Beine gehorchten ihm kaum. Er konnte sein Herz hämmern hören, jeder rasselnde Atemzug erinnerte ihn an die zehn Ducal, die er heute bereits geraucht hatte, von denen der letzten Jahre ganz zu schweigen.

In diesem Moment hörte Kieffer ein summendes Geräusch. Er wandte sich um und sah eine Tram. Beinahe musste er lachen. Eine Verfolgungsjagd mit Fahrrad und Tram. Lächerlicher ging es kaum. Dennoch zögerte Kieffer nicht, sondern stieg ein. Zu Fuß würde er Jones niemals erwischen, und Taxis waren um diese Uhrzeit keine zu haben. Darüber hinaus würde ein Auto auf der verstopften Avenue Kennedy kaum vorankommen. Die Tram hingegen besaß eine eigene Spur.

Es dauerte eine gefühlte Ewigkeit, bis die Türen der Tram sich schlossen. Mit einem lang gezogenen Seufzen fuhr die Bahn an. Kaum, dass sie ein wenig Fahrt aufgenommen hatte, bremste sie schon wieder ab.

Die Behäbigkeit der Tram machte Kieffer schier wahnsinnig. Er ging bis ganz nach vorne. Die Fahrerkabine war verglast, sodass man durch die Frontscheibe schauen konnte. Irgendwo vor ihm radelte Jones. Der Koch bildete sich allerdings ein, dass der Engländer nicht mehr so flott war wie zuvor. Zum einen lag es wohl daran, dass relativ viele Fußgänger unterwegs waren. Zum anderen war er wohl der Meinung, seine Verfolger abgeschüttelt zu haben. Entsprechend holte Kieffers Tram allmählich auf, fiel jedoch immer wieder zurück. Es war seine erste Fahrt mit der noch recht neuen Luxtram. Der Koch musste feststellen, dass sie an jeder Milchkanne hielt: Nationalbibliothéik, Universitéit, Coque, Parlement Européen. Doch hinter der Haltestelle Mudam überholten sie den Flüchtenden tatsächlich. Kieffer hatte wenig Sorge, dass Jones ihm abhandenkommen würde. Vor ihnen lag das Alzettetal, jene siebzig Meter tiefe Schlucht, die der Fluss über die Jahrtausende in den Fels gefressen hatte. Die Straße führte über die Rote Brücke, aber schon davor fiel das Gelände in alle Richtungen ab. Bis er die andere Seite erreichte, konnte Jones nur geradeaus fahren. Er würde direkt in Kieffers Arme radeln.

Der Koch drängelte sich durch die inzwischen gut gefüllte Tram, eilte zum Ende des Zuges. Jones befand sich fünfzig Meter hinter ihnen. Rasch öffnete Kieffer seinen Rucksack. Darin befand sich die schwere Konservendose, eingewickelt in eine Plastiktüte. Kieffer drehte den oberen Teil ein paarmal, sodass sich die Tüte in einen Plastikstrang verwandelte, an dem ein Gewicht baumelte. Er machte einen Knoten hinein.

Die Tram hielt an der Station Rout Bréck-Pafendall, der letzten vor der Schlucht. Der Koch stieg aus und ging hinter einer Werbetafel in Deckung. Als die Bahn wieder anfuhr, war Jones höchsten noch fünfzehn Meter entfernt. Mit einem Satz sprang der Koch von der Plattform, querte die Gleise und trat auf den Radweg. Der Engländer sah ihn und vollführte einen Schlenker. Kieffer war darauf vorbereitet und schwang den improvisierten Morgenstern. Das schwere Ende traf den Flüchtenden am Bein, auf Höhe des Knies. Die Wucht des Schlags fegte Jones vom Rad, mit einem hässlichen Klatschen landete er rücklings auf dem Asphalt. Schon war Kieffer über ihm und setzte sich auf seine Brust.

»Hab ich dich. Gibst du auf?«

Jones breitete die Arme aus, nickte. Gleichzeitig zog er das Knie hoch.

Der Schmerz zwischen seinen Beinen setzte Kieffer für einige Sekunden außer Gefecht. Er bekam kaum mit, wie Jones sich unter ihm hervorwand und aufrappelte. So rasch es Kieffer möglich war, kam er ebenfalls wieder hoch. Jemand rief ihm etwas zu, aber er achtete nicht darauf. Stattdessen nahm er die Verfolgung auf. Jones hatte das gestohlene Fahrrad liegen gelassen und war in die benachbarte Bahnstation hineingelaufen, vermutlich in dem Glauben, dort führen Züge ab. Kieffer lächelte. Dem Mann stand eine Überraschung bevor.

Lange war es aufgrund der ungewöhnlichen Topographie Luxemburgs sehr mühsam gewesen, vom Kirchberg in die Unterstadt zu gelangen. Vor allem Pfaffenthal galt als sehr abgelegen. Schaute man von der Roten Brücke hinab, konnte man die Dächer des Viertels zwar sehen. Tatsächlich hinunterzugelangen, war schwieriger. Erst kürzlich hatte man das Problem durch den Bau des Funiculaire gelöst, einer Standseilbahn. Sie startete an der Tramstation Rout Bréck und brachte die Fahrgäste hinab in die Schlucht.

Kieffer folgte dem Flüchtenden. Das Gesicht des Kochs war schmerzverzerrt und er lief etwas komisch – man konnte wohl sagen, er eierte. In der Rechten hielt er noch immer seine selbst gebastelte Keule. Die Funiculaire-Station ließ sich nur von einer Seite her betreten. Selbst wenn Jones einen der Züge vor ihm erwischte – die Fahrt des Flüchtenden würde kaum mehr als sechzig Sekunden dauern. Danach stünde er auf der unteren Plattform des Funiculaire, wo es zunächst nicht weiterging.

Der Koch drängte sich an Menschen vorbei, hielt Ausschau nach Jones. Er sah ihn einige Meter vor sich. Kieffers Telefon klingelte. Rasch nahm er ab.

»Sind Sie noch dran?«

Die Stimme gehörte Benson.

»Er ist jetzt am Funiculaire.«

»Am was?«

»Rue Saint Mathieu, Höhe Rote Brücke«, erwiderte

Kieffer. Dann legte er auf. Die Straße, die er Benson genannt hatte, lief unterhalb der Talstation vorbei. Wenn es Benson gelang, dort ein paar Leute zu platzieren, war Jones geliefert. In der schlauchförmigen Schlucht ließ sich einem Flüchtenden leicht der Weg abschneiden.

Auch Jones schien zu dämmern, dass dies keine gewöhnliche Bahnstation war und er sich möglicherweise in eine Sackgasse manövriert hatte. Dennoch lief er weiter. Das Telefonat hatte den Koch kurz abgelenkt, und so musste er mit Schrecken feststellen, dass Jones bereits einen der Waggons bestieg. Die beiden Funiculaire-Plattformen waren von hohen Glaspaneelen umgeben, damit niemand auf die Gleise gelangen konnte. Die Kabinen hatten die Form etwas zu breit geratener Nahverkehrsbusse und besaßen einen abgeschrägten Unterbau, um die Fahrgäste während des steilen Auf- und Abstiegs in der Horizontalen zu halten.

Jones betrat die Kabine, ein Pulk von Menschen folgte ihm. Kieffer beeilte sich, hinterherzukommen. Rüpelhaft stieß er Fahrgäste beiseite. Beschimpfungen und Flüche in einem halben Dutzend Sprachen prasselten auf ihn nieder. Im letzten Moment schaffte er es ebenfalls in die Kabine. Sie war sehr voll. Jones stand vielleicht fünf Meter entfernt und funkelte ihn an.

»Du hast mich reingelegt«, rief er.

»Nicht ich. Hüetli hat dich reingelegt.«

Kieffer trat einen Schritt auf Jones zu. Die anderen Fahrgäste machten ihm instinktiv Platz. Die Feindseligkeit zwischen den beiden Männern war für alle spürbar.

Kieffer lächelte. »Aber letztlich hast du sie alle reingelegt, was Turtle? Du hast für die Chocolate Initiative gearbeitet, als Aktivist. Für Sijambo als Berater, für Hüetlis

Cocoa Aid als Aufforster, für Cinteteo als Analyst. Für alle gleichzeitig, aber immer auf eigene Rechnung.«

»Gerschwiler hast du vergessen.«

»Gerschwiler?«

»Die Steine.«

»Ja, natürlich.«

Kieffer fiel auf, dass er immer noch die Tüte mit der Konservendose in der Hand hielt. Er nahm seinen Rucksack ab und steckte sie hinein.

»Von wo kamen die eigentlich wirklich?«, fragte der Koch.

»Aus einer Mine nahe Katero, ein paar Stunden von der Plantage«, erwiderte Jones.

»Nein, ich meine die Schokoblöcke, die ich mit der Post gekriegt habe.«

Jones grinste. »Von mir natürlich. Haben Gerschwiler und ich zuvor aus dem Sijambo-Lager verschwinden lasen.«

»Aber …«

»Aber was? Nach Kettis Tod wurde die Sache zu heiß, da musste ich die Dinger loswerden.«

»Aber warum hast du den GammaSpace als Absender drauf geschrieben? Das war doch …«

»… nur so mittelclever, zugegeben. Ich musste sichergehen, dass die Steine nicht ganz verloren gehen. Hättest du die Annahme der Schokoblöcke verweigert, wär das Zeug zurück zum Gamma. Dort hätte ich es dann schon irgendwie rausholen können, auch wenn mein Name nicht draufstand. Ich habe halt nicht mit gerechnet, dass du da vorbeikommst, in Etterbeek. Und ich hätte vielleicht den Aufkleber von meinem Briefkasten abmachen sollen. Dann hättest du mich nie gefunden.«

Kieffer nickte.

»Warum musste Ketti sterben?«

»Ich hatte keine andere Wahl. Sie hat das mit dem WBD spitzgekriegt. Erst war sie ja noch auf meiner Seite und hat meinen Versprechen geglaubt.«

»Was hast du ihr denn versprochen?«

»Das, was sie wollte. Eine bessere Welt. Am Anfang dachte ich, sie zieht mit, aber dann wollte sie das mit dem WBD dem neuen Botschafter stecken.«

»Ibaka? Dem aus dem Kongo?«

»Ja.«

»Und hat sie es ihm gesteckt?«, fragte Kieffer.

»Ich glaube, sie wusste nicht, ob sie ihm trauen kann, deshalb hat sie ihm erst mal Schokolade vorbeigebracht, als Vorwand. Außerdem war er ja noch nicht ernannt. Danach hätte seine Stimme viel mehr Gewicht gehabt. Wenn Ibaka die Sache dann auf EU-Ebene rumerzählt hätte ..«

»Darum hast du ihn ...«

»Ich habe Jermolajew gesagt, Ibaka wüsste von dem Schmuggel. Das hat gereicht.«

Der Funiculaire erreichte die Talstation. Die Türen öffneten sich. Jones stieg aus. Kieffer folgte ihm. Er bildete sich ein, dass der Engländer ein wenig humpelte.

»Verpiss dich endlich«, schrie Jones, »du kannst mir eh nichts, also zisch ab!«

Die am Hang liegende Talstation bestand aus einer Ankunftsebene sowie einem darunter liegenden Bahnhof, von dem Regionalzüge in Richtung Esch, Mersch oder Diekirch abfuhren. Die Straße lag noch etliche Meter tiefer. Jones sah sich kurz um, steuerte dann den Fahrstuhl an, der von der oberen Ebene bis nach ganz unten fuhr.

»Du fährst nirgendwo hin«, rief Kieffer. Jones war bereits in der Liftkabine, aber der Koch stellte einen Fuß in die sich schließende Tür. Sein Widersacher trat ihm erst vor das Schienbein, dann auf den Fuß. Schreiend zog Kieffer seinen Fuß zurück. Die Türen glitten zu.

Fluchend humpelte der Koch zur Rolltreppe. Er nahm die Stufen im Laufschritt, brüllte »Opgepasst!« und »Attention!«. Nach der Rolltreppe kam eine normale Treppe, die im Zickzack den Rest des Hangs hinunterführte. Kieffers Weg war länger als Jones', besaß allerdings den Vorteil, dass der Koch von der offenen Treppe aus die unterhalb der Station verlaufende Rue Saint Mathieu einsehen konnte. Mühelos machte er Jones von oben aus. Der Engländer lief die Straße in südlicher Richtung entlang. Ab und zu drehte Jones sich um, auf der Suche nach seinem Verfolger. Einmal schaute er nach oben, doch Kieffer ging schnell genug hinter dem Treppengeländer in Deckung. Als der Koch wieder hochkam, lief Jones nicht mehr, er ging. Genauer gesagt schien er stark zu humpeln. Anscheinend hatte ihn Kieffers Diamantendose voll am Knie getroffen. Während er sich die Straße entlangschleppte, telefonierte er.

Kieffer erreichte den Fuß der Treppe. Rasch wechselte er auf die andere Straßenseite. Dort parkten Autos, hinter denen er in Deckung gehen konnte. Der Koch schaute die Straße hinunter. Er fragte sich, wo die Superdetektive von Kyle & Sattler blieben. Benson hatte sich damit gebrüstet, zehn Leute vor Ort zu haben. Doch entweder waren sie alle im Luxemburger Feierabendverkehr stecken geblieben oder keiner von ihnen war ortskundig. Kieffer tippte auf Letzteres. Auswärtige mussten immer wieder feststellen, dass einem zweidimensionale Kartenansichten wenig halfen in einer Stadt, die dreidimensional war.

Zwei Punkte, zwischen denen hundert Meter Luftlinie lagen, konnten mehrere Kilometer Fahrstrecke bedeuten, scheinbare Abkürzungen endeten vor Felswänden.

Kieffer kam hinter einem VW-Bus hervor und rannte ein Stück, um etwas Boden gutzumachen. Dass Jones seine Schritte hörte, war eher unwahrscheinlich. Direkt über ihnen thronte die gewaltige Stahlkonstruktion der Rout Bréck. Jedes Auto, das die Brücke passierte, verursachte eine Serie von rumpelnden Geräuschen. Das Tal war deshalb von einem ununterbrochenen Donnergrummeln erfüllt. Nach ein paar Metern ging Kieffer wieder hinter einem Fahrzeug in Deckung. Jones schien der Meinung zu sein, der Koch habe die Verfolgung aufgegeben. Seine Schritte hatten sich weiter verlangsamt, sein Telefonat war beendet.

Kieffer fragte sich, wo Jones hinwollte. Vielleicht steuerte er den Panoramaaufzug an, in dem Ketti gestorben war. Damit würde er am schnellsten in die Oberstadt gelangen. Allerdings war Kieffer sich gar nicht sicher, ob der Lift schon wieder fuhr. Während er darüber nachdachte, sah er Jones auf einmal rechts hinter einem alten Gemäuer verschwinden, einem Türmchen mit quadratischer Grundfläche und pyramidenförmigem Dach. Zunächst beunruhigte ihn das nicht. Links von ihnen war der Hang, rechts die Alzette. Die nächste Möglichkeit, den Fluss zu überqueren, war die Brücke an der Rue du Pont. Bis dahin waren es noch einige Meter. Wollte Jones sich möglicherweise in dem Gemäuer verstecken?

Es handelte sich nicht um irgendein Gebäude, sondern um einen der Vauban-Türme, ein Überbleibsel der alten Befestigungsanlagen. Der Klotz, hinter dem Jones gerade verschwunden war, nannte sich Sichepaart, Siechentor.

Auf der anderen Flussseite stand sein Pendant, die Eechepaart, das Eichentor. Schlagartig wurde Kieffer bewusst, dass es sehr wohl eine Möglichkeit gab, vor der Brücke über den Fluss zu gelangen: das Béinchen, einen Wehrgang, der zwischen den beiden Vauban-Türmen über die Alzette führte.

45

Kieffer sprang auf und lief los. Als er das Siechentor erreichte, lugte er zunächst um die Ecke. Jones war nicht zu sehen. Er stieg eine kleine Treppe hinauf, die um den Turm herumführte. An der Ecke hielt er kurz inne und riskierte einen Blick. Vor ihm lag der Wehrgang, der die beiden Türme verband. Er war knapp anderthalb Meter breit und von einem hüfthohen Mäuerchen gesäumt. Einige Meter darunter floss die Alzette. Etwa in der Mitte des Béinchens saß Jones, den Rücken an die kleine Mauer gelehnt, ein Bein ausgestreckt. Sein Knie schien ihm Probleme zu bereiten.

Kieffer trat auf den Wehrgang. Jones wandte ihm den Kopf zu, machte allerdings keinerlei Anstalten, aufzustehen.

»Fuck, du schon wieder.«

Er seufzte vernehmlich. »Na, ist jetzt auch egal.«

»Ich rufe jetzt die Polizei, Turtle.«

»Und was willst du denen erzählen?«

»Die Wahrheit. Genauer gesagt drei Wahrheiten. Ich habe lange gebraucht, bis ich dahintergekommen bin.«

Jones schaute ihn fragend an.

»Erst dachte ich, es geht um Diamanten. Dann um diesen Superkakao, CO-H5.«

Der Sitzende schaute ihn an.

»Und wie bist du drauf gekommen, dass ich für Cinteteo arbeite?«

»Lange Zeit überhaupt nicht. Erst dachte ich ja, du wärst noch bei dieser Chocolate Initiative. Ich habe eine Mail an deine Adresse da geschrieben. Lange kam nichts zurück.«

»Weil es die Adresse nicht mehr gibt.«

»Ja, aber ich habe keine Fehlermeldung bekommen. Die Mail ist stattdessen an jemand anders dort weitergeleitet worden. An deine Ex-Chefin. Die hat mir dann zurückgeschrieben, du wärst seit acht Monaten raus, und nicht ganz freiwillig. Wegen Interessenkonflikten, weil du gleichzeitig für die Industrie und für Finanzunternehmen tätig warst.«

Turtle verzog das Gesicht.

»Ich habe dich auf den Fotos identifiziert, wegen deiner Kette.«

»Welchen Fotos?«

»Fotos aus Varanga, von anderen Plantagen. Dass du für Cinteteo arbeitest, wusste ich aber immer noch nicht. Stück für Stück wurde mir klar, dass du aber bestimmt nicht für Hüetli unterwegs bist. Und dann erinnerte ich mich an den dritten Gesellschafter von Sijambo. Anders als bei Hüetli und dem RBK-Staatsfonds war partout nicht rauszufinden, wer hinter Millo Negro steckt. Aber der Name … das hat vielleicht gedauert.«

Kieffer trat einige Schritte auf den Wehrgang hinaus.

»Ketti hat mir mal erzählt, dass es diese Aztekengötter quasi mehrfach gibt – sie besitzen verschiedene Aspekte, so nennt man das, glaube ich. Ehecatl zum Beispiel ist der Gott des Windes und außerdem ein Aspekt eines mächtigeren Gottes, Quetzalcoatl. Interessant, aber weitergebracht hat es mich zunächst nicht. Doch dann bin ich über die Maisgötter gestolpert.«

Jones nickte nur.

»Eine der Tarnfirmen hieß wie gesagt Millo Negro – schwarzer Mais. Für jede der vier Maissorten gab es bei den Azteken einen eigenen Gott: Iztac, Tlatlauhca, Cozauhca und … irgendwas mit Ypsilon, ich habe den Namen schon wieder vergessen.«

»Und über die hast du uns gefunden?«

»Es gibt beispielsweise eine weitere Briefkastenfirma namens Iztac Invest. Nach dieser Masche ist die ganze Firmenkette aufgebaut. Aber sie ganz zurückzuverfolgen war letztlich gar nicht nötig. Denn die vier Maisgötter sind alle Aspekte eines anderen Gotts. Eigentlich heißen sie Iztac-Cinteotl, Tlatlauhca-Cinteotl, Cozauhca-Cinteotl und so weiter. Zusammen nennt man die vier auch … die Cinteteo. Es war eigentlich total offensichtlich.«

Jones seufzte leise. »Wusste gar nicht, dass er sie so genannt hat. Dieser Aztekenflitz ist eine von Doc Chocs Schwächen. Er hat im Büro noch anderes Aztekenzeugs und sogar Drucke aus dem Codex Vaticanus. Darum die Namen. Ziemlich dämlich, das.«

»Ja. Ansonsten wäre ich nie auf Cinteteo gekommen, hätte dich nie im Bloomberg gefunden, mit deinem Allerweltsnamen.«

Jones lehnte den Kopf gegen die Mauer und schaute den Fluss entlang. Er machte keine Anstalten, zu verschwinden. Kieffer ahnte, warum.

»Cinteteo ist praktisch pleite«, sagte Jones. »Der Doc

hat sich verzockt. Das Einzige, was ihn noch retten kann, ist ein massiver Anstieg der Kakaopreise.«

»Und den solltest du ihm liefern.«

»Genau. Wenn in Westafrika an mehreren Stellen diese Kakaopest ausbricht, gehen die Preise sofort durch die Decke. Und die Zeche zahlt Hüetli. Alle werden sagen, Varanga war der Ausgangspunkt, Varanga und das Aufforstungsprogramm. Ich hab deren eigene Plantageninfrastruktur benutzt, um die Sporen zu verbreiten. Geschieht den Blutsaugern ganz recht.«

»Na, diese Lebensmittelspekulanten von Cinteteo sind auch nicht viel sympathischer.«

»Auch die sind mir eigentlich völlig egal. Mir ging es nicht ums Geld. Sondern darum, einen Sturm zu entfachen. Der Hexenbesen wird diesen Kakaomarkt gründlich auskehren.«

»Aber das ist … das ist …«

»Was?«

»Das ist Bioterrorismus. Du zerstörst den globalen Kakaomarkt. Ganze Volkswirtschaften werden den Bach runtergehen. Krieg und Elend …«

»Gibt es da unten seit Jahrzehnten. Aber von euch interessiert sich kein Schwein dafür.«

»Euch?«

»Von euch Europäern.«

Kieffer verzog das Gesicht.

»Ja, ich weiß, was du sagen willst, ich bin auch einer. Aber im Herzen, da bin ich Afrikaner. Diese ganze Schokoladenindustrie ist auf Ausbeutung aufgebaut. Weißt du, wie viel ein Bauer von so einer Supermarkttafel bekommt? Fünf Cent, wenn's hochkommt. Und es wird immer weniger.«

»Und die Lösung ist, alles zu zerstören?«

»Es ist die radikalste Lösung. Und es ist eine, die die Welt aufschrecken wird. Wenn in Afrika Kinder verrecken, interessiert das keinen, keinen Deutschen, keinen Amerikaner. Aber wenn es für ihre eigenen Kinder keine Ostereier und Weihnachtsmänner mehr gibt – das werden sie merken.«

»Ketti wollte auch was verändern. Mit Schokolade, die dort unten produziert wird.«

»Ich weiß. Aber diese Fabrik? Das war doch nur Show, ein Feigenblatt. Glaubst du im Ernst, Hüetli und die anderen Konzerne verlagern ihre Produktion nach Afrika, in großem Stil? Nie im Leben. Ich wusste, dass Ketti sich an den Botschafter wenden wollte. Deshalb musste ich sie aufhalten. Und dir habe ich auch ein paar Steine in den Weg gelegt.«

»Im wahrsten Sinne des Wortes.«

»Ja. Sobald du die Diamanten hattest, habe ich dir diesen Scheißrussen auf den Hals gehetzt. Ich hatte Angst, du hättest mich gesehen in der Nacht, oben auf der Brücke.«

»Leider nein.«

»Auf jeden Fall hab ich dem gesagt, Ketti hätte dir die Steine anvertraut. Ich dachte, der erledigt den Rest. Scheint aber irgendwie nicht funktioniert zu haben.«

»Also das«, sagte eine Stimme mit osteuropäischem Akzent, »würde ich ganz anders sehen.«

Kieffer wandte sich um und schaute in das lächelnde Gesicht Igor Jermolajews. Der Hehler war nicht allein gekommen. Hinter ihm stand die Boxervisage, die ihn bereits beim letzten Mal begleitet hatte. In der Hand hielt der Bodyguard eine Pistole.

Auch Jones hatte sich den Neuankömmlingen zugewandt. Er machte Anstalten, auf die Beine zu kommen.

»Bleib doch bitte sitzen, Pete«, sagte Jermolajew. Dabei deutete er mit der Hand den Wehrgang entlang. Kieffer sah einen weiteren bulligen Kerl, ebenfalls mit Schusswaffe im Anschlag. Jones ließ sich nach hinten sinken. Die Angst stand ihm im Gesicht geschrieben.

»Sie wollen Ihre Diamanten«, sagte Kieffer.

»Haben Sie sie dabei?«

»Ja, in meinem Rucksack. Aber wie haben Sie mich hier gefunden?«, fragte Kieffer.

»Das Handy aus dem Paket. Peilsender.«

Jermolajew gab Boxervisage ein Zeichen, woraufhin dieser seine Waffe auf Kieffer richtete.

»Holen Sie sie jetzt raus. Aber tun sie es langsam. Wir wollen nicht, dass ein Unglück passiert.«

Betont langsam nahm der Koch den Rucksack ab und stellte ihn auf den Boden. Er ging in die Knie. Während Kieffer den Reißverschluss aufzog, sagte er: »Wie ich sehe, kennen Sie und Jones sich.«

»Aber natürlich. Er hat für Gerschwiler den Schmuggel abgewickelt. Und dann alles versaut.«

»Inwiefern?«

»Jones passt nicht auf, und dieses Mädchen kriegt was von den Diamanten mit. Dann geht Gerschwiler in den Bau und ich kriege Probleme, weil ich ja schon jemanden organisiert habe, der auf die Steine wartet.«

»Aber Gerschwiler hat dichtgehalten, oder?«

»Hätte er nie durchgehalten. Uns blieb keine Wahl. Das Mädchen hingegen«, er blickte zu Jones hinüber, »kannte mich nicht. War also keine Gefahr, die musste ich nicht abservieren.«

»Und Ibaka?«

Jermolajew schaute erneut zu Jones. »Diese Ratte da hat behauptet, der Typ wüsste von dem Diamantenschmuggel.«

»Dann haben Sie also den Botschafter vergiftet.«

Jermolajew schnaubte ärgerlich.

»Das ist hier keine Fragestunde. Rucksack auf, Steine raus, zackig.«

Kieffer holte die Plastiktüte heraus und hielt sie dem Hehler hin. Der schüttelte den Kopf.

»Aufmachen.«

Der Koch riss die Tüte auf. Die Konservendose kam zum Vorschein. Als Kieffer sie auf den Boden stellte, hörte man die Steine darin rasseln. Jermolajew gluckste.

»Da sind sie drin? In einer Wurstkonserve? Gar nicht übel. Aber ich muss natürlich sichergehen, dass sie mir keine Flusskiesel andrehen. Aufmachen.«

»Nicht so einfach.«

»Hm?«

»Ich habe keinen Dosenöffner dabei.«

Jones lachte laut auf.

»Fresse, Pete«, bellte Jermolajew, »sonst benutzen wir deine Schneidezähne, um die Scheißdose aufzumachen. Das kann ja wohl nicht wahr sein. Sie schweißen die Dinger zu und dann …«

Jermolajew brach mitten im Satz ab. Seinem Bodyguard zugewandt sagte er etwas auf Russisch. Daraufhin griff der Mann in seine Manteltasche und holte ein Messer hervor. Es war eine dieser Butterflyklingen. Jermolajew nahm sie und reichte sie an Kieffer weiter.

»Pfadfinderarbeit für Sie. Und bisschen Beeilung jetzt.«

Der Russe schaute sich um. Die Gegend um die Türme war ziemlich verlassen. Hinter ihnen ragte die immense Rout Bréck empor. Auf der anderen Seite befand sich die kleine Steinbrücke, über die ab und an ein Auto oder Rad fuhr. Aber keiner schenkte dem Treiben auf dem Wehrgang Beachtung. Touristen, die auf dem Béinchen standen und Löcher in die Luft gafften, waren schließlich nichts Ungewöhnliches. Während Kieffer sich mit dem Messer an der Dose zu schaffen machte, wandte Jermolajew sich dem immer noch auf dem Boden sitzenden Jones zu.

»Tja, Pete. So viel Glück hat man nicht alle Tage, oder? Da komme ich, um meine Ware abzuholen. Und nicht nur ist sie tadellos verpackt, mir wird als Dreingabe auch noch der Kerl geliefert, der dafür verantwortlich ist, dass ich diese ganze Scheiße hier durchziehen muss, statt in Brüssel die Beine hochzulegen. Added value, wie Ihr Angelsachsen sagt.«

Kieffer war es inzwischen gelungen, die Spitze der Klinge unter den Falz der Dose zu bringen. Es gab ein schepperndes Geräusch, als der Deckel über den Steinboden kullerte. Jermolajew beugte sich etwas vor, um in die Dose schauen zu können.

»Das sieht gut aus«, sagte er. »Die Firma dankt.«

Jermolajew ließ sich von Kieffer die Dose aushändigen. Zu Turtle gewandt, sagte er: »Hoch mit dir, Arschloch.«

»Fallen lassen«, rief eine Stimme, die vom Siechenturm kam. Jermolajew wandte sich um. Auch Kieffer, der immer noch auf den Knien war, schaute auf. Hinter dem Bodyguard des Hehlers stand ein Neuankömmling. Es war einer der Detektive von Kyle & Sattler. Anscheinend presste er dem Russen eine Pistole in den Rücken. Dieser machte allerdings keine Anstalten, seine immer noch in

Kieffers Richtung zielende Waffe fallen zu lassen. Stattdessen schaute er fragend seinen Boss an. Neben sich konnte Kieffer Jones flüstern hören.

»Mann, das hat gedauert«, sagte der Engländer.

Jermolajew wandte sich Kieffer zu. »Die Bullen? Dafür zahlst du.«

»Das ist nicht die Polizei«, erwiderte Kieffer.

Die Augen des Russen verrieten Verwirrung. Er wandte sich wieder dem Bodyguard und dem Detektiv zu.

»Wir lassen gar nichts fallen«, blaffte Jermolajew. »Wer zur Hölle seid ihr?«

Ein weiterer Mann kam um den Turm herum. Es war Benson.

»Privatermittler«, sagte Benson. »Und Sie?«

Jermolajew lächelte breit. »Auch privat hier.«

»Sagen Sie Ihrem Mann jetzt endlich, dass er seine Waffe runternehmen soll?«

»Erst wenn Sie mir sagen, was Ihr Interesse an der ganzen Sache hier ist.«

»Wir sind wegen Jones hier«, sagte Benson.

»Das wundert mich nicht«, erwiderte Jermolajew.

Es gab eine kurze Pause. Nur der Verkehrslärm über ihnen war zu hören.

»Vielleicht haben wir deckungsgleiche Ziele«, sagte Jermolajew.

»Inwiefern?«, fragte Benson.

Jermolajew zeigte auf Jones. »Brauchen Sie den lebend? Falls nicht, können wir ihn gleich hier …«

Benson machte ein Gesicht, als bedauere er die schwierigen Umstände. »Leider ja.«

Jermolajew sagte: »Das ist natürlich Mist. Weil, verstehen Sie, ich dachte erst gar nicht, dass ich den Kerl hier antreffe. Aber nun, da ich ihn habe … er hat mir sehr viel Ärger gemacht. So was kann man nicht auf sich beruhen lassen.«

Kieffer schaute sich um, betont langsam. Jermolajews Bodyguard hatte seine Pistole nicht mehr auf ihn gerichtet, sondern auf Jones. Der Koch konnte erkennen, dass unten an der Brücke ein weiterer Detektiv stand, Hände in den Jackentaschen. Vermutlich waren da noch mehr. Er drehte den Kopf nach links, in Richtung der Roten Brücke. Aus dem Augenwinkel konnte er den Turm auf der anderen Flussseite sehen. Vorhin hatte vor dessen Tür ein weiterer Russe gestanden. Nun war er verschwunden. Hatte der Mann Reißaus genommen? Irgendwie erschien das Kieffer unwahrscheinlich. Er suchte die Turmfront ab. Vor der Tür erhob sich eine kleine Terrasse, die mit Pflanzen bewachsen war. Hinter einem Mäuerchen meinte Kieffer, eine Bewegung zu erkennen. Er schaute noch einmal genau hin. Und sah einen Lichtblitz.

Kieffer wollte etwas rufen, aber seine Worte wurden vom Schrei des Detektivs verschluckt, der die Boxervisage in Schach gehalten hatte. Der Mann sackte nach hinten weg. Doch auch der bullige Russe ging in die Knie. Blut lief ihm aus dem Mund. Jermolajew reagierte am schnellsten, wahrscheinlich, weil er mit dem Eingreifen seines Manns am zweiten Turm gerechnet hatte. Er rannte los in Richtung Eichentor. Mit der Linken drückte er Kieffers Konservendose gegen seine Brust, in der Rechten hielt er nun eine Halbautomatik.

Der Mann am Eichentor schoss erneut. Solange er von seiner erhöhten Position aus den Eingang des gegenüberliegenden Turms unter Feuer nahm, würde niemand seinem Boss über das Béinchen folgen können. Kugeln schlugen in das Siechentor ein. Benson machte, dass er aus dem Schussfeld kam. Kieffer war ohnehin halb am Boden, duckte sich aber noch weiter.

Als Jermolajew an ihm vorbeieilte, streifte der Mantel des Russen sein Gesicht. Der Koch wandte den Kopf in Richtung Eichentor, um dem flüchtenden Hehler nachzusehen. Doch Jermolajew war stehen geblieben. Der Hehler hob seelenruhig seine Waffe und zielte auf Jones, der am Boden lag, bäuchlings, die Arme über dem Kopf verschränkt.

Ein Gedanke schoss Kieffer durch den Kopf.

Ausgleichende Gerechtigkeit ist das. Du hast Ketti getötet, Hüetli beschissen, Jermolajew, Gerschwiler, mich und wer weiß wen sonst noch. Wie diese Aztekengötter hast du viele Aspekte, viele Gesichter, aber keinen Kern, keine Seele. Du hast dir das alles selbst eingebrockt, es ist nicht schade um dich, Peter Jones. Einem wie dir weint die Welt keine Träne nach.

Ehe Kieffer sich versah, war er auf den Beinen und machte einen Satz nach vorne, das Butterflymesser in der Hand. Jermolajew versuchte noch, seine Halbautomatik in Kieffers Richtung zu schwenken, aber der Koch war schneller und rammte dem Hehler das Messer in den Arm. Jermolajew wurde von der Wucht des Angriffs zurückgeworfen. Er schrie wütend auf, als die Konservendose durch die Luft flog, sich überschlug, ihren Inhalt preisgab. Als die vielen kleinen Steinchen auf der Wasseroberfläche des Flusses aufschlugen, gab es ein Geräusch, das wie prasselnder Regen klang.

Jermolajew packte Kieffer, versuchte, seine Waffe in Anschlag zu bringen. Der Koch griff nach dem Arm des Russen, um das zu verhindern. Ihm wurde bewusst, dass er das Messer verloren hatte. Er hörte weitere Schüsse. Sein Widersacher wurde herumgerissen, stolperte, hielt Kieffer aber noch immer fest umklammert. Der Koch spürte, wie er das Gleichgewicht verlor. Auf einmal sah er das Béinchen und die Vauban-Türme nicht mehr, sondern nur noch den grauen Himmel und die Rote Brücke. Sie schien auf dem Kopf zu stehen. Dann fiel er.

Es ist viel besser, vom Béinchen in die Alzette zu fallen als von der Roten Brücke, dachte er sich. Man fällt nicht so tief. Als das Wasser über ihm zusammenschlug, begann Kieffer instinktiv mit den Armen zu rudern. Notwendig war das nicht unbedingt, denn der Fluss war an dieser Stelle kaum mehr als einen Meter tief. Als er wieder aufgetaucht war, vermochte er in der trüben Brühe neben sich die Umrisse Jermolajews auszumachen. Der Hehler ruderte nicht mit den Armen. Er tat gar nichts mehr, außer mit dem Gesicht nach unten Richtung Clausen zu treiben. Kieffer kam halb hoch. Seine Beine brannten, sein Rücken schmerzte, ansonsten schien ihm nichts passiert zu sein.

Über sich sah er Jones und Benson auf dem Béinchen stehen und hinabschauen. Dann waren sie weg. Einen Moment lang blieb Kieffer im Flussbett sitzen. Das Wasser war kalt, aber so kalt dann auch wieder nicht. Der Koch griff in die Brusttasche seiner Jacke und holte die Ducal heraus. Es dauerte ein wenig bis ihm klar wurde, dass sie genauso durchweicht waren wie er. Aus dem Augenwinkel nahm er wahr, dass etwas an ihm vorbeischwamm. Im ersten Moment hielt er es für ein Stück Treibholz. Doch es war eine Dose, die wie ein Schiffchen den Fluss entlangglitt. Nur der obere Teil ihres durchgeweichten Etiketts mit den zwei blauen Kirchturmspitzen ragte aus dem Wasser.

Kieffer watete einige Schritte durch den Fluss. Er blieb an irgendetwas hängen und stolperte, fiel vornüber. Der Koch machte einige Schwimmzüge und griff dann nach der Dose. Er bekam sie tatsächlich zu fassen. Wieder begann er, loszuwaten, diesmal langsamer. Während er die Uferböschung hinaufkraxelte, konnte er ein paar Meter entfernt ein Auto beschleunigen hören. Als er die Straße erreichte, war der Wagen nirgendwo mehr zu sehen.

46

Vatanen betrachtete das Ensemble vor Kieffers Gartenmauer. Dem Finnen war aufgefallen, dass eine weitere Heiligenstatue dazugekommen war, eine afrikanisch aussehende Figur aus schwarzem Holz. Vatanen nippte an seinem Wein, zeigte auf die Figur.

»Wer ist der Neue?«, fragte er.

»Kabeza-Mpungu. Habe ich in Kinshasa am Flughafen gekauft.«

»Und für was ist der zuständig, dieser Gott? Fürs Essen?«

»Nein. Laut dem Kärtchen, das an der Figur hing, hat er die Welt erschaffen. Tiere, Menschen, Himmel und Erde, alles. Und als er damit fertig war, ist er verschwunden.«

»Einfach so?«

»Als Kabeza die Menschen gemacht hatte, hatten sie noch kein Herz. Er wusste natürlich, dass seine Kinder ohne ihren Gott ziemlich allein sein würden. Bevor er verduftete, hat er deshalb jedem Menschen ein Herz gegeben.«

»Hübsche Geschichte. Genau das Richtige für einen

Agnostiker wie dich. Aber wo wir schon bei den Afrikanern sind: Noch mal was von diesem Turtle gehört?«

Kieffer piekste mit der Gabel ein Stück Ham auf, transferierte es auf eine Scheibe dick gebutterten Landbrots, die bereits auf seinem Teller lag. Er biss ab. Nach einer Weile antwortete der Koch:

»Die Typen von Hüetli hatten nie vor, Jones der Polizei zu überstellen.«

»Du meinst, sie haben ihn laufen lassen?«

»Ja. Und ich gehe davon aus, dass sie ihm außerdem ein Handgeld mitgegeben haben, ein ordentliches.«

Vatanen schaute Kieffer verständnislos an. »Aber der Kerl hat sie betrogen. Er hat ihre Plantage mit diesem Kakaokiller verseucht. Er hat Sijambo zusammen mit Gerschwiler missbraucht, um Diamanten aus dem Kongo nach Belgien zu schmuggeln. Er hat Ketti Faber umgebracht.«

»Stimmt alles, aber für Odermatt war das unwichtig. Sie musste nur wissen, wo er das Teufelszeug überall verstreut hat – und wann, damit sie Gegenmaßnahmen ergreifen kann. Wenn sie ihm dafür Geld geben, ihm freies Geleit zusichern musste, hat sie das ohne Zögern getan, da bin ich mir sicher. Ich schätze, dass der Typ jetzt irgendwo in den USA ist, oder vielleicht Südamerika, mit neuem Namen.«

Vatanen griff nach der Schale mit den Oliven.

»Wie überaus unbefriedigend. Du hättest Jermolajew schießen lassen sollen.«

»Nein. Ich bin niemand, der auf Blutrache aus ist.«

Vatanen schob sich eine Olive in den Mund, musterte Kieffer zweifelnd. »Du hast dich selbst noch nie in Rage gesehen, scheint mir.«

Der Koch machte eine abwehrende Handbewegung. »Und außerdem brauchten wir ihn ja lebend. Ketti hat gesagt, die Hexe werde Tausende töten. Was sie damit gemeint hat, war natürlich: wenn sich WBD in Westafrika ausbreitet, dann gehen mehrere große Volkswirtschaften den Bach runter, Zehntausende Farmer verlieren ihre Jobs. Leute würden verhungern. Vermutlich gäbe es Krieg.«

»Aber ist denn sicher, dass diese Kakaoseuche wirklich unter Kontrolle ist?«

»Das weiß ich nicht. Aber Whateley hat mir das hier geschickt, warte mal kurz.«

Kieffer erhob sich und ging ins Haus. Kurz darauf kam er mit einem Ausdruck zurück, auf dem zwei Zeitungsausschnitte zu sehen waren, einer in Englisch, einer in Französisch. Die erste Überschrift lautete: »Schwerer Zwischenfall in Varanga – Rebellen werfen Regierung Einsatz von Napalm vor.« Die zweite war: »Mysteriöse Brände in der Ashanti-Region.«

Der Koch legte dem Finnen das Blatt hin. Dieser las und stopfte sich währenddessen eine Olive nach der anderen in den Mund.

»... mehrere Plantagen in Ashanti, einem von Ghanas wichtigsten Kakaoanbaugebieten ausgebrannt ... große Mengen Brandbeschleuniger. Beobachter gehen von einem Vergeltungsakt zwischen rivalisierenden Farmern aus. Ein Sprecher der Kakaokooperative Golden Harvest äußerte hingegen Zweifel an dieser Theorie. Das Verhältnis der Kakaobauern zueinander sei gut ...«

Vatanen sah von den Presseclippings auf. »Du meinst, irgendjemand hat die Stellen, die Turtle kontaminiert hat, ausgeräuchert?«

»Nicht irgendjemand. Hüetli.«

»Aber das ist doch eine militärische Operation, Lebensmittelkonzerne machen doch ...«

»Wenn es um so viel Geld geht, macht Hüetli meines Erachtens fast alles. Und in diesem Fall muss die Welt Odermatt dafür vermutlich sogar dankbar sein.«

»Schoki-Konzerne, die Napalm regnen lassen«, erwiderte Vatanen kauend, »seltsame Welt – kaum zu ertragen, manchmal.«

Kieffer deutete auf Vatanens Glas, das fast leer war.

»Würde noch etwas Riesling dir dabei helfen?«

»Ich weiß nicht, Xavier. Kommt auf einen Versuch an, würde ich sagen.«

Der Koch füllte ihre Gläser. Sie prosteten einander zu.

»Und Lobato. Hat sie dich noch mal belästigt?«

»Seltsamerweise nein. Die Schießerei auf dem Béinchen müssten eigentlich ein paar Leute gesehen haben, da stehen schließlich Häuser am Ufer. Aber Turtle und ich kauerten ja die meiste Zeit am Boden. Und dann lag ich auch schon im Fluss. Niemand scheint mich erkannt zu haben.«

»Und du bist auch nicht von dir aus zur Polizei gegangen, um eine Aussage zu machen.«

»Nein.«

»Dachte ich mir.«

»Aus deren Sicht«, sagte Kieffer, »hat sich ja vermutlich alles aufgeklärt. In den Luxemburger Medien wird spekuliert, am Béinchen habe eine Übergabe gestohlener Diamanten stattgefunden – jener Steine, die bereits zwei Leute das Leben gekostet hatten.«

»Ibaka und Faber.«

»Ja. Eine Partei bei diesem Deal war Jermolajew, den

Lobato ja auch schon im Visier hatte. Er gilt als der wahrscheinlichste Mörder von Ketti und dem Botschafter. Da er eine Kugel abbekommen hat, kann er seine Unschuld nicht mehr beteuern. Schuldiger gefunden, das reicht. Akte geschlossen.«

»Und die Steine liegen im Flussbett?«

»Ich habe gelesen«, erwiderte Kieffer, »dass sie ein paar auf dem Béinchen gefunden haben. Aber das meiste ist den Bach runter, sozusagen. Seit das bekannt wurde, sind übrigens haufenweise Leute mit Schürfpfannen an der Alzette aufgetaucht, kannst du dir das vorstellen?«

Vatanen schüttelte lächelnd den Kopf.

»Und deine Dose?«

»Hm?«

»Die Konservendose. Ich dachte, die hättest du gefunden.«

»Ja. Ich habe den Inhalt durch ein Küchensieb gegeben.«

»Und?«

»Alzetteschlamm und ein verrosteter Kronenkorken, sonst nichts.«

Eine Weile saßen sie schweigend da, tranken Wein und aßen die Häppchenplatte leer, die Kieffer ihnen zurechtgemacht hatte. Hinter dem Garten murmelte die Alzette entlang. Kieffer dachte über die Rohdiamanten nach, die nun im Flussbett verstreut lagen. Peu à peu würden sie von der Alzette in die Sauer gespült werden, von der Sauer in die Mosel, um von dort in den Rhein und schlussendlich in die Nordsee zu gelangen. Er war so in Gedanken versunken, dass er Vatanens Frage gar nicht richtig mitbekam.

»… wieder eingerenkt?«

»Was?«

»Die Sache mit Valérie?«

Kieffer nickte. »Geht schon wieder. Sie hätte es lieber gesehen, wenn ich zur Polizei gegangen wäre. Und das mit Ketti ...«

»War sie eifersüchtig?«

»Auf eine Tote?«

»Das spielt keine Rolle, Xavier. Wenn einer Frau zumindest ein Stückchen von deinem Herz gehört, ist das der anderen Frau nie gleichgültig.«

»Vielleicht. Ich weiß es nicht. Sie scheint damit zufrieden zu sein, dass jetzt alles vorbei ist. Abgeschlossen. Geregelt. Außerdem gibt es eine Lösung für den Gabin, so wie es aussieht. Das macht sie deutlich entspannter.«

»Kann ich mir vorstellen. Was für eine Lösung ist das?«

»Sie tut sich tatsächlich mit diesem Internet-Kalifornier zusammen, mit Willinon.«

»Ich dachte, das wollte sie nicht?«

»Valérie hat wohl noch ein bisschen Tafelsilber aufgetrieben, das sie verscherbeln kann. Mit dem Erlös kann sie von einem Rückkaufsrecht Gebrauch machen, für Anteile, die als Sicherheit bei den Banken liegen. Ihre Mehrheit ist definitiv futsch, aber sie hat jetzt gegenüber diesem Willinon eine bessere Verhandlungsposition. Dadurch konnte sie ihm ein paar Zugeständnisse abringen.«

»Wie zum Beispiel?«

»Paris bleibt Firmensitz, Arbeitsplatzgarantien für die Mitarbeiter. Und sie bleibt zwar beim Gabin, aber nicht als Chefredakteurin, sondern als .. wie heißt das gleich? Editor-at-Large.«

»Der was macht?«

»Was er oder sie will, glaube ich. Valérie kann rumreisen, Restaurants testen, neue Projekte anleiern, was auch immer.«

»Ich verstehe. Wird es den Guide Gabin denn dann noch geben, ich meine diese kobaltblauen Bücher? Oder sind die Sterne dann nur noch … virtuell?«

»Weiß nicht, Pekka. Ist mir auch fast ein bisschen schnurz, wenn ich ehrlich bin.«

Kieffer zeigte auf die Platte mit den Häppchen.

»Brauchen wir etwa Sterne, Pekka?«

Der Finne lächelte. »Nein, haben wir nicht nötig. Aber wir brauchen etwas anderes.«

»Und zwar?«

»Mehr Wein.«

47

Le Figaro, Seite 27, 28. Oktober

Gabin-Collier versteigert

London – Im Rahmen einer Auktion ist am vergangenen Donnerstag bei Sotheby's ein Collier aus dem Besitz der Gabin-Familie versteigert worden. Das mit siebenundzwanzig Diamanten, darunter ein besonders wertvoller Golconda-Stein, besetzte Schmuckstück erzielte einen Preis von mehr als dreieinhalb Millionen Euro. Die Identität des Käufers wurde nicht bekannt.

Das Collier hatte Auguste Gabin, Gründer des gleichnamigen Gastroführers, für seine Ehefrau Delphine anfertigen lassen, anlässlich der Eröffnungsgala des Théâtre Pigalle im Jahr 1929. Seitdem befand sich die Kette in Familienbesitz. Beobachter vermuten, dass der Verkauf des wertvollen Erbstücks mit den erheblichen finanziellen Schwierigkeiten zusammenhängt, in denen der Guide Bleu seit einiger Zeit steckt. Gerüchten zufolge steht der durch seine Sterne weltweit bekannte Gastroführer zum Verkauf.

Glossar: Küchenlatein

Biwwelamoud:	bœuf à la mode (Sauerbraten)
Bouneschlupp:	Bohneneintopf
Chapelure:	Semmelbrösel
Choucroute:	Sauerkrautplatte mit Mettwürsten, Pökelfleisch und Leberklößchen
Choufleurszopp:	Blumenkohlsuppe
Commis:	Küchengehilfe
Feierstengszalot:	Rindfleischsalat mit Ei und Gewürzgurke
Ganache:	Creme aus Schokoladenkuvertüre und Sahne, wird oft als Füllung verwendet
Gebootschte Gromperen:	Bratkartoffeln. Wichtig ist die Bootsch (Kruste)!
Graffe Pati:	Leberterrine
Gromperekichelcher:	Kartoffelpuffer
Ham:	Schinken (vom Schwein)
Hausmaacher Jelli:	hausgemachtes Gelee/Aspik
Hiecht am Schäffchen:	im Ofen gebratener Hecht
Hiecht mat Kraiderzooss:	Hecht in Kräutersoße

Huesenziwwi:	Hasenpfeffer
Judd mat Gaardebounen:	Gepökelter Schweinenacken mit Saubohnen. Nationalgericht Luxemburgs.
Kallefskapp:	Kalbskopf
Kéistaart:	Käsekuchen
Kniddelen:	Weizenmehlknödel
Kuddelfleck:	Kutteln
Mummentaart:	gedeckter Apfelkuchen
Paris-Brest-Kranz:	waagerecht aufgeschnittener Ring aus Brandteig, mit Haselnusskrokant-Buttercreme gefüllt
Pélardon:	Ziegenmilchfrischkäse aus Languedoc-Roussillon
Quetschflued:	Zwetschgenkuchen
Religieuses:	Süßspeise aus zwei übereinander geschichteten mit Creme gefüllten Törtchen.
Rëndsbrot:	Rindschmorbraten
Rieslingspaschtéit:	Rieslingspastete
Salem mat Sauerampelzooss:	Lachs in Sauerampfersoße
Schockelaskaffi:	Heiße Schokolade
Seezungenröllchen Grand-Duc-Art:	pochierte Seezunge mit Sahnesoße und Champignons
Suet pudding:	Süßer Pudding mit Mehl, Rosinen und Rinderfett
Toque:	Kochmütze
Velouté:	Weiße Grundsoße aus der klassischen fanzösischen Küche
Verwurelte:	frittierter Hefeteig, traditionelles Faschingsgebäck. Auch: verwurelt Gedanken (verwirrte Gedanken)

Vitréais:	bretonischer Apfelkuchen mit Salzkaramell
Wäinzossis mat Moschtersoos:	Bratwürste in Senfsoße

Ein großer historischer Abenteuerroman vom Spiegel-Bestsellerautor

Wir schreiben das Jahr 1683. Europa befindet sich im Griff einer neuen Droge. Ihr Name ist Kahve. Sie ist immens begehrt – und teuer, denn die Osmanen haben das Monopol darauf. Und sie wachen streng darüber. Aber ein junger Engländer hat einen waghalsigen Plan: Er will den Türken die Kaffeebohnen abluchsen …

KiWi

Leseproben und mehr unter www.kiwi-verlag.de